慈禧全傳典藏版 7

胭脂井

【上】

高陽—著

〈代序〉神交高陽

二月河

《康熙大帝》四卷書出齊時，我已小有名氣。有一天，一位讀者問我：『先生讀沒讀過高陽的書？』我一下子笑起來，高陽的書豈但『讀過』，且是見一本買一本，買一本讀一本。我自家作品中頗多技巧性的做法，還是拜賜了老先生的作品啓發。他的前後慈禧傳、《玉座珠簾》，以及後來才讀到的《乾隆韻事》，其中對皇帝對后妃的心理及行爲的描摹，和我所讀史的印證，也有頗多的溝通。我算是高陽先生不錯的一位神交呢！次後的日子裏，台灣一家文學機構多次邀我赴台一訪。就我的心情，即使見一見高陽，去一趟也是値得的，卻因俗事冗繁未能成行。忽然有一天，台灣『二月河讀友會』的盧淦金先生來電話，說『高陽先生今天去世了……』一驚之下一陣悵然，轉思人世緣分無常，心中又復悲淒。從茲失一神交，無法彌補渴見情懷了……

辛亥革命清室鼎謝。當時的口號裡有『驅逐韃虜，光復中華』的話頭。其實這口號還可以按時序上溯，直至皇明甲申之變。滿洲人入關殺漢人，入主中央執天下太阿，漢人幾百年沒有服氣過，也沒有停止過這種民族反抗。盤踞台灣的鄭家政權，朱三太子，還有吳三桂興的『三藩之亂』以及次後難以數計的小大起義，義軍會口號都和這個話頭差不多。錯話說幾百年說一千遍，似乎成了對話。其實只要靜心一想就明白了。『韃虜』也好、『夷狄』也好，難道不是『中華』之一部分？這口號自相矛盾了。實際這只是漢人極狹隘的情緒弘揚——也不能說全然沒道理，畢竟滿人入關嘉定三屠、揚州十日殺戮慘烈，眞的仇深似海。但從歷史的角度，從整個文明的角度審視，這口號是大可挑剔的。由於後來的革命變遷、人事轉換，人們又去想更新的事了，所以這口號的毛病也不大有人提起了。

然而當下的文化徵候還在繼續流播。反滿的文化傳統並未受到傷損。這種傳統影響到史學界，雖無法迴避這二百多年的『正統』，但對其研究中帶了『排滿』便言語失卻公允。這還只是少數人的事，帶到文學界，帶進民間口傳文學，這個因喪權辱國給民族帶來奇恥大辱的清室統緒，簡直是『洪桐縣中無好人』了。

高陽的多部作品都是反映晚清風貌風情的，連同近來三聯書店推出的《大野龍蛇》，風格都是那麼一致，那麼『如實』，不事誇飾，那麼娓娓綿綿情懷寬博和平，讀來如同剪燭良宵對友長談，就我的經驗，如無絕寬的襟懷，無絕大的學問作底蘊，無論怎樣的才華橫溢都是決計做不來的。

文學當然是觀念形態的東西，是人本位的張揚，每一個作者自己的政治、理想形態肯定要在他的作品中自覺或不自覺地流露。我以爲：既然如此，何必故意做張做智？比如說極峰之作《紅樓夢》，裡頭如果串上一段黃世仁楊白勞的情節，況味若何？一些非常了不起的作家，因了力氣去圖解自家的意識形態立場，結果如何？我常笑讀，心中想『這寫的眞是聲嘶力竭，氣急敗壞』。

看遍高陽的書，沒有這樣的玩藝。即使寫很慘酷、很壯烈激切的情事，也沒有張牙舞爪、歇斯底里的『作家意識』。我很疑這先生是舊八旗子弟，那份聰穎從容學不來。後來盧淦金先生告訴我，居然這是眞的。他的書讀起來平中有奇，有的處則寓平於奇，有點像與作者牽手而行於山陰道，由他指點譬話，評說侃語——這不是寫作的本事，這是天分了。

淦金先生和高陽是朋友，和我也是朋友，他曾約我到台北和高陽『一道兒喝老燒刀子』，可惜了沒這緣分。但高陽的書還在，不是麼？還可以侃下去的。

二〇〇一年五月下浣

在天津老龍頭火車站下了車，袁世凱不回小站的『新建陸軍』營地；騎著馬直馳金剛橋北洋大臣衙門，求見榮祿。

榮祿是慈禧太后的親信——有個無可究詰而疑雲重重的傳說；大約二十年前，慈禧太后得了一場大病，御醫會診，束手無策；下詔命各省舉薦名醫。直隸總督李鴻章舉薦前任山東泰武臨道無錫人薛福辰；山西巡撫曾國荃舉薦現任山西陽曲縣知縣杭州人汪守正，進京請脈，診斷慈禧太后所患的是『骨蒸』重症，細心處方，漸有起色。特降懿旨：薛福辰超擢順天府尹；汪守正升任天津知府。這一恩遇，既是酬庸，亦爲了地邇宮禁，診治方便。

照歷來的規矩，帝后違和，所有脈案藥方，逐日交『內奏事處』，供大臣閱看。有那深諳醫道的人，總覺得脈案極其高明，處方並不見得出色；甚至有時候有藥不對症的情形。日子一久，才知道慈禧太后所患的是一種不能告人的病：小產血崩，經水淋漓。皇太后小產是天下奇聞；御醫相戒，三緘其口，處方下藥，亦就無的放矢了。

薛福辰和汪守正，到底是讀書做官的，胸中別有邱壑。病症是看出來了；既然說不得就不說！託名症象相似，由積勞積鬱而起的『骨蒸』，卻將治小產血崩、經水不淨的藥，隱藏在治骨蒸的方子中。用『說眞方、賣假藥』的訣竅，對症下藥，果然收功。

這就又出現了一個疑問，如果說慈禧太后是武則天，誰又是『蓮花六郎』？眾口耳傳，就是這位丰神俊逸、最講究衣著的榮祿。

但是，二十年前的榮祿，並未因此加官晉爵，反倒失意了。當時南北兩派勢如水火；南派領袖沈桂芬與軍機大臣大學士寶鋆，合力排擠附於北派領袖李鴻藻的榮祿；找個過錯，交部議處，將榮祿由俗稱『九門提督』的步軍統領，一降而爲副將。榮祿很見機，引疾奏請開缺，閉門閒居，到光緒十二年才外放爲西安將軍。

這是個閒冷的缺分，倒虧他能守得住；一幹八年，直到光緒二十年慈禧太后六旬萬壽，進京祝嘏；正好恭王復起，重領軍機，深知榮祿幹才，保他重回步軍統領衙門，兼總理各國事務大臣；第二年調任兵部尚書。就此扶搖直上，再下一年升協辦大學士；這一年——光緒二十四年，在四月廿三，皇帝下詔『定國是』，決意變法維新的第十天，由慈禧太后授意，升榮祿爲文淵閣大學士，實授爲直隸總督兼北洋大臣。

直隸總督號爲『疆臣領袖』。但是，這個缺分的重要，在於兼領北洋大臣；而從光緒初年，李鴻章督直，一意講求堅甲利兵以來，北洋更掌握了舉國主要的兵力，成了眞正的『疆臣領袖』。慈禧太后派榮祿出鎭北洋，勒兵觀變；下的是一著足以制新黨死命的狠棋！

榮祿手下有三員大將。一個叫董福祥，字星五，甘肅固原的回子。同治初年，西北回亂，董福祥亦是其中的頭目之一。後來爲左宗棠西征最得力的將領劉松山所敗，投誠改編，反而在平回亂中建了大功；如今官拜甘肅提督、加尚書銜、賞太子少保。所部稱爲『甘軍』；是一支驍勇善戰而風紀很壞的騎兵。

再一個是聶士成，字功亭，出身淮軍，是李鴻章的小同鄉。甲午年朝鮮東學黨作亂，中日同時發兵援韓；聶士成隨提督葉志超率師東渡，以孤軍守摩天嶺，設伏大敗日軍，陣斬日將富剛三造，算是淮軍的後勁；又通文字，曾匹馬巡邊，著『東遊紀程』，亦算是儒將。所部號爲『武毅軍』，半仿德國式的操法，實力頗爲可觀。

再一個就是袁世凱。甲午中日之戰以後，他雖保有浙江溫處道的實缺，卻不願赴任，因爲道員升監司、升巡撫，起碼也得十年的工夫；功名心熱的袁世凱，一心只想走一條終南捷徑。於是上個條陳，主張練一支新軍，以矯綠營的積弊；當國的李鴻藻和榮祿，接納了他的建議，招募了七千人，就天津以南，土名小站的新農鎮上，淮軍周盛波的舊壘，屯駐操練，名爲『新建陸軍』。洋鼓洋號，壁壘一新，深爲榮祿所欣賞。

升任爲直隸按察使的袁世凱開始在小站練兵，是光緒二十一年冬天的事；三年下來，卓然有成，因而爲康有爲所看中了。這年六月間，就派人到小站來活動；袁世凱裝傻賣呆，根本不容說客有啓齒的機會。這樣到了七月裡，新政展布，如火如荼，皇帝乾綱大振，新黨氣燄愈盛；最令朝中大老側目的是兩件事：七月十九，禮部主事王照專摺參劾本部堂官懷塔布、許應騤等阻撓他的條陳，不願代奏，結果禮部滿漢尚書、左右侍郎，奉旨一律革職。京中各衙門的長官，稱爲『堂官』，部裡滿漢尚書、侍郎共是六員，通稱『六堂』；這禮部六堂，盡皆革職，與光緒十年恭王以下的軍機大臣，全班被逐，都是有清開國以來，史無前例的事。

另一件是七月二十上諭：『內閣候補侍讀楊銳、刑部候補主事劉光第、內閣候補中書林旭、江蘇候補知府譚嗣同，均賞加四品卿銜，在軍機章京上行走，參預新政事宜。』一切大政，都由『四京卿』擬議；發號施令，亦由四京卿擬上諭交內閣明發，或交兵部寄遞各省。這等於皇帝另外組織了一個政府；原來的軍機處，就像雍正七年以後的內閣一樣，變成有名無實了。

於是舊黨——實在也就是后黨；通過各種途徑向在頤和園頤養的慈禧太后進言，非採取決絕的手段不可。而慈禧太后只是冷笑，一無表示。

到了七月二十六，突然有一道電諭：『命直隸總督榮祿，傳知按察使袁世凱來京陛見。』袁世凱是七月二十九到京的；這天，八月初五回天津，前後在京逗留了七天。

『恭喜，恭喜！』榮祿一見面就道賀，『我已經看到八月初一的上諭了。』

原來八月初一有上諭：嘉許袁世凱『辦事勤奮，校練認眞』，開缺以侍郎候補，『責成專辦練兵事務，所有應辦事宜，著隨時具奏』。這不但使得袁世凱一躍而在一二品大員之列；並得專摺奏事，直達天聽。這是所謂『大用』的開始，非尋常升官可比，自然應該道賀。

可是袁世凱知道，在這道上諭中，榮祿最重視的是『責成專辦練兵事宜』這句話，如今的兵權在榮祿手裡，也就是在慈禧太后手裡；而皇帝想假手於他奪太后的兵權，榮祿就必得爲太后爲他自己保護兵權。這道上諭一發，明眼人都看得出來，后帝母子之間的衝突，已很少有調停的可能；而首當其衝的是自己，也是榮祿！

局勢如一桶火藥，而藥線在自己手裡；一旦點燃，如何爆出一片錦繡前程，而不是炸得粉身碎骨？這個他從午前十一點鐘上火車，一直到此刻，五個鐘頭的考慮而始終不能委決的大疑難，是到了必須作決定的時候了。

事機急迫，無從考慮；唯一的辦法就是用他平時信服實行的八字眞言：見風使舵，隨機應變。心裡閃電似地在轉著念頭，口中還能作禮貌上的酬應，『這都是大帥的栽培。』說著，垂手請了個安，表示道謝。

『不敢當，不敢當！皇上的特達之知，於我何干？』榮祿問道：『京裡的天氣怎麼樣？』此時而有這樣一句最空泛的寒暄，大出袁世凱的意料。不過略想一想，不難明白，此正是榮祿存著戒心之故。自己不必做何有弦外之音的回答，老老實實回答最好。

『到的那天下雨，這幾天很好。不過早晚已大有秋意了。』

『喔，你住在哪裡？』

『住在法華寺。』

由此開始，榮祿接連不斷地，只談些毫不相干的閒話；這種深沉得不可測的態度，使袁世凱大起警惕，如果再這樣敷衍下去，榮祿會怎麼想？他一定是在心裡說：這小子，不知道在打甚麼主意？居心叵測，再不能信任了。

這樣一想，立即向左右看了一下；趨前兩步，輕聲說道：『世凱有幾句緊要話，密稟大帥。』

榮祿聲色不動，只側臉揮一揮手，說一句：『都出去！』

於是裝水煙的聽差帶頭，所有的侍從都退出簽押房外，站得遠遠地；袁世凱便即雙膝一跪，用痛苦的聲音說道：『世凱今天奉命而來，有件事萬不敢辦，亦不忍辦；只有自己請死！』

榮祿笑了。『甚麼事？』他問：『讓你這麼爲難？』

『大帥請看！』

接過袁世凱袖中所出一紙，榮祿一看是硃諭；不覺一怔，但立即恢復常態，坐在原處細看。硃諭上寫的是『榮祿密謀廢立弒君，大逆不道！著袁世凱馳往天津，宣讀硃諭，將榮祿立即正法；其遺缺即著袁世凱接任。欽此！』

袁世凱覺得這片刻工夫，關係重大，整頓全神，仰面看著榮祿的臉色。先看他讀硃諭並不站起來，知道他心目中並無皇帝，跡象不妙！轉念又想：這是還不知硃諭內容之故。如果讀完硃諭，面現驚惶，有手足無措的模樣，便不妨乘機要挾；或者有憂慮爲難的神色，那就很可以替他出主意，爲人謀亦爲己謀，好歹混水摸魚，撈點好處；若是既不驚、亦不憂，至少亦會表示感謝，那就索性再說幾句輸誠的話，叫他大大地見個情。

念頭剛轉完，榮祿已經讀完硃諭，隨手放在書桌上，用個水晶鎮紙壓住；板起臉說道：『臣子事君，雨露雷霆，無非恩澤。不過朝廷辦事，有祖宗多少年傳下來的規矩，「承旨」責在軍機；定罪有吏部、刑部；問斬亦要綁到菜市口。如果我有罪，我一定進京自首，到刑部報到；哪能憑你袖子裡一張紙，就可以「欽此，欽遵」的？』

這番回答未終，袁世凱知道自己在宦海中操縱的本領，還差人一大截；眼看狂飆大作，倘不趕緊落篷，便有覆舟滅頂之危！

『大帥！』他氣急敗壞地說：『世凱效忠不二，耿耿寸衷，唯天可表。大帥如果誤會世凱有異心；世凱只好死在大帥面前！』

說到這裡，痛哭失聲。且哭且訴，說他在京曾由皇帝召見三次；三次皆是偌大殿廷，唯有君臣二人的所謂『獨對』：第一次是八月初一，垂詢小站練兵的情形，當天就有『開缺以侍郎候補』的上諭；第二次是八月初二，皇帝曾問到外洋的軍事。

接下來就是最重要的一天。八月初三，榮祿曾有電報到京，說英國和俄國已在海參崴開仗；大沽口應加戒備，催袁世凱立即回任。而就在這天晚上，譚嗣同到他的寓所相訪，要求他帶兵進京，包圍頤和園，劫持慈禧太后。同時表示，皇帝將在八月初五，再度召見，有硃諭當面交下。

『一看硃諭，世凱嚇得魂飛天外，恨不得插翅飛回天津。世凱蒙大帥提拔之恩……』

『好了，好了！』榮祿不耐煩地打斷他的話，『有話明天再說！』

說完，將茶碗一端；門外遙遙注視的聽差，拉起嗓子高唱：『送客！』

攆走了袁世凱，榮祿立即召集幕府密議，好得是先已有防變的部署，前一天已調甘軍進駐離京四十里的長辛店；這時決定將聶士成的武毅軍調防天津，監視小站的新建陸軍。

在此同時，鐵路局已接到命令，特備專車，生火待發；榮祿便衣簡從，悄然上車，深夜到京，預先接到電報的步軍統領崇禮，親自在車站迎接。相見別無多語，崇禮只說得一聲：『慶王在等著！』隨即陪榮祿出站，坐上藍呢後檔車進城。

慶王府在北城，什剎海以西的定府大街；進宣武門由南往北，穿城而過，到時已過午夜，慶王已等得倦不可當，勉強撐持，聽得榮祿已到，精神一振，吩咐在內書房接見。

燈下相見，慶王訝然問道：『仲華，你的氣色好難看！』

『怎麼好得了？從本初進京，我就沒有好生睡過一覺。』

漢末袁紹字本初；這是指袁世凱而言。在親貴中，慶王是頗讀過幾句書的，懂他這兩字隱語；也意會到他此行與袁世凱進京，特蒙皇帝識拔一事，有重大關係。便即親自起身，掀簾向在廊上侍候的護衛與聽差說道：『都出去！把垂花門關上。』

聽得這話，崇禮覺得亦有請示的必要；等慶王轉過身來，隨即說道：『王爺如果沒有別的吩咐，我跟你請假。』

慶王不答他的話；看著榮祿問說：『受之不必走吧？』受之是崇禮的別號。

內務府正白旗出身的崇禮，也是慈禧太后所賞識的人物之一；而且步軍統領，職掌京師治安，當然亦有參預最高機密的資格，所以榮祿一疊連聲地說：『不必走！不必走！』

於是三個人圍著一張花梨木大理石面的小圓桌，團團坐定，崇禮先開口告訴榮祿：『老佛爺昨兒回宮了。』

『莫非得了甚麼消息？』

崇禮愕然：『甚麼消息？』

『我還以爲老佛爺知道頤和園不安靜；所以又挪回來的呢！』

崇禮大驚失色，『榮二哥！』他急問說：『怎麼說頤和園不安靜？難不成新黨派了刺客藏在園子裡？』

『對了！新黨派了個大刺客，打算派兵包圍頤和園，跟老佛爺過不去。我給你們看樣東西。』

等看過榮祿帶來的那道硃諭，慶王和崇禮都伸一伸舌頭，雙眼睜得好大地，不住吸氣。

『好傢伙！』慶王說道：『皇上眞有那麼大的膽子！』

『那必是珍妃在替皇上壯膽。』崇禮問道：『二哥，這道硃諭是哪裡來的？』

『那還用說，』慶王接口，『當然是袁慰庭自己交出來的。』

『王爺猜對了！』榮祿接著問道：『王爺，你看怎麼辦？』

『除了面奏老佛爺，沒有第二條路好走。』

『我也是這麼想！』榮祿將身子往後一靠，『勞受之的駕吧，看是怎麼樣跟老佛爺見面？』

『好！』崇禮立即起身，『都交給我！我找「皮硝李」去。回頭我在貞順門候兩位的駕。』

等崇禮一走，榮祿才跟慶王談到應變制宜之道。皇帝絕不能再掌權，是不消說得的；但應出以怎樣的一種手段，卻是非愼重考慮不可的，否則，會引起極大的動亂，招致『動搖國本』的嚴重後果。

『廢立一事，絕不可行。可是，仲華，』慶王一臉沒奈何的表情，『你知道我的處境，我實在不便說話。祖家街有個可笑的謠言，說我兩個兒子沒有入承大統的希望，所以反對廢立。這是從何說起？我就做再荒唐的夢，也不敢指望做太上皇，第一、我是高宗一系；第二、果然廢立，以旁支繼統，當然是爲穆宗立嗣，繼穆宗之統。算輩分也不對啊！我能糊塗到連弟兄、叔姪都搞不清楚不成。』

穆宗是『載』字輩；奕劻兩子載振、載搜是穆宗的堂房弟弟，自無以弟作子之理！榮祿也覺得『祖家街』的這個謠言，造得太離譜了。

『我就不服！』不大動感情的榮祿，忽然憤慨了，『莫非只有他「祖家街」；「翔鳳胡同」就不夠資格入承大統！』

『祖家街』與『翔鳳胡同』這兩處地名，指兩處王府。恭王府原是和珅的住宅。乾隆末年，皇子私議儲位；慶王奕劻的祖父、皇十七子永璘表示：『天下至重，何敢妄窺大位；將來但願能住和珅的宅子，於願已足。』及至乾隆內禪，皇位歸於永璘一母所生的皇十五子，即是仁宗。嘉慶四年，『和珅跌倒』；仁宗想起這段往事，就拿和珅的住宅，作爲慶郡王永璘的賜第。咸豐年間，改賜恭王。不過這座王府在三轉橋；恭王另在什剎海附近翔鳳胡同，構築別墅，命名『鑑園』。通常說恭王府，都指鑑園而言；所以榮祿亦以翔鳳胡同，作爲恭王府的代名。

祖家街在西城阜成門大街以北，相傳是清初降將祖大壽的故宅；端王載漪的府第，在這條街上。載漪是惇王奕誴的第二個兒子，承繼爲仁宗第四子瑞親王之後，照清朝親貴承襲的制度，降等襲封，瑞親王綿忻之子奕誌承襲，降爲瑞郡王；載漪是奕誌的嗣子，降等承襲爲貝勒。載漪頗得慈禧太后的歡心，所以在光緒十四年就加了郡王銜；四年前晉封爲瑞郡王，不道軍機大臣糊塗，承旨時將『瑞』字誤書爲『端』字。上諭既發，不便更正；載漪就這樣糊裡糊塗成了端王。

端王載漪，與恭王的幾個兒子，與穆宗都是嫡堂的兄弟。如今要在近支中找『溥』字輩的作爲穆宗的嗣子；則恭王府亦有資格。而載漪恃太后之寵，一心以爲只有他的兒子，可以入承大統。榮祿在恭王生前，頗蒙器重；因而有此憤憤不平之言。

『你也別替人家發牢騷了！言歸正傳，我看，』慶王沉吟了一下說：『眼前只能在「訓政」二字上做文章。』

『這篇文章可要做得好！』

『做文章容易。』慶王答說：『總要等「見面」以後，才能放手辦事。』

『見面』、『遞牌子』、『叫起』都是朝貴常用的術語。軍機大臣每日進謁，稱爲『見面』；慶王此時所說的『見面』，是指見了慈禧太后而言；未奉懿旨，一切都無從措手。於是，各自換了公服；兩人同車出府，向東疾馳。

向來大臣上朝，都由東華門入宮；此時事出非常，驅車直趨宮北面的神武門。慶王與榮祿都是賞過『紫禁城騎馬』的；守神武門的護軍統領，已由崇禮打過招呼，明知他們進宮不由其道，依舊放行，讓他們直到貞順門下車。

貞順門是寧壽宮的後門。這所乾隆歸政之後的頤養之處，因爲有一座暢音閣，是樓高三層的大戲台；所以慈禧太后由頤和園回宮。爲了聽戲方便，常住寧壽宮。此時崇禮與外號『皮硝李』的大總管李蓮英，接著了慶王與榮祿，先將他們延入貞順門西的倦勤齋敘話。

『老佛爺讓蓮英給叫醒了！』崇禮說道：『馬上就可以「請起」。』

『王爺跟榮大人有甚麼事面奏，我不敢問。』李蓮英接口，『不過，得預備甚麼？請兩位的示下，省得到時候抓瞎。』

慶王點點頭，看著榮祿說：『仲華，聽你的！』

『今兒個怕有大舉動。』榮祿答說：『最好避開皇上。』

『老佛爺本來打算今天仍舊回園；既然如此，就早早起鑾吧！』

『頤和園又太遠了。』

榮祿還在躊躇，李蓮英已經有了答覆；也等於做了答覆：『那就挪到西苑。』

說完，李蓮英就走了；不多片刻，有個小太監來通知『叫起』；同時指明：召見的是慶王與榮祿。

『受之，』榮祿便即叮囑，『請你派個妥當的人，悄悄通知軍機，預備老佛爺召見。』

召見慶王與榮祿，是在作爲乾隆書房的樂壽堂；除了李蓮英以外，別無太監與宮女。

跪過了安，慶王先奏：『榮祿是昨兒晚上十二點鐘進京的，有大事跟老佛爺面奏。』

『說吧！』慈禧太后問榮祿：『你是袁世凱回天津以後才進京的？』

『是！』榮祿答說：『奴才有密件，請老佛爺過目。』

密件就是那道硃諭；李蓮英從榮祿手裡接過來，一轉身呈上御案，慈禧太后入目變色，突出兩腮，雙眉之間，青筋暴露，牙齒咬得格格有聲。慶王與榮祿從未見過任何一位老太太有此可怖的形相；不由得都打了一個寒噤。

眞如雷霆驟發，來得快，去得也快；慈禧太后忽又收斂怒容，平靜地說：『是怎麼回事？』

『袁世凱一回天津就來看奴才……』

榮祿將袁世凱告密，以及他的應變部署，從頭細敘，一直談到進京與慶王會面爲止。話很長，一口氣說下來，不免氣喘；略歇一歇時，慈禧太后看著李蓮英說：『給榮大人茶！』

茶倒是現成，但茶具都是上用的明黃色，非臣下所能僭用；因而頗費張羅，於是慈禧太后又開口了。

『就拿我用的使吧！這是甚麼時候，你還在那兒蘑菇！』

『君臣的禮節嘛！』李蓮英已找到兩個乾隆青花的大酒鍾，權當茶碗；一面倒茶，一面頭也不回地答說：『大規矩錯不得一點兒！老佛爺就有恩典，人家也不敢喝呀！』

說著，已倒了兩鍾茶來，慶王與榮祿都先磕了頭；方始跪在地上，雙手捧起茶鍾，『骨嘟，骨嘟』一氣喝乾。

就這當兒，慈禧太后已想停當了，『袁世凱可惡！他這是曹操給董卓獻寶劍嘛！』她重重地說：『這個人可萬留不得了。』

榮祿大驚，『袁世凱是人才，求老佛爺開恩。』他向慶王看了一眼，『奴才知道袁世凱本心沒有甚麼。再說奴才也制服得住他。』

慶王受過袁世凱一個大紅包，兼以榮祿的示意，便接口幫腔：『老佛爺明鑑，如今辦大事正要收攬人才。袁世凱縱不足惜，但如老佛爺饒不過他，怕替老佛爺辦事的人會寒心。』

『而且，』李蓮英插嘴說道：『也叫景仁宮看笑話。』

珍妃住西六宮的景仁宮；她如果知道袁世凱告密而被誅，當然會撫掌稱快。慈禧太后醒悟了，『親痛仇快』的事不能做。

『好吧！我饒了他。不過，榮祿，你得好生管住！』

『是。奴才制得住他。』

慈禧太后點點頭，轉臉吩咐：『把匣子拿來！』

李蓮英答應著，立即取來一個專貯奏摺的黃匣子；打開了小銀鎖，慈禧太后親手檢出一件奏摺，交榮祿閱看。

這個摺子是兩名御史聯銜，在八月初三那天，到頤和園呈遞的。這兩名御史，一個叫楊崇伊，江蘇常熟人；熱中利祿，不惜羽毛，敢於爲惡，曾經一摺子參倒珍妃的老師、翁同龢的得意門生，爲一時大名士的江西萍鄉人文廷式，因而頗不容於清議。

另一個是湖北江夏人，張凱嵩的兒子張仲炘。張凱嵩久任督撫，宦囊充盈；所以張仲炘是個席豐履厚的貴公子，做官的宗旨，與楊崇伊相反，利心較淡，名心甚重，由編修轉任江南道御史以來，便以敢言著稱。

楊、張二人聯銜所上的摺子，自然是向皇帝陳奏；但此摺子又不能讓皇帝寓目，所以特地到頤和園呈遞。因爲，慈禧太后自入夏爲始，一直駐蹕頤和園，皇帝間日省視，亦經常在那裡處理大政；臣下到頤和園向皇帝奏陳，亦是常有之事。楊崇伊便是利用皇帝往來不定的這個漏洞，能將奏帝的摺子，送到慈禧太后面前。

摺子的內容，是得風氣之先，搶一個『擁立』之功，請慈禧太后三度垂簾。只是，既已『歸政』，不便再公然收掌大權，所以仿照嘉慶即位，乾隆以太上皇的身分，仍舊干預政務的故事，現成有個『訓政』的名目，可以借用。

這個摺子，榮祿不必再看；因爲楊崇伊事先到天津商量過的。榮祿當時表示，『不妨上了再說』，做個伏筆；如今別無選擇，唯有運用這個伏筆了。

『那麼，你們去預備！』慈禧太后問李蓮英，『今兒個，皇帝要幹些甚麼？』

『除了召見四位「新貴」，還得駕臨中和殿「閱祝版」。』

『這會，皇帝在哪兒？』

『多半還在景仁宮。』李蓮英答說：『奴才馬上派人去打聽。』

一聽景仁宮，慈禧太后便不自覺地怒氣上衝，『不用打聽了！』她說：『咱們就去吧！』

榮祿不能確知慈禧太后到了景仁宮，跟皇帝見了面，彼此會說些甚麼？不過，皇帝做何表示，可以不管；如今頂要緊的是，需決定慈禧太后在何處召見軍機？

這樣想著，便陳奏請旨；慈禧太后並無意見，反問一句：『你們看呢？』

『奴才的意思，請老佛爺在西苑辦事。』

『也好！你們把楊崇伊的摺子帶去。』慈禧太后隨即又吩咐李蓮英：『回頭咱們就由景仁宮，一直到西苑。』

『喳！』李蓮英答應著；向榮祿使個眼色。

這是暗示他可以『跪安』了。於是榮祿又拿肘彎碰一碰慶王；兩人磕頭跪安，辭出殿去，轉到隆宗門內，離軍機處不遠的內務府朝房，派人先將崇禮找了來接頭。

『已經通知過了。』崇禮低聲說道：『剛中堂說，他盼這一天很久了！要怎麼預備，最好趕快通知他。』

『仲華，我看，這會兒就把剛子良請了來談一談吧？』

榮祿考慮了一下，搖搖頭，『這會兒還不必。』接著又轉臉對崇禮說：『受之，勞你駕，悄悄兒把錢子密給找來。』

『好！我自己去說。』

子密是錢應溥的別號，浙江嘉興人，軍機章京出身；同治年間為曾國藩奏調出京，在他幕府中專司章奏；曾國藩歿於兩江總督任上，錢應溥復回軍機，由章京而『達拉密』——軍機章京領班；由達拉密而超擢為軍機大臣，為人明敏通達，筆下更是來得。榮祿覺得這件大事，必須透過軍機；而軍機大臣中，只有跟錢應溥商量才有用。

慶王比較持重，認為應該告知剛子良，就是剛毅。此人籍隸鑲藍旗，在刑部當司員時，因為熟於律例，勇於任事；頗得當時的尚書翁同龢的賞識，外放為潮嘉惠道，升監司，當巡撫，所至有聲，算是封疆大吏中的佼佼者。光緒十五年皇帝親政以後，翁同龢以師傅之尊與親，得君獨專，頗為弄權。

光緒二十年甲午之戰，大東溝一戰，海軍大敗；朝局一變，恭王復起，翁同龢、李鴻藻再入軍機，剛毅亦由於翁同龢的密保，由廣東巡撫內召，以禮部侍郎而在軍機大臣上行走。在仕途中，這一步可是跨得大了！照道理說，應該感激翁同龢才是，然而不然！

翁同龢倒是絕非喜歡擺架子的人，亦很少疾言厲色。但以剛毅既是舊屬，又有新恩，言語詞色之間，當然比較率直。剛毅沒有讀過多少書，愛掉文而常唸白字，提到大舜稱爲『大舜王』，只是識者搖頭；將皋陶的陶，讀如陶器的陶，也還不覺刺耳；可是以當國執政的樞臣，『茶』毒生靈；草『管』人命，瑯瑯上口，這種笑話，可就傷害到政府的威嚴了！因而有一次，翁同龢忍不住當面糾正；剛毅面紅過耳，唯唯稱是，但心裡引爲大恨，一直想找個機會報復。

到了這年春天，翁同龢因爲贊助皇帝維新；又與爲慈禧太后及舊黨深惡痛絕的康有爲扯上關係，所以爲跟翁同龢有宿怨的榮祿所排擠，落得個『革職永不敘用，驅逐回籍，交地方官嚴加管束』的淒涼下場。而在榮祿下此殺手之時，剛毅在暗中頗盡了些力量。而榮祿並不感激，反覺此人刻薄無義，存著戒心。同時，他亦很不滿剛毅剛愎自用、橫行霸道的作風；覺得新舊之爭搞得如此勢如水火，以致太后與皇帝母子之間，竟如仇敵，剛毅在其間推波助瀾，要負很大的責任。所以這件大事，不願與他商議。

慶王見他態度堅決，便不肯多說；等錢應溥到了內務府朝房，亦仍舊讓榮祿去跟他細談。

就在這時候，慈禧太后已帶著大總管李蓮英、二總管崔玉貴，以及大批的太監、宮女，由寧壽宮出蹈和門；進蒼震門到了『西六宮』之一的景仁宮。

景仁宮是珍妃的寢宮，亦是皇帝經常臨幸之地。珍妃得報，心知慈禧太后的來意不善，深怕錯了禮數，又遭譴責，趕緊出宮跪接。慈禧太后卻理都不理，讓李蓮英攙扶著，上階入室，往正中所設的寶座上一坐，隨即喊道：

『崔玉貴！』

『喳！』崔玉貴的嗓子，雌音特重，加以高聲應答，亢直尖厲，入耳令人心悸。跟在後面的珍妃，不由得皺了皺眉。

不過，她總算搶了個先，越過捧著個大肚子的崔玉貴，跪在慈禧太后面前說：『奴才給老佛爺請安！』

慈禧太后沒有理她，偏著臉對崔玉貴喝道：『你們給我搜！』

搜甚麼是早就關照過的；崔玉貴又是嗷然一聲：『喳！』回身招一招手，直奔珍妃臥室；抽出皇帝常用的一張書桌的抽屜，拿起來往桌上一倒，那些拆散了的鐘錶之類的雜物，仍舊一抹一掃，歸入原處，所有的文件，用塊黃袱，一股腦兒包了起來。

搜完書桌，又搜珍妃的妝檯與枕箱，所獲亦頗不少。前後不過一盞茶的工夫，便可覆命；而珍妃仍然直挺挺地跪在冰涼的青磚地上。

『帶回去看！』慈禧太后又揚著臉問：『誰是這兒管事的？』

景仁宮的首領太監，趕緊奔過來跪倒，自己報告：『奴才孫得祿給老佛爺磕頭。』

『你主子不孝！打這兒起，停了「月例」的首飾衣服，省得她成天打扮得花裡胡哨的，迷得皇帝顛三倒四的，自己都不知道自己在幹甚麼？』

『喳！』孫得祿大聲答應，不由得轉臉去看珍妃。

珍妃噙著兩滴眼淚，卻就是不掉下來；慈禧太后冷笑著問：『怎麼著？敢情你還不服？』

『奴才都沒有吭氣。』珍妃回答的聲音，既快且急。

『你們聽聽！』慈禧太后看著李蓮英，『還跟我頂嘴！』

『珍妃哪裡敢！』李蓮英是怕慈禧太后過於生氣，大家都不安逸，所以緊接著說：『主子謝恩吧！』

珍妃很識好歹，知道李蓮英在維護她；倒不能不領這個情，便即碰頭說道：『奴才有不是，儘管請老佛爺責罰，只求老佛爺別動氣！』

『哼！』慈禧太后答說：『別口是心非吧！你們都巴不得我早死！老天爺有眼，偏教我硬朗，偏教你們不得遂心！』說著，霍地起立，爲了表示自己硬朗，大步從寶座的踏腳上跨了下來。就在這時候，外面傳呼：『萬歲爺駕到！』

皇帝是朝服閱完了『祝版』，回景仁宮來換常服，順便要取幾件臣下所上建議新政的密摺，預備到養心殿召見輪班的『四京卿』。一到宮門，發現慈禧太后的軟轎，想要抽身躲避，已自不及，只能硬著頭皮，下轎入內。

進得宮門，就看到慈禧太后站在廊上，雙膝便不由自主地彎了下去。

『起來！』臉板得一絲笑容都沒有的慈禧太后說：『我有話問你。』

『是！』皇帝掙扎著站起身來。

『你要殺榮祿是不是？』

皇帝大吃一驚，不知道慈禧太后從哪裡得來的這個消息？不過他立即想到，不宜也不能抵賴，便硬著頭皮答一聲：『是！』

『你爲甚麼要殺他？』

這又是極難解釋而又不能不答的一件事。人言藉藉，多說九月初皇帝奉太后巡行天津閱兵時，榮祿將有廢立之舉。只此一端，以皇帝的權力，便可先發制人；但如未奉懿旨，榮祿哪敢如此？所以持此罪狀作爲殺榮祿的理由，便等於表示與慈禧太后亦不能兩立。

有此顧忌，語多窒礙；加以在積威之下，越發訥訥然不能出口。遇到這樣的情形，慈禧太后向來不容他從容考慮；又問：『你是派誰去殺榮祿呢？是派袁世凱嗎？我告訴你吧，人家把你給賣了。』

原來是袁世凱告的密！然則譚嗣同所建議的，派袁世凱兵圍頤和園一事，慈禧太后當然亦知道了。轉念到此，渾身發抖，牙齒震得格格作響。宮女們大都不忍看他這副樣子，卻又不敢轉臉相避，只好垂著眼看地面。

『你算明白過來了吧！傻哥兒，你不想想，今天沒有我，明天哪有你！憑你，就能壓得住嗎？走吧，跟我上西苑去！』

語氣突然緩和了，可是誰都知道，並非吉兆。面如死灰的皇帝，蹣跚起身；上了轎子，跟著慈禧太后向西，過了金鰲玉蝀橋，折而向南；行近德昌門，太監來傳懿旨，讓皇帝在瀛台待命。鳳輿卻一直抬到勤政殿。

殿前朝房中，慶王、榮祿與全班軍機大臣都在候駕。不一會兒兒『叫大起』——軍機與其他大臣同時召見；於是禮王世鐸領頭，慶王居次，其餘按官階分先後，成單行緩步上殿。

行完了禮，慈禧太后開口喊道：『榮祿，袁世凱告訴你的話，你跟大家說了沒有？』

榮祿跪行一步，向上回奏：『奴才已經說給禮親王跟軍機大臣了。』

『你們的意思怎麼樣？』

像這樣的詢問，照例應由禮王答話；但他名爲軍機領袖，實際上只是擺個樣子，很少在御前陳述一番見解，或者出個主意；遇到這樣的大事，更不敢胡亂開口，只朝上碰頭答道：『剛毅有話，跟老佛爺回奏。』

剛毅不待慈禧太后有何表示，便即大聲說道：『新黨胡鬧得太不成話了！奴才等大家商量，只有請老佛爺重新把權柄拿回來，才能保住大清朝的天下。』

話說得粗魯不文，不過意思表達得很清楚。慈禧太后就全班軍機大臣，逐一指名詢問：『王文韶，你是老人，有話儘管說！』

籍隸杭州的王文韶，早在二十年前就當過軍機大臣，是他的老師沈桂芬所援引。沈桂芬一死，倒了唯一的一座靠山，結果爲李鴻藻與清流所攻；而『雲南報銷案』中，王文韶受賄亦確鑿有據，因而被放回籍。家居十年，韜光養晦，磨盡稜角，練就了一副與人無爭的性格。他爲人並不糊塗，只是一味圓滑，所以外號叫作『琉璃蛋』。上了年紀，雙耳重聽，慈禧太后說些甚麼，根本不曉；不過，他另有一套應付的辦法，看上面目光下注，落在自己身上，便等慈禧太后閉口後，碰個頭說道：『皇太后聖明！』

御前頌聖，絕無差錯；慈禧太后換個人問：『裕祿，你看怎麼樣？』

裕祿是正白旗人，少年得志，三十歲就當到安徽巡撫；久任封疆，頗有能名。由四川總督內召爲禮部尚書軍機大臣，還不到三個月，於朝政尙未深知；但對外面的情形，還算明白；當時答說：『如今列強環伺，務求安靜。變法維新，原是老佛爺應許了皇上的，不過操之過急，竊恐生變。倘蒙老佛爺訓政，讓皇上凡事有所稟承，實爲國家之福。』

『是啊！』慈禧太后頗有搔著癢處之感，『誰不巴望國富民強？皇帝要變法、要維新，只要不大離譜，我哪有不贊成的？只是聽了康有爲那些離經叛道的話，凡是老的、舊的，不管是不是祖宗的規矩，都說是壞的，那叫甚麼話？現在索性打從皇帝自己起，就要造反。』她停了一下又說：『有些話，我也不忍說；你們問榮祿，袁世凱跟他說些甚麼，你們就知道了！總而言之一句話，我放著清福不享，爲甚麼還要勞神？實在是不能不管。我如果不管，就沒有人能管了，譬如宮裡，有人很不安分；皇后太老實，治不了那些人。我不管，成嗎？』

『自然非老佛爺管不可！今天的事，這就算說定了；老佛爺也不必再問了，就請明白降旨吧！』

這一下，還有兩位軍機大臣錢應溥與廖壽恆，就失去了發言的機會。不過，在軍機之外有個人，慈禧太后是非問不可的。

『榮祿，你們商量得怎麼樣了？』

『奴才擬了個上諭的稿子，請老佛爺的懿旨。』

此言一出，軍機大臣除了錢應溥以外，無不愕然；剛毅尤其不悅。『承旨』、『述旨』都是樞廷的大權；榮祿竟敢不遵規矩辦事，太可惡了！

然而想到他是面奉懿旨辦理，料知爭不過他；只能瞠目而視，無可奈何地看榮祿將旨稿呈上御案。

慈禧太后識得筆跡，是出於錢應溥的手筆；看完覺得滿意，但並不發下來，只點點頭說：『寫得很好！我讓皇帝看一看，回頭再叫你們。』

於是禮王領頭行了禮，暫且退朝。慈禧太后就在勤政殿後休息，進用『茶膳』；指派李蓮英拿著旨稿到瀛台去見皇帝。

瀛台在勤政殿之南，三面臨水，台南邊兒紅蓼白蘋、綠水瀲灩的一片大湖，就是三海之一的南海。李蓮英過了橋，便有小太監迎了上來；問知皇帝在補桐書屋休息，一直便奔了去，不必通報，上了台階便喊：『有懿旨！』

正在屋中發怔的皇帝，聽得這一聲，立即站起身來，走到堂屋，向上跪了下來。

於是李蓮英亦踏了進去，在上方東首一站，朗聲宣道：『奉懿旨：有上諭一道，交皇帝硃筆抄一遍。』

這是常有之事。慈禧太后每每用皇帝之名降旨，而由皇帝親筆硃書，掩蓋假借的形跡。不過通常總是當面交付，或者由李蓮英送了稿子來；甚至有時只是口述大意，要皇帝自己做文章。授受之間，不拘形式；獨獨這時如此鄭重其事，皇帝心知大事不妙了。

等他站起身來，放下了黃匣子的李蓮英才給皇帝請安，口中說道：『萬歲爺請裡面坐吧！』

『諳達！』皇帝對李蓮英的這個稱呼，算是一種『尊稱』——皇帝稱授讀的老師，如是漢人而授漢文，叫作『師傅』；旗人而教滿洲話、蒙古話，或騎射、禮儀之類，就用滿洲話叫『諳達』。而皇帝此時叫李蓮英的這一聲『諳達』，語音中充滿了求援的意味：『你可得幫著我一點兒！』

『萬歲爺怎麼說這話？奴才能調護的，不敢不盡心盡力。不過，奴才也實在很難。唉！』李蓮英微微嘆口氣，『無事是福！』

說完，一手挾起黃匣，一手攙一攙皇帝；陪著進了書房，將黃匣子打開，放在書桌上。

皇帝就站在那裡拿起旨稿；默默唸道：『現在國事艱難，庶務待理，朕勤勞宵旰，日綜萬幾，兢業之餘，時虞叢脞。恭溯同治年間以來，慈禧端佑康頤昭豫莊誠壽恭欽獻崇熙皇太后兩次垂簾聽政，辦理朝政，宏濟時艱，無不盡美盡善；因念宗社爲重，再三籲懇慈恩訓政，仰蒙俯如所請，此乃天下臣民之福。由今日始，在便殿辦事；本月初八日率王大臣在勤政殿行禮，一切應行禮儀，著各該衙門，敬謹預備。欽此！』

一面唸，一面身子已經發抖；唸完，面如死灰，雙足想移向近在咫尺的椅子都有些困難了。

李蓮英急忙將他扶著坐好；鋪紙揭硯，取一枝筆遞向皇帝，口中輕輕說道：『且敷衍過了這一關再說。』

『諳達，』皇帝很吃力地問道：『這是誰的主意？』

『萬歲爺不必問了。千錯萬錯，錯在昨兒個不該召見袁世凱！』

『眞是他！』皇帝失聲說道：『眞的是這個奸臣告的密！』

『這，奴才可不知道了！』李蓮英拿筆塞到他手裡，『早點兒覆命吧！』

皇帝茫然地提筆寫那道硃諭；寫到『再三籲懇慈恩訓政』那一句，豆大的兩滴眼淚落在紙上，滲成一片紅暈，鮮豔欲流，就像珍妃頰上的胭脂那樣。

這道硃諭一交到軍機手裡，大權便算正式移轉了。作爲『首輔』的禮王，所想到的第一件事是：

『該不該給皇太后遞如意啊？』

皇太后、皇帝有值得慶賀之事，譬如萬壽等等，大臣照例要『遞如意』。如今慈禧太后訓政，權柄復歸掌握，說起來是件喜事。可是腦筋稍微清楚的人都在想：如果給慈禧太后遞了如意，可又給皇帝遞甚麼呢？

王文韶就是這麼在想；不過他的手段圓滑，看大家不作聲，只好這樣答說：『到初八行禮朝賀，再遞如意也不晚。』

『夔石的話不錯。』慶王出言附和，叫著王文韶的別號說：『先上去看看再說。』

『可總得有兩句門面話啊！』

『王爺這你就甭管了！』剛毅自告奮勇，『回頭我來說。』

於是，一面找『達拉密』來行文內閣，將那道硃諭化為『明發』，以便『天下臣民』共知其『福』；一面『請起』。

這一起，仍舊是『大起』。等行完了禮，剛毅精神抖擻地說：『老佛爺大喜！多少年以來，到底見了天日了。如果是早有老佛爺掌權，也不至於受洋人那樣的欺侮，讓新黨這等的胡鬧！』

『我也是萬不得已！』慈禧太后蹙眉說道：『皇帝是多少年來聽信了奸人的話，糊塗得離譜了。第一個罪魁禍首是康有為；這個人萬萬容不得他！』

『是！』剛毅立即接口，『奴才等請懿旨，立即拿交刑部，嚴刑訊問。』

慈禧太后點點頭，問：『聽說他還有一個胞弟在京裡？』

『是！康有為的胞弟叫康廣仁；弟兄倆同惡相濟，請旨一併拿問。此外，』剛毅又說：『所有新黨，應該一律嚴辦，除惡務盡，以肅紀綱。』

『罪有應得的，當然不能輕饒。不過，也別太張皇了。』

聽得這話，榮祿立即碰頭說道：『老佛爺眞正聖明。如今大局初定，一切總以安靜爲主；奴才斗膽請旨，眼前只辦首惡。』

『這話也是！』慈禧太后問道：『康有爲是誰保薦的？』

『保薦康有爲的人可多了……』

一語甫畢，榮祿抓住他語聲中的空隙，搶著說道：『保薦康有爲的，是山東道御史宋伯魯；請旨革職。』

『可以！』慈禧太后正式做了裁決：『康有爲、康廣仁即刻拿交刑部；宋伯魯革職，永不敘用。』

於是軍機承旨退出，請來在德昌門朝房中待命的步軍統領崇禮，由剛毅當面下達懿旨，即刻逮捕康有爲兄弟，綑交刑部。崇禮是早有預備的，回本衙門點起三百兵丁，親自騎馬率領，直撲宣武門外米市胡同的南海會館，團團圍住；哪知康有爲奉旨籌辦官報，已經在前一天出京，由天津上了去上海的海晏輪了。

『那麼，』崇禮問道：『誰是康廣仁？』

已被抓了起來的康有爲的兩個門生，三個僕人，面面相覷，無從回答；卻有個會館長班，曾爲康廣仁打過一個嘴巴，此時想起前仇，恰好報復，大聲答說：『康廣仁在茅房裡！』

帶著兵去，一抓就著。崇禮疑心康有爲出京的話不實，下令大搜；就在這逐屋搜索之際，消息已經傳到譚嗣同那裡了。

譚嗣同是剛卸任的湖北巡撫譚繼洵的長子，湖南瀏陽人；所以住在離米市胡同北面不遠，袴腿胡同的瀏陽會館。『四京卿』依照軍機章京當値的規矩，亦分兩班；他與沈葆楨的孫女婿、康有爲的弟子、福州人林旭是一班，這天輪休，正在寓處與來訪的康門大弟子梁啓超，商量如何籌辦譯書局。聽說南海會館出事，梁啓超還有些不安的模樣，而譚嗣同卻是聲色不同，只說：『這也在意料之中。且等一等，劉楊二公必有信來。』

劉是劉光第，四川富順人，進士出身，原職刑部主事；楊是楊銳，也是四川人，是張之洞當四川學政，特加識拔的門生。這兩人由於湖南巡撫陳寶箴的特薦，與譚、林同被召見，加四品卿銜，充軍機章京，此刻正在內廷當値；有此劇變發生，自無不知之理，亦無不飛函告變之理。

果然，楊銳的兒子楊慶昶，氣喘吁吁地趕了來；送來一封信，拆開一看，便是那道慈禧太后自即日起訓政的上諭。

『此局全輸了！』譚嗣同惘惘然地對梁啓超說：『卓如，我們四個人在軍機章京上行走，是奉旨「參預新政」；太后訓政，當然仍復其舊，談不到新政，我亦就無事可辦，閉門待死而已！不過，天下事知其不可爲而爲之，亦是我輩的本分。卓如，你犯不著犧牲，不妨投日本公使館，請伊藤博文打電報到他們上海領事館，安排你出洋，留著有用之身，以圖後起。如何？』

這是個好主意。剛在前一天爲皇帝召見的、日本卸任首相伊藤博文，很同情中國的新政，當然會營救他出險。不過，『復生，你呢？』梁啓超問。

『我不能走！原因很多。最明白的是，「逃得了和尚，逃不了廟」；朝廷一定責成家父交人。你想，不肖能累及老親嗎？』

『是！』梁啓超肅然起敬地說：『復生，倘有不測，後死者必有以成公之志。』

『正是這話！』譚嗣同欣然微笑，握著梁啓超的手說：『吾任其易，公任其艱。』

看到譚嗣同處生死之際，如此從容，梁啓超反覺得遲徊不忍，是感情的浪擲。因此，莊容一揖，挺起胸來，大步而去。

譚嗣同望著窗外，凝神片刻；由他的正在奉召來京陛見途中的父親，想到此時不知如何在受慈禧太后磨折的皇帝，很快地作了一個打算，招手將侍立一旁，愁眉苦臉，不斷搓著手的老僕譚桂喚到面前，有些要緊話囑咐。

『你先不要著急！』他先安慰譚桂，『著急無用。你記住，倘或我被捕，你不要去亂託人；於我不見得有好處，反而連累別人。你只去找王五爺好了，一切都聽他的。』

『是！』譚桂問道：『是先稟告老爺，還是瞞著老爺？』

『瞞是瞞不住的；稟告也不必稟告。』譚嗣同說：『你先去通知王五爺一聲，請他在家聽我的信；千萬不必來！別的話，等你回來才說。』

等譚桂一走，譚嗣同立刻關緊房門，取出一盒上海九華堂箋紙舖買的信箋，仿照他父親的筆跡，提筆寫道：『字諭同兒知悉……』

他是在僞造家書。用他父親的語氣，諄諄告誡，第一勤愼當差；第二，不可多事；第三，尊敬老輩。而再三致意的是，務必相機規諫，凡事請皇帝稟承慈訓；示臣民以孝治天下，則天下無不治。他是怕連累老父，預先爲譚繼洵留下免於『教子無方』的罪過的餘地。

這樣的家書，一共僞造了三封。寫完已經下午三點鐘；朝中辦事的規矩，黎明起始，近午即罷，哪怕最忙的軍機處，到了未時——下午兩點，亦無不散値。這天情形雖然不同，但如有嚴旨，緹騎亦應到門；至今並無動靜，大概不要緊了。

他很想出門去打聽打聽消息，卻又怕一走便有步軍統領衙門的人來，那就不但驚惶騷擾，累及無辜；而且可能落個畏罪逃匿的名聲，是他不甘承受的。這樣一轉念，不但不出門；反將房門大開，表示坦然。

他單獨住一個院子，平時門庭如市，訪客不斷；這時雖然房門洞開，卻絕無人來。這倒也好！『偷得浮生半日閒』，他吟著這句詩，靜靜地收拾詩稿文件，都歸在一個皮包裡；思量著託一個可共肝膽的朋友收存。

轉眼天黑，譚桂也回來了，低聲說道：『王五爺先不在家，他也是聽得風聲不好，找內務府的朋友打聽消息去了。王五爺說：今晚上請大少爺不要出去；房門不要關；他回頭來看大少爺。』

『嗯，嗯，好！』譚嗣同問：『家裡寄來的臘肉還有沒有？』

『還多得很。』

『王五爺愛吃我們家的臘肉，你蒸一大塊在那裡；再備一小罈南酒，等他來喝。』

譚桂如言照辦。到了二更以後，估量客人隨時可來；預先將不相干的男僕都支使得遠遠地，只他自己與譚嗣同的一個書僮小順，悄悄在廊下侍候茶水。

這天已近上弦，一鉤新月，數抹微雲，暗沉沉的梧桐庭院中，只有譚嗣同書房中，一燈如豆。譚桂想起這個把月來，無一夜不是燈火通明，笑語不絕，總要到三更以後，訪客方始陸續辭去。誰知旦夕之間，淒涼如此！忍不住眼眶發熱，視線模糊了。

模模糊糊發現一條人影，譚桂一驚，剛要喝問時，突然省悟，急急用手背拭一拭淚，定睛細看，果然不錯；『王五爺，』他迎上去低聲問道：『你老從哪裡進來的？』

王五是翻牆進來的——此人有個類似衣冠中人的名字，叫作王正誼；但從山東至京師一條南來北往的官道上，只知道他叫『大刀王五』。以保鏢爲業而亦盜亦俠；『彭公案』、『施公案』之類的評書聽得多了，最敬清官廉吏、忠臣義士。平生保護好官的義行甚多，最有名的是他與安維峻的故事。

安維峻是光緒入承大統之初，請爲穆宗立嗣而死諫的吳可讀的同鄉，甘肅秦安人；由翰林改御史，一年工夫，上了六十幾個摺子，以敢言爲朝貴側目。甲午戰敗，安維峻嚴參李鴻章，指他『不但誤國，而且賣國』，列舉罪狀二十條之多，同時詞連慈禧太后；又指責李蓮英左右太后的意旨。結果下了一道上諭：『軍國要事，仰承懿訓遵行，天下共諒。乃安維峻封奏，託諸傳聞，竟有「皇太后遇事牽制」之語，妄言無忌，恐開離間之端，著即革職，發往軍台效力。』

所謂『發往軍台效力』就是充軍。安維峻雖獲嚴譴，而直聲震海內，餞行贈別，慕名相訪的，不計其數。可是，安維峻此去，妻子何人瞻顧？流費如何籌措？一路上可能有人得而甘心，又何以保護？這些切身要事，卻只有一個人在默默替他打算；那就是大刀王五。

王五千里辛苦，將安維峻安然送到新疆戍所，還京以後，名聲更盛。士大夫心敬其人，卻不免還有頭巾氣，或者覺得他的行徑不平常，交遊容易惹禍；或者認爲身分不侔，敬而遠之，唯有豪放不羈的譚嗣同，折節下交，視之爲兄，『五哥、五哥』地叫得很響亮。

王五倒是很懂禮法的，管譚嗣同只叫『大少爺』。他憂容滿面地說：『這趟事情鬧大了！大少爺，我都安排好了；咱們今晚上就走！』

譚嗣同一愣，旋即堆足了歉然的笑容：『五哥，恐怕沒有那麼容易。』接著他將對梁啓超說過的，『逃得了和尚，逃不了廟』的道理說了給他聽；又將不肯跟梁啓超說的話，也說了給他聽：『五哥！如今皇上的安危還不知道；做臣子的倒一走了事，於心何安？於心何忍？且不說君臣，就是朋友，也不是共患難的道理啊！』

聽他說完，王五怔怔然好半晌，方能開口：『到底大少爺是讀書人，隨隨便便說一篇道理，就夠我想老半天的！不過……』

『五哥！』譚嗣同握起他的手，搶著說道：『請你不要再說了。眼前有一個比我要緊不知道多少倍的人，只怕還要五哥去照應。』

『誰？』

『皇上！』

此言一出，王五大驚——是受寵若驚的模樣；九重天子，竟要草莽微臣去照應，在他是一件不可思議的事。『大少爺，』他爽然若失地說：『這不扯得太遠了一點兒？』

『不然！我跟你稍微說一說，你就明白了。五哥，你不常到「太監茶店」去嗎？總聽說了甚麼吧？』

太監閒時聚會的小茶館，俗稱『太監茶店』；凡近宮掖之處，如地安門、三座橋等等，所在都有，向來是流言最盛之地，去一趟就有些離奇的宮闈祕聞可以聽到。其中最有名的一家，在到頤和園必經之路的海淀鎭上，字號『和順』；王五跟和順的掌櫃是好朋友，經常策馬相訪，所以也很認識了一些太監和滿洲話稱爲『蘇拉』的宮中雜役。

『稀奇古怪的話，也聽了不少。不知道大少爺問的是哪方面的。』

『你可曾聽說，太后要廢了皇上？』

『這倒沒有聽說。只常聽太監在說：皇上內裡有病，不能好了！有時也聽人說：遲早得換皇上。』

王五困惑地，『皇上還能換嗎？可以換誰呢？』

『自然有人！想當皇上的人還不多，想當太上皇的可不少。』譚嗣同低聲說道：『說皇上有病，不能好了；就是太后左右的人，故意造的謠言。今天太后把權柄又奪回去了；皇上的處境，更加艱難了。謠言已造了好些日子，如果突然說皇上駕崩，那也不算意外！』

王五想了一會兒，將雙眼睜得好大地問：『大少爺，你這是說太后左右的人，不但要廢掉皇上，還要害皇上的性命？』

『斬草不除根，春風吹又生。』

『莫非，』王五憤激地問：『莫非皇上面前，就沒有救駕的忠臣？』

『有！不多。』譚嗣同說：『二十四年來，皇上面前的第一個忠臣，就是翁師傅，翁大人；四月底讓他一手提拔的剛毅恩將仇報，不知道在太后面前說了甚麼壞話，攆回常熟老家去了。再有，就是我們這幾個朝不保暮的人了。』

『嗐！』王五倏地起立，拉住譚嗣同的手臂，『留得青山在，不怕沒柴燒！大少爺，你非走不可！』

『一走還能算忠臣？』譚嗣同平靜地答說：『五哥，總要等皇上平安了，我才能作進一步的打算。眼前，我是絕不走的！倘或我能僥倖，我還要想法子救皇上。』

『好吧！』王五做個無可奈何的表情，『咱們就商量救皇上吧！』

得此一諾，珍逾千金；譚嗣同的雄心又起，『有五哥這句話就行了！』他說：『不過還不急，那不是一天兩天的事。如今第一步要拜託五哥，務必將皇上眼前的處境，打聽出來，咱們才好商量怎麼樣下手。』

『好！』王五想了一下說：『我盡力去辦，明天中午跟你來回話。怎麼見法？』

一個不便到會館來，一個不便到鏢局去；而且這樣的機密大事，只要有一句洩漏，很可能便是一場滅門之禍。意會到此，譚嗣同倒躊躇了；自己反正生死已置之度外，連累王五身首異處，是件做鬼都不能心安的事。

『五哥，』他答非所問地說：『你可千萬慎重！』

『這是甚麼事？我能大意！天知、地知、你知、我知。』

『這就是了。』譚嗣同想了一下說：『別處都不妥，還是你徒弟的大酒缸上見吧。』

『那也好。不過，大少爺，你自己可也小心一點兒。』

『我知道。』

『那就明天見了。』

王五已走到門口了，聽得身後在喊：『五哥！』

回頭看時，譚嗣同的表情，已大不相同；有點哀戚，也有點悲憤，眼中隱隱有淚光閃現，王五大驚問道：『大少爺，你怎麼啦？』

『五哥，』他的聲音低而且啞，『咱們這會兒分了手，也許就再也見不著了……』

『這叫甚麼話？』

『五哥，五哥，你聽我說。』譚嗣同急得搖手，『這不是動感情的時候，只望五哥細心聽我說完。』

『好，好！』王五索性坐了下來，腰板筆直，雙手按在膝上，『我聽著呢！』

『也許今兒夜裡，或者明天上午，我就給抓走了；果然如此，不定按上我甚麼罪名？五哥，你千萬記住，正午我不到大酒缸，就出事了，那時你千萬別到刑部來看我。』

王五心想，那怎麼行？不過，此時不願違拗，特意重重地點頭答說：『是了！還有呢？』

『除此以外，就都是五哥你的事兒了！菜市口收屍，我就重託五哥了！』

『那還用說嗎？』王五答得很爽脆，又將腰板挺一挺；但眼中兩粒淚珠，卻不替他爭氣，一下子都滾了出來，想掩飾都來不及。

『五哥別替我難過……』

『我哪裡是替你難過？我替我自己難過！』

『唉，眞是！』譚嗣同黯然低首：『死者已矣！生者何堪？』

『大少爺，你別掉文了，有話就吩咐吧！』

『是。』譚嗣同說：『家父正在路上，到了京裡，請你照應。』說著磕下頭去。

『嗐，嗐，大少爺！』王五急得從椅子上滾下來，對跪著說：『這算甚麼？』

因爲有此鄭重一拜，王五愈覺負荷不輕；辭別譚嗣同，由瀏陽會館側門溜了出來，看一看錶，正指一點，心想太監及在內廷當差的內務府人員，這時已經起身，尚未入宮，要打聽消息，正是時候。

凝神靜思，想起有個在御膳房管料帳的朋友楊七，就住在騾馬市大街；此人是個漢軍旗，在御膳房頗有勢力，太監、蘇拉頭很買他的帳，或許能夠問出一點甚麼來。

主意打定，撒開大步，直奔楊七寓所。敲開門來，楊七正坐在堂屋裡喝『卯酒』，很高興地招呼：『難得，難得！來吧，海淀的蓮花白，喝一鍾！』

『七哥，今晚上可能不能陪你了。你大概也想得到，這會兒來看你，必是有事。』

『喔，說吧！』

『是這麼回事，』王五壓低了聲音說：『有個山東來的財主，打算捐個道台，另外想花幾吊銀子謀個好差使。已經跟皇上面前的一個太監說好了，這個人的名字，我不便說，請七哥也別打聽，反正是皇上面前，有頭有臉，說得上話的。哪知下午聽人說起，老太后又掌權了；我那財主朋友找我來商量，想打聽一下子，原來的那條路子還有沒有用？』

『一點用處都沒有了！如今又該找皮硝李或崔二總管才管用。』

『喔，這是說，皇上沒有權了？』

『豈止沒有權，只怕位子都不保！這也怨不得別人，是皇上自己鬧的。年三十看皇曆，好日子過完了！』楊七緊接著又說：『唶，這話不對！原來就沒有過過甚麼好日子；往後只怕……』他搖搖頭，端起杯子喝酒。

『這，』王五拿話套他，『到底是母子；也不至於讓皇上太下不去吧！』

『哼！名叫母子，簡直就是仇人。你想，昨兒回頤和園以前，還留下話，不准皇上回宮！這不太過分了嗎？』

原來慈禧太后回頤和園了。『那麼，』王五問道：『皇上不回宮，可又住在哪兒呢？』
『住在瀛台。橋上派了人把守著。』
『這不是被軟禁了？』
『對了！就是這麼。』
『多謝，多謝！』王五說道：『七哥這幾句話，救了我那財主朋友好幾吊銀子；明兒得好好請一請七哥！』
說完告辭，回到鏢局；選了一匹好馬，出西門便往北折西，直奔海淀。走到半路上，只見有幾匹快馬，分兩行疾馳；王五眼尖，遠遠地就看清楚了，馬上人是侍衛與太監。
這不用說，是出警入蹕的前驅；看起來慈禧太后又起駕回宮了。
見此光景，王五自然不必再到海淀和順茶店；撥轉馬頭，兩腿一緊，那匹馬亮開四蹄，往南直奔；仍由西便門進城，王五回到鏢局，天色已經大亮了。
『五爺，你可回來了！』管事的如釋重負似地說：『有筆買賣，是護送官眷；另外四口要緊箱子，送到徐州交差，肯出五百兩銀子；不過指明了，要請你老自己出馬。我沒敢答應人家，要請你老自己拿主意。』
『不行！又是官眷，又是要緊箱子，明擺著是個貪官！我哪有工夫替他們賣力氣，你回了他。』
管事的知道王五的脾氣，這筆買賣別說五百兩，五千兩銀子也不會承攬。先是有買賣上門不能不說，現在有了他這句話，多說亦無用。所以答應一聲，掉頭就走。
『慢點，你請回來！』王五將管事的喚住了說道：『這幾天時局不好，有買賣別亂接，先跟我說一聲。』

『是了！』

『還有，請你關照各位司務跟趟子手，沒事在鏢局裡玩，要錢喝酒都可以，只別亂跑。』

王五的用意是，可能要謀幹大事，應當預先控制人手；管事的卻不明白，低聲問道：『是不是有人要上門找碴？』

『不是！』王五拍拍他的肩說：『現在還不能跟你說，你先納兩天悶吧！』

『五爺！』管事的笑道：『你老大概又要管閒事了。』

『對！我要管檔子很有意思的閒事。』王五又說：『我要在櫃上支點錢，你看看去，給我找個二、三百兩的銀票，最好十兩、二十兩一張的。』

等管事的取了銀票來，王五隨又出門；打算進宣武門，穿城而過，到神武門、地安門一帶去找內務府的人及太監打聽消息。誰知城門關了！

『這可是從來沒有的事！』有人在問守城的士兵，『倒是爲了甚麼呀？』

『誰知道爲了甚麼？火車都停了，絕不是好事。』那士兵答說：『我勸你快回家吧！』

王五一聽這話，打馬就走。往回過了菜市口，進南半截胡同，一看空宕宕地一無異狀，算是放了一半的心；再進袴腿胡同，但見瀏陽會館仍如往日那般清靜，心中一塊石頭方始完全落地。白天來看譚嗣同，盡可大大方方地；門上也認得他，不等他開口就說：『譚老爺出門了。』

『喔，』王五閒閒問道：『是進宮？』

門上笑一笑，欲語又止，而終於忍不住說了一句：『能進宮倒好了！』

這就不便多問了，王五點點頭說：『我看看譚老爺的管家去。』見著譚桂，才知道譚嗣同是到東交民巷日本公使館去了。這讓王五感到欣慰，心想必是到那裡避難去了；但也不免困惑，譚嗣同說了不逃的，怎麼又改了主意。

這個疑團，只有見了譚嗣同才能解答。不過，日本公使館在東交民巷，內城既已關閉，譚嗣同便無法出宣武門來赴約；而且他亦不希望他來赴約，因爲照目前情勢的兇險來看，一離開日本公使館，便可能被捕，接下來的就是不測之禍了！

話雖如此，他覺得還是應該到他徒弟所開的那家大酒缸去坐等，以防城門閉而復開，譚嗣同亦會冒險來赴約，商量救駕的大事。

想停當了，隨即向譚桂說道：『管家，我先走了！如果有甚麼消息，或者有甚麼事要找我，你到我的鏢局裡來；倘我不在，請你在那裡等我。有話不必跟我那裡的人說。』

『是！』譚桂問道：『五爺此刻上哪兒？』

王五看著自鳴鐘說：『這會兒才九點多鐘，我回鏢局去一趟；中午我跟你家大少爺有約，即或他不能來，我仍舊到那裡等他。』接著，王五又說了相約的地點，好讓譚桂在急要之時，能夠取得聯絡。

出得會館，王五惘惘若失；城門一閉，內外隔絕；甚麼事都辦不成，所以懶懶地隨那匹認得回家路途的馬，東彎西轉，他自己連路都不看，只是拿馬鞭子一面敲踏蹬，一面想心事。

忽然間，『晞嗶嗶』一聲，那匹馬雙蹄一掀，直立了起來；王五猝不及防，幾乎被掀下地來。趕緊一手抓住鬃毛，將身子使勁前往一仗，拿馬壓了下來；然後定睛細看，才知道是一輛極漂亮的後檔車，駛行太急，使得自己的馬受了驚嚇。

車子當然也停了，車中人正掀著車帷外望；是個很俊俏的少年，彷彿面善，但以遮著半邊臉，看不眞切，所以一時想不起來是甚麼人。

車中少年卻看得很清楚，用清脆瀏亮的聲音喊道：『五爺！你受驚了吧！』

接著車帷一掀，車中人現身，穿一件寶藍緞子的夾袍，上套棗兒紅寧綢琵琶襟的背心，黑緞小帽上嵌一塊極大的翡翠。長隆鼻、金魚眼，臉上帶著些靦腆的神色，任誰都看得出來，是三大徽班的旦角——王五當然認得他，是四喜班掌班，伶官中以俠義出名的梅巧玲的女婿，小名五九的秦稚芬。

『好久不見了！』王五下馬招呼：『幾時得煩你一齣。』

『五爺捧場，那還有甚麼說的。』秦稚芬緊接著問：『五爺這會兒得閒不得閒？』

『甚麼事？你說吧！』

『路上不便談。到我「下處」去坐坐吧！』

『這是哪兒啊！』王五細看了一下，『不就是李鐵拐斜街嗎？』

『怎麼啦？』秦稚芬不自覺地露出小旦的身段，從袖子裡掏出一塊雪青綢子的手絹，掩著嘴笑道：『五爺連路都認不得了！』

王五不便明言，自己有極大的心事；只說：『我可不能多奉陪，好在你的下處不遠，說幾句話可以。』

『是，是！』秦稚芬哈一哈腰答說：『我知道五爺心腸熱，成天爲朋友忙得不可開交；絕不敢耽誤五爺的工夫。』

這話說得王五心裡很舒服；不過他也知道，話中已經透露，秦稚芬當然也是有事求助，否則何必請自己到他下處相談？若在平日，王五一定樂於援手；而此刻情形不同，只怕沒有工夫管他的閒事。既然如此，也就不必耽誤人家的工夫了！

於是他說：『稚芬，你可是有事要我替你辦，話說在頭裡，今天可是不成！我自己有急得不能再急的事。如果稍停兩天不要緊的，那，我說不出推辭的話，怎麼樣也得賣點氣力。』

一聽這話，秦稚芬楞住了，怔怔地瞅著王五，一雙金魚眼不斷眨動。一下快似一下，彷彿要掉眼淚的模樣。那副楚楚可憐的神情，使得王五大爲不忍；心裡在想，怪不得多少達官名士，迷戀『相公』，果然另有一番動人之處。

這樣想著，不由得嘆口氣，跺一跺腳脫口說道：『好吧！到你下處去。』

這一來，秦稚芬頓時破涕爲笑；撈起衣襟，當街便請了個安，『五爺，你上車吧！』他起身喚他的小跟班，『小四兒，把五爺的馬牽回去。』

說完，騰身一躍，上了車沿；他雖是花旦的本工，但有些戲要跌撲工夫，所以經常練工，身手還相當矯捷，王五看在眼裡，頗爲欣賞。心想有這麼位名震九城的紅相公替自己跨轅，在大酒缸上提起來，也是件得意的事，所以不做推辭，笑嘻嘻地上了車。

秦稚芬不止替他跨轅，爲了表示尊敬，親自替他趕車；執鞭在手，『嘩喇』一響，口中吆喝著：『得兒——御！』圈轉牲口，往西南奔了下去，快到韓家潭方始停住。

相公自立的下處，都有個堂名；秦稚芬的下處名爲景福堂，是很整齊的一座四合院，待客的書房在東首，三間打通，用紫檀的多寶槅隔開，佈置得華貴而雅致。壁上掛著好些字畫，上款都稱『稚芬小友』，下款是李蒓客、盛伯羲、樊樊山、易實甫之類。王五跟官場很熟，知道這都是名動公卿的一班大名士。

『五爺，』秦稚芬伸手說道：『寬寬衣吧！』

『不必客氣！有事你就說；看我能辦的，立刻想法子替你辦。』

『是，是！』秦稚芬忙喚人奉茶、裝煙、擺果盤；等這一套繁文縟節過去，才開口問道：『五爺，你聽說了張大人的事沒有？』

『張大人！哪位張大人？』

『戶部的張大人，張蔭桓。』

『原來是他！』王五想起來了，聽人說過，秦稚芬的『老斗』很闊，姓張，是戶部侍郎；家住錫拉胡同，想必就是張蔭桓了。『張大人怎麼樣？』

『五爺，你沒有聽說？昨兒中午，九門提督崇大人派了好些兵，把錫拉胡同兩頭都堵住了，說是奉旨要拿張大人。』

『沒有聽說。我只知道米市胡同南海會館出事，要抓康有爲，沒有抓到。』

『對了，就是張大人的同鄉康有爲康老爺！』秦稚芬說：『抓康老爺沒有抓著，說是躲在張大人府中。結果，誤抓了張大人的一個親戚，問明不對才放了出來的。』

『那不就沒事了嗎？』

『可是，』秦稚芬緊接著他的話，提出疑問：『今兒個怎麼內城又關了呢？聽說火車也停了！』

『這就不知道了。』王五皺著眉說：『我還巴不得能進城呢！』

『眞的！』秦稚芬彷佛感到意外之喜，臉一揚，眉毛眼睛都在動。『那可眞是我的運氣不錯，誤打誤撞遇見了福星。五爺！』叫了這一聲，他卻沒有再說下去，雙眼一垂，拿左腿架在右腿上；右手往左一搭，捏著一塊手絹兒的左手又微微搭在右手背上，是『爺兒』們很少見的那種坐相。王五看得有趣，竟忘了催他；隨他去靜靜思索。

『對了！』

『五爺，』秦稚芬想停當了問道：『你可是想進城又進不去？』

『我來試試，也許能成。倘或五爺進去了，能不能請到錫拉胡同去一趟，打聽打聽張大人的消息？』

『這有何不可！』

『那可眞是感激不盡了！五爺，我這兒給你道謝！』說著，蹲身請安；左手一撒，那塊絹帕凌空飛揚，宛然是鐵鏡公主給蕭太后賠罪的身段。

『好說，好說！』王五急忙一把拉他起來。『不過，有件事我不大明白。』

王五所感到奇怪的是，秦稚芬既有辦法進城，爲甚麼自己不去打聽；而順路打聽一下，不是甚麼了不得的事，又何以如此鄭重其事，竟致屈膝相謝？

等他直言無隱地問了出來，秦稚芬像個靦腆的妞兒似的，臉都紅了。『五爺，我這一去，不全都起哄了！』他看著身上說：『就算換一身衣服，也瞞不住人。想託人呢，還眞沒有人可託；九門提督這個衙門，誰惹得起啊！』

九門提督是步軍統領這個職名的俗稱——京師內城九門；而步軍統領管轄的地面，不止於內城。

拱衛皇居，緝拿奸宄，都是步軍統領的職司，威權極大；而況張蔭桓所牽涉的案情，又是那樣嚴重，難怪乎沒人敢惹了。

由此了解，便可想到秦稚芬的如此鄭重致謝，無非是對張蔭桓有著一份如至親骨肉樣的關切。誰說伶人無義？王五肅然起敬地說道：『好了！兄弟，只要讓我進得了城，我一定把張大人的確實消息打聽出來。』

就這時候，一架拖著長長的銅鍊子的大自鳴鐘，聲韻悠揚地敲打起來；王五抬頭一看，是十一點鐘，記起跟譚嗣同的約會。他那徒弟的大酒缸，在廣安門大街糖房胡同口；而錫拉胡同在內城東安門外，相去甚遠，如果進了城，要想正午趕回來赴約，是件萬不可行的事。

這時倒有些懊悔，失於輕諾了！秦稚芬當然看得出他的爲難，卻故意不問，要硬逼他踐諾。這一下使得王五竟無從改口，急得額上都見汗了。

一急倒急出一個比赴約更好的計較。欣然說道：『稚芬，我跟你實說，我正午有個約會，非到不可；此刻可是說不得了！請你派個夥計，到廣安門大街糖房胡同口的大酒缸上找掌櫃的；他是我徒弟，姓趙，左耳朵根有一撮毛，極好認的。』

『是了！找著趙掌櫃怎麼說？五爺，你吩咐吧！』

『請你的夥計，告訴我徒弟：我約了一位湖南的譚大爺在他那裡見面；譚大爺他也認識。不過，譚大爺不一定能去；若是去了，他好好張羅，等著我！倘或譚大爺要走呢……』王五沉吟了一下說：『讓我徒弟保護；要是有人動了譚大爺一根汗毛，他就別再認我這個師父了！』

秦稚芬稚氣地將舌頭一吐，『好傢伙！』他忽然放低了聲音：『五爺，這位譚大爺倒是誰呀？』

『告訴你不要緊！這位譚大爺就像你的張大人一樣，眼前說不定就有場大禍！』『你的張大人』五字有些刺耳，但秦稚芬沒有工夫去計較。他本來就有些猜到，聽王五拿張蔭桓相提並論，證實自己的猜想不錯，矍然而起，『這可眞是差錯不得一點兒的事！』他說：『得我自己去一趟。』

『不，不！你可不能去！』王五急忙攔阻，『我那徒弟的買賣，從開張到現在快十年了，就從沒有像你這麼漂亮的人兒進過門，你這一去，怕不轟動一條大街！把我徒弟的大酒缸擠砸了是小事，譚大爺可怎麼能藏得住？』

秦稚芬又靦腆地笑了，『既然五爺這麼說，我就另外派人去。』他說：『這件事交給我了，一定辦妥。』

秦稚芬在崇文門稅關上有熟人，派人打個招呼，讓王五輕易得以過關。日影正中，恰是他與譚嗣同約會的時間。

這個不見不散的死約會，由於內城關閉，他原已是徒呼奈何；不想有此意外機緣，得能越過禁制，王五自然絕不肯輕放。一進崇文門，沿著東城根往西，折往棋盤街以東的東交民巷——這條密邇禁城的街道，本名東江米巷，相傳吳三桂的故居，就在這裡；如今『平西王府』的遺蹟，已無處可尋，卻新起了好些洋樓，各國使館，大都集中於此。

經過中玉河橋以東的水獺胡同，偶然抬頭一望，發現一座大第的門聯，四字成語爲對，上聯是『望洋興歎』，下聯是『與鬼爲鄰』。

這八個字，王五認得；『望洋興歎』這句成語，也聽人說過，但跟『與鬼爲鄰』配成一副對聯，可就莫名其妙了。及至走近了再看，發現平頭第二字恰好嵌著『洋鬼』這句罵外國人的話，因而恍然大悟；不由得自語：『只知道徐中堂的公館在東交民巷，原來就是這裡！』

這『徐中堂』便是體仁閣大學士徐桐，平生痛恨洋人，連帶痛恨洋人所帶來的一切；凡是帶個『洋』字的東西，都不准進門。別家點洋燈，用洋胰子，他家還是點油燈，用皀莢。門生故舊來看他，都得先檢點一番，身上可帶著甚麼洋玩意兒；否則，爲他發現了，立刻就會沉下臉來端茶送客。

他這樣嫉洋如仇，偏偏有兩件事，教他無可奈何。一件是他的大兒子徐承煜，雖也像他父親一樣，提起辦洋務的官兒就罵，說是『漢奸』，可是愛抽洋人設廠製造的洋煙卷兒，更愛墨西哥來的大洋錢。知道老父惡洋，不敢給他看見；只是洋錢可以存在銀號裡，抽煙卷兒少不得有讓他父親撞見的時候。徐桐只要一見兒子吞雲吐霧，悠然神往的樣子，就會氣得吃不下飯。

再有件事更無可奈何。也不知是誰的主意，洋人設公使館，開銀行，都讓他們集中在東交民巷；水獺胡同以南更多。因此，徐桐如果到外城拜客，爲了惡見洋樓，不經崇文門，寧願繞道；廢時誤事，恨無所出，做了這麼一副對聯貼在門上。

這些笑話，王五聽人談過；所以這副對聯的意思，終於弄明白了。只是心裡並不覺得好笑，狠狠吐口唾沫，撒開大步，直奔日本公使館。

日本公使館有他們卸任的內閣總理伊藤博文下榻在那裡，門禁特嚴；一看王五走近，崗亭中持槍的士兵立即做出戒備的姿態。門房裡亦隨即出來一個人，長袍馬褂，腳上一雙梁鞋，戴副金絲眼鏡，看上去是個南方人。

『尊駕找誰？』

王五謹慎，先問一句：『貴姓？』

『敝姓王，是這裡的管事。』

『啊！同宗。』王五從靴頁子掏出一張名帖來，遞了過去，『我行五。』

王管事不知道名帖上的『王正誼』是誰；一聽他說『行五』，再打量一下他那矯健的儀態，意會到了，就是名震北道的『大刀王五』。

『原來是五爺，幸會，幸會！請裡面坐。』

王管事跟守衛的士兵交代了幾句日本話，將王五帶入設在進門之處的客廳，動問來意。

『我想看我一位朋友。』王五答道：『我那朋友姓譚，本住袴腿胡同瀏陽會館；聽說他今天一早進內城，到這裡來了。』

王管事靜靜聽完，毫無表示；沉吟了一會兒問道：『五爺認識譚大爺？』

『豈止認識？』王五平靜地答說：『我知道你不能不問清楚；請你進去說一聲，跟他今天中午約在糖房胡同大酒缸見面的王五來了，看他怎麼說？』

『是！是！』王管事已經看出來，他跟譚嗣同的交情不同尋常；不過此時此地，他自不便冒昧行事，所以告個罪說：『五爺，請你稍坐一會兒，我親自替你去通報。』

譚嗣同是在內城未閉以前，到達日本公使館的；當然是一位受到尊敬與歡迎的一位客人。可是，他率直表示，他所拜訪的，不是日本駐華署理公使內田康哉，更不是伊藤博文與他的隨員林權助，而是在日本公使館作客的梁啓超。

彼此相見，梁啓超的傷感過於譚嗣同，但亦不無恍如隔世，喜出望外之感。談起這一日一夜的變化，反倒是梁啓超比譚嗣同了解得多，因爲他有來自日本公使館的消息。

『榮祿已經趕回天津了，大概對袁世凱還是不大放心。』梁啓超忽然很興奮地說：『南海先生大概一定可以脫險！他本來想搭招商局的海晏輪，已經上了船了，因爲沒有預先定票，不許住「大餐間」，改入官艙；這是前天初五傍晚的事。南海先生因爲官艙嘈雜，而且船要到昨日下午四點鐘才開，決定上岸，改坐別的船；現在是搭的太古公司的重慶輪，昨天晚上十一點鐘開的船，此刻應該過煙台了。』

『這是不幸中的大幸，如果坐了招商局的船，一到上海，就會落入羅網！太古公司是英國人的，想來不要緊了！只是，』譚嗣同蹙眉問道：『幼博如何？』

『南海先生』是指康有爲，而幼博是康廣仁的別號；兄弟倆的遭遇有幸有不幸，梁啓超黯然答道：『看來終恐不免！聽說至今還拘禁在步軍統領衙門，這就不是好事。』

『幼博不是能慷慨赴義的人；三木之下，何求不得？我很擔心他會說出不該說的話！這也不去提他了；你的打算怎麼樣？』

『茫然不知！只好看情形再說。』

『你應該到日本去！不有行者，無以圖將來；不有死者，無以酬聖主。』譚嗣同面色凝重地說：『杵臼、程嬰，我與足下分任之！』

那是『趙氏孤兒』的故事；譚嗣同以公孫杵臼自命，而被視作程嬰的梁啓超，卻認爲情況不同，譚嗣同可以不必犧牲，隨即又勸：『復生，你不必膠柱鼓瑟……』

『不！』譚嗣同不容他說下去，『我此來不是求庇於人；是有事奉求。畢生心血在此；敬以相託。』

說著，他打開隨身攜帶的包裹，裡面是一疊稿本，第一本名爲『仁學』；第二本名爲『寥天一閣文集』；第三本名爲『莽蒼蒼齋詩集』；另一本是雜著，有談劍的、有談金石的、有談算學的。此外還有一個拜匣，裡面所貯的，都是他的家書。

梁啓超十分鄭重地接了過來，先問一聲：『我應該如何處置？』

『幾封家信，得便請寄回舍間。』譚嗣同又指著稿本說：『這些，總算是心血所寄；其中或者有片言隻語可採，敬煩刪定。至於會不會災梨禍棗，非我所能計了！』

這是希望刊印遺集的意思，梁啓超自然明白，也衷心接受了付託；只是猶望譚嗣同能夠僥倖免禍，自不願提到任何身後之名的話，只肅然答道：『尊著藏之名山，傳之後世，是一定的。「刪定」一語也不敢當，將來再商量。至於刻版印刷之事，我倒也還在行，理當效勞。總之，你請放心，如能倖脫羅網，我替你一手經營。』

『這，』譚嗣同欣然長揖，『我眞的可以放心了。』

說完作別，卻是城門已閉；爲他們平添了一個生離死別之際，猶得以傾訴生平的機會；直到王管事叩門，才截斷了他們的長談。

得知王五來訪，譚嗣同大感意外；梁啓超慕名已久，亦很想見一見。可是王管事責任所在，力勸梁啓超不可多事，萬一洩漏行藏，要想逃出京去，怕會招致許多阻力，不能如願。

『你就聽勸吧！』譚嗣同說：『他能進城，我就能出城；即此拜別！』

這一次是眞正分手了。譚嗣同拱拱手，頭也不回地往外走；由王管事領著，一直去看王五。

『五哥，你的神通眞是廣大！怎麼進城來的？』

『說來話長。』王五向王管事兜頭一揖：『宗兄，我先跟你老告罪；能不能讓我跟譚大爺說兩句話？』

王管事有些答應不下。他雖知王五的名聲，但對俠林中的一切是隔膜的，只聽說過許多恩怨相尋的故事，怕王五說不定是來行刺的，所以有些不大放心。

王五是何等人物，『光棍眼，賽夾剪』，立刻就從他臉上看到心裡；將靴頁子裡一把攮子拔了出來，手拈刀尖，倒著往前一遞；同時說道：『這你該放心了吧！再不放心，請你搜我一搜。』

這一下，譚嗣同也弄清楚了是怎麼回事。趕緊向王管事說道：『不要緊！不要緊！王五哥是我的刎頸之交。』

『是，是！』王管事有些惶恐，退後兩步說：『王五爺，你可別誤會！你們談，你們談。』一面說，一面倒著退了出去。

『大少爺，』王五這才談入正題，『日本公使怎麼說？肯不肯給你一個方便。』

『唁！五哥，你誤會了，我不是來求庇護的；只不過平時好弄筆頭，有幾篇文章，幾首詩捨不得丟掉，來託一個朋友保存。』譚嗣同緊接著說：『五哥，咱們走吧！你能進來，就能出去；我跟你出城，還是到咱們約會的地方細談。』

『這怕不行！我受人之託，得先到錫拉胡同去打聽一個消息。』

接著，王五將無意邂逅秦稚芬，受他所託來探查張蔭桓的安危；因而得此意外機緣的經過，約略相告。譚嗣同靜靜聽完，嘆口氣說：『讀書何用？我輩眞該愧死！』

『你也別發牢騷了！如今該怎麼辦，得定規出來，我好照辦。』

『五哥，受人之託，忠人之事；你先到錫拉胡同去辦事。回頭出了城，還是在糖房胡同等我。我想，關城一定是爲了捉康先生；如果知道康先生已經脫險，城門立刻會開。我就由這裡直接到糖房胡同找你去。』

『是了！一言爲定。』王五起身說道：『城門一開，我就會派人在宣武門等。』

說罷告辭，出東交民巷，由王府井大街一直往北，過了東安門大街，就是八面槽；過去不遠，街西一條直通東安門外北夾道的長巷，就是錫拉胡同。

王五不知道哪座房屋是張蔭桓的住宅，不過，從東到西，走盡了一條胡同，並未發現有何異狀。如說張蔭桓被捕，這種奉特旨查辦的『欽案』，一定會有兵丁番役巡邏看守。照眼前的情形看，張蔭桓自是安然無事。

話雖如此，到底得找人問個清楚，回去才能交代。就這時腹中『咕嚕嚕』一陣響，清晨到此刻下午兩點，只喝過一碗豆汁，實在餓了，且先塞飽肚子再作道理。

念頭剛剛轉定，忽然靈機一動，何不就在飯館裡打聽張蔭桓的事？他定定神細想，這裡有兩家有名的飯館，一家叫玉華台，掌櫃籍隸淮安；那裡從前是鹽務、河工、漕運三個衙門的官員匯聚之地，飲饌精細，海內聞名。這家玉華台新開張不久，但已名動九城；薄皮大餡的小籠包子稱爲一絕，但不會吃會鬧笑話，兩層皮子一泡湯，第一不能用筷子挾，一挾就破；第二入口不能心急，不然一泡油湯會燙舌頭。會吃的撮三指輕輕捏起包子，先咬一小口將湯吮乾，再吃包子，盡吸精華。

玉華台就在錫拉胡同，要打聽張家得地利之便，可是王五跟這家館子不熟；熟的是相去不遠的東安門大街上的東興樓。

東興樓不僅是內城第一家有名的館子，整個京城算起來，亦是最響亮的一塊金字招牌。掌櫃是山東登州府人氏；而據說眞正的東家，就是李蓮英。一想到此，王五再無猶疑，認定上東興樓必能打聽一點甚麼來。

東興樓的掌櫃與管帳，跟王五都熟。上門一問，掌櫃不在；管帳的名叫王三喜，站起來招呼，面帶驚訝地問：『五爺，你甚麼時候進城的？』

『昨兒住在城裡；想出城，城門關了，這可是百年難遇的事。』

『是呀！』王三喜皺一皺眉，『城門一關，定了座兒的，都來不了啦！菜還得照樣預備；怕萬一來了怎麼辦？這年頭兒，做買賣也難。』

『怪不得這麼清閒！怎麼樣，難得你有工夫；我又出不了城，請你喝一盅。』

『甚麼話！在這兒還讓五爺惠帳，那不是罵人嗎？當然是我請；也不是我請，我替掌櫃作東。五爺是大忙人，請還請不到哪！』

於是找個單間，相繼落座。東興樓特有的名菜，烏魚蛋、糟燴鴨腰等等，平常日子除了預定以外，臨時現要，不一定準有，這天因爲訂了座的，大都未來；所以源源上桌，異常豐美。王五本健於飲啖，只是這天志不在此，面對珍饈，淺嚐即止，倒是能飽肚子的麵食，吃了許多。

肚子飽了，心裡的主意也打定了。不必旁敲側擊地以話套話，因爲那一來不但顯得不誠實，而且也怕王三喜反有避忌，不肯多說。只要交情夠了，盡不妨直言相告。

『三哥，我不瞞你；我是受人之託，來跟你打聽點事。這件事，三哥你要覺得礙口不便說，你老實告訴我；我絕不怪你，也不會妨礙了咱們哥兒們的交情。』

『五爺，衝你這句話，我就得抖口袋底。』王三喜慨然相答：『甚麼事，你就說吧！』

『前面胡同裡的張大人，想來是你們的老主顧？』

『你老是說總理衙門的張大人？那就不但是老主顧，而且是頭一號的老主顧。他人不常來，總是打發聽差來要菜。』王三喜停了一下，感慨地說：『張大人從前很紅，如今不同了！』

『我正是打聽這個。』王五率直問道：『聽說昨天出事了。是不是？』

『昨天倒沒有出事。先說有個欽命要犯姓康的，躲在張大人家，九門提督派兵來抓走了，後來才知道不是。抓走的是刑部的區老爺，問明白了也就放掉沒事了。不過，』王三喜將聲音放得極低：『張大人遲早要出事！』

『喔，三哥，你倒跟我說說，是怎麼回事？』

『他把皮硝李給得罪了！得罪了皮硝李就會得罪老佛爺；事情出在去年，張大人打外洋回來的時候……』

張蔭桓是在上年二月，受命爲祝賀英國維多利亞女皇即位六十年慶典的特使；放洋之前有個內大臣授意：回國之時，要有外洋新奇的珍寶，上獻太后。張蔭桓當然謹記在心。歸途經過巴黎，正逢拍賣拿破崙的遺物；張蔭桓以重金買到一顆翡翠帽花。綠寶石都叫翡翠，最好的一種名爲祖母綠；入水會發出一種形似蜻蜓閃翅的綠光，所以又稱助水綠；又因爲通體晶瑩，形似玻璃，因而俗稱玻璃翠，是寶石中的極品。另外又配上一副金剛鑽的串鐲；這份貢物，實在很珍貴了。

光獻太后，不獻皇上，亦覺於禮有所虧，所以張蔭桓又買了一副鑽鐲，一顆紅寶石的帽花，回京覆命，一一進奉，獻入寧壽宮時，有人提醒張蔭桓說：『也該給李總管備一份禮。』倉卒之間，無以應付；他只好託人示意，隨後再補。

這也是常有的事。反正從無人敢對李蓮英輕諾，更無人敢對他寡信，所以只要許下願心，在他就等於已經笑納。因此，張蔭桓這份名貴的進獻，毫不延擱地送呈寧壽宮；那顆祖母綠的帽花，確是稀世之珍，慈禧太后頗爲欣賞。

可是張蔭桓卻把應該補的禮，忘記掉了。李蓮英等了好久，未見下文；加以張蔭桓平日不免恃才傲物，對太監及內務府的人，一向不大買帳，新恨舊怨，積在一起，李蓮英的這口氣嚥不下，決心等機會報復。

機會很多，只是怨毒已深，李蓮英要找一個能予以致命的中傷機會，所以要等一個機會；就是慈禧太后在把玩那顆祖母綠的時侯。

『我眼裡經過的東西也多了，可就從沒有見過綠得這麼透的玻璃翠。眞好！』

正當慈禧太后讚歎不絕之時，李蓮英微微冷笑著接了一句：『也眞難爲他想得到！難道咱們就不配戴紅的？』

此言一出，慈禧太后勃然變色；李蓮英那句話，直刺老太后深藏心中五十年的隱痛！慈禧太后雖出身於『海西四部』之一的葉赫那拉氏，是不折不扣的滿洲人；但一切想法，早與漢人無異。漢人大家的規矩，正室穿紅，妾媵著綠；慈禧太后一生的恨事，就是未曾正位中宮。當年穆宗病危，嘉順后悄然探視；夫婦生離死別之際的私語，恰爲慈禧太后所聞，要傳家法杖責皇后；情急之下，忘掉忌諱，說得一句：『皇太后不能打奴才，奴才是從大清門抬進來的！』以致慈禧太后的盛怒，更如火上加油。宮禁相傳：穆宗的天花重症，本來已有起色；只爲受此驚嚇，病變而成『痘內陷』，爲終於不起的一個主要原因。

如今李蓮英牽合附會，一語刺心；張蔭桓在慈禧太后面前，從此失寵了。相反地，皇帝因爲變法維新，對於深通洋務的張蔭桓，更見倚重。因此便又有一種流言：兩宮母子不和，都是張蔭桓從中挑撥離間之故。當然，這些流言是李蓮英手下的太監所散布的；不然，王三喜就不容易有機會聽到。

收穫相當豐富，王五覺得對秦稚芬已足可交代；而譚嗣同鄭重託付的大事，卻還不曾著手，心裡不免焦急。因而不顧王三喜殷殷勸酒的情意，致謝過後，出了東興樓，急步往南而去。

剛到崇文門，恰好閉城的禁令解除，外城的車馬，蜂擁而進，彼此爭道，塞住了城門洞相持不下；大呼小叫，喧囂一片。王五陷身在車陣之中，進退兩難。照他的身手，很可以攀登車頂，躍越脫身，但那一來驚人耳目，會引起更大的混亂；所以王五只能縫頭覓縫地找空隙擦身而過，費了好大的勁，才得出城。趕到糖房胡同，夕陽西下，大酒缸正是上市的時候。

京師的酒館分上中下三等，『大酒缸』的等第最下；極大的酒缸，一半埋入泥中，上覆木蓋，就是酒桌，各據一方，自斟自飲。酒肴向例自備，好在大酒缸附近，必有許多應運而生的小吃攤子，荷包裡富裕，買包『盒子菜』，叫碗湯爆肚，四兩燒刀子下酒，來碗大滷麵，外帶二十鍋貼，便算大酒缸上的頭號闊客。倘或手頭不寬，買包『半空兒』下酒，回頭弄一大碗蔴醬拌麵裹腹，也沒有人笑他寒酸，一樣自得其樂。有時酒酣耳熱，談件得意露臉之事，驚人一語，傾聽四座，無不投以肅然起敬，或者豔羨讚許的眼光；那種癢到心裡的舒服勁兒，眞叫過癮。

因此，大酒缸雖說是販夫走卒聚飲之處，卻是個藏龍臥虎之地，盡有懷才不遇的落魄文人，身負奇能的末路英雄，在此借酒澆愁。王五的徒弟，幹這一行買賣，一半也就是爲了易於結交這類朋友；因此，提起京裡糖房胡同口的大酒缸，江湖上亦頗知名。

自然，那裡的常客，是沒有一個不識王五的；一見他到，有的讓座，有的招呼，十分親熱；王五愛朋友，很招呼了一陣，方得與早已迎了上來的徒弟敘話。

他這個徒弟叫張殿臣，手底下的工夫不怎麼樣；但極能幹，又極忠誠縝密，爲王五倚作可共心腹的左右手。在櫃房後面，專有一間密室；若有大事，都在這裡商量。

『五九派人來傳過話；從午前到此刻，我都沒有敢離開。可是，譚大少爺沒有來。』

『他在日本公使館，快來了！』

『那得派人去守著，打後門把譚大少爺接進來。』張殿臣說：『宮裡的事，很有人在談；南海會館抓的人，一個一個都說得上名兒來。譚大少爺在這兒露面，可不大妥當。』

『有人認識他嗎？』

『有！』

張殿臣說完，隨即起身去安排；不一會兒兒去而復回，親自端了一托盤的酒菜，來陪師父小酌。

『有件事很扎手，可是非辦不可。』王五問道：『你在西苑有熟人沒有？』

張殿臣想了一會兒答說：『有一個，是茶膳房的蘇拉。再有一個，是護軍營的筆帖式；他那一營本來守西苑，前一陣子聽說調到神武門去了。』

『那還是有用。反正在西苑待過，知道那裡的情形……』

一語未畢，拉鈴聲響，這是有人要進來的信號；王五抬眼外望，而張殿臣起身去掀門簾，正是譚嗣同來了！

『大少爺！』

『五哥，』譚嗣同搶著王五的話說：『今日之下，可千萬不能再用這個稱呼了！你叫我復生。』

王五還在躊躇，張殿臣在一旁插嘴：『師父，恭敬不如從命，你老就依了譚大叔的話吧！』

『好，好！』譚嗣同撫掌稱賞，『殿臣當我老叔，我倒忝受不疑了。』

這意思是，願與王五結為昆季。雖不必明言，亦不必有何結盟的舉動，只要有這樣的表示，已足令人感動了。於是王五慨然說道：『我就斗膽放肆了！復生你請坐。』

『請師父先陪陪譚大叔，我去看看，有甚麼比較可口的吃食？』

『這就很好！』譚嗣同拉著他說：『殿臣你別走，我有話說。』

於是張殿臣替譚嗣同斟了杯酒，坐定了靜聽。而王五卻迫不及待地表示歉意，『復生，』他說：『今天白白荒廢了，你昨兒交代我的事，一點眉目都沒有——不是沒有眉目，根本就沒有去辦。』

『那是因為突然關城的緣故，咱們得謀定後動，先好好商量。打你走了以後，日本公使館的人，倒是有好些消息告訴我。』

消息雖多，最緊要的只有兩件事，一件是皇帝確已被幽禁在瀛台，而珍妃的遭遇，更為慘酷，已打入冷宮——是寧壽宮之北，景祺閣之後，貞順門之東，靠近宮女住處一所簡陋小屋。一切首飾，盡為慈禧太后派人沒收，甚至連一件稍微好一點衣服都不許攜帶。

再一件是，慈禧太后決心要捉康有爲，已經由軍機處密電天津的直隸總督榮祿，江寧的兩江總督劉坤一，廣州的兩廣總督張之洞，以及江蘇巡撫、上海道等等，一體嚴拿。又有個傳說是：電諭中指康有爲弒君，是大逆不道的重犯，一經緝獲，就地正法。

『這個傳說靠不住。或者是怕洋人庇護康先生，故意安上個了不得的罪名，以便於抵制洋人的干預。不過，我相信康先生一定可以脫險。』譚嗣同停了一下說：『珍妃，當然也顧不得了；如今唯一的大事，是要將皇上救出來！』

王五點點頭不語；張殿臣是想說而不敢說，但終於因爲他師父及『譚大叔』眼色的鼓勵，將他的如骨鯁在喉的話，率直吐露。

『譚大叔，我想插句嘴。倘或能夠將皇上從瀛台救出來，可又怎麼辦？有甚麼地方能藏得住這麼一位無大不大的大人物？』

『這話問得好！』譚嗣同將聲音放得極低，『能拿皇上救了出來，還得送出京去；找個安全的地方，譬如天津、上海租界，萬不得已外國公使館也可以。皇上只要擺脫了太后的掌握，照樣可以發號施令；誰敢說他說的話，不是上諭？』

『那不是另外又有個朝廷了嗎？』

『只有一個朝廷！皇帝所在之地，稱爲「行在」，不管甚麼地方，都能降旨；各省督撫，不敢不遵。至於太后「訓政」，那是僞託的名目；說得乾脆些，就是篡竊！就是僞朝！當然不算數。』

王五師弟對他的話，都不甚明瞭；兩人很謹慎地對看了一眼。怕譚嗣同發覺，卻偏偏讓他發覺了；當然要有進一步的解釋。

『這件事，我昨天想了一晚上。』他說：『看起來好像不可思議，其實是辦得到的。因爲現在各國都贊成我們中國行新政，所以很佩服皇上。只要皇上能夠恢復自由，各國就都會承認皇上的權柄；新聞紙上一登出來，天下臣民都知道皇上在甚麼地方，自然都聽他的，不會聽太后的了。』

這番話，在王五和張殿臣仍然不十分了解；何以中國的皇帝，要外國來承認？不過，王五認爲無需多問；反正譚嗣同怎麼說，他怎麼做就不錯。

『復生，咱們就商量怎麼樣救皇上吧！』

『救皇上有兩個法子。』譚嗣同問道：『有個教士叫李提摩太，你們爺兒倆知道不知道？』

『聽說過。』王五答說：『不怎麼太清楚。』

『此人是英國人……』

譚嗣同簡略地談了談李提摩太的生平。此人是英國人，來華傳教多年；在上海設過一個廣學會，以廣收世界新知，啓迪中國民眾爲宗旨。四五年前曾到過京師，與康有爲極爲投機；亦頗蒙翁同龢的賞識，曾接受了他的許多新政建議，打算奏請皇帝施行。

不久以前，他又從上海到京，贊助新政，更爲出力。照預定的計畫，他與伊藤博文都將被聘爲皇帝的『顧問』。譚嗣同跟李提摩太亦很熟，深知他爲人熱心，敢作敢爲；打算請他出面，聯絡各國公使，出面干預，要恢復中國皇帝的自由。

聽他說完，王五說道：『復生，我可要說不中聽的話了！你聽了可別生氣。』

『哪裡，哪裡，五哥你儘管實說。』

『咱們中國的皇上，要靠洋人來救；這件事，說起來丟臉！』

『是、是！』譚嗣同惶恐地說：『自己能救皇上，當然更好。』

張殿臣的理路很清楚，就這片刻工夫，對整個情勢，已大有領悟。本來不敢駁他師父，只是事情太大，自己的力量太薄，倘或知而不言，誤了大事，反增咎戾，所以又不能不插嘴了。

『師父，你老人家得聽譚大叔的！這件事說起來好像丟臉，實在也是沒法子；好比一大家人家鬧家務，做小輩的沒有輒了，只好託出幾位朋友來調停，那也是有的。』張殿臣緊接著掉了句文：『我看莫如雙管齊下，一面請譚大叔跟李提摩太去談；一面，咱們預備著，如果李提摩太辦不下來，馬上就好接手，你老看，這麼辦是不是妥當？』

這個雙管齊下的折衷辦法，譚、王二人自無不同意之理。可是接下來要問，如何才能將皇帝從瀛台救出來？這兩人可就只有面面相覷的份兒了。

譚嗣同腦中，只有唐人傳奇中『崑崙奴』飛簷走壁，那種模模糊糊的想像；一到臨事之際，才知其事大難，看著張殿臣說：『你倒出個主意看！』

『這件事，可是從來都沒有人做過的！』張殿臣答道：『咱們得一點兒、一點兒琢磨，才能摸出個頭緒來。』

『對，對！』譚嗣同又問：『你看，先從哪裡琢磨起？』

『當然是先要把瀛台這個地方弄清楚。那是怎麼個格局；出入的道路有幾條；周圍有人看守沒有？』

『西苑我去過一回。』王五接口，『那是好多年以前的事了，只記得瀛台在南海。』

『慢點！等我想想。』

當譚嗣同凝神回憶時，張殿臣已取了一副筆硯過來；移開杯盤，鋪紙磨墨，等他畫出一張地圖來。

『大致是這個樣子。』

譚嗣同一面講，一面畫。先畫一個圓池，就是南海；自北伸入水中一塊土地，便是瀛台，瀛台的正屋名爲涵元殿，殿前有香扆殿，有迎薰亭；亭外便是臨水的石級，可以泊舟。

涵元殿之後，有一座左右延樓迴抱的高閣，名爲翔鸞閣；由此往南直到迎薰亭，統名瀛台。翔鸞閣北向相對的大殿，就是皇帝駐蹕西苑時，召見臣工的勤政殿；如今成了慈禧太后訓政的『正衙』。

『講得不錯。』王五點點頭說：『你一畫出來，我差不多都記得了。』

『譚大叔，』張殿臣問：『我跟你老請教。瀛台的北面，是清楚了；東、西兩面呢？』

『東面有道木板橋，斜著通西苑門；西面隔水，大概是座亭子，名爲流杯亭，又叫流水音。我沒有到過。』

『南面呢？』

『南面對岸叫作寶月樓；是乾隆年間特爲築來給回部的容妃住的。』

『喔，喔，』張殿臣恍然大悟，『我知道了。從西長安街回回營那一帶，往北看過去，皇城裡頭有座高樓，想來就是寶月樓了？』

『你說對了！當初拿寶月樓蓋在那個地方，就爲的是好讓容妃憑欄眺望回回營的風光，稍慰鄉思。』

『是！』張殿臣想了一會兒說：『寶月樓既在皇城根，總比較荒涼。我看，南面或許有辦法。』

聽這一說，王五精神一振，急急問道：『殿臣，你說，你是怎麼打算來著的？』

『此刻還不敢說，你老人家知道的，我有個表弟在通政司衙門當差，家住雙塔慶壽寺；那裡可以做個接應的地方。』

這樣渺渺茫茫的一句話，王五不免失望。但譚嗣同覺得，這多少也算一個頭緒，不妨就從這一點上往下談。

『我這個表弟最聽我的話，倘或能夠把皇上從瀛台救出來，就近在我表弟那裡藏一藏，倒是很穩當的一個地方。』張殿臣說：『不過，以後可就難了！』

『以後是我的事。只要能救駕到令表弟那裡，我可以請英國或者日本的使館，派車子去接。』

『好！』王五先將責任範圍確定下來，『咱們就只商量從瀛台到寶月樓牆外那一段路好了。』

雖不過咫尺之路，但在禁苑之內，便如蓬山萬重。張殿臣細細思量下來，提出兩件必須做到的事。第一，是聯絡皇帝左右的親信太監；第二，要買通奉宸苑中管船的人，因爲皇帝要從瀛台脫困，只有輕舟悄渡。但如能在護軍營中找到內應；那就一切都方便了。

談到這裡，已近午夜；王五突然想起，秦稚芬所託的事，還沒有交代，『荒唐！我從沒有做過這種事！』他煩躁不安地出了一身汗，『我得趕緊到秦五九那裡去一趟。』

秦稚芬一夜不曾睡。雖然城門一開，便另外派人到錫拉胡同，打聽得張蔭桓安然無事；但午夜時分，王五來訪，談到他在東興樓所聽來的，關於張蔭桓得罪了慈禧太后和李蓮英的故事，大爲擔憂，就輾轉反側，通宵不能安枕了。

天色微明，便已起身。時候太早，還不便去看張蔭桓；就去了，張蔭桓上朝未歸，亦見不著面，一直捱到鐘打七點，到底耐不住了，關照套車進城。

到得錫拉胡同，張蔭桓亦是剛從西苑值班朝賀了慈禧太后回府。一見秦稚芬，很詫異地問說：『你怎麼來得這麼早？』

秦稚芬老實答說：『聽了些新鮮話，很不放心，特爲來看看。』

『大概沒事了！你不必替我擔心。我還沒有吃早飯，正好陪我。回頭咱們一面吃，一面談；我也聽聽，是甚麼新鮮話。』

於是秦稚芬夾雜在丫頭之間，服侍張蔭桓換了衣服；正要坐上餐桌，聽差神色張皇地報：『步軍統領衙門有人來了！』

秦稚芬一聽色變；而張蔭桓卻很沉著，按著他的手說了句：『別怕！不會有事。』

及至便衣出見，崇禮派來的一名翼尉，很客氣地說：『請張大人到敝處接旨！』

聽說接旨，張蔭桓知道大事不妙；只是不願讓家人受驚，所以平靜地答說：『好！等我吃完飯就走。』

回到餐桌上，神色如常；只是秦稚芬卻不敢再說那些徒亂人意的故事了。張蔭桓當然也不會有太多的話，靜靜地吃完，換上公服，預備到步軍統領衙門去接旨。

須臾飯罷，張蔭桓不進內室，就在小客廳中換了公服；一如平時上衙門那樣，從容走出大廳。那翼尉是老公事，看他這副神態，知道他掉以輕心，自覺有進一忠言的必要。

『大人，』他說：『如果大人有話交代夫人，不要緊；卑職還可以等。』

張蔭桓一顆心往下沉！這是暗示他應與妻子訣別；有那樣嚴重嗎？剎那間想起自己在洋務上替朝廷解決了許多的難題，以及慈禧太后屢次的溫語褒獎，誰知一翻了臉是如此嚴酷寡情！他平日負才使氣慣了的，此時習性難改，傲然答道：『不必！』

說著，首先出門上車；翼尉緊接在後，與從人一起上馬，前後夾護，一直到了步軍統領衙門，將他帶入一間空屋子，那翼尉道聲：『請坐！』隨即走了。

張蔭桓原以爲崇禮馬上就會來宣旨，誰知直坐到午時，始終不曾有人來理他。聽差當然是被隔離了，只能問看管的番役，卻又不得要領。守到黃昏，餓得頭昏眼花，而且不知道這晚上睡在哪裡；忍無可忍之下，大發脾氣；於是有個小官出面，准張家的聽差送來飲食被褥。只是主僕不准交談，所以張蔭桓對這天山雨欲來，狂飆已作的朝局，毫無所知。

這天朝局的進一步變化，是從一樁喜事開始。王公大臣，一律蟒袍——俗稱『花衣』；是國家有大喜慶時必穿的吉服。慈禧太后復出訓政，當然算是喜事，所以王公大臣『花衣』朝賀。

朝賀皇太后，是由皇帝領頭；天顏慘淡，手顫目呆，與那班別有異心的親貴如端王載漪；頑固不化的老臣如徐桐；以及『后黨』如剛毅之流的喜逐顏開，恰成對比。

瞻拜玉座，行禮既罷。慈禧太后傳旨：御前大臣、內閣大學士、軍機大臣、六部尚書、都察院左都御史暫留，聽候召見。

等到慈禧太后用過早膳，再次『叫起』；由御前大臣首位的慶王領班，進入勤政殿時，皇帝已經鵠立在堆滿了文件的御案之前了。

『皇帝！』

『兒子在！』皇帝急忙轉過身來，傴僂著腰，斜對著上方。

慈禧太后卻又不理皇帝了，指著御案上的文件，面對群臣，大聲說道：『這是從皇帝書桌裡和康有爲住的地方找出來的東西！我要大家來看看，皇帝幾次跟我說，要變法圖強；想國家強，誰不願意。不過，變法可不是隨便的。本朝最重家法，祖宗的成憲，哪裡可以不守。我當時跟皇帝說：只要你不改服飾，不剪辮子就可以了！這話的意思，誰都明白，是勸皇帝別鬧得太過分！哪知道皇帝竟聽不懂，或者聽是聽懂了，爲了跟我嘔氣，索性大大地胡鬧！』

『兒子，』皇帝結結巴巴地分辯，『絕不敢！』

『哼！』慈禧太后冷笑一聲，仍然俯視群臣，對皇帝連正眼都不看一看，『四月初十以前，皇帝還不敢太胡鬧，因爲恭親王還在，敢在皇帝面前說話。皇帝，你自己說，你六叔嚥氣的時候，跟你怎麼說來著的？』

皇帝御名載湉，生父醇王奕譞行七；而恭王行六，本應稱『六伯』，但因皇帝已入繼文宗爲子，所以改稱『六叔』。當恭王病危時，皇帝奉太后親臨視疾；已入彌留的恭王突然張眼對皇帝說道：『聽說有廣東舉人主張變法，請皇上愼重，不可輕信小人。』這是指康有爲而言。在此以前，皇帝曾打算召見康有爲，面詢變法之道；恭王不肯承旨。他的理由是：定例，皇帝不得召見四品以下的官員；而康有爲是工部主事，官只六品，結果是命軍機大臣及總理各國事務大臣代詢。此時又做最後的諫勸，皇帝含淚頷首，表示接納。而亦因此，爲慈禧太后所惡，逐出軍機，閒廢十年而復起的恭王，身後恤典優隆，賜親貴最高的謚號爲『忠』；輟朝五日，素服十五日；入祀賢良祠，配享太廟。

現在慈禧太后提到這段往事，要皇帝親口複述，等於要皇帝向群臣自責，已納忠諫而又背棄。無信不立，皇帝何能自承失信；可是在慈禧太后嚴厲的眼光之下，無可奈何，只好囁嚅著說了恭王的遺言。

『你呢？你許了你六叔沒有？願意聽他「人之將死」的那句話？』

『人之將死，其言也善』，慈禧太后不必再表示自己的態度，就這半句成語，便肯定了法不可變；康有為不可用！皇帝已無法逃避責任，唯有自承：『兒子糊塗！』

『你們聽見了吧！』慈禧太后大聲說道：『恭親王一死，小人就都猖狂了！隔不了幾天，御史楊深秀上摺子要「定國是」；又要廢八股；又說甚麼請皇帝「御門」，跟大家立誓，非變法不可。以後又有徐致靖上摺，也是要定國是。這都是罪魁禍首，最叫人想不到的是，變法的上諭，居然是翁同龢擬的。三朝老臣，兩朝師傅，官做到協辦；國家哪點對不起他？他要帶著皇帝胡鬧，毀祖宗的成憲！眞忘恩負義到了極點！』

慈禧太后提到翁同龢，大為激動；戴滿了戒指的右手，連連擊桌，一下比一下響，震得皇帝一陣一陣地哆嗦，而臣下亦悸怖於女主的雷霆之怒，相顧失色；特別是與翁同龢有深切關係的人，更是將顆心提到了喉頭，深怕慈禧太后還饒不過已被逐回鄉的『翁師傅』。

『當然，罪大惡極，說甚麼也不能饒的是康有為！』慈禧太后環視而問：『如今怎麼樣了？』

這是詢問捉拿康有為的結果。照廷對的慣例，應該由領班的慶王回奏；如果慶王不明究竟，即應指定適當的人發言。誰知慶王還不曾開口，軍機大臣剛毅已越次奏對，『回皇太后的話，康有為確已坐上英國輪船，逃到上海去了！』他說：『奴才愚見，應該責成總署跟英國公使館嚴加交涉，轉知該國輪船，不論在何處泊岸，立即將康有爲綑交當地地方官，才是正辦。』

難題到了慶王頭上。他久在總理各國事務衙門，知道類此情形除非曾經訂立引渡的條約，否則就是一件絕不可能的事。但如照實回奏必定會遭責難，且先敷衍了眼前再說。

因此，他不待慈禧太后做何表示，搶先說道：『據報，康有爲坐的是重慶輪；這條輪船是英國太古公司的。奴才回頭就跟英國公使去交涉。』

慈禧點點頭，方欲有言；也是御前大臣，緊跪在慶王身後的端王載漪大聲說道：『奏上老佛爺，康有爲遲不走，早不走，就在袁世凱回天津那天，從京裡逃走。哪有這麼巧的事？依奴才看，一定有奸細給他通風報信。這件事不能不查。』

『你們要知道，是誰給康有爲通風報信的嗎？我給你們看兩樣東西。』慈禧太后撿了兩通文件對跪得最近御案的慶王說：『你唸給大家聽！』

這兩通文件，一件是楊銳的覆奏——在七月廿八，皇帝賜楊銳一道密詔：『今朕問汝，可有何良策，俾舊法可以全變，將老謬昏庸之大臣盡行罷黜，而登進通達英勇之人，令其議政，使中國轉危爲安，化弱爲強，而又不致有拂聖意。爾其與林旭、劉光第、譚嗣同及諸同志等妥速籌商，密繕封奏。』慈禧太后命慶王唸楊銳的覆奏，就因爲其中引敘了密詔全文，可以讓大家知道，在皇帝的心目中，眼前的大臣，無非『老謬昏庸』，當『盡行罷黜』。至於楊銳的覆奏，語氣很平和，勸皇帝對變法宜乎漸進；只是提到曾與康有爲商議，便似坐實了他是康黨。慶王知道他是張之洞的得意門生，本性不主激進，亦非康黨，很想保全，所以含含糊糊地唸完，隨即再唸第二件。

第二件是從康有爲寓所中搜查到的一封信。『四京卿』之一的林旭，在八月初二帶出一件賜康有爲硃筆密諭，催康有爲盡速離京，到上海去辦官報。一開頭便說：『朕命汝督辦官報，實有不得已之苦衷。』而林旭的這封信，便是爲康有爲解釋，皇帝的『不得已之苦衷』，是慈禧太后對康有爲深惡痛絕；如再遷延不去，恐有生命之危。

大家都明白了，慈禧太后的意思是，端王所指的『通風報信』的『奸細』，就是皇帝。果然，只見她厲聲向皇帝問道：『你說，你是不是包庇康有爲？』

『兒子不敢！』震慄失次的皇帝唯有推諉，『那是，那是楊銳的主意，要康有爲趕快出京。』

『給袁世凱的那道硃諭呢？』慈禧太后問：『莫非也是別人的主意？』

最使得皇帝惶恐窘迫，無詞以解，無地自容的，就是這件事。派兵包圍頤和園，劫持皇太后，是以下犯上，大逆不道。皇帝而有此十惡不赦的大罪，何以君臨天下？所以此時面色如死，垂首不語。

慈禧太后久想收權，但總是找不出一個可以說得過去的藉口；誰知竟有這樣夢想不到的意外機緣，轉禍爲福，自然不肯輕易放過。看皇帝啞口無言，越發逼得兇了。

『你們問皇帝，他叫袁世凱幹的是甚麼喪盡天良、鬼神不容的事？』

這等於以臣下審問皇帝。再狂悖的人，亦知不可；唯有志在當太上皇帝的端王，有落井下石的念頭，嘴唇翕動想開口時，卻晚了一步。

『你說啊！』慈禧太后冷笑，『有甚麼說不出口的？你可要放明白一點兒，你是皇帝，可也是我的兒子！尋常百姓家，兒子忤逆不孝；親友鄰居都可以出首告官，或打或罵。你是皇上，沒有人能管你，可別忘了還有我！』慈禧太后看了一下，大聲問道：『誰是「宗令」？』

專管皇族玉牒、爵祿等等事務的衙門，叫作『宗人府』；堂官稱爲『宗令』，下有左右兩『宗正』。

宗令向例派行輩高的親王充任；此時的宗令是禮親王世鐸。慈禧太后當然知道，明知故問，無非爲了炫耀權威而已。

世鐸一無所能，最大的長處是恭順；聽得這一問，未答先碰一個響頭，然後高聲說道：『奴才，在！』

『傳家法！』

此言一出，無不大驚！慈禧太后竟要杖責皇帝，這是清朝開國兩百多年來從未有過的大事；也是從來沒有聽說過、想到過的奇事怪事。於是東面一行居首的慶王奕劻，西面一行居首的文華殿大學士，不約而同地伏地碰頭。其餘的王公大臣，亦無不如此；一時只聽得磚地上『鼕、鼕』地響。皇帝不由得亦跪倒了。

這是爲皇帝求情的表示；慈禧太后不能不賣群臣的面子。不過雖不再傳家法，卻仍舊要逼著皇帝開口。

『總有人替你出主意的吧？』慈禧太后再次警告，『你就護著人家不肯說，我也會知道。到那時候，我可再不能姑息了！豈止罰她，連她娘家人亦該罰！』

皇帝驀地裡警悟，原來慈禧太后疑心到珍妃了！情急之下，脫口說道：『是康有爲、譚嗣同有那麼個想法。不過，本意也只是兵諫，絕不敢驚犯慈駕。不然，兒子豈不是成了千古罪人？』

『你們聽聽！皇帝多孝順啊！』

慈禧太后的本意，是要皇帝自己承認，曾有犯上的密謀，既不足以爲君，亦不足以爲子。這一來，不但可爲她的訓政找出一個不得不然的理由，而且亦爲進一步廢立做個伏筆。至此目的已達，她就振振有詞了。

『你們大家都聽見了！皇帝這樣子胡鬧，非斷送了大清朝的天下不可！除非我嚥了氣，想管也不能管；不然，我怎麼能眼睜睜地看著，不聞不問？能對得起列祖列宗嗎？』慈禧太后拿塊手絹擦一擦眼睛，又捂著鼻子擤了兩下，接下去又說：『皇帝四歲抱進宮，身子不好，是我一手撫養；白天睡在我床上，晚上由嬤嬤帶著，睡在我外屋，一夜幾次起來看他。皇帝膽子小，怕打雷；一聽雷聲就會嚇得大哭，要我抱著哄個半天，才會安靜下來。這樣子辛辛苦苦撫養他成人；你們看，他如今是怎麼對待我？這不叫天下做父母的寒心嗎？本朝以仁孝治天下；我把皇帝教養成這個樣子，實在痛心，實在慚愧！眞不知道將來有甚麼臉見文宗？』

說到這裡，慈禧太后已有些語不成聲的模樣；皇帝則伏地嗚咽，不知是愧悔，還是委屈？殿前群臣，亦無不垂淚；可是誰也沒有出聲——有些人不便勸；有些人不敢勸；而有些人是不願勸。

『這幾個月眞是國家的大不幸。』慈禧太后收淚說道：『從四月裡以來，亂糟糟地一片；如今非切切實實整頓不可！你們把這幾個月的新政諭旨，大小臣工的奏摺，按日子先後，開個單子送來我看。』

『是！』慶王與禮王同聲答應。

『康有爲一黨，絕不輕饒！你們要趕快辦！此外還有甚麼在眼前必得處置的緊要事件，軍機處隨時寫奏片送進來！』

『是！』這次是禮王與剛毅同聲答應。

略等一會兒，別無他語；便由慶王領頭『跪安』退出，回衙門的回衙門，回府的回府，各隨自便。唯有皇帝身不由主；仍舊被送回三面環水、一徑難通的瀛台。

軍機大臣回到直廬，第一件要辦的事，便是拿辦康有爲的黨羽。可是，誰是康有爲的黨羽呢？

軍機大臣一共六位，只有剛毅主張大大地開一張康黨的名單。領樞的禮王並無定見；王文韶心裡明白，不應多所株連，可是不願開口；廖壽恆因爲常在皇帝與康有爲之間傳旨，不無新黨之嫌，不敢開口；敢開口的只有裕祿與錢應溥。

『子良，』裕祿很婉轉地說：『政局總以安靜爲主；倘或搞得人心惶惶，未必就是皇太后的本意。依我的意見，康黨有明確形跡可指者，不過四京卿而已！』

『壽山，』剛毅喊著裕祿的別號問道：『照你這一說，連張樵野都是冤枉的；應該請旨，馬上放掉他？』

『張樵野自當別論。』

『中堂，』錢應溥趕緊接上去說：『就開五個人的名字吧！看上頭的意思再說。』

剛毅看禮王、王文韶、廖壽恆盡皆沉默，頗有孤掌難鳴之感；事出無奈，只好點頭同意：『好吧！看上頭的意思；等駁下來再說。』

奏片寫就，正要呈進；寢宮內發出來一道奏摺。禮王未看正文，先看摺尾，上面是慈禧太后的硃筆親批：『速議奏！』

急急看罷正文，禮王伸了伸舌頭，大聲說道：『好大膽子！眞有不要腦袋的人！』

這一聲驚動了一屋子的人；剛毅問道：『誰不要腦袋？』

『還有誰？楊漪村。』

聽得這話，廖壽恆首先一驚。楊漪村就是楊深秀，山西聞喜縣人，光緒十五年己丑科進士，而廖壽恆是那一科會試的總裁；師生之誼，自感關切，急急問道：『楊漪村又妄言了？』

『哼！』正在看摺子的剛毅冷笑：『豈止妄言而已！』

原來一士諤諤，舉朝只有楊深秀一個人上疏詰問皇帝何以被廢？引經據典，歷數國有女主，必非社稷之福；請慈禧太后撤簾歸政。

傳觀了這個奏摺，無不搖頭歎息；剛毅向裕祿說道：『你看，你要安靜，偏有人要鬧事！壽山，你怎麼說？』

『太不智了！』

『仲山！』剛毅又問廖壽恆，『你看，貴門生該得何罪？』

廖壽恆是刑部尚書，身分尷尬，更難迴護；只能這樣答說：『這要公議。』

『眼前呢？是不是拿交貴部？』

這樣咄咄逼人，廖壽恆感到事態嚴重；若無明確表示，不但於楊深秀無補，恐怕自己的前程亦會不保。看這樣子，就想迴護門生，亦必不能如願；那就不如放聰明些。

於是，他毅然決然地答說：『當然。不過逮問言官，必得請旨。』

『當然要請旨！』剛毅環視問道：『諸公之意如何？』

大家都不作聲；但禮王不能不說話：『請旨吧！』

『好！』剛毅喊道：『請郭老爺來！』

『郭老爺』是指郭曾炘，福州人；漢軍機章京頭班的『達拉密』。應召而至，照剛毅的意思，寫了個奏片：『立即拿交刑部治罪。』

『楊漪村上這個摺子，自己也知道會有怎麼個結果？』剛毅掉了一句文：『求仁得仁，夫復何憾？』

剛毅肚子裡的墨水有限，偶爾想到這八個字，自以爲是雋語，十分得意。而在旁人聽來，有點說風涼話的味道。誰也不搭他的腔；郭曾炘也面無笑容地，持著奏片，掉頭就走。

『春榆，春榆！』剛毅將別號春榆的郭曾炘召回廳堂，眼看著同僚說道：『各位看，楊漪村會不會自裁？』

此言一出，四座愕然。可是細想一想，剛毅這一問，倒不是匪夷所思；楊深秀敢冒此天下之大不韙，當然了解到後果的嚴重，多半已存著必死之心；步光緒初年吳可讀的前塵，來個尸諫，亦未見得不可能。

『子良這句話卻非過慮。』裕祿說道：『得要想個法子保全。』

『保全』二字，剛毅覺得不中聽；微微冷笑著說：『我在秋曹多年，甚麼樣的案子都經過；此輩的用心，眞正叫洞若觀火。就像楊某人這摺子一上，如果沒事，白得個敢言的名聲，自然不會死；倘或拿問，知道事情弄糟了，索性一死，至少還落個尸諫的名聲。他這件案子，情節甚重，上頭是一定要嚴究的，不能預爲之計。事情明擺在那裡，一定拿問；既然如此，何不先行看管？』

剛毅的想法和說法都很苛刻。只是『看管』亦爲『保全』；清朝還沒有殺過言官的例子，這個好歹先留下他一條命來的打算，總是不錯的。因此，都同意了剛毅的辦法，通知步軍統領衙門，先行逮捕楊深秀。

『好兄弟，』王五臉色凝重地說：『你不能不走了！恐怕你還不知道，楊都老爺，跟張侍郎一樣，也讓九門提督抓走了。』

『哪位楊都老爺？』

『山西人……』

『喔，楊漪村。』譚嗣同有些困惑，『怎麼不抓我，抓他呢？』

『嗐！兄弟，』王五大不以爲然；『莫非你有那個癮，非坐牢才痛快？我想過了，你說怕連累老太爺，這話不錯；不過，這到底不過一句話，是不是眞的會連累老太爺，也很難說；萬一累著了，那時你再投案，爲父贖罪，是個孝子，朝廷沒有不放老太爺出來的道理。既然這樣，何必自己多事？』

『話不是這麼說。從來辦大事，總要有人不怕死，才能感動得了別人，接踵而起……』說到這裡，譚嗣同停了下來，自覺辭不達意，很難跟王五說得明白。

王五其實明白，『兄弟，』他說：『我也知道你有番大道理；不過，我實在不能眼看著你讓人抓走。你不要救皇上嗎？人、錢，我都有；就沒有人出主意。兄弟，非你不可！』

這是有意拿大帽子套他；譚嗣同明知其意，不便說破，只這樣答道：『五哥責以大義，我不敢不聽。不過，今晚上總不行了；這裡也不是細談之地。這樣，明天上午，我們仍舊在大酒缸見面。』

王五無奈，只得應承；做了第二天一早相會的堅約，方始告辭。

哪知，次日清晨，譚嗣同剛剛起床，步軍統領衙門的官兵，帶同大興、宛平兩縣的捕役，已經到門。同案被捕的，除了楊銳、林旭、劉光第以外，還有一個曾經保薦康有爲的署理禮部侍郎徐致靖；

連張蔭桓與楊深秀，一共七個人，都移解刑部，在看管所暫住，每人一間屋子，不准見面，更不准私下交談。

上諭一發，凡是新黨，或者前一陣子趕時髦，上書言事，薦舉新政人才，以及論改革官制、廢科舉、籌設文武學堂及派員遊學、籌辦新軍及團練、興農工商務、設銀行改幣制、開礦築路、設報館及譯書局等等新政的大小官兒，人人自危。自覺必不可免而能夠籌得出川資的，紛紛做出京走避之計，以致前門車站，突然比平時熱鬧得多了。

當然，彈冠相慶的人更多。本來一個月前，有道上諭，京中詹事府、通政司、光祿寺、鴻臚寺、太僕寺、大理寺這些屬於『大九卿』的衙門，都已裁併；冗員變成災官，不下萬人之多，群情惶惶，莫可終日。一看太后復掌大權，繼以逮問新黨，可知一切『光復』，照樣又有官做。不過，有些衙門，一聞裁撤的詔令，來個捲堂大散，不但印信檔案無存，連公署的門窗板壁亦都拆得光光；毛雖可附，皮已不存，也是件愁人的事。

當然，眞正興奮得睡不著覺的人，只有少數幾個；其中之一就是楊崇伊。從他窺探意旨，與榮祿定計，在八月初三上了請太后訓政的摺子以後，成了京官中的頭號要員。關閉九城、停開火車的那天，前門車站開出一列專車；只掛一個車廂，裡面坐的就是楊崇伊，直放天津，與榮祿相會，承命回京，另有獻議。

原來榮祿雖得慈禧太后的寵信，在京裡卻是相當孤立的。有些人是不願他往上爬，怕他一冒上來，相形見絀，就會失勢；有些人是覺得他平時過於跋扈，應該加以裁抑；還有些對慈禧太后固然嚴憚，而對皇帝卻也存著一片深藏未露的惓惓忠愛之忱，看榮祿唯知有母，不知有子，內心憤慨，當然也不會替他說好話。因此，榮祿得找個人替他開路，才能內召大用。

楊崇伊的第二個摺子，便是替榮祿開路，建議『即日宣召北洋大臣榮祿來京』；來京幹甚麼呢？不能明言讓榮祿入軍機；即使能說，榮祿也不願意他說，因為大學士在軍機上行走是眞宰相，恥於為從五品的監察御史所薦。

因此，楊崇伊找了個藉口，說康有爲在逃、梁啓超亦未拿獲，康廣仁、譚嗣同雖被捕而未處決，深恐康黨勾結洋人，以兵艦巨炮相威脅，應該即日宣召北洋大臣榮祿進京，保護皇太后及皇帝。

但北洋爲海內第一重鎭，不可一日無人；榮祿進京保護聖躬，總得有人替他才行。楊崇伊這三年來苦心孤詣，想在朝中掀起一場大波瀾，目的就是爲了此刻可以舉薦一個代榮祿而鎭守北洋的人；此人非別，正是目前寄居賢良寺，侘傺無聊，鬱鬱寡歡的文華殿大學士李鴻章。

原來楊崇伊與李鴻章是至親。李鴻章長子叫李經方，雖爲胞姪入繼，卻如己出，視爲克家令子；而李經方就是楊崇伊的兒女親家。李大小姐閨名國香，嫁的是楊崇伊的長子楊圻。

楊圻字雲史，是個少年名士。他之得爲相府嬌客，也許是看中了他的人才；但亦可能由於楊崇伊是江蘇常熟人，他的同鄉前輩翁同龢，以帝師之尊，頗得重用，李鴻章想以此淵源，對一向與他不大和睦的翁同龢，取得一種較爲親密的關係。如果他眞有這樣的企圖，那可是徹頭徹尾落空了！

楊李兩家這門親事，結在光緒十八年。那時的李鴻章，勳名功業，看來如日方中，其實是『夕陽無限好』。兩年以後的甲午之戰，北洋海軍，一舉成空。事先翁同龢及他的門下如汪鳴鑾、文道希，以及珍妃的長兄志銳等等，全力主戰；事後則翁黨紛紛糾參李鴻章，先剝他的黃馬褂，拔他的三眼花翎，最後奪了他的北洋大臣直隸總督。馬關議和回國，朝命入閣辦事，其間雖有賀俄皇加冕的海天萬里之行，訂下自以為『可保數十年無事』的中俄密約，但始終未獲重用，既不能入軍機，亦不能掌兵權，甚至連個總理事務大臣的兼職亦竟保不住。

李鴻章失勢，楊崇伊便無指望；因而恨極了翁同龢一黨。他看得很清楚，慈禧太后還是眷顧老臣的；只為皇帝聽信翁同龢，才壓得他的那位『老姻長』不能出頭。所以死心塌地做了『后黨』，處心積慮想翦除皇帝的羽翼；首攻珍妃的老師文道希，恰恰符合了慈禧太后不喜珍妃的心意；這次首先發難，奏請訓政，更是大功一件，自覺為『老姻長』效力的時機，已經成熟了！

背後對人稱李鴻章為『老姻長』，見了面，楊崇伊仍然用『官稱』，恭恭敬敬叫一聲：『中堂！』接著將奏稿雙手捧上：『晚生擬了一個摺子，請中堂過目。』

『姻兄，不敢當！』李鴻章也很客氣地，用雙手相接。

展稿細讀，看完前面請召榮祿一段；李鴻章想了一下才往下讀：『至北洋緊要，不可一日無人，司道代拆代行，設有要事，尤恐緩不濟急。可否請旨飭大學士李鴻章即日前往，暫行署理；究竟曾任北洋各將領，皆其舊部，緊要之際，似乎呼應較靈。』

看到這裡，他停下來說：『多感盛情。不過，恐怕沒有甚麼用處。』

楊崇伊一聽這話，大為洩氣：『中堂！』他說：『今日北洋，豈是袁慰庭所能主持的？何況中堂朝廷柱石，久蒙慈眷；際此危疑震撼之時，當然要借重老成。』

『你說我「朝廷柱石」，這話倒不錯，無非供人墊腳而已。』李鴻章說：『今天的邸抄，姻兄看了沒有？』

『還沒有！』

『你看了就知道了！』

取來當天的宮門抄，李鴻章指出榮祿的一個奏摺，是爲『督練新建陸軍直隸臬司袁世凱』規仿西制所設的『同文、炮隊、步隊、馬隊四項武備學堂』的官兵報獎，以炮隊學堂監督段祺瑞爲首，一共保了十六員。奉硃批：『著照所請。』

『姻兄，袁慰庭要大用了。榮仲華如果進京，想來必是臬司代拆代行。是嗎？』

『是！榮仲華當面告訴我，一奉旨意，預備讓袁慰庭護印。不過，』楊崇伊特別提高聲音，『他也說過，實在以中堂回北洋爲宜。不過，他自覺身分差中堂一大截，不便冒昧舉薦；所以關照我上摺。』

『喔，』李鴻章很注意地問：『他眞是這麼說的？』

『我不敢騙中堂。』

李鴻章閉著眼想了好半天；然後『咕嚕，咕嚕』抽水煙。顯然的，他在考慮，是不是可以同意楊崇伊作此嘗試？

『上了也好！』他終於開口了，『做個伏筆。』

『是！』口中這樣答應，疑問卻擺在臉上。

『回北洋，只怕我今生休想了！』李鴻章說：『多少人想奪我的兵權，尤其是榮仲華這樣厲害的角色，豈肯輕易放手？』

『不然！』楊崇伊說：『他跟我表示過了，還是想入軍機。』

『入軍機亦未必不能掌兵權。這也不去說它了！姻兄，』李鴻章忽然問道：『你覺得我回北洋有意思嗎？』

『北洋到底是北洋……』

李鴻章搖搖手，不讓他再說下去；『老夫耄矣！哪裡還能作重振雄風的春夢？看機會，像從前左文襄那樣，能擇一處善地容我養老，此願已足！』

聽得這一說，楊崇伊才知道李鴻章志在兩江或者兩廣。這兩處『善地』都是膏腴之區，以李鴻章的資格，不難到手。所謂『上了也好』，正就是表示，縱或不能重鎭北洋，不得已而求其次，亦比在京『入閣辦事』來得強。

李鴻章確是這樣的想法。但開府北洋，威風八面，究竟不能忘情；所以等楊崇伊一告辭，立即關照：『拿我的名片，去請總理衙門的陳老爺來！』

這位『陳老爺』是貴州人，名叫陳夔龍，字筱石；光緒十二年的進士，大卷子上錯了一個字，名列三甲，分發到兵部當司官，兼充總理衙門章京，忠厚練達，一貌堂堂，頗得李鴻章的賞識。

不過，這天他要找陳夔龍，另有緣故。因爲陳夔龍官只五品，卻能上交名公巨卿。他前後三娶，元配是以前四川總督丁寶楨的姪女；現在這位續弦的太太，是已故軍機大臣許庚身的堂妹，與現任軍機大臣廖壽恆兩度聯襟，目前就住在東華門外廖府。所以李鴻章找他，能夠打聽到軍機處的消息。

其次，榮祿當兵部尙書時，在司官中最看重陳夔龍；不論查案，或是視察，每次出京，必以陳夔龍爲隨員。同時，袁世凱倚爲左右手的幕僚徐世昌，是陳夔龍的同年。所以對於天津的消息，他是相當靈通的。

更其重要的是，陳夔龍在總理衙門，深得慶王奕劻的信任，專管與北洋往來的密電。李鴻章知道，榮祿有何密奏，慈禧太后有何密諭，都由慶王轉承，亦必都由陳夔龍經手譯遞。所以，要打聽眼前的一切最高機密，更非找陳夔龍不可。

『筱石，』李鴻章開門見山地問：『北洋有甚麼電報？』

『很多！』陳夔龍問：『不知道中堂問的哪一方面？』

『聽說榮仲華又要進京了？』

『是！是奉太后的密諭，帶印進京。大概明後天可到。』

『帶印進京？』李鴻章詫異地問：『莫非北洋不派人護理了？』

『不！電諭上說明白的，直隸總督、北洋大臣都由袁慰庭護理。』

李鴻章認爲袁世凱將要『大用』的看法證實了，反倒有爽然若失之感。惘惘之情，現於形色，好半晌說不出話來。

『聽慶王說，上頭對袁慰庭還不大放心；是榮中堂力保的。不過，榮中堂對他亦未見得放心，無非驟當大變，力求安定而已。』陳夔龍憂形於色地說：『宮闈多故，劇變方殷；有此傳聞，眞爲臣子所不忍聞。』

『喔！』李鴻章很注意地問：『有些甚麼傳聞？』

『說皇上曾一度離開瀛台；結果被攔了回去。』

『眞是聞所未聞！』李鴻章不斷搖首嘆息，『大局決裂到如此地步，著實可憂。只怕內亂引起外患；我看各國公使快要插手干預了。』

『英國公使原在北戴河避暑，已經趕回來了；聽說就在這一兩天之內，怕要寫信給中堂。』

『寫信給我？』李鴻章問：『所爲何來？』

『聽說張樵公逮問，英國公使頗爲關心；或許會寫信給中堂，試圖營救？』

『營救？』李鴻章是覺得很好笑的神氣，『今日之下，我李某算老幾？別說泥菩薩過江，沒有力量救他；就有……』

他突然發覺自己失言，雖縮住了口，但亦跟說出口來一樣，倒不如索性說明了它。

『筱石，有件事不知道你有所聞否？我這趟出總署，就是張樵野搗的鬼。這十幾年以來，我對他處處提攜，而他總覺得有我在，他就出不了頭，所以早就存著排擠我的心。誰知道他也有今天這樣的下場！人心如此之壞，難怪大局會糟到今天這個樣子！』

陳夔龍對張樵野——張蔭桓雖無好感，但亦並無惡感。李鴻章『早年科甲、中年戎馬、晚年洋務』，無論從哪方面看，都有足夠的資格批評張蔭桓；但自己是個司官，不便對上官任意指摘，因而保持沉默；李鴻章亦就很知趣地不再往下說了。

『中堂還有甚麼吩咐？』

『不敢當！』李鴻章想了一下說：『我如今閉門思過，除非特召進宮，平時步門不出；外面的消息都隔膜了，既不敢打聽，亦沒有人見顧。老驥伏櫪，待死而已！』

『中堂千萬不必灰心！』陳夔龍就知道他還有千里之志，很懇切地安慰他說：『謀國還賴老成。慈聖訓政，一定要借重中堂的；如果有甚麼消息，自當隨時來稟告。』

『承情之至！足下不忘故人，感何可言？長日多暇，歡迎你常來談談。』

『是！』陳夔龍起身告辭；請安起來，又低聲問道：『榮中堂一到，大概總要見面的；中堂可有甚麼話，要我帶去？』

『話很多，不過，都不要緊。』李鴻章沉吟了一下說：『只請你帶一句話，我很想出京走走！』

『是！一見了榮中堂我就說。』

也不過天色方曙，慶王就派了侍衛來請陳夔龍，說在府中立等見面。

匆匆趕來，只見慶王公服未卸，是剛剛朝罷回府的模樣。陳夔龍剛行過禮，看見門上又領進一個人來，是他的同僚，工部郎中兼充總理衙門章京的鐵良。

『有件案子，非請兩位幫忙不可！』慶王說道：『爲張樵野他們拿問，崇受之上了一個摺子……』

原來刑部尙書兼步軍統領的崇禮，經辦大捕新黨一案，深感責任太重，不勝負荷；所以依照『重大案件奏請欽派大學士、軍機大臣會同審訊』的成例，上摺請求援例辦理。奉到的懿旨是：『著派御前大臣、會同軍機大臣、刑部、都察院審訊，剋期具奏。』

『御前的班次，向來在內閣、軍機之前，所以大家公推我主持。這一案非比尋常，交給別人，我不放心！請兩位辛苦吧！』

『是！』陳夔龍覺得有句話不能不問：『王爺，原奏請派大學士、軍機；何以旨意改派御前？此中或有深意；不知王爺想過沒有？』

『如果是派大學士，當然由李少荃主持；慈聖的意思是不願他爲難。』慶王接著又說：『同案的幾個人，情形不同，聽說楊銳、劉光第都是有學問的人，品行亦很好；如果一案羅織，有欠公道，應該分別辦理。兩位到了部裡，可以把我的意思告訴他們。』

陳夔龍心想，不派大學士絕非體諒李鴻章，不願使他爲難；多半是怕李鴻章會有所偏袒。由此可見，慈禧太后對懲辦這一案，主課重刑；而聽慶王的口風，楊銳、劉光第可從寬減，其餘只怕不是大辟，便是充軍的罪名了。

於是辭出慶王府，轉到總理衙門，先備咨文，知照刑部，敘明會審緣由。其時宮門抄已經送到，其中便有崇禮所上奏摺的原文，而上諭指明受審是徐致靖、楊深秀、楊銳、林旭、譚嗣同、劉光第、康廣仁共七人；至於張蔭桓，『雖經有人參奏，劣跡昭著，惟尙非康有爲之黨，著刑部暫行看管，聽後諭旨。』最後特別宣示：此外官紳中有被康有爲『誘惑之人，朝廷政存寬大，概不深究株連，以示明愼用刑之意。』

總理衙門的官兒，常跟洋人打交道；在局外人看，都不免有新黨之嫌；如今連受康有爲『誘惑』的人都可不受株連，新黨自更不在話下。因而看完這道上諭，無不有如心裡放下一塊石頭的輕鬆之感。

可是看到另一道上諭，心情卻又沉重了；皇帝自道：『從四月以來，屢有不適，調治日久，尙無大效。京外如有精通醫理之人，即著內外臣工，切實保薦候旨。現在外省者，即日馳送來京，勿稍延緩。』

大家都明白，這是廢立的先聲。京中早有許多流言，說『遲早必換皇上』；這道上諭，已見端倪。但是『皇上』是那麼容易換的嗎？總理衙門的官兒都有些擔心；怕因此而會引起各國公使的干預，又無端引起許多難以料理的糾紛。正在相與咨嗟之際，聽見馬蹄得得，夾雜著輕快的輪聲，入耳便知是與後檔車不同的西洋『亨斯美』馬車，當然是有洋人來了。

來的是法國署理公使呂班，要見慶王或者任何一位總理大臣——李鴻章被逐，張蔭桓被捕，慶王及由軍機大臣兼任的總理大臣，很難得來；在衙門裡的，只有一個曾爲翁同龢所排擠，這一天又奉旨回本衙門的吏部左侍郎徐用儀。

總理衙門辦事的規制，凡是與洋人會談，必由章京做筆錄；章京以國別分股，法國股的章京，一共九個人，最能幹的是一個杭州人汪大燮，與籍隸海鹽的徐用儀是浙江大同鄉，當然順理成章地由他來做筆錄。

翻譯姓吳，是呂班帶來的。賓主四人，在一張大餐桌的兩面，相對坐定；略做寒暄，談入正題，吳翻譯先有所透露，呂班此來，是爲了探問皇帝的病情。

一聽這話，徐用儀先吃一驚；知道遇到難題了！向汪大燮使了個眼色，示意他亦用心想一想，倘或窮於應付時，需做支援。

等呂班發過言，吳翻譯照實譯告：『今天看到皇上有病的上諭，頗爲詫異，亦很關心；上諭中說，四月裡以來，就有不適；何以三四個月之中，未見談起？』

『多謝貴公使關心。』徐用儀慢條斯理地答說：『聖躬違和已久，常有傳說；貴公使何以不知，其故安在？本大臣未便懸揣。』

吳翻譯聽他這樣回答，臉有難色。顯然的，對於皇帝有病的傳言，受雇於法國公使館的中國人，如吳翻譯等等，一定不曾告訴呂班。倘或據實轉譯徐用儀的回答，或許他就會受到責備，所以顯得爲難。

不過，他還是跟呂班長長地說了一大篇，輔以手勢，似乎在解釋甚麼？呂班聽完，點點頭問道：

『皇帝生的是甚麼病？』

這不便瞎說，亦不能用打聽確實了再來奉告之類的話搪塞，徐用儀只好含含糊糊地答說：『皇上是積勞之故，精神不振，胃納不佳，夜眠不安。』

『這是一般病人都有的徵象，到底是甚麼病？』

這樣逼著問，頗使徐用儀受窘；汪大燮便疾書一個『肝』字，將紙片移到徐用儀面前。

『大致是肝病。』徐用儀問吳翻譯：『呂公使要打聽得這麼清楚，是爲甚麼？』

『我想他總有道理。』吳翻譯問道：『徐大人這話，要不要譯給他聽？』

『不必！且聽他說。』

呂班說的是：『肝臟有病的人，容易動怒。皇帝生這種病，在他左右的人，常會受到嚴厲的處罰，實在是件很不幸的事。』

『是的。不過皇上賦性仁慈，倒未聽到有甚麼處罰左右的情形。』

『那很好！』呂班停了一下說：『上諭中要求大家保薦醫師。敝國有幾位在華傳教的神甫，精通醫道；我想舉薦兩位，爲皇帝診治，以敦兩國交誼。』

徐用儀聽完譯語，吃驚不小；急急答說：『多謝貴公使關愛，本大臣先代表敝國致謝。不過，薦醫一事，本大臣必須請旨辦理。此時不能做任何切實的答覆，請原諒。』

呂班對於他的回答，並無不滿的表示；只問：『甚麼時候可以得到答覆？』

『大概要兩三天。』徐用儀說：『此事自需愼重，要問問御醫，也還要垂詢大臣。兩三天是最快的了。』

『那麼，我準定三天以後，來聽回音。』

說完，呂班隨即告辭。徐用儀送客出門，剛回來還未坐定；又有通報：英國公使竇納樂爵士來訪。

這次是由英國股的章京，江蘇太倉籍的唐文治做筆錄。見了面，竇納樂首先向徐用儀道賀，接著便取出一封信來，隨帶的鄭翻譯說：『竇公使這封信是給李中堂的，請總理衙門轉交。』

『既是致李中堂的信，何以不直接到賢良寺去？』

『竇公使的意思是，李中堂雖已退出總理衙門，但英國仍願以李中堂爲交涉的對手；當他仍舊在總理衙門。』

『噢！』徐用儀頗爲不快；但不便發作，忍氣吞聲地說：『好吧！我派人轉送就是。』

等鄭翻譯轉告以後，會談本該結束了，誰知竇納樂還有一番話：『信中表達了英國的一種意願，希望李相能設法營救張大臣。』

張大臣當然是指張蔭桓。徐用儀心中冷笑；張蔭桓雖得李鴻章的提拔，但交誼不終，李鴻章未見得肯營救張蔭桓。而況，李鴻章正在倒楣的時候；這幾天方興未艾的一場大波瀾，他能避免捲入漩渦，已是萬幸，何敢多事，自討沒趣？竇納樂其人驕狂可惡，讓他撞木鐘去！

因此，他冷冷地答說：『知道了！我會轉告李中堂。』

『不光是轉告李相；還希望貴大臣轉告執政者，保全張大臣，對於促進中英邦交，很有幫助。』

這又是使徐用儀無奈之事；唯有這樣答覆：『我會轉陳慶王。』

等竇納樂一告辭；徐用儀立即吩咐套車，帶著汪大燮、唐文治所作的兩份筆錄，直趨慶王府。

『王爺，』徐用儀說：『下詔求醫那道上諭眞不該下的！惹得洋人插手干預，麻煩很大。請王爺看這份筆錄。』

慶王一面看，一面皺眉；看完說道：『人家也是一片好意，似乎未便峻拒。這件事，你有甚麼好主意？』

『現在都得看慈聖的意思，誰也不敢胡亂出主意。我看，王爺不妨跟王、廖、裕三公談一談。』

『我也是這樣想，且等明天跟他們談了再說。』

王文韶、廖壽恆、裕祿都以軍機大臣而兼總理大臣，所以慶王要找他們談公事，最簡捷的辦法是親到軍機處。

軍機處本是禁地，但貴爲親王，自成例外；慶王排闥直入，而且在上位落座，開門見山的道明來意。

三位兼在總理衙門行走的軍機大臣還未答話，不在其位的剛毅卻謀其政，『這不是狗拿耗子嗎？』他大不以爲然地，『豈有此理！』

說法國公使薦醫爲多管閒事，已失臣道；外使薦醫爲皇帝診疾，用『狗拿耗子』的俗語來譬喻，更覺不倫。慶王心中不悅，便即正色答道：『這也不能說是人家愛管閒事。平常人家，親友交好，薦醫也是常有的事，何況一國之君；更何況下詔求醫，是自己請人家來管閒事。子良，你沒有辦過洋務，不知道其中的甘苦委屈！』

『我是說，皇上有病，外國豈能干預。』剛毅猶自強辯，『再說，外國醫生也不配替皇上看病。』

慶王懶得再理他，看著年紀最長的王文韶問：『夔石，你看這件事，應該怎麼辦？』

『當然要奏請懿旨。想來慈聖不會答應。』

『那是可想而知的。咱們得找個理由，怎麼謝絕人家？』

王文韶想了一會兒，慢條斯理地答說：『有個說法。從前曾襲侯得病，請西醫診脈，結果不治而死。俞曲園太史的輓聯中有句話：「信知西藥不宜中。」中西體質互異，曾侯之薨，實非西醫的過失。今以萬乘之尊，不敢輕試西醫。法使的盛意，只有心領而已。』

這個說法比較婉轉得體，都表贊同，慶王決定照此回奏。另有英國公使要救張蔭桓一事，因為有剛毅在座，他不願談論；而況上諭中已指明張蔭桓並非康黨，只交刑部暫行看管，諒無死罪，亦可不談。

這樣想停當了，便關照侍衛『遞牌子』，等候召見。這一等等了半個鐘頭，猶無消息；不免奇怪，『此刻是誰的起？』他問：『這半天，還不下來！』

『是榮仲華的起。』剛毅酸溜溜地說：『當今一等一的大紅人，又是「獨對」；只顧了他自己講得痛快，也不想想我們都在這兒等著！』

單獨召見，稱為『獨對』；是軍機大臣最犯忌的事，因為不知道『獨對』些甚麼？『上頭』忽然問到，會無從置答。而歷來召見的慣例，軍機總是在最後；為的先前召見的臣工，有何陳奏，好跟軍機商量。因此，榮祿進見的時候太久，軍機大臣便只能枯等了。

在榮祿與剛毅之間，慶王自然傾向前者，所以忍不住替榮祿不平，『你也別那麼說！這一次的劇變，虧得榮仲華因應得宜。』他停了一下又說：『而況，今天的獨對，是太后宣召，並非仲華自己請起；太后有話要問，他不能不答。怎麼怪得到他身上呢？』

剛毅碰了個釘子，只能退到一旁生悶氣。他的氣量最狹，暗中咬牙，非跟榮祿作對不可。因此，等叫了慶王的起，軍機大臣由於禮王病假，由他帶班進見時，凡遇榮祿的建議，他必持反對的論調。

這天名為『訓政』，其實是慈禧太后獨攬大權，因為皇帝根本不在座。是何緣故，太后既未宣示，臣下亦不敢問；只是行禮以後，靜候垂詢。

『這兩天外面的情形怎麼樣？』

『歡聲雷動！』代為領班的剛毅，毫不思索地回答。『都說慈聖訓政，撥雲霧而見青天了。』

『有人說，人心很不安。可有這話？』

如果有這話，當然是榮祿所奏；剛毅便即答道：『奴才看不出來，有甚麼人心不安？害怕的只不過是新黨。至於百姓，哪個不額手相慶？不過，奴才說的是京裡的情形；地方上或者因為該管督撫，處置不善，難免人心浮動。奴才請旨，是不是該寄信各省，責成疆臣，加意防範。倘有造謠生事，擾亂地方情事，唯該督撫是問。』

『倒也不必這麼張皇。』慈禧太后又問道：『你們看裁撤的六個衙門，應該不應該恢復？』

『皇太后聖明。』剛毅碰個頭說：『奴才替那六個衙門的大小官員，叩謝慈恩。』

『其實……』慈禧太后躊躇了一會兒，慨然說道：『嗐！哪個衙門該留，哪個衙門該裁，也不去說它了！反正要恢復都恢復。寫旨來看！』

於是，剛毅側轉臉去，向廖壽恆看了一眼。廖壽恆便磕個頭，傴僂著身子退出殿去；找個可以安放筆墨的地方，親自撰擬上諭。

『此外應興應革的大事還多，不過得慢慢兒來。』慈禧太后視線越過剛毅，落在他身後諸人臉上，『裕祿，你們幾個看，如今必得馬上要改的，有哪些事？』

『朝廷廣開言路，原是好事。不過，國家大政，也不是人人都能議論的；不該奏事的人，都湊熱鬧上摺子，有些是老生常談，有些是隔靴搔癢，還有不知所云的，眞正是徒亂人意，一無用處。奴才愚見，以爲應請明降諭旨，凡不應奏事人員，不准擅遞封奏，以符定制。』

『這是應該的！』慈禧太后問道：『王文韶，你經得事多，看這幾個月的所謂「新政」，老百姓最痛恨的是哪幾件事？』

王文韶雙耳有些重聽，除了聽見慈禧太后喊自己的名字，以及看出意在詢問之外，『上頭』說些甚麼，一無所知。遇到這樣的情形，他有個應付的辦法，便是守著道光以來那班『太平宰相』一脈相傳的心訣：『多磕頭，少說話。』

此時磕頭，表示沒有意見。慈禧太后便又指名問錢應溥；他陳奏了兩件事：一件是朝局務求安定；一件是各省祠廟，不在祀典者，一律改爲學堂一事，地方奉行不善，形成騷擾，請降旨禁止。

慈禧太后對於安定朝局這一點，不曾有何表示；停止各省祠廟改設學堂則深以爲然。接下來再問興革事項；剛毅可就又忍不住要發言了。

他亦是陳奏了兩件事：一件是原有詔旨，自下科起始，鄉會試廢止八股，一律改試策論。剛毅建議，一仍其舊，恢復八股文。

『八股文的卷子，我也看過，竟不知道說的是些甚麼？』慈禧太后一面說，一面擺頭，『兩把兒頭』上的明黃流蘇，晃盪得很厲害，『倒是策論，問甚麼答甚麼，誰有見識，誰沒有見識，還看得出一個好壞。』

這是不主張恢復八股；剛毅應一聲：『是！』

『其實新政也不一定樣樣都壞，從同治以來，不也辦了許多新政？皇帝當初跟我說，要辦新政；我說：誰不願意國富民強？只要眞的對國家有益處，我沒有不贊成的。剛才榮祿也說：新黨要辦，新政不一定都得廢了！離經叛道，壞祖宗成法的，自然要廢；有些有道理的，又何必廢它？』

一聽慈禧太后支持榮祿的見解，剛毅大不服氣，本來預備順從的，頓時非爭不可了。

『回皇太后的話，開科取士，用八股文就是祖宗的成法，所以稱爲「制藝」。』他提高了聲音說：『如今的新政，跟皇太后當年垂簾所行的新政不同。如今的新政，全是康有爲想出來的花樣；若說康有爲要嚴辦，康有爲想出來的新政不必廢，那，自己可就站不住腳了。』

這話形同頂撞，尤其是搬出『祖宗成法』這頂大帽子，針鋒相對，更堵住了慈禧太后的嘴。訓政之初，必須樞臣效命；她只好讓步：『說得也有點道理。那就恢復吧！』

『喳！』剛毅答得很響亮；接下來又陳奏第二件事：『文科既然恢復舊章，武科亦應同樣辦理。仍舊考試馬步箭刀弓石等等技藝，不必考試甚麼洋槍洋炮……』

『這件事，我可不能答應。』慈禧太后截斷他的話說：『弓箭不管用了！這些軍務上頭的事，你不懂！慢慢兒再說吧。』

這碰了很大的一個釘子。剛毅不敢再說，心裡當然不舒服，因爲武科改制這一項新政，爲榮祿所全力贊同。而慈禧太后所說的，『軍務上頭的事你不懂』，明是指他不如榮祿。這是剛毅覺得最不能容忍的一件事。

慈禧太后亦覺得話不投機，十分無趣；兼以年高神倦，便結束了這一天的『常朝』。

等軍機處將承旨所擬的上諭，用黃匣盛放，進呈御覽，認可退回之時；黃匣中另附了一張慈禧太后的硃諭：『著榮祿在軍機大臣上行走；遺缺著裕祿去！』

榮祿是大學士，而剛毅是協辦大學士；儘管入軍機在後，但後來居上，剛毅更覺不快，然而無可奈何。

第二天是預定的會審康黨之期。陳夔龍坐車到刑部，走到半路，爲總理衙門派來的蘇拉追了上來，叫住車子，氣喘吁吁地說：『陳老爺，刑部派人來通知，你老不必去了，用不著會審了！』

原來有個陳夔龍的同鄉前輩黃桂鋆，現任福建道御史，是守舊派的健將，前一天上摺密奏，以爲已捕康黨，『宜早決斷』，爲的是『恐其鋌而走險，勾結外洋，致生他變』；所以應該『速行處治，以絕後患』。又有一個說法，黃桂鋆是舊黨而非后黨，愛君之心，並不後人；深恐這椿欽案，一經會審，有人會任意攀扯，諉過於上，使得已被幽禁的皇帝，處境更爲窘迫，論他的本心，無可厚非。

不論如何，這個建議在慈禧太后看，是快刀斬亂麻的好主意；尤其是在慶王陳奏，法使薦醫以及英使要求保全張蔭桓以後，如果牽延不決，使得洋人有插手干預的機會，必定大損朝廷的威信。因而在這天召見軍機時，下了一道上諭：『康廣仁、楊深秀、楊銳、林旭、譚嗣同、劉光第等，大逆不道，著即處斬。派剛毅監視，步軍統領衙門，派兵彈壓。』

當陳夔龍回車不久，監斬大臣剛毅由刑部兩尚書崇禮與廖壽恆，陪著一起到部。大堂升座，立即召請主辦司官與提牢廳主事，宣明事由，吩咐提案內『官犯』到場。

提牢廳的主事叫喬樹，四川華陽人；對這『六君子』，除卻康廣仁，無不欽佩。康廣仁不敢叫人恭維，是因爲他的修養比同案諸人差得太遠；從被捕收禁那天起，就在獄中大吵大鬧，不時以頭撞壁，且哭且喊：『老天爺啊！哪有哥哥做的事，要弟弟頂罪的道理？冤枉啊！』

因此，喬樹奉了堂諭，便關照『司獄』與禁子：『除了那位康老爺一定會鬧，萬不得已只好上綁以外，其餘的五位老爺，你們要格外有禮貌。也不必說那些照例的話，只說「過堂」就是了。』

所謂照例的話，大致是反話：明明哀弔之不遑，偏偏說一聲：『恭喜你老升天！』司獄受命，便從第一間開始，逐屋通知，請到院子裡去，預備過堂。

第一間住的是譚嗣同，剛接得林旭的一首詩：『青蒲飲泣知何用？慷慨難酬國士恩。欲爲君歌千里草，本初健者莫輕言。』這是用的後漢何進的典故。『千里草』與『本初』切董、袁二字，意思是兵諫之舉，應該謀之於董福祥；信任袁世凱，未免失之於輕率。

譚嗣同受了責備，自然感慨；不過他是豪放樂觀的性情，到此地步，猶不改常態。亦用後漢書上的典故，就獄壁上題了一首詩：『望門投止思張儉，忍死須臾待杜根。我自橫刀向天笑，去留肝膽兩崑崙！』

司獄等他寫完，方始開口：『譚老爺，今天過堂！』

『一直到今天才過堂？』譚嗣同望一望院子裡，『就我一個人？』

『不！一共六位。譚老爺回頭就知道了！』

不多片刻，人已到齊，最後來到院子裡的是康廣仁；他一反常態，不但不哭不鬧，而且隱然有喜色。這因為司獄為了求一時的安靜，跟他撒了個謊，說過堂即可定罪，沒有甚麼大不了的，也許只是一年半載的監禁。康廣仁信以為眞，寬心大放，所以有此反常的神情。

『各位，』司獄一面向所有在場的番役，投以警戒的眼色，一面指著門說：『請這面走！』

刑部大獄稱為『詔獄』，俗名『天牢』，是前明錦衣衛的鎭撫司，共分南北兩座；兩百多年來，建制如舊，不論南鎭撫司，還是北鎭撫司，都有東西兩道角門。司獄這時指的是西角門；他人不以為意，劉光第卻臉色一變，隨即站住了腳。

原來詔獄中多年的例規，如果釋放或只是過堂，都出東角門；唯有已經大辟定讞的犯人才出西角門。劉光第刑部司官出身，知道這個規矩，既驚且詫，大聲問道：『怎麼出西角門？』

司獄知道自己疏忽了；趕緊指著東角門說：『是，是，該走這裡！』

於是，譚嗣同領頭，昂然出了東角門；林旭走在後面，特意放慢兩步，等劉光第走到身旁，他相傍而行，低聲問道：『怎麼回事？』

『跡象不妙！恐怕畢命就在今朝。』

聽得這話，林旭雙腿一軟，幾乎蹶蹶；但畢竟腰一挺，很像樣子地走了出去。

到得大堂，卻需等待；因為軍機大臣王文韶特地趕到刑部，說有一件極緊要的事，非即時跟剛毅商量不可。

『張香帥有電報來，剛剛收到；他以百口力保楊叔嶠！』王文韶將原電遞了過去。

接到手裡，剛毅便不肯看了；因為厚厚一大疊紙，怕不有上千言之多，而且可想而知的，張之洞一定用上許多典故，看起來很吃力；此時哪裡有工夫來讀他的文章？

『夔翁，』他將電報遞了回去，『你告訴我吧！要言不煩。』

『那就長話短說，你知道的，楊叔嶠是張香帥督學四川所收，是最得意的一個門生；入京，亦是張香帥所力保；最近還保他「經濟特科」……』

『現在，』剛毅很不客氣地打斷他的話，『還談甚麼經濟特科？』

『不談經濟特科，不能不談張香帥的面子。我看，要網開一面！』

『網開一面？』剛毅將一直捏在右手中的上諭，使勁在左掌上一拍，『上諭煌煌，莫非回頭宣旨，少唸一個名字？』

『我是說，一起請起，面奏取旨。』

他的話還沒有完，剛毅已大搖其頭，『我不去！準碰釘子。』他說：『我在刑部多少年，從沒有聽說過這樣的事。』

『那麼，』王文韶又說：『能不能稍微把處決的時間，稍微拖一拖；我趕回寫個奏片請旨，或許有恩命下來。』

剛毅是刑部司官出身，對案例及程序極其熟悉，估量宣旨、就縛、綁到菜市口處斬，這樣一步一步下來，開刀應已過午。那就不妨做個口惠而實不至的假人情。

想停當了，笑笑答說：『俗語都說：人頭落地，總在午時三刻。好吧，我盡量想法子拖到那時候好了。』

王文韶無奈，只好點點頭說：『就這樣，我趕緊去辦！』

說罷一揖，匆匆轉身；而剛毅卻又叫住了他，『夔翁，』他說：『我勸你犯不著去碰這個釘子！於事無補，徒增咎戾。何苦？』

王文韶一楞。他也是熟透了人情世故的人，知道剛毅的意思，不是好意相勸，是他自己不願在奏片上列名。這本來不妨實說，但軍機大臣的奏片，如果沒有自己的名字，一則損自己的聲威，再則也得罪了張之洞。所以索性打消此事。

這一下，王文韶也猶豫了。自己單銜上奏，固無不可；但碰釘子是自己一個人碰，恐怕肩上擔負不起。碰得不巧，逐出軍機，可就太不上算了。

於是他問：『那麼，對張香帥如何交代？』

『夔翁！』剛毅蹙眉答說：『虧你還是老公事，這也算難題嗎？』

王文韶聽他這一說，悔恨不迭。想想眞是自己該罵自己一聲：豈有此理！覆電只說『上諭已下，萬難挽救』，不就搪塞了嗎？自己至少奔走了一番，無奈剛毅不從，亦復枉然。得便託人帶個口信給張之洞，必能邀得諒解。

『是，是！』他迥非來時的那種神色與口風，心悅誠服地說：『我照尊示去料理就是。』

等剛毅回到大堂，劉光第已經私下得到刑部舊同事的密告，畢命就在此日。所以一見剛毅與刑部六堂官升座，隨即抗聲說道：『未訊而誅，是何道理？』

此言一出，首先急壞了康廣仁；他旁邊就是譚嗣同，一把將他發軟的身子扶住，輕喝一聲：『挺起腰來！』

此時剛毅已站了起來，大聲說道：『宣旨！』

『慢！』劉光第的聲音比他更大：『祖宗的成例，臨刑鳴冤者，即使是盜賊，提牢官亦該代陳堂上，請予複訊。未訊而誅，從無此例！我輩縱不足惜，無如國體不可傷，祖制不可壞！』

這番侃侃而談，大出剛毅意外。如果不明律例，還可以強詞奪理，以氣懾人；他是懂律例的，不能不承認劉光第說得字字佔理，所以反倒無詞以答。

堂上堂下，一時空氣僵硬如死；劉光第便又重申要求：『請堂上照律例辦！』

『我奉旨監斬。』剛毅答說：『別的我都不知道，也管不著。』

劉光第還要爭辯，楊銳拉一拉他的袖子，喊著他的號說：『裴村！跪跪，且聽旨意怎麼說！』

於是番役走上前來，將劉光第揿在地上；剛毅隨即宣旨。然後喝道：『帶下去，上綁！』

『我有話！』楊銳抗聲而言，『「大逆不道」四字，絕不敢承！願明心跡。』

『不准說！』剛毅厲聲阻止：『奉旨：不准說！』

於是番役一擁而上，兩個挾一個，半拖半扶地弄上騾車。一人一輛，前後有兩百名步軍統領衙門所派的兵丁夾護，浩浩蕩蕩出宣武門，直奔菜市口而去。

其時夾道圍觀的百姓已擠得水洩不通，聽得車走雷聲，個個延頸佇望——唯一的例外是王五。等騾車將近時，他將頭低了下去，悄悄拭去眼角兩粒黃豆大的淚水。

『師父！』張殿臣低聲說道：『回去吧！』

王五掩面轉身，退了出去，張殿臣緊跟在後。走到人跡較少之處，王五站定了腳，淚痕已消，一臉的堅毅之色。

『怎麼領屍，你問了沒有？』

『都問明白了。你老請放心，譚大叔的後事都交給我，你老回去喝酒吧！』

王五閉上眼，搖一搖頭。走了幾步，忽又回身說道：『聽說廣東會館的司事不敢出頭。那個康有爲的弟弟，只怕沒有人收殮。康有爲害苦了你譚大叔；不過他弟弟跟你譚大叔同難，你也一起料理好了。快去！』

『是了！我這就走。』張殿臣說：『你老也別傷心！譚大叔是英雄，一定看不慣師父掉眼淚的樣子。』

王五不答，掉頭就走。張殿臣不敢怠慢，急步到了菜市口，到約定的地點，去找他派來辦事的夥計。

約定的地點是菜市口北面的一家藥舖，字號叫『西鶴年堂』，是京城裡有名的數百年老店。相傳『西鶴年堂』與賣醬菜的『六必居』這兩塊招牌，都是嚴嵩的筆跡。張殿臣跟西鶴年堂的掌櫃是朋友，所以借這個地方，作爲聯絡之處。

『劊子手接上頭了。』張殿臣手下最能幹的一個夥計老劉向他報告：『人倒很夠朋友，滿口答應。也不肯收紅包，說譚大爺是忠臣，應該好好「侍候」。不過，自己覺得手藝不高，沒有把握。』

原來張殿臣是受了王五的叮囑，務必想法子不教譚嗣同身首異處。處斬沒有不掉腦袋的，只是手段高明的劊子手，推刀拖刃，極有分寸，能割斷喉管而讓前面的一層皮肉仍舊連著。頭不落地，仍算全屍。所謂『沒有把握』，就是不一定能讓譚嗣同的腦袋不落地。

『這是沒法子的事，且不去說他了，倒是還得預備一口棺木……』

一語未畢，只聽暴雷似的一陣呼嘯。這不知是哪年傳下來的規矩，凡在刑場看劊子手一刀下去，必定得喊這麼一嗓子，免得鬼魂附身。所以聽這呼嘯，便知六去其一。

『是姓康的！』西鶴年堂的小徒弟來報，『姓康的早就嚇昏死過去了。接下來那個聽說姓譚。』

一聽這話，張殿臣五內如焚，抬起右手輕輕一按，人就上了櫃台。遙遙望去，只見並排跪著五個人，卻都伸直了腰。還可以分辨得出，頭一個正是譚嗣同。

張殿臣的心一酸，眞不忍再看了！一躍下地，雙手掩耳，急急往後奔去。可是那一陣呼嘯畢竟太響了，仍舊震得他心膽俱裂，渾身發抖。

也許是爲了報復在刑部大堂的質問頂撞，監斬的剛毅，將楊銳和劉光第，放在最後處決，讓他們眼看同伴一個個倒下去，在臨死之前，還要多受一番折磨。

劉光第斬訖，時已薄暮，昏暗中躺著六具無頭的屍體。人潮散失，留下一片淒厲的哭聲。哭得最傷心的是楊銳的兒子楊慶昶。此外或則親友，或則僮僕，都有人哭。唯獨康廣仁，如王五所預知的，身後寂寞，近在咫尺的廣東會館中，竟無人過問。

譚嗣同畢竟身首異處了！而且雙眼睜得好大，形相可怖。張殿臣跪在地上祝告：『譚大叔，你老死得慘……』

『不是死得慘！』突然有人打斷他的話，『是死得冤枉！』

張殿臣轉臉仰望，是四十來歲，衣冠楚楚的一位讀書人。便即問道：『貴姓？』

『敝姓李。』此人噙著淚蹲了下去，悲憤地說：『復生，頭上有天！』

說完，伸出手去，在死者的眼皮上抹著，終於將譚嗣同死所不瞑的雙目，抹得闔上了。

榮祿的寓處，賀客盈門。賀他新膺軍機的恩命。直隸總督北洋大臣由裕祿接替，但權柄大減。懿旨：北洋各軍仍歸榮祿節制，以裕祿爲幫辦。

然而上門的賀客，卻無法見到主人。榮祿是拜訪李鴻章去了。

『我也是剛接到消息。仲華，你的新命是異數，既掌絲綸，又綰兵符，未之前聞！』李鴻章讚歎不絕地說：『難得，難得！』

『實在是推不掉。』榮祿惶恐不勝地答說：『我眞不知道怎麼才能兼顧，特地向中堂來討教。』

『言重、言重！』李鴻章連連拱手，『說實話，我也不知道你怎麼才能兼顧？不過，亦不必操之過急，慢慢兒摸索，總可以摸索出一條兩全之道來。』

『是！好在有中堂在這裡，不愁沒有人指點。尤其是洋務。』榮祿突然問道：『中堂看樵野値不值得保全？』

『這，』李鴻章笑笑，『仲華，你難倒我了！』

『喔！』榮祿困惑地說：『請中堂明示。』

『倘說不値得保全，人才難得，張樵野辦洋務，見識雖還欠深遠，總算也是一把好手；但是，要說値得保全呢，煌煌上諭，明明說他劣跡甚多，誰要保他，就脫不了黨護之嫌。仲華，你知道的，我的「入閣辦事」，實在是不辦事；後生可畏，老夫耄矣！實在無可獻議，亦不敢獻議。』

言下大有牢騷，『後生可畏』四字，尤其覺得刺耳。榮祿轉念一想，讓他的抑鬱發洩出來亦好；至少可以了解他是怎麼一種想法，然後才能相機疏導，爭取支持。他很清楚，自己政務兵權雖已一把抓，而能不能抓得住，要看幾個人的態度，最重要的就是李鴻章。恩命初頒，丟下所有的賀客，來訪此老，正就是要表示自己對他格外尊禮的誠意。既然如此，他發多大的牢騷，哪怕指著和尚罵賊禿，也得捏了鼻子受他的。

因此，他臉上浮起深厚的同情，甚至是歉疚，垂著頭低聲說道：『中堂的牢騷，我知道。太后聖明，亦全在洞鑒之中。將來一定有借重威望的時候。』

提到『威望』，李鴻章的牢騷更甚；『說甚麼威望，眞是令人汗顏無地！東西洋各國，倒還都知道李鴻章三字；承列國元首君王，禮遇有加，都以爲國有大政，少不得有我一參末議的份兒。哼！』他自嘲似地冷笑，『誰知道剛子良之流，居然是眞宰相。翁叔平當年是看中他哪一點而保他，我眞是百思不得其解。聽說翁叔平之歸田，就出於他所保的人的「成全」；果爾如此，是誤國而又自誤，書生有權，往往會搞得這樣子窩囊。言之可歎，歸於氣數而已！』

聽得這一番話，榮祿又驚又喜；原來『後生可畏』是譏嘲剛毅的話！聽他對剛毅這樣深惡痛絕，正好借以爲助；且先說兩句推心置腹的話，將此老先抓緊了他。

『這幾年來的朝局，再沒有比中堂洞澈表裡的。』榮祿將身子挪一挪近又說：『昨天慈聖召見，特別提到，說「只要我一天管事，絕不會讓李某人坐冷板凳。不過要借重他，也要保全他；讓他重回北洋，不是好辦法。你得便傳話給他，就說我說的。絕不會忘記他平長毛、平捻子，保大清天下的功勞。」』

『慈恩深厚，感激莫名！』李鴻章感念平生，不覺激動，『大清是滿清的天下，我輩臣子，本不當分甚麼畛域，不過漢人不盡蠢才，旗人亦不盡忠誠。說到當年平長毛、平捻子，兩宮垂簾，賢王當國，一再降旨聲明：只要於局勢有益，統兵大員，盡可放手做去，朝廷不爲遙制。大哉王言！孰不感泣，力效馳驅？這是當年能夠削平大亂，再造山河的一大關鍵。仲華，如今維持大局，你的地位就彷彿當年的文文忠；你不進言，就沒有人能夠進言了！』

將榮祿比爲同光之交的名臣文祥，身受者眞有受寵若驚之感。細想一想李鴻章的話，知道他的眞意是要勸慈禧太后重用漢人；這話在剛毅之流，一定以爲大謬不然，而在榮祿卻深有同感。當即很懇切答說：『這話出於中堂之口，不同泛泛之論；我一定密陳慈聖。』

感於榮祿的誠懇，亦是眞心切望局勢能夠穩定；李鴻章自覺有一傾肺腑的必要，『我有兩句話，遇著可與言之人，可與言之時，不能不說。仲華，請切記：』他屈著手指說：『第一、論事不論人，論人不論身分。第二、內爭會引起外侮。』

他說一句，榮祿在心中複誦一句，立即咀嚼出他蘊含在內的意思。第一、是泯滅滿漢之分，尤其要裁抑親貴。第二、內爭需有一個限度，足以引起外侮的內爭，絕不容許發生。

他平日亦有類似的想法，但不如李鴻章看得透徹，說得精切，所以心悅誠服地說：『中堂的訓誨，終生不敢忘！』

『言重，言重！』李鴻章用極鄭重的語氣說：『仲華，我這兩句話，你只能擱在心裡。而且，千萬不能操之過急！先師曾文正用兵，得力於八個字：「先求穩當，次求變化。」其言可味。』

這幾句話，在榮祿更覺親切有味。想想自己的處境，軍機處有剛毅相嫉；朝班有徐桐之流的假道學責望；而最堪憂慮，亦最難消弭的隱患是：親貴中正在覬覦大位，密謀廢立，以自己的地位，將來勢必捲入漩渦。來日大難，唯有先求穩當，立於不敗之地，才能斡旋大局，有所作爲。

轉念及此，起身長揖：『謹受教！中堂今天的開示，眞正一生受用不盡。』

局勢應該盡快求穩定的見解，爲慈禧太后衷心所接受。因此，康黨只再辦了不多幾個人。張蔭桓當然難討便宜，革職充軍新疆，交地方官嚴加管束；翰林院侍讀學士徐致靖永遠監禁；徐致靖的兒子湖南學政徐仁鑄革職永不敘用；梁啓超的至親、禮部尙書李端棻亦是革職充軍新疆的罪名。

新黨獲罪，舊黨亦即是后黨，自然彈冠相慶。首先是因阻止王照上書而爲皇帝革職的禮部尙書懷塔布，由於他的父親，以前做過兩廣總督的瑞麟，曾經資助過慈禧太后的娘家，而懷塔布的妻子又是慈禧太后的『淸客』，經常出入宮禁，因而懷塔布首蒙恩命，補爲都察院左都御史兼總管內務府大臣。

其次是禮部的堂官。廖壽恆調補李端棻的遺缺，空出來的刑部尙書，由於剛毅的力保，以左侍郎趙舒翹坐升。禮部的滿缺尙書裕祿，外放直隸總督，亦應補人。慈禧太后決定拿這個職位來酬庸雖無大用而對她始終忠誠的『老派』。

慈禧太后口中的『老派』，便是倭仁以來規行矩步、開口便是聖賢的『道學先生』。如今老派的首領是徐桐。慈禧太后從逐去翁同龢以後，越發覺得此人可取，所以召見之時，優禮有加，特命太監扶掖上殿。行禮以後，讓他站著回話。

『你今年七十幾？』

徐桐是漢軍——旗籍漢人。所以用旗人的自稱答說：『奴才今年整八十。』

『啊！』慈禧是失笑的神情：『你看，我都忘了！今年四月裡不是賜壽嗎？』

『皇太后的天恩！奴才一家大小，感戴不盡。』說著又要磕頭。

『不用，不用！』慈禧太后大聲喊道：『來啊！來扶住徐大人。』

向來太后、皇帝召見臣下，除了軍機以外，太監都無需迴避。此時應聲來扶，而徐桐到底還是跪一跪謝了恩，方始起身。

『你八十了，精神還是這麼好！皇帝今年才二十八，已經不中用了！』慈禧太后嘆口氣：『唉！可怎麼好呢？想起來就教人揪心！』

皇帝天天召御醫到瀛台請脈，脈案亦天天發交內奏事處，供三品以上大員閱看。然而皇帝除了肝火旺以外，並無大病，是徐桐知道的。此時聽慈禧太后的話風，微有想廢立而彷彿有所顧忌似地。他自覺三朝元老，應參定策之功，便即朗聲答奏：『皇太后受文宗顯皇帝付託之重，戡平大亂，匡扶社稷，聖明獨斷。奴才不勝拜服。』

這段話聽來有些文不對題，而言外之意，都寄託在那句『聖明獨斷』上頭。慈禧越覺滿意，語氣也更慈和了。

『文宗歸天的時候，外患內憂交逼，都靠你們一班忠心耿耿的人，同心協力，才有今天，你的精神也還很好，仍舊要替我多照顧照顧。』

『是！奴才一息尚存，不敢躲懶。』

『禮部尚書是個要緊的缺分。國家的大經大常，造就人才，都靠禮部堂官盡心。裕祿放出去了，你看，禮部尚書補誰好？』

這一問，問得徐桐精神大振，他夾袋中有個人，早就要讓他脫穎而出了。此時略想一想答道：

『論當今旗人中的人才，以理藩院尚書啓秀爲第一。此人是個孝子，品行端正，眞正是個醇儒！』

『他是翰林出身嗎？』

『是！同治四年的翰林。』

『原來是崇綺一榜！』慈禧太后說：『是翰林就可以。』

向例，吏部及禮部尚書，非翰林出身，不能充任。啓秀具此資格，慈禧太后便接納了徐桐的保薦。隨即召見軍機，面諭以啓秀調補禮部尚書。

這是徐桐幾個月來，第一樁稱心快意之事。而慈眷優隆，又不止於此。等他退到朝房，太監傳諭賜膳，賞的是從御膳中撤出來的燒方與塡鴨。徐桐這天是齋期，但御賜珍味，不能不吃；吃了不算罪過。這樣一想，心安理得地吃得一飽，坐轎回府。

一回家，便有客來，一個是新膺恩命的啓秀；一個是啓秀的同年，穆宗的老岳，同治四年的狀元崇綺。

原來軍機處的章京抄了恩旨到啓秀那裡去送信報喜，恰好崇綺也在。他跟徐桐也常有往來，一個月總有幾天在一起扶乩，談因果報應；因而便與啓秀同車到了徐家。

啓秀爲人，德勝於才，很講究忠孝節義。見了徐桐，照平常一樣行過禮說：『多蒙老師舉薦，門生愧感交併；改日再叩謝老師。因爲謝恩摺子未上，先謝老師，於臣節有虧。』

徐桐的氣量很狹，若是他人說這樣的話，定會生氣。唯獨對啓秀不同，覺得他的看法每每與眾不同，而細細想去，卻很有點道理，誇示於人，足爲師門增光，所以格外優容。

『你說得不錯！於今「受職公堂，拜恩私室」者，比比皆是。人心不古，道德淪喪。扶持正氣，端在我輩。』徐桐搖頭晃腦地說：『穎之，端正士風，整頓名教，你雙肩的擔子不輕哦！』

『是！將來總要老師隨時訓誨，庶幾可免隕越。談到端正士風，門生以為應該從釐正文體著手。』

『是啊！八股五百年不廢，總有他的大道理在內，豈可輕言改革？不過釐正文體以外，在引進正人，扶植善類上頭，亦該好好留意。』

這句話正觸及崇綺的癢處。他從愛女嘉順皇后殉節以後，內心一直不安。慈禧太后亦似有意疏遠，以『文曲星下凡』的狀元，在光緒四年外放為吉林將軍去治盜，第五年轉任熱河都統。有個御史仗義執言，說崇綺秉性忠直，宜留京輔國。結果受了一頓申斥，使得崇綺越發疑神疑鬼，因而在光緒九年由盛京將軍內調為戶部尚書以後，一再稱病，終於在光緒十二年正月罷官。一閒閒了十二年，只吃三等承恩公一份俸祿。

他是學程朱的，言不離孔孟，但沒有學會孟子的養氣之道。這十二年的老米飯，眞吃得口中淡出鳥來；在啓秀家聽得徐桐有不經軍機而獨力保薦禮部尚書的大法力，心中便霍然而動。此時見徐桐有此表示，正好搭上話去，『中堂，』他說：『為國求賢，正是宰相的專職。即如薦穎之出長春曹，內舉不避親，眞正大公無私。朝廷有公，斷斷乎是君子道長，小人道消了！』

這一頂高帽子，戴得徐桐飄飄然，舒服非凡。他當然知道崇綺的處境，也很想引為羽翼，無奈慈禧太后跟他有心病，貿然舉薦，必碰釘子；而且這個釘子會碰得頭破血流，所以一直有著力不從心之感。

此時感於情誼，也覺得是一個好機會，必得拉他一把。不過慈禧太后那塊心病，總得先化解掉，才有措手之處。轉到這個念頭，靈機一動，很快地有了主意。不過，他的主意還不便讓方正的門生知道。所以等啓秀告辭時，他將崇綺留了下來吃素齋。

雖吃素齋，不忘美酒，兩人都是好酒量，當此新黨大挫，潰不成軍之際，自然開懷暢飲，酒到微酣，眞情漸露，徐桐喉頭癢癢地有些話要說了。

『文山，』他喚崇綺的別號說：『如今有件關乎國本的大計，看來你著實可以起一點作用。』

聽得這話，崇綺始而驚喜，繼而悵然，話不著實！從入仕以來，就沒有聽誰說過，他可以在朝局中起一點作用。何況是關乎國本的大計？

『蔭軒，』徐桐是前輩，年紀又長。不過崇綺沾了裙帶的光，是個公爵，所以亦用別號稱徐桐，『有關國本的大事，怎麼會謀及閒廢已久的我？更不知道如何發生作用？』

『當局者迷！』徐桐喝口酒，一面拈兩粒松仁癟著嘴慢慢咬，一面悠閒說道：『如今慈聖有椿極大的心事你總想得到吧？』

『我無從揣測。請教！』

『皇上至今無子，往後恐怕更沒有希望了！萬一有個三長兩短，怎麼辦？』

這一問將崇綺問住了。想想廿四年前皇帝女婿『出天花』而崩，愛女繼之以被逼殉節的事，不免悲痛地掉了兩滴老淚。

『於其樞前定策，匆遽之間迎外藩入承大統。無如早早……』徐桐吃力地吐出兩個字：『廢立！』

臣下談廢立，是十惡不赦的第一款大罪。雖明知不礙，心頭仍舊一震。崇綺定定神說：『這，何不斷然下懿旨？能立就能廢！』

『話是不錯。但總得有個人發動。』徐桐略略放低了聲音，『文山，你別忘了，你跟別人的身分不同。』

這下才提醒了崇綺，自己是椒房貴戚。而廢立是國事，也是家事，親戚可以說話的。然而，這話怎麼說呢？

『你可以為女婿說話。照同治十三年十二月初五的懿旨，今上是承繼文宗顯皇帝為子，入承大統，為嗣皇帝。俟嗣皇帝生有皇嗣，即承繼大行皇帝為嗣。這段意思，你倒細細去參詳看！』

崇綺點點頭，凝神細想。照當初的上諭，帝系應該仍是一脈相承的。穆宗雖然無子，但將來該有一個做皇帝的兒子。當今皇帝即令有子，繼位以後，卻需尊穆宗為父。這就是說，今上有一項極神聖的責任，需生子保持統緒的一貫。倘或無子，便失卻兩宮太后當初迎立的本意了。

『我明白了，今上如果無子，就不配做皇帝。可是，』崇綺忽又困惑，『這話只要敢說，人人都可以說！』

『對！不過，由你來說最適宜。為甚麼呢？因為皇上無子，不就耽誤了你的外孫了嗎？』

『啊，啊！原來有這麼一層道理在內。』崇綺精神抖擻地說：『不錯，不錯！這有關國本的大計，我可以發生一點兒的作用。』

於是從第二天起，崇綺遇到機會就要發怨聲，說皇帝對不起祖宗，對不起『皇考』，對不起『皇兄』！幸虧還有慈禧太后主持宗社大計，否則多病的皇帝，一旦崩逝，繼嗣無人，外藩爭立，勢必動搖國本。

這番論調出於『崇公爺』之口，確有不同的效果。因為他是慈禧太后的『親家』，就不免令人想到，他敢說這樣的話，可能是『慈禧』的授意。由於皇帝是慈禧太后所選立，不便出爾反爾，又下懿旨貶廢。所以策動崇綺，以椒房懿親的身分，炮製輿論，慢慢形成一種主張廢立的風氣，則如水就下，事易勢順，可以在很自然很穩定的情勢中，完成大位的轉移。說起來也是慈禧太后謀國的一番苦心。

當然，這是一種比較有見識的看法。有見識的人尚且如此，沒見識的人自然更以爲廢立是勢所必行之事。此輩不關心一旦廢立會引起怎樣的因果，只關心誰將取而代之？因爲擁立是取富貴千載不遇的良機，這一寶押準了，終生吃著不盡。

於是，旗下大小官員跟至親好友相聚，常會悄然相詢：『你看，皇上換誰啊？』最有資格回答這句話的，是李蓮英。可是，他守口如瓶，絕不透露隻字。事實上，他也不知道『皇上換誰』。甚至慈禧太后亦復茫然，有著無所措手之苦。

如果廢立而另立新君，自然是在宣宗一系的子孫中挑選。慈禧太后苦思焦慮而委絕不下的，是不知道該爲文宗立嗣，還是爲穆宗立嗣？

如果爲文宗立嗣，自己仍然是太后的身分，依舊可以垂簾聽政，只是宣宗嫡親的孫子，在世一共十三個，皆已成年，繼位便可親政，垂簾之議，無法成立。爲穆宗立嗣呢，宣宗的曾孫，『溥』字輩的幼童甚多，迎養入宮，固可仿照宋朝宣仁太后以及本朝孝莊太后的故事，獨裁大政。但是慈禧太后有兩層顧慮：第一、既有今日，何必當初？穆宗崩逝之初，以吳可讀的尸諫，尚且不肯爲他立嗣；而二十餘年之後，忽又接納吳可讀的諫勸，不明擺著是想抓權？當今皇帝親政之初，自己曾一再表明心跡，垂簾不足爲訓，是迫於情勢的不得已之舉。既然如此，又何可自相矛盾？

第二、幼童教養成人，得能親政，至少要十年的工夫。慈禧太后自覺精力大不如前，難擔這份重任。而且穆宗與當今皇帝，皆是親手教養，誰知兩個都是不孝之子！倘或心血灌溉而又出一個不孝的孫子，豈不活活氣死？轉到這個念頭，慈禧太后又灰心、又膽怯，想都不敢往下想了。

然而皇帝病重的流言卻越來越盛了，以至於法國公使，重申前請，再度薦醫。

這一次接見法國公使呂班的是慶王與新任兩位總理大臣袁昶與許景澄。慶王圓滑，袁昶敏捷，而許景澄則熟諳國際禮儀。三個人合力對付，滴水不漏，呂班無奈，只好說實話了。

『薦醫不是爲治病吃藥，實在是貴國的舉動太離奇了！』呂班取出一束報紙遞給慶王，『上海的新聞紙上有詳細的記載，貴國皇帝，康健如昔，而經常宣布藥方；這樣的情形，聞所未聞，頗引起驚疑。現在各國會商決定，要驗看大皇帝的病症。果然有病，疑慮自釋。本人奉到本國的電令，非看不可！』

最後一句話很不禮貌，而慶王和袁、許二人，不敢提出抗議。因爲了解到後果的嚴重——爲了董福祥的甘軍，在八月裡揍了英國和美國公使館的職員，英、俄、德各國都藉保護使館爲名，派兵入京，正在交涉要求他們撤退。如果一定不准法國公使驗看皇帝的病狀，不但使撤兵的交涉更爲棘手，而且各國還可能以中國將發生極大的內亂，必須做有效的自保之計爲藉口，增添軍隊入京。

『其實，看亦無妨！』洪鈞的同年，並接踵洪鈞而出使過法、德、俄各國的許景澄說：『洋人講究衛生，對個人的健康，看得很重。像皇上那樣精神萎靡，臉色發黃發白，在洋人看，就算是有病了！』

『這話說得不錯！』慶王下了決心，『我跟榮仲華商量一下，據實陳奏。』

『怎麼？』未等慶王說完，慈禧太后的臉色就變了，『咱們中國的皇帝有病，與他法國甚麼相干？一再要來管閒事！到底是甚麼意思呢？』

『各國公使，例規是可以來看的。』慶王含含糊糊地答了這一句，緊接著又說：『橫豎皇上有病是眞，也不怕洋人看。』說著，慶王伸手向後招一招，示意榮祿進言。

『慶王的陳奏甚是！』榮祿便幫腔：『既然皇帝眞有病，不教洋人看，反而不好，目前不但洋人不明白內情，有許多閒話；就是南邊不知道京裡情形的，亦有流言，說皇上沒有病。如果讓法國醫生看一看病，報上一登，大家就會說：皇上眞的有病，都請洋醫進宮瞧病了！倒是闢謠的一法。』他停一下，從懷中取出一封信來，雙手捧上。『奴才這裡有兩江督臣劉坤一的一封信，請老佛爺過目。』

慈禧接信來看，只見上面寫的是：『天下皆知聖躬康復，而醫案照常，通傳外間，轉滋疑義。上海各洋報館恃有護符，騰其筆舌，尤無忌憚，欲禁不能。可否奏請停止此項醫案，明降諭旨，聲明病已痊癒，精神尚未復元。當此時局艱難，仍求太后訓政，似乎光明正大，足以息眾喙而釋群疑。以太后之慈，皇上之孝，歷二十餘年始終如一，常變靡渝，固列祖列宗在天之靈，亦莫非公與親賢調護之力。』

看完，慈禧太后往地下一扔，冷笑說道：『劉坤一居然也這麼說！』

『連劉坤一都這麼說，他人可想而知！』榮祿答道：『准洋人看一看皇上，實為有益無害。』

榮祿不慌不忙地拾起擲還的信。同時慶王也說：『榮祿所奏，是實在情形，求皇太后明鑑。』他緊接著說：『至於洋醫進宮給皇上看病，應該如何佈置，奴才自會跟榮祿、總管內務府大臣商量著辦，總以妥當為主。』

『你們能擔保，一定妥當嗎？』

慈禧太后心想，慶王主管洋務，當然也要陪在一起，此外還該找一個能夠監視慶王的人。倘或慶王遷就洋人，軍機上如剛毅固然會反對，但身分不同，怕他不敢說話。所以要找一個地位與慶王相仿而又敢說話的人，方能監視得住。

這樣轉著念頭，隨即想到一個人。這個人嫉洋如仇，對辦洋務的人，素無好感。身分行輩較慶王略微差一些，但也不礙。只要他敢說話就行了——這個人就是端王。

『是！』等慈禧太后加派了這兩名親貴，榮祿承旨複述了一遍：『派慶親王、端王會同軍機大臣照料洋醫進宮爲皇上請脈。』

『監視』改了『照料』，並非述旨有誤，是一種冠冕堂皇的說法。慈禧太后點點頭：『你們好好兒照料吧！』

退回寢宮，傳膳既罷，慈禧太后照例散步消食，宮中稱爲『繞彎兒』。跟在她身後的，只有極少的幾個人。但必有大總管李蓮英，或者二總管崔玉貴，而通常是李蓮英與崔玉貴都跟著，因爲她往往在繞彎兒的時候想心事，想到該辦的事，隨時會交代。

這天所想的是法國公使薦醫一事。雖然榮祿力請，並且擔保妥當，她總覺得不能放心，萬一洋醫診脈，說是皇帝沒有病，消息一傳出去，那就莫說將來的廢立無所藉口，眼前的訓政亦變成假借名義了！

『你們看，』慈禧太后邊走邊說：『洋醫生進宮，瞧了皇上的病會怎麼說？』

李蓮英和崔玉貴都是將慈禧太后的心思，揣摩得熟透了的人。所不同的是，李蓮英知道了她的心意，還得想一想別人；而崔玉貴卻只知道『老佛爺』想怎麼辦就怎麼辦。因此，顯得李蓮英的思路就不及他敏感了。

略等一等見大總管不開口，崔玉貴當仁不讓地答說：『有病想沒病，難！沒病想有病，那還不容易嗎？』

慈禧太后心想，這話不錯啊！不過到底是母子的名分，她不便明言：那就想法子將皇上弄出點病來，好瞞洋人的耳目。只點點頭說：『你傳話給內務府大臣，讓他們好好兒當心。』

『喳！』崔玉貴響亮地答應。

『聽清了老佛爺的話！』李蓮英知道崔玉貴做事顧前不顧後，述旨亦不免參入己意，因而特意叮囑：『是好好兒當心照料！別莽莽撞撞地惹出麻煩來。』

等崔玉貴一走，慈禧太后就近在儀鸞殿後的石亭中坐下來。遇到這樣的情形，大致總有些話要跟李蓮英說，而所說無非機密。所以所有的太監與宮女，在進茶以後，都站得遠遠地，若無手勢招呼，絕不敢走近。

『我看那件事，趕年下辦了吧！』慈禧太后面無表情地說：『也省得洋人再嚕囌。』

『是！』李蓮英答說：『外頭也很關心這件事，常有人跟奴才來打聽消息，奴才回他們：一概不知。』

『倒是哪些人啊！』

『左右不過王府裡的人。』李蓮英說：『老佛爺也別問了，就趕緊拿大主意吧！』

『拿這個主意好難噢！』慈禧太后想了一下說：『反正，五、六、七這三房都不成。』這意思是行五的惇王、行六的恭王、行七的醇王，這三支的『載』字輩，皆已成年，不在考慮之列。於是，李蓮英有句蓄之已久的話，輕巧巧地說了出來：『那可就只有慶王府家的老大夠資格了！』

夠資格入承大統，要有兩個條件：第一、近支載字輩；第二、未成年。宣宗一系，固然還有長房的溥倫、溥侗；再往上推，仁宗一系，亦還有咸豐、同治年間稱爲『老五太爺』的惠親王綿愉的兩個孫子載潤、載濟，年齡卻都在四十以下，二十以上，皆不合格。這一來。所謂『近支』，就得數高宗一系了。

高宗子女甚多，對皇帝來說，亦有親疏遠近之分；最近的是慶僖親王永璘。因爲仁宗與慶僖親王都是孝儀純皇后魏佳氏所出，同父同母的手足，自然親於同父異母的兄弟。而慶僖親王唯一的孫子，就是慶王奕劻。

奕劻有兩個兒子。次子方在襁褓，李蓮英口中的所謂『老大』名叫載振，今年十四歲，亦常隨母入宮，姿質平庸而嘴生得很甜，『老佛爺、老佛爺』地叫個不停。慈禧太后心中一動，遲疑地問道：『不嫌遠了一點兒嗎？』

『再沒有近的了！』李蓮英答得很爽脆。

慈禧太后想了一下又問：『小振今年多大？』

『不是十三，就是十四。』

『年紀倒正合適。』慈禧太后心想：有三四年的心血灌溉，即有收穫，越發動心了。

話雖如此，卻不願遽做決定。『再看看吧！到底是件大事，也不能太馬虎了！』她換了個話題問：『這一陣子有甚麼好角？』

萬壽將近，傳喚梨園名角承應第一大『堂會』一事，李蓮英早就跟內務府大臣商量過多少次了，當下不慌不忙地答說：『生角是孫菊仙、小叫天、紅眼王四、龍長勝；旦角是時小福、陳石頭、響九霄、于莊兒、十三旦……』

『啊，我想起來了，有人說有個叫秦五九的，很不錯。你知道這個人不？』

李蓮英當然知道秦九五──秦稚芬。即或以前不知其人，這一陣子也應該有所聞。因爲秦稚芬最近有一樁義舉，可與王五護送安維峻至戍所媲美。原來張蔭桓自奉發交新疆地方官管束的嚴旨以後，廣東同鄉怕事都不敢理他；而且冤家路狹，刑部所派押解的司官，還是與張蔭桓有宿怨的一個同鄉，正好公報私仇，提人過堂，公事公辦，絲毫不留情面。好不容易刑部過了關，還要解到兵部武庫司過堂，領取『發往軍台效力』的公文；時已過午，大小官兒都回家過節去了，押解官一言不發，吩咐押回刑部。張蔭桓眼看出獄後又入獄，惶窘無計，滿面流淚；幸虧陳夔龍在職方司趕辦要公，得信趕來，代爲料理，方得了事。

一上了路便是秦稚芬照應，上下打點，多方囑託，親自送到張家口，灑淚而別。回到京裡，杜門息影；已經報了官廳除名，一切徵召，皆可不應。李蓮英不便明言其故，只好這樣答說：『人不在京裡。玩藝兒也不見得怎麼出色。』

『那就算了！』慈禧太后又想起件事，『各國公使夫人要來給我拜壽，我已經許了她們了，讓她們到西苑來玩一天。洋婆子最喜歡打破沙鍋問到底，如果問到那兩個沒良心的東西，可怎麼辦吶？』

『兩個沒良心的東西』是指瑾妃、珍妃姊妹倆。妹妹打入冷宮，衣不暖、食不飽；姊姊亦是幽居永巷，每日隨班定省，慈禧太后連正眼都不看她。這些情況不足爲外人道，自然亦以不宜讓她們與外賓見面，免得露了馬腳，所以得想個法子搪塞。

這難不倒李蓮英；略想一想答說：『老佛爺萬安！奴才有主意。』卻不說是何主意。

到了各國公使夫人覲見之日，李蓮英覓了兩名宮女，假扮瑾妃、珍妃姊妹。好在語言隔閡，只要說通了任傳譯之責的德菱、龍菱兩姊妹——八旗才子，新近卸任返國的駐日公使裕庚的一雙掌珠；就儘不妨指鹿爲馬。

接著是法國公使所薦的醫生，進宮『驗看』皇帝的病症。御顏蒼白，天語低微；在洋人看，當然不能算健康。監視的王公大臣，惴惴然捏一把汗的是，深怕皇帝發一頓牢騷，自道沒病；而終於沒事。

萬壽熱鬧過去了，慈禧太后所擔心的，洋人可能會替她帶來的麻煩也過去了，一年將盡，早作新春之計；應該動手換皇帝了！

十一月底先有一道上諭：『現在朕躬違和，所有年內及明年正月應行升殿一切筵宴，均著停止。明年正月初一日，朕親率王公百官，恭詣皇極殿，在皇太后前行禮。』這表示年前年後，一切祭祀大典，應該由皇帝行禮，亦將派人恭代。

廢立有了進一步的跡象；接下來便自然而然產生一個朝中人人關心的疑問，新皇帝到底是誰？於是，李蓮英在與慶王一夕密談以後，放出風聲，說繼承大統的，可能是載振。同時又派人去打聽，大家對此風聲，是何反應。

反應實在不佳！因為載振是不折不扣的紈袴。『是他啊？』有人爽然若失地說：『不會吧？這位大爺望之不似人君。』也有人這樣批評。

更有一種看法：『絕對不是！不說別的，只論親疏遠近；宣宗一支的親王、郡王、貝勒、貝子，肯以大位拱手讓人？』做此評論的人，以宗人府、內務府的官員居多，他們比較接近親貴；所持的看法，確有根據。像載漪就說過：『老慶封王都嫌太便宜了！他家還能出個皇上？』

李蓮英很見機，見此光景，不敢再提載振；反勸慈禧太后還是在『溥』字輩的幼童中物色為妙。於是，臘月十七傳宣一道懿旨：定在臘月二十，召集近支王公會議，凡『溥』字輩而未成年者，由其父兄攜帶入宮，聽候召見。

到了那天，近支『溥』字輩的孩子，都按品級穿起特製的小袍小褂，一樣朝珠補褂，翎頂輝煌，妝點成『小大人』的模樣。但儘管在家時母親、嬤嬤一再叮囑，要守規矩；入宮後父兄叱斥管束，加意防範，可是童心不因官服而改，一個個擠眉弄眼，只要大人稍微疏忽一下，就都溜出去追逐嬉戲了。

這天的會議，也有皇帝。如今的坐法與未親政以前不同，那時是慈禧太后坐在御案後面，皇帝坐在御案前面。現在是仿照宋朝劉后與仁宗母子一起問政的辦法；后帝並坐，一個在左，一個在右。行完了禮，慈禧太后推一推不知是冷還是怕，所以臉色發青的皇帝說：『你跟大家說吧！』

『是！』皇帝有氣無力地應一聲；然後，手扶御案，俯視著說：『我病得很久了，到現在也沒有皇子；眞是愧對祖宗，愧對老佛爺養育之恩。宗社大計，應該早早有個妥當的主意；特為求老佛爺主持，替穆宗立嗣。你們有甚麼話，趁早跟老佛爺回奏。』

從訓政以來，后帝同臨，照例由皇帝說一段開場白；接下來便是慈禧太后補充，『皇帝的話，你們都聽見了！』她說：『從四月以來，皇帝總覺得自己錯了，迂迂鬱鬱的，於他的身子也不相宜。這三個多月，皇帝一再跟我說，讓他息一息肩。這件事，我不便獨斷獨行，所以今天找你們來，聽聽你們的意思。大家有話儘管說；這是不能再大的一件大事，不用忌諱甚麼！要是這會兒不說，退下去有許多閒言閒語，可別怪我不顧你們的面子！』

原是鼓勵發言，只爲最後這句話的威脅之意，嚇得一個個都打寒噤，想說也不敢說了。

『溥倫！』慈禧太后指名督促：『你是宣宗的長孫，你怎麼說？』

『爲穆宗立嗣，是應該的。』溥倫答說：『至於立誰？請老佛爺作主。』

『倘如替穆宗立嗣，當然是在你那些小兄弟當中挑。』慈禧太后問道：『你看，是誰比較有出息啊？』

此言一出，有子可望繼承穆宗爲嗣的『載』字輩王公，無不緊張。慈禧太后固然不會憑他一句話，就做決定；但先入之言，容易見聽，如果有兩個人在慈禧太后心目中不分軒輊，那時想起溥倫的話，關係出入就太大了。因此，都屏聲息氣，側著耳朵聽他如何奏對？

溥倫亦很世故，他不願得罪他的任何一位堂叔，想一想答道：『照奴才看，除了奴才以外，都是有出息的。』

慈禧太后又好氣，又好笑，呵斥著說：『哪裡學來的油嘴滑舌？』接下來指名問溥偉：『你襲爵了！應該讓你說話；這件事你有甚麼意見？』

溥偉是恭王的長孫，載瀅之子，而爲早在光緒十一年即已去世的載澂的嗣子；載澂與穆宗最親密，而慈禧太后在所有的姪子中，亦最鍾愛載澂，所以當恭王薨逝，特命溥偉承襲『世襲罔替』的王爵，大家都稱他『小恭王』。

『小恭王』本人便有入承大統的資格；而慈禧太后指名相問，即有當他局外人之意。一想到此，溥偉不免洩氣；敷衍著說：『奴才年紀輕，這樣的大事，不敢瞎說！凡事都憑老佛爺作主。』

不但溥偉，其餘的人亦都是這樣說法。這使得慈禧太后有意外之感；原以爲大家雖不會明爭，但會找許多理由來彼此牽制，形成僵局，那時就得採取進一步的措施，親眼看一看『溥』字輩的那些孩子，再做道理。

誰知所謂會議，竟是會而不議。這也使慈禧太后意識到，如今這班小輩，才識固然不及他們的父叔；而自己的權力，又過於往日。看起來跟他們談不出甚麼名堂，還得另外找人商量。

這個人不是李蓮英，她很明白，李蓮英只能順從她的意旨，想法子將她所想做的事做到。一件事該不該做；或者不做這件事，而做另外一件事來代替，就只有一個人敢在她面前侃侃而談。這個人就是恭王的長女，而爲慈禧太后撫爲己女，依中宮所出皇女之例，封爲固倫公主，稱號是『榮壽』。

從慈禧太后到太監、宮女，都管榮壽固倫公主叫『大公主』。宣宗一系凡是『載』字輩而在世的，都是大公主的弟弟；然而卻沒有人敢叫她『大姊』，亦都叫她『大公主』。一半是體制所關，一半亦是敬畏大公主之故。

連慈禧太后對大公主亦有三分忌憚之意；每遇命婦入宮，進獻式樣新穎、顏色鮮豔的衣飾，慈禧太后在攬鏡自喜之餘，總是切切叮囑左右：『可別讓大公主知道了！』

廢立一事，慈禧太后始終沒有跟大公主談過，是怕她表示反對。不過，她知道大公主非常冷靜，如果事在必行，她就不會做徒勞無功的反對；而是幫她出主意，怎樣把事情做好。

『看大公主在哪兒？』慈禧太后對李蓮英說：『我有要緊話跟她說。』

於是李蓮英派人傳宣懿旨；等大公主一到，他隨即揮退所有的太監、宮女，親自在寢宮四周巡視，不准任何人接近。因爲他已猜到慈禧太后要跟大公主談的是甚麼。

早寡而已進入中年的大公主，是唯一在慈禧太后面前能有座位的人；不過，她很少享受這一項殊恩，尤其是當皇帝、皇后、以及諸王福晉——她的伯母或嬸母入覲時，更不會坐下。唯有在這種母女相依，不拘禮數的時候，她才會端張小凳子坐在慈禧太后身邊，閒話家常；當然，偶爾也參與大計。

這天慈禧太后召集近支王公會議，以及宣旨命『溥』字輩的幼童入宮，大公主已微有所聞；所以在奉命進見時，她先已打聽了一下，如果是懷塔布的母親，或者榮祿的妻子入宮，多半是找牌搭子；聽說單只召她一個人，而且由外殿一回內宮就來傳喚，不由得便想到，可能是要談廢立之事。

一想到此，大公主的心就揪緊了！多少年來，皇帝心目中認爲可資倚恃的只有兩個人，一個『翁師傅』，一個『大姊』。誰知變起不測，皇帝會落到今天這個地步！每次聽人說起，被幽在瀛台的皇帝，衣食竟亦不周，總要關起門來飲泣一場；然而她無法私下接濟，也不敢向慈禧太后進言。因爲她深知太監的陰險忮刻，倘或因此而受慈禧太后的責罰，必然遷怒於皇帝，不知道會想出來一些甚麼惡毒的花樣去折磨皇帝。

自秋徂冬，多少個失眠的漫漫長夜，她在盤算皇帝的將來。起初，一想到廢立，就會著急，恨不得即時能將載漪之流找來，痛斥一頓；慢慢地不免懷疑，皇帝被廢，眞箇是件不堪忍受的事？反過來又想，照現在這樣子，皇帝又有甚麼生趣？往遠處去看，又有甚麼希望？

這些令人困惑的念頭，日復一日地盤旋在心頭，始終得不到解答。而終於有一天大徹大悟了！那是在法國公使薦醫爲皇帝診視以後，據說：法國醫生隨帶的翻譯向人透露，皇帝的食物中有硝粉，久而久之，中毒而死而不爲人知。這樣看來，廢立是一件好事，至少可以保得住皇帝的一條命！

『當年我做錯了一件事！應該挑「溥」字輩的，替你那自作孽的弟弟承繼一個兒子；倘若如此，哪有今天的煩惱？虧得老天保佑，我身子還硬朗，如今補救也還來得及。』慈禧太后握著大公主的手說：『女兒，這件事我只有跟你商量；你看，誰是有出息的樣子？溥偉怎麼樣？』

大公主心裡明白，慈禧太后言不由衷；而且她也早就想過不止一遍了，穆宗崩逝之日，慈禧太后宣布迎當今皇帝入宮，醇王驚痛昏厥，不是沒有道理的。爲了愛護同胞手足，說甚麼也不能讓他們有非分的遭遇。

『溥偉不行！』她斷然決然地答說：『太不行了！』

『那麼，誰是行的呢？』

『老佛爺看誰行，誰就行！十二、三歲的孩子，也看不出甚麼來。不過，身子總要健壯才好。』

『這句話很實在。』慈禧太后不覺露了本心，『我看，載漪的老二不錯；長得像個小犢子似地。』

聽得這話，大公主倒失悔了。她的本意是，穆宗與當今皇帝的身子都嫌單薄，懲前毖後，所以做此建議；不想無形中變成迎合——載漪的次子名叫溥儁，他的母親是皇后的胞妹，也就是慈禧太后的內姪，所以溥儁是慈禧太后心目中最先考慮的人選。而大公主很討厭這個姪子；身體確是很好，十四歲的孩子已長得跟大人一樣，但一臉的橫肉，嘴唇翹得老高，而且言語動作，無不粗魯，從哪一點看，都不配做皇帝。

因此，她特意保持沉默，表示一種無言的反對。見此光景，慈禧太后也就有點說不下去了。這使得大公主微感不安，畢竟是太后又是母親，不能不將順著。所以想了一下說：『轉眼就過年了，那幾個孩子都要進宮來磕頭，老佛爺也別言語，只冷眼看著，誰是懂規矩的，有志氣的，就是好的。』

『我也是這麼個主意。到時候你替我留意。』

『是！』大公主問道：『這件事在甚麼時候辦呢？』

『反正總在明年！』

『皇上呢？總得有個妥當的安置吧！』

慈禧太后一楞。因為從沒有人敢問她這話；她也就模模糊糊地不暇深思。這時想起來，覺得確實應該早為之計。便即說道：『當然該有個妥當的安置。不過，過去還沒有這樣的例子，我也不知道要怎麼樣才算妥當。你倒出個主意看！』

『當然是封親王。』大公主從容答說：『明朝有個例子，似乎可以援用。』

『啊！啊！』慈禧太后想起『治平寶鑑』中有此故事，『英宗復辟！』

『是！』

英宗自南宮復辟，病中的景泰帝，退歸藩邸。原為郕王，仍為郕王。當今皇帝未迎入宮以前賜過頭品頂戴，並未封爵。但以古例今，當然應封親王。慈禧太后慨然相許：『一定封親王，一定封親王。』

得此承諾，大公主心中略感安慰。本想再為珍妃求情，轉念一想，實可不必。慈禧太后既有矜全之意，到時候自然恩出格外，讓她隨著被廢的皇帝一起歸王府。此時求情，不獨無用，且恐惹起慈禧太后的猜疑，更增珍妃的咎戾。

大年初一，親貴的福晉，都帶著未成年的子女進宮，為慈禧太后賀歲。最令人矚目的，自然是溥儁，而慈禧太后似乎忘了大公主『冷眼看著』的建議，特為將溥儁喚到面前來說話。先問功課，後問志向。溥儁揚著臉大聲答說：『奴才願意帶兵！替老佛爺打洋人，把洋鬼子都攆到海裡去，一個也不許留在咱們大清國。』

『你的志向倒不小！』慈禧太后笑著又問：『你說願意帶兵，可會打槍啊？』

『會！奴才的槍打得準。老佛爺要不要看奴才打槍？』

這倒不是說大話。光緒二十年七月，下詔宣戰以後，朝命另練旗兵，以原有禁軍中的滿洲火器營、健銳營、圓明園八旗槍營及漢軍槍隊，合併編成一大支，名為『武勝新隊』。特派端郡王載漪及兵部尚書敬信主其事。載漪並且奉派管理神機營，八旗子弟兵盡歸掌握，儼如同治初年的醇王。溥儁生性不樂讀書而好武，經常在南苑玩槍，『準頭』練得極好。此時巴不得能夠露一手，但慈禧太后卻無興趣，擺擺手說：『我知道你打得好！不過讀書也要緊！書本兒上的東西才有大用處。你懂嗎？』

溥儁想不出書本上的東西有何大用處，更無法領略慈禧太后寄以厚望，期成大器的深意。只是貴家子弟，從小便被教導，尊長的話絕不可駁回，所以雖不懂而仍然響亮地回答說：『懂！』

從這天起，各王公府第都知道慈禧太后屬意溥儁。雖然很有人不服氣，但卻不能不承認溥儁的條件比任何人都來得好，第一，他有個在親貴中最有實權的父親；第二，他有跟慈禧太后關係最親近的母親。

當然，在載漪是早就意料到的，亦可以說是早就在培養的。如今時機快成熟了，更應該切切實實下一番工夫。密密召集謀士商議，有人獻上一計，說應該師法『商山四皓』的故智，請幾位爲慈禧太后所看重的老臣，來教導溥儁。一則，可以烘雲托月地長溥儁的身價；再則，這幾位老臣在慈禧太后面前，一定會常說溥儁的好話，遇到機會，一言便可定國。

載漪亦覺得這是一舉兩得，面面俱到的好計，欣然接納，立即著手。下帖子請了兩位客人：一個是徐桐，一個是崇綺。

下了請帖，又派人去面請，特意聲明，請便衣赴約。這是載漪表示謙恭，不敢用親藩的身分。否則，即令是位極人臣的大學士，五等爵首位的承恩公，見了『王爺』亦得大禮參見。

客人連袂而至，載漪降階相迎。『崇公、徐先生，』他笑容滿面地說：『多承賞光，我的面子不小。』

這也謙虛得沒有道理了。王府相召，何敢不來？兩人不約而同地答說：『不敢，不敢！』

入廳剛剛坐定；載漪便喚出溥儁來，大聲吩咐：『給兩位老先生行禮！』

聽得這話，溥儁一撈長袍下襬，很『邊式』地請了個安。這一下將徐桐與崇綺嚇得避之不遑，跟踉踉蹌蹌地幾乎摔個跟斗。

側近的聽差，急忙將兩老扶住。等坐定下來，徐桐正色說道：『王爺千萬不可如此！世子前程無量，執禮過於謙卑，有傷大體，亦教人萬分不安！』

『前程無量』四字鑽入載漪耳中，心癢難熬。不由得指著兒子笑道：『前一陣子有人替他算命，說他福澤比我還厚。「玉不琢，不成器」，以後要請兩位老先生費心，多多教導，將來才有出頭的日子。』

崇綺和徐桐在謙謝之餘，少不得問問溥儁的功課。不久，聽差來請入席；賓主推讓了好久，終於由崇綺坐了首席。且飲且談，談到武勝新隊，載漪躍躍欲試地，自道已經練成一支勁旅，總有一天要與洋人一決雌雄。

聽得這話，徐桐滿引一杯，接下來罵洋人，罵張蔭桓，罵徐用儀，罵李鴻章，凡是與洋務有交涉的人，徐桐一概視之爲『漢奸』；最後罵到皇帝身上了。

當然，那是不明指其人的罵，『「天作孽，猶可違；自作孽，不可活」，聽說宮中搜出夷服，竟是要廢棄上國衣冠、祖宗遺制，喪心病狂到這個地步，眞是開國以來的奇禍！』徐桐痛心疾首地說：『慈聖一生行事，我無不佩服，只有同治十三年十二月初四半夜那件事，做得大錯特錯！』

他所指的，就是穆宗崩逝，慈禧太后迎立當今皇帝『那件事』。舊事重提，觸及崇綺的隱痛，便即黯然停杯了。

『文山，你也別難過！』徐桐安慰他說：『快要爲穆宗立嗣了，你應該高興才是。』

這一下倒提醒了載漪，心想：不錯啊！自己的兒子，馬上就要成爲崇綺的外孫了！既是外孫，豈有不愛護之理？於是又將溥儁喚出來有話說。

『來！給崇太爺遞酒！』

一聽『崇太爺』這個尊稱，崇綺楞住了；想一想才能會意，笑容滿面地站了起來：『這可眞是不敢當了！』

話雖如此，還是將溥儁遞過來的酒，一飲而盡；雙唇嘖嘖有聲，彷彿從未品嚐過這樣的『天之美祿』！

如果說榮祿如甲午以前的李鴻章，掌握了精銳所萃的北洋兵權，那麼載漪就像當年的醇王，保有指揮禁軍的全權。他的『武勝新隊』改了名字，叫作『虎神營』——猛虎撲羊，而羊洋同音；等於掛起了『扶清滅洋』的幌子。

榮祿的部隊也換了番號，總名『武勝軍』；仿照明朝都督府的制度，設前後左右五軍：前軍聶士成、後軍董福祥、左軍宋慶——『霆軍』鮑超手下的大將；右軍袁世凱。另外召募一萬人爲中軍，由榮祿親自兼領。

既爲軍機，又握兵權，榮祿成爲清朝開國以來的第一權臣。然而慈禧太后並不感受到威脅，她自有駕馭榮祿的手段，更有榮祿絕不會不忠的自信。

儘管如此，榮祿仍有煩惱，因爲妒忌他的人太多；而以剛毅爲尤甚。他自覺謀國的才具、濟危的功勞，都在榮祿之上，而偏偏官位、權力與所受的寵信，處處屈居人下。因此，常常針對著榮祿的一切發牢騷。榮祿是極深沉的人，心裡不免生氣，而表面上總是犯而不校；不過，日子久了，也有無法容忍的時候。

一天，軍機會食；剛毅想心事想得忘形了，驀地裡拍著桌子說：『噯！我哪一天才得出頭？』突如其來的這個動作，這句話，使得他的同僚都一驚；榮祿便問：『子良！你要怎麼出頭？』

『你壓在我上面，我怎麼出得了頭？』

剛毅的意思是，四位大學士李鴻章、崑岡、徐桐都在古稀以外，出缺是三兩年間的事。自己這個協辦大學士『扶正』固在意中，只是榮祿與自己的年紀差不多，循次漸進，前面三位大學士一死，榮祿順理成章地正了揆席；而自己要想當首揆，就不知道是哪年的事了？

榮祿琢磨出他的言外之意，覺得其人居心可鄙；加以有了三分酒意，便笑一笑答道：『那也容易！等李、崑、徐三位壽終之後，你索性拿把刀來，把我也殺掉，不就當上了文華殿大學士？』

這個釘子碰得剛毅臉上青一陣、紅一陣，既窘且惱。只是榮祿面帶笑容，彷彿在開玩笑，認不得眞；而且畏懼榮祿也不敢發作，只得乾笑一陣，聊掩窘態。

事後越想越惱，這口氣怎麼也忍不下去。於是剛毅便在公事上找機會跟榮祿爲難；每天入對時，只要榮祿所奏有一點點漏洞，他便抓住了張大其詞地反對攻擊。這樣個把月下來，榮祿深以爲苦，亦深以爲恨；與門下謀士密密商議，想了條一石二鳥的妙計。

原來慈禧太后三度聽政，盡革新法，覺得能破亦需能立，所以三令五申，嚴限各省督撫認眞整頓政務，尤其著重在練兵、籌餉、保甲、團練、積穀五事，認爲足兵足食，地方安靖，始可與洋人大做一番周旋，一雪咸豐末年以來的積恥。可是封疆大吏，特別是素稱富饒的省份的總督，兩江劉坤一、湖廣張之洞、兩廣譚鍾麟，資高望重，根深柢固，對朝命不免漠視。榮祿知道，毛病出在軍機大臣的資望太淺，非立威不足以扭轉頹勢，但已成尾大不掉之勢，所謂『立威』談何容易？

這一石二鳥的妙計，就是讓剛毅出頭，操刀去割那條掉不轉的大尾巴。當然，他在獨對時，絕不會透露借刀殺剛毅的本意；只盛讚剛毅人如其名，剛強有毅力，能夠破除情面，徹底清除各省的積弊。慈禧太后深以爲然；隨即指示，先發一道『寄信上諭』，指責各省對飭辦各事，『未能確收實效』，特再申諭，『速即認眞舉辦』；倘有『不肖州縣，玩視民瘼，陽奉陰違，該督撫即當嚴行參劾，從重治罪。』過了兩天，又發一道『明發上諭』，命剛毅『前往江南一帶，查辦事件』。

所謂『查辦事件』，通常是指查辦參劾案件。而特派軍機大臣出京查辦，則被參的可知必是督撫，因而便有種種流言，揣測兩江總督劉坤一遇到麻煩了。

其實剛毅是去查辦朝廷飭各省奉行的五事；榮祿藉慈禧太后的口告訴剛毅：釐金更要切實整頓。江南釐金的積弊甚深，若得剛毅雷厲風行地梳理一番，武衛軍的餉項便有了著落。而剛毅本人，必然大爲招怨，有對他不滿的言詞，傳到京裡，那時就可以相機利用了。能去則去，不能去就找個總督的缺，將他留在外面，豈不從此耳根清淨？

這公私兩得的一計，剛毅亦約略可以猜想得到。不過，他有他的打算，從來欽差大臣往往專主一事，或者查案，或者整軍，或者如李鴻章這半年來的欽命差使，治理山東一帶的河道。像這樣國家五大要政，盡在查辦的範圍之中，並無先例。他自覺他的這個欽差，是特等欽差，江南此行，所有督撫都要仰望顏色，這個官癮可過得足了。

當然，他對他的差使是有自信的。能夠平白找出幾百萬兩銀子來，慈禧太后會刮目相看。那時找個機會，教榮祿帶著他的武衛五軍，回任直隸，去看守京師的大門，一任外官，豈可再兼樞臣？那時軍機處就是自己的天下了。

因爲各有妙算，所以相顧欣然。剛毅到了江寧，果然震動了地方。四個月的工夫，參倒了不少官兒，少不得也作威作福，搞得百姓怨聲載道。這樣到了七月底，諸事都可告一段落，回京覆命。剛到上海，奉到一道電旨：『廣東地大物博，迭經臣工陳奏，各項積弊較江南爲尤甚。如能認眞整頓，必可剔除中飽，籌出鉅款。剛毅曾任廣東巡撫，熟悉地方情形；著即督同隨派司員，剋日啓程前往該省，會同督撫將一切出入款項，悉心釐剔，應如何妥定章程，以裕庫款之處？隨時奏明辦理。』

剛毅心知道這是榮祿不願他回京所出的花樣，不過，他也不在乎。坐海輪到了廣州，亦如在江寧的模樣，深居簡出。而查詢的公文，一道接一道送到總督、巡撫兩衙門。兩廣總督譚鍾麟，是翁同龢的同年，久任封疆，行輩甚尊，看不慣剛毅那種目空一切的派頭。而且高齡七十有八，難勝繁劇，早就奏請放歸田里，此時決定重申前請，辭意甚堅，所以慈禧太后決定准他辭官。

這本來是榮祿將剛毅留在外省的好機會，只是慈禧太后認爲兩廣的涉外事務很多，需要深通洋務而動名素著的重臣去坐鎭。於是，李鴻章被內定爲譚鍾麟的繼任人選。

朝旨未下，已有所聞；李鴻章決定去看榮祿，打算探一探口氣，如果不能像在直隸總督任內，遇事可以作一半主，他還不願做此南天之行。

一見之下，李鴻章不覺驚訝，『仲華，』他說：『你的氣色很不好！何憂之深也？』

榮祿嘆口氣說：『中堂眞是福氣人，「日啖荔枝三百顆」，跳出是非圈了！我受恩最重，上頭對我的責備亦最嚴。這幾天，眞正叫求生不能，求死不得！』

李鴻章矍然動容，『何出此言？』他問：『仲華，你可以跟我談談嗎？』

『當然！我亦正想去看中堂；倘或計無所出，說不得也要拿中堂拉出來，一起力爭。』說到這裡，榮祿起身，親手去關上房門；然後隔著匟几，向李鴻章低聲說道：『非常之變，迫在眉睫！』

原來廢立快成爲事實了！本是遷延不決的局面，自從剛毅在十月初從廣州回京，情勢急轉直下，因爲徐桐與崇綺雖極力鼓吹廢立，但大政出自軍機，僅有爲徐、崇兩人說服了的啓秀一個人起勁，自是孤掌難鳴。及至剛毅回京，與啓秀聯成一氣，加以逐去廖壽恆，保薦刑部尚書趙舒翹入直軍機，於是，除了早就退出軍機的錢應溥，毫無主張的禮王世鐸以外，剩下的四個人，三對一，變成榮祿孤掌難鳴了！

可是，這個非常的舉動，慈禧太后拿定主意，非榮祿亦贊成不能辦！因此，他便成了眾矢之的。剛毅、啓秀、趙舒翹每天拿話擠他，要他鬆口，以一敵三，幾有無法招架之勢。而慈禧太后單獨召見時，談及此事，口風亦一次比一次緊，先是勸導，繼而期望，最近則頗有責備的話。看起來再怫『慈聖』之意，怕會惹起盛怒，幾十年辛苦培養的『簾眷』，毀於一旦。政柄兵權，一齊被奪，縱不致爲翁同龢、張蔭桓之續，而閒廢恐不能免！

『我是盡力想法子在搪塞。前一陣子劉峴莊的一個電報，讓我鬆了一口氣……』

爲了搪塞，榮祿曾建議密電重要疆臣，詢問廢立的意見。劉坤一的回電，表示反對，說是『君臣之分已定，中外之口難防』，這兩句話極有力量，將慈禧太后的興頭很擋了一擋。

『可是今天十一月廿五了！慈聖的意思，非在年內辦妥這件大事不可！快要圖窮而匕首見的時候。中堂，我怕力不從心了！』

不等他說完，李鴻章 然相答：『此何等事？豈可行之於列強環伺的今天？仲華，試問你有幾個腦袋，敢嘗試此事！上頭如果一意孤行，危險萬狀；如果駐京使臣首先抗議，各省疆臣，亦可以仗義聲討！無端動天下之兵，仲華，春秋責備賢者，你一定難逃史筆之誅。』說到這裡，他自覺太激動了，喘息了一下，放緩了聲音又說：『東朝處大事極有分寸，一時之惑，終需覺悟；母子天倫，豈無轉圜之望？只是除了足下以外，更無人夠資格調停。仲華，你受的慈恩最重，如今又是簾眷優隆，你如不言，別無人言。造膝之際，不妨將成敗利鈍的關係，委屈密陳，一定可以挽回大局！』

榮祿原亦有這樣的意思，只是不敢自信有此力量。如今讓旁觀者清的李鴻章為他痛切剖析，大受鼓舞，毅然決然地說：『是，是！我的宗旨定了。』

『但盼宮闈靜肅，朝局平穩；跟洋人打交道，話也好說些。』

提到洋人，榮祿想起久藏在心的一件事。雖然洋文報紙對維新失敗及廢立諸事，多所譏評；究不知各國公使是何說法？早想託李鴻章打聽一下。不過，打聽的目的變過了，以前是想明瞭各國公使的態度，決定自己的最後態度；此刻，他說：『為了搪塞上頭，想請中堂探探各國公使的口氣；我對上頭好有話說。』

李鴻章沉吟了一會兒兒答說：『此事我不便先開口問人家；這幾天各國公使要替我餞行，如果提起來，我可以順便問一問。否則，就無以報命了。』

到了第三天，李鴻章有了答覆。他寫信給榮祿說：各國公使表示，若有廢立之事，各國雖不能干預中國的內政，但在外交上必將採取不承認新皇帝的政策。

這樣的機密大事，本不宜形諸筆墨；而李鴻章居然以書面答覆，正表示他對他所說的話，完全負責。領會到這一點，榮祿的主意更堅定了。

十一月廿八，大雪紛飛；徐桐與崇綺一大早衝寒冒雪，直趨宮門；『遞牌子』請見慈禧太后，爲的是兩人擬好了一道內外大臣聯名籲請廢立的奏稿，要請懿旨定奪。

『稿子很好！』可是慈禧太后還是那句話：『你們得先跟榮祿商量好！』

兩人退回朝房密議，決定只傳懿旨，不做商量。倘或榮祿不聽，找個人出來參他；拿頂『違抗懿旨』的大帽子扣在他頭上，看他受得了受不了？

商議停當，隨即出宮，坐轎直奔東廠胡同榮府。帖子一遞進去，榮祿便知來意不善。但絕不能擋駕，且先請了進來再說。

榮祿的起居豪奢是出了名的；那間會客的花廳極大，懸著雙重門簾，燒起兩個雲白銅的大火盆，所以溫暖如春。徐桐和崇綺腰腳雖健，畢竟上了年紀；冷熱相激，頓覺喉頭發癢，咳個不住，主人家的聽差替他們又灌茶、又捶背；鬧了好一會兒才得安靜下來，跟榮祿寒暄。

三五句閒白過後，徐桐向崇綺使個眼色，雙雙站起；崇綺從口袋裡掏出一個白摺子，『奉太后旨意，有個稿子讓你看一看！』他一面說，一面將奏稿遞了過去。

榮祿不能不接；接過來一看案由，果不其然，是奏請廢立，當時大叫一聲：『哎呀！我這個肚子，到底不饒我啊！』說著，一手捧腹，一手就將摺稿遞還；等崇綺上當接回，榮祿又說：『昨兒晚上鬧肚子。方才我正在茅房裡，還沒有完事；聽說兩公駕到，匆匆忙忙提了褲子就出來了。這會兒痛不可當，喲、喲、喲！這個倒楣的肚子！』

話還未完，人已轉身，傴僂著腰，一溜歪斜地往裡走了去。崇綺嘆口氣說：『來得不巧！』

『拉稀不是甚麼大毛病。』徐桐答說：『咱們且烤烤火，等一會兒兒。』

這一等等了將近一個鐘頭，還不見榮祿復出。只是榮家款客甚厚，點心水果接連不斷地送上來，蓋碗茶換了一道又一道。因此，兩老雖然滿心不悅，卻發不出脾氣。

『你家主人呢？』徐桐一遍一遍問榮家下人：『何以還不能出來？』

『累中堂久等！』榮家下人哈著腰答說：『在等大夫來診脈。』

榮祿何嘗有病？藉故脫身，正與武衛軍的一班幕僚如樊增祥等人在籌劃對策——此事已密商了好久，始終沒有善策，到這時卻非定策不可了！反覆衡量利害得失，總覺得無法面面俱到；唯有下定破釜沉舟的決心，力求保全大局。

於是，裝得神情委頓地，再度會客；一進門便拱拱手，連聲『對不起！』然後一面在火盆旁邊坐下來，一面說道：『剛才沒有看清楚，是怎麼回事啊？』

『你請細看！』崇綺將奏稿遞了給他，『仲華，這是伊霍盛業，不世之功！』

榮祿裝作不懂伊尹放太甲、霍光廢昌邑王的典故；一手接奏稿看，一手取銅箸撥炭。將炭撥得愈加熾旺，火苗融融之後，很快地將奏稿捏成一團，投入火盆；口中還說了句：『我不敢看吶！』

兩老大驚失色，想伸手搶救，已自不及；一蓬烈燄，燒斷了載漪想做太上皇的白日春夢。

徐桐氣得身子發抖，顫巍巍站起來，手指著榮祿，厲聲斥責：『這個稿子是太后看過的，奉懿旨命你閱看；你何敢如此！』

『蔭老，』榮祿平靜地說：『我馬上進宮。如果真的是太后的意思，我一個人認罪。』

『好，好！』徐桐知道徒爭無益，唯有趕緊去向端王告變，便說一聲：『有帳慢慢算！』拉著崇綺，掉頭就走。

榮祿不敢絲毫耽擱，立即換了公服；坐車直投寧壽宮北面的貞順門，請李蓮英出來說話。

『這麼大的雪，你老還進宮！』李蓮英問道：『甚麼事啊？』

『還不就是你知道的那回事！蓮英，煩你上去回一聲；我有話非立刻跟老佛爺回奏不可！』

『那就來吧！』

李蓮英領著榮祿，一直來到養心殿後的樂壽堂，做個手勢讓他在門外待命；自己便進西暖閣去見慈禧太后，將榮祿的話，據實陳奏。

『他有甚麼事呢？』

『榮中堂沒有跟奴才說；奴才也不敢問。不過，這麼大的雪，又是下午，特爲進宮「請起」，想來必是非老佛爺不能拿主意的大事。』

慈禧太后想了想，點點頭說：『我知道了，讓他進來吧！』

門外的榮祿，在這待旨的片刻，望著漫天的風雪，盡力想些淒涼悲慘之事，從祖父培思哈在平張格爾之役中殉難想起，接下來想咸豐初年，伯父天津總兵長瑞、父親涼州總兵長壽，並從崇綺的父親賽尚阿進兵廣西平洪楊，在龍寮嶺中伏，雙雙陣亡；一門孤寡，煢煢無依的苦況。以及早年在工部當司官，誤觸肅順之怒，以致因贓罪被捕下獄，所遭受的種種非人生活。再一轉念，記起珍妃就拘禁在景祺閣後，貞順門旁，與宮女住所相鄰的小屋中；每日飲食從門檻底下遞進去；污穢沾染，眞個是塵羹土飯！像這樣的天氣，既無火爐，又不見得能夠換一換窗紙，不知道凍成甚麼樣子？綺年玉貌的天家內眷，受這樣的苦楚，言之可慘！

就這塞腹悲愴釀成盈眶熱淚；一進門在冰涼的青磚地，『鼕鼕』碰了兩個響頭，叫一聲；『老佛爺！』隨即就痛哭失聲了！

慈禧太后大驚，失去了平日那種任何情況之下，說話都保持著威嚴從容的神態，張皇失措地嚷著：『怎麼回事，怎麼回事？』

『徐桐、崇綺到奴才那兒來過了。』榮祿哽咽著說：『各國都幫皇上；就有那麼的怪事，連分辯都分辯不清楚。果眞要幹這件事，老佛爺的官司輸了！老佛爺辛苦幾十年，多好的名譽，哪一個不敬仰？如今冒這麼大一個險，萬萬不值！倘或招來一場大禍，奴才死不足惜，痛心的是我的聖明皇太后！』說到這裡，觸動這幾個月所受的軟逼硬擠、冷嘲熱諷、諸般委屈，假哭變成眞淚，泉湧而出，號啕大哭。

慈禧太后被鎭懾住了！既懾於洋人態度之不測，亦懾於榮祿哭諫的聲勢；不自覺地用一種畏縮讓步的聲音說：『你別哭，你別哭！咱們好好商量。』

『是！』榮祿慢慢收淚；但喉頭抽搐，還無法說得出一整句的話。

『蓮英！』慈禧太后吩咐，『給榮大人茶。』

李蓮英見此光景，料知必有此小小的恩典，早就預備好了。不但有茶，還有熱手巾把子。榮祿磕了頭謝過恩，拿手巾擦一擦眼淚，喝兩口茶，緩過氣來，方始將與樊增祥等人商定的計畫，說了出來。

『皇上身子不好，也沒有幾年了！』他說：『宋朝的成例，不妨仿效；宋仁宗沒有皇子，拿姪子撫養在宮裡，後來接位就是英宗……』

『啊，啊！』慈禧太后想起來了，《治平寶鑑》上就有這個故事，『這倒也是一法。』

『照奴才看，只有這個法子。如果立溥儁為阿哥，他今年十五歲；再費老佛爺十年辛苦的教導，那時候就甚麼都拿得起來了！』

慈禧太后沉吟了好一會兒說：『這個辦法使得！就有一層，本朝的家法，不立太子；話不好說。』

『依奴才看，總比廢立的話好說些！』

這話近乎頂撞了，但慈禧太后並不在意；只問：『該怎麼說才冠冕堂皇？』

『當初立皇上的旨意，原說生有皇子，承繼給同治爺；現在沒有皇子，就得另外承繼。這是名正言順的事。』

『就照這麼說也可以。你找人擬個稿子來我看。』慈禧太后正一正顏色叮囑：『這件事就咱們兩個，你先別說出去。』

『奴才不敢！』

『你下去吧！』

於是榮祿跪安退出。李蓮英送他出貞順門；兩人駢肩並行，小聲交談。榮祿將與慈禧太后商定的辦法，告訴了李蓮英；同時託他在慈禧太后面前，相機進言，堅定成議，無論如何不能使這個計畫發生變化。

『你老放心！老佛爺答應了的事，不會改的。再說，老佛爺也真怕洋人干涉。如今這個辦法很好，絕不會變卦。』

聽得這話，榮祿越發心定。多日以來的憂思愁煩，一旦煙消雲散，胸懷大暢；回到府第，召集僚友，飲酒賞雪，大開笑口。

而在東交民巷的徐桐，卻懊惱得一夜不能安枕。在榮祿那裡受了氣不算，回來又受洋人的氣——這天是西曆一千八百九十九年十二月三十。各國使館歲暮酬酢，排日宴會；輪到比利時公使賈爾牒的晚宴，特爲邀了美國海軍樂隊來演奏助興。比國使館緊挨著徐桐的住宅，洋鼓洋號，洋洋盈耳；徐桐想掩耳不聞不可得。直至午夜方得耳根清靜；但中心煩躁，依然不能入夢。到得四更時分，有些倦意上來，卻以與崇綺前一天有約，要進宮去見太后，不能不掙扎著起床。

遞了『牌子』，第一起就『叫』；進了殿亦頗蒙慈禧太后禮遇，行過禮讓徐桐與崇綺站著講話；又命太監端奶茶給他們喝，說是可以擋寒。凡此恩典都足以壯徐桐之氣，心裡在想：那怕榮祿是太后面前第一號紅人，今天也得碰一碰他！

『雪是停了，反倒格外地冷！』慈禧太后問道：『你們倆要見我，甚麼事，說吧！』

『奴才兩個，昨兒奉了懿旨，到榮祿那裡去了。』徐桐憤憤地說：『誰知道榮祿先裝肚子疼，不肯看奏稿；進去好半天才出來，眞想不到的，又裝傻賣呆，拿皇太后欽定的奏稿，扔在火盆裡燒掉了！』

『有這樣的事？』慈禧太后大爲詫異。

『皇太后不信，問崇綺！』

『是！』崇綺接口，『如此鞏固國本的大事，榮祿出以兒戲，奴才面劾榮祿大不敬！』

慈禧太后並不重視他所說的『大不敬』那個很嚴重的罪名；只問：『怎樣出以兒戲？』

於是崇綺將當時令人啼笑皆非的遭遇，細說了一遍；慈禧太后想像榮祿玩弄這兩個糟老頭子於股掌之上的情形，差點笑了出來。

忍住笑已經很不容易；若說慈禧太后會如徐桐和崇綺所希望的，對榮祿大發雷霆，自是勢所不能之事。可是，爲了撫慰老臣，她亦不得不有所解釋與透露。

『榮祿這麼作法，是有點兒荒唐。不過，他的處境亦很難。洋人蠻不講理，多管閒事，不能不敷衍著。這件事是一定要辦的，或者變個法子就辦通了。等商量定了，我會告訴你們；你們聽我的信兒吧！』

起了好大的勁，只落得這麼幾句話聽！徐桐心知鬥不過榮祿，心裡十分不快。崇綺比較有自知之明，進宮之前，對於告榮祿的狀，本未抱著多大的期望；他所關心的，只是溥儁能不能入承大統？此刻聽慈禧太后的口風，大事仍舊要辦，當然興奮，所以連連應聲：『是，是！』

徐桐還想再問，所謂『變個法子』，是怎麼變法？莫非由皇帝頒罪己詔遜位？只是話還不曾出口，站在前面的崇綺已經『跪安』，只能跟著行禮，相偕退出。

第二天就是十二月初一，軍機承旨，諮會內閣，頒了兩道明發上諭。第一道是：『現在朕躬尚未痊癒，所有年內暨明年正月應行升殿及一切筵宴，均著停止。』第二道是：『近因朕躬尚未痊癒，所有壇廟大祀，均經遣員恭代。明年元旦應恭詣皇太后前朝賀，荷蒙聖慈，以天氣嚴寒，曲加體恤，自應仰體慈懷，明年正月初一日，朕恭詣寧壽宮，在皇太后前行禮。王公百官，均著於皇極門外行禮。至一切筵宴，業已降旨停止。是日，朕仍御乾清宮受賀。』

第一道上諭不足爲奇；第二道上諭卻惹得人人議論，都說其中大有文章。但誰也看不透！不贊成廢立的，自感欣慰，指出最後一句：『是日朕仍御乾清宮受賀』，是明告臣民，皇帝仍舊是皇帝，身分並無變化。贊成廢立的，卻另有一種說法：皇帝只朝寧壽宮，是以子拜母，不得在皇極門外率領王公百官行禮，就表示他已失卻統御群臣的資格。至於最後這句話，就眼前來說，既未廢立，不得不然。一旦廢立成爲事實，取消這句話，不過多頒一道上諭而已。

儘管議論紛紛，而且很有人在鑽頭覓縫，想探聽到一個確實消息，以便趨炎附勢，無奈連軍機大臣都不明究竟。大家猜想，宮內一個李蓮英，宮外一個榮祿，一定知道『寶盒子』裡是一張甚麼牌。可是，誰也別想從他們口中套出一言半語來。

其中最焦急的自然是載漪。不過急也只能急在心裡，表面上不敢跟人談這件大事，怕的是不但招人笑話，而且熱中過分，傳到天威不測的慈禧太后耳中，會把一隻可能已煮熟的鴨子給弄得飛掉。

這樣到了家家送灶的那天，忽然傳宣一道懿旨：『著傳恭親王溥偉、貝勒載濂、載瀅、載瀾、大學士、御前大臣、軍機大臣、內務府大臣、南書房、上書房、部院滿漢尚書等，於明日侍候。』

這就很明顯了！近支親貴，獨獨不傳端郡王載漪，當然是特意讓他迴避，以便迎立溥儁繼位。

於是平時就很熱鬧的端王府，益發其門庭如市；不過賀客見了載漪，只能說一聲：『大喜、大喜！』卻無法明言，喜從何來？也有些工於應酬的官兒，竟向載漪『遞如意』——這是滿洲貴族中，有特大的喜事，申致敬賀的一種儀式。賀客心照不宣；載漪受之不疑，儼然太上皇帝了。

到得傍晚，才有確實消息。是李蓮英來通知的：溥儁立爲『大阿哥』。皇子稱『阿哥』；『大阿哥』便是皇長子之意。

原來不是廢立而是建儲。李蓮英又解釋事先祕而不宣的緣故：清朝的家法，不立太子；如果事先宣布，必有言官根據成憲，表示反對。縱或反對不掉，一樁喜事搞出枝節來，不免煞風景。因此慈禧太后決定，臨事頒詔；生米煮成熟飯，言官就無奈其何了！

話是如此說：『大阿哥』到底不是皇帝。夜長夢多，將來是何結果，實在難說。因此，內心的失望憂鬱，非言可喻；想來想去，洋人可惡，擋住了他這場大富貴，可眞是勢不兩立的深仇大恨了！

慈禧太后黎明升殿，皇帝及王公百官，早就在『侍候』了。

寶座不像平時后帝同御，東西並坐。只設一座，皇帝是站在慈禧太后身旁。御案前面跪的是溥儁，他身後方是王公百官，照例，由慶親王奕劻領頭。

『詔書呢？』慈禧太后問皇帝。

皇帝一無表情地從身上摸出一張黃紙來，『慶親王，』他說：『你來唸！』

於是奕劻跪接了上諭，起身宣讀：『朕沖齡入承大統，仰承皇太后垂簾訓政，殷勤教誨，鉅細無遺，迨親政後，正際時艱，亟思振奮圖治，敬報慈恩：即以仰副穆宗毅皇帝付託之重。乃自上年以來，氣體違和，庶政殷繁，時虞叢脞。惟念宗社至重，前已籲懇皇太后訓政，一年有餘，朕躬總未康復，郊壇宗廟諸大祀，不克親行。值茲時事艱難，仰見深宮宵旰憂勞，不遑暇逸，撫躬循省，寢食難安。敬溯祖宗締造之艱難，深恐勿克負荷。且入繼之初，曾奉皇太后懿旨，俟朕生有皇子，即承繼穆宗毅皇帝爲嗣，統系所關，至爲重大；憂思及此，無地自容，諸病何能望痊？用再叩懇聖慈，就近於宗室中愼簡賢良，爲穆宗毅皇帝立嗣，以爲將來大統之畀。再四懇求，始蒙俯允，以多羅端郡王載漪之子溥儁繼承穆宗毅皇帝爲子。欽承懿旨，欣幸莫名，謹仰遵慈訓，封載漪之子溥儁爲皇子。將此通諭知之。』

禮。

等奕劻唸完，皇帝已取下頭上所戴的紅絨結頂貂帽；親手戴在溥儁頭上。於是嘴唇噘得老高的大阿哥溥儁，向皇帝一跪三叩首謝恩；接著又向慈禧太后也行了同樣的大禮。

顯然的，慈禧太后因為做了祖母而大為高興，滿臉慈祥，笑容不斷，帶著那種像任何人家老奶奶對孫兒逗笑取樂的歡暢神情說：『怎麼不先謝我？』

見她是如此欣悅，慶王便帶頭賀喜：『皇太后無孫有孫；毅皇帝無子有子了；大統有歸，皇上了掉多年來的一樁心事。奴才等叩賀大喜！』

說完碰頭，大家亦都跟著他行了禮。慈禧太后笑道：『這是家事，可也是國事。大家同喜！明天你們給皇帝遞如意！』

聽得這話，側立在旁的皇帝，悠悠晃晃地一轉身，斜著朝上哈腰，是俯首聽命的樣子。那轉身的動作，與彎腰的姿態，就彷彿『大劈棺』那齣戲中的『二百五』。

『大阿哥的書房，可是頂要緊的一件事。』慈禧太后的臉色變得很嚴肅了，『當初選師傅是選錯了！到底講道學的靠得住些。崇綺現在沒有甚麼緊要差使，看他精神也很好，派他給大阿哥上書。』

崇綺不在召見的班次之列，便由軍機領班的禮王答說：『是！奴才一下去就傳旨給崇綺！』

『書房得有人照料。』慈禧太后說：『派徐桐去！』

『是！』徐桐響亮地應聲，『奴才年力衰邁，不過不敢辭這個差使。大阿哥的書房，奴才請旨，不妨開弘德殿，這是穆宗毅皇帝當年典學之地，正好子承父業。』

『可以。西苑就在南殿好了。』慈禧太后又說：『你也不必每天到書房，想到了就進來看一看。頂要緊的是清靜，絕不許不相干的人進進出出。不拘是誰，不該到書房的，胡闖了進來，你指名嚴參，我一定重辦。』

『是！』

慈禧太后略停一下，看一看皇帝說：『明年是皇帝三十歲整生日，應該熱鬧熱鬧。禮部查一查成例看，該怎麼辦！』

禮部尚書是啓秀。他的學問不怎麼樣，朝章典故卻很熟。在記憶中就沒有一位皇帝行過『三旬壽辰』的慶典。當時便想以軍機大臣的身分發言。在他身旁的趙舒翹，扯一扯他的衣服，啓秀便不作聲了。

看看無話，慶王領頭跪安。等退出殿外，王公大臣，立即分成幾堆，一堆是載濂、載瀾，他們是向著載漪的，自然起勁，商量著要到端王府怎麼去『賀一賀、樂一樂』；一堆全是漢人，六部尚書與南書房、上書房的翰林等等，對於立儲一事，認爲是滿洲人的家務，與己無干，不必多管；另一堆是軍機大臣及慶王、徐桐這班參與大計的人，一起回到軍機處，還有許多大事要商量。

『皇太后今天這個舉動，我不佩服！』剛毅一進軍機直廬就大聲發話，『事情做得不乾脆，將來免不了有麻煩！』

『是啊！』趙舒翹附和著說：『看今天的情形，皇太后若能當機立斷，大事亦就定矣！』

『哼，』榮祿冷笑道：『兩公把事情看得太容易了！平常人家辦這樣的事，也得一次一次請至親好友來商量，像今天這樣，能夠平平安安過去，就算祖宗有靈！』

『怎麼？』剛毅張大了眼睛，還要再說甚麼，不料榮祿比他說得快。

『子良！你別說了。皇太后的見識，總不能不如你吧？』

這是一張無大不大的膏藥，一下子將剛毅的嘴封得嚴嚴地，喘不過氣來。於是慶王便抓住這個空隙發話了。

『你們看，明天的報上，又不知會登些甚麼？事不宜遲，咱們得趕緊跟各國公使去照會。』他問榮祿，『仲華，你看就在這裡擬稿子呢，還是回衙門後再說？』

他所說的『衙門』是指總理各國事務衙門。榮祿討厭剛毅，在這裡擬照會，怕他會胡亂參預，便即答說：『還是回衙門！王爺先請，我隨後就到。』

榮祿要留在軍機處，是因爲剛毅和趙舒翹在擬旨時，可能會動手腳，將廢立的意思隱藏立儲之中，所以要監視在那裡。

等『達拉密』寫了上諭來，榮祿一看，共是五道；除立儲、遞如意、開弘德殿以外，另外有兩道：一道是明年正月初一，大高殿、奉先殿行禮，著大阿哥恭代。一道是皇帝明年三旬壽辰，應如何舉行慶典，著各該衙門，查例具奏。

『這一道，』榮祿指著大阿哥恭代行禮的稿子說：『皇太后沒有交代啊！』

『禮當如此！』啓秀答說：『備好了回頭請旨。』

這也未嘗不可。『這一道，』榮祿手指另一個稿子，『我看不必亟亟！』

『爲皇上做生日，是皇太后當面交代，爲甚麼不述旨？』剛毅振振有詞地問。

『這會引起很多猜疑。從來就沒有皇上三旬壽辰的慶典。拿康熙爺來說好了，八歲即位，康熙二十二年可有慶典？』他看著啓秀問：『穎之，你是禮部堂官，掌故又熟。你說！』

『照成例，都是五句壽辰……』

『可不是！』榮祿搶著說道：『我看還得請旨，這不是甚麼要緊的事，一天都擱不得。』

『好吧！咱們請旨。』剛毅無可奈何地答說。

請旨的結果，暫時壓了下來。其餘的四道上諭，立即交內閣明發。同時通知上海電報局，轉電各省督撫。

上海電報局的總辦叫經元善，接到電報，大驚失色，立刻帶著譯出來的電文去看盛宣懷，請示處置辦法。

盛宣懷的官銜是大理寺少卿，差使是『督辦電報輪船兩商局』，恰爲經元善的頂頭上司。當時看完電文，心中亦不以朝廷此舉爲然；但既爲上諭，當然遵辦，便即說道：『這事耽擱不得，先發兩江、湖廣，其餘通報各省，一律轉知。』

『原電照轉，自不在話下。』經元善面色凝重地說：『名爲立嗣，實爲廢立，只怕馬上還有皇上退位的上諭。果然不幸而有此，各國一定調兵干預，以積弱之國，而當數國雄兵，危亡立見。元善的意思，想聯絡上海紳商各界，聯名致電總署，請爲代奏諫阻。不知道杏公的意思如何？』

盛宣懷聽得這話，大吃一驚。不過他深知上海的民氣，反對慈禧太后及舊黨的，大有人在。而且自己以洋務起家，天生就站在新黨這一邊，如果表示反對，無異自居於舊黨之列，有失立場。而最要緊的是，李鴻章與劉坤一都不主張廢立，倘或違逆了這兩人的意思，『督辦兩局』的差使，立即不保，因此，絕不能阻撓經元善。

然而他亦不敢公然贊成，否則，經元善進一步請他領銜發電，可就無以推辭了。這樣聲色不動的想了一遍，決定學一學王文韶，裝聾作啞。

『蓮珊，』他從容自如地叫著經元善的別號說：『轉眼就是三十了，應該要發的，賀年的電報，請你檢點一下，不要漏了哪一處。』

經元善一楞，細想一想方始會意，這是默許的表示。於是不再多說，辭回局裡，立刻擬了一個電報，去找他的好朋友汪康年商量。

汪康年字穰卿，先世是徽州人。乾隆年間遷居杭州，經營鹽、典兩業而成首富。汪氏與海寧查氏一樣，亦商亦官，子弟風雅，性好藏書，四世聚積，名聲雖不及『寧波范氏天一閣』，但提起杭州『汪氏振綺堂藏書』，士林中亦無不知名。

汪氏後輩中最有名的是汪遠孫，字小米，官不過內閣中書，而歸田的尙侍督撫，無不禮重，振綺堂藏書亦至汪小米而極盛，所居之地在東城，就稱爲『小米巷』。他的姪子，亦是名聞天下的人物，二十年前與無錫薛福辰會治慈禧太后的沉痾而大蒙寵遇。

汪康年就是汪小米的胞姪。光緒十八年壬辰科的進士，亦是翁同龢的得意門生之一，光緒二十二年在上海創設『時務報』，鼓吹變法維新。時務報是旬刊，專以議論爲主；爲了報導時政，上年春天又創辦『時報日報』，不久改名爲『中外日報』，銷路極暢。有此爲民喉舌的利器在手裡，經元善的提議，便很容易地激起了波瀾壯闊的聲勢，由於汪康年的支持，第二天到上海電報局自願列名電請總署代奏的士紳名流，計有一千二百餘人之多。

電報到京，總理衙門的章京不敢怠慢；立即先將正文送到慶王府，只見電文是：『總署王爺中堂大人鈞鑑：昨日卑局奉到二十四日電旨，滬上人心沸騰，探聞各國有調兵干預之說，務求王爺中堂大人，公忠體國，奏請聖上力疾臨御，勿求退位之思，上以慰太后之憂勤，下以弭中外之反側，宗社幸甚，天下幸甚。卑局經元善暨寓滬各省紳商士民一千二百三十一人合詞電奏。』

這使得慶王大感意外，他原以為可能有不怕死的言官，會步吳可讀的後塵，上摺奏諫；不想小小一個並無言責的候補知府，會有此舉動！他心裡在想，這經元善的腦袋或許不會丟，紗帽是丟定了。

這件事說大不大，說小卻眞不小。應不應代奏，慶王一時拿不定主意；姑且將電文抄錄一份，先派專差送了給榮祿再作道理。

不久，榮祿親自登門；同時，一千二百三十一人的名單亦已譯完送到。列名的人，有汪康年同榜，現任翰林院編修的蔡元培、名重一時的章炳麟等等，此外，所謂『海內四公子』倒也有一半在裡頭：丁日昌的兒子丁惠康與吳長慶的兒子吳彥復。

『仲華，你看怎麼辦？快過年了，莫非還惹皇太后生一場閒氣？』

『生氣是免不了的；可不是閒氣！』榮祿指著電文說：『憑「探聞各國有調兵干預之說」這一句，就不能不代奏。』

『「探聞」之說，不一定靠得住。』

『寧可信其有，不可信其無。』

『好！這麼說，就准定代奏。可是，咱們得有話啊？』

『當然。』榮祿沉吟了一會兒說：『這件事當然不宜宣揚，也不便批覆。不過光是留中也不行，那些人還會鬧。現在得想個法子，讓他們、讓洋人知道，皇上還是照舊當皇上；人心一定，自然就沒有甚麼可以鬧的！』

『說得是！我倒想到一個題目，皇上明年三旬壽辰，本來不宜舉動，現在倒似乎以有所舉動爲宜了。』

『題目是好題目，文章很難做。輕了，不足以發生作用；重了，太后未必樂意，端王也會跟咱們結怨家。這得好好商量。』

於是置酒消寒，密密斟酌停當，第二天一早上朝，榮祿特意不到軍機處，也不邀其他總理大臣；由慶王遞牌子，搶頭一起見著了慈禧太后。

兩宮同御，平時不大容易說話；而這天的話卻正要當著后帝在一起的時候說。慶王將電文抄件呈上御案以後，不等慈禧太后開口，搶先說道：『上海的紳商士民，全是誤會。宮中上慈下孝，立大阿哥的本意，在上諭中亦已經說得很明白。南邊路遠，難免有些道聽途說的傳聞；不過這個電報的本意是怕洋人調兵干預，並沒有其他情節。奴才兩個覺得不理他們最好。』

『不理，』慈禧太后問道：『不鬧得更厲害了嗎？』

『只要皇上照常侍奉皇太后視朝；大家知道誤聽了謠言，當然不會再鬧。要再鬧，就是別有用心；莫非朝廷眞的拿他們沒奈何了？』

這話說得很中肯，慈禧太后對民氣的『沸騰』，不足爲慮；可是，『洋人呢？』她問：『不說要調兵來嗎？』

聽得這一說，慶王和榮祿都格外加了幾分小心；他們倆昨天反覆推敲的結果，便是決定引慈禧太后發此一問，然後抓住這個題目，一步一步去發揮。

『他們也不過聽聞而已。道聽途說，也信不了那麼多！』

慶王越是不在乎，慈禧太后越關心；因爲過去幾次外患，都因爲起初掉以輕心，方始釀成巨禍，『「微風起於蘋末」，』她說了一句成語作引子，接下來用告誡的語氣說：『若說洋人從他們國內調兵來，那是胡說，包裡歸堆才兩三天的工夫，要調兵也沒有那麼快；那班人更不能那麼快就有消息。也許是南邊的洋兵往北調，這可是萬萬不能大意的事！』

『這……』慶王答說：『得問榮祿，奴才對軍務不在行，不敢妄奏。』

『那麼，榮祿你看呢？』

『奴才正留意著呢！』榮祿答說：『上海倒是有幾條外國兵船往北開；不過，游弋操練，也是常有的事。奴才只看它船多不多，是不是幾國合齊了來？如果不是，就不要緊！』

『到底是不是呢？先不弄清楚，等看明白情勢不妙，那時再想辦法可就晚了。』

『是！』榮祿故意沉吟了一下，『不過，回老佛爺的話，預先想法子也很難。洋人拿立大阿哥就是皇上要退位作藉口，咱們又不能給人畫把刀，說皇上一定不會退位。若是有個法子，讓洋人知道，深宮上慈下孝，誰也挑撥離間不了；也許倒死了心了。可是，這也不能明說；一落痕跡，反爲不妙！』

『不落痕跡呢？可有甚麼法子？』

『是！』

在這榮祿有意沉默之際，慶王突然開口：『奴才倒有個法子！皇太后慈恩，那天交代，皇上明年三旬萬壽，應舉慶典。聽說軍機處怕事無前例，容易引起誤會；奏請暫緩頒旨。如今正不妨仍舊頒懿旨；想來皇上孝順，一定謙辭。這麼一道懿旨，一道上諭，先後明發，不就看出來上慈下孝了嗎？』

『是嗎?』慈禧不以爲然,『這麼作法,一望而知想遮人耳目。』

『那,那就眞個舉行慶典。』

『不!』一直不曾開口的皇帝,似乎忍不住了,『皇太后有這個恩典,我也不敢當,不必舉行一切典禮,連升殿的禮儀也可以免。』

『典禮可免,開恩科似不宜免。』榮祿急轉直下地說:『奴才斗膽請旨,明年皇上三旬萬壽,特開慶榜;慶典雖不舉行,「花衣」仍舊要穿。』

對於榮祿所提出來的這個結論,慈禧太后入耳便知道其中的作用。皇帝的整生日,如果要舉行慶典,當然就少不了開恩科,尤其此時而行此舉,名爲『嘉惠士林』,實在是收買民心,安撫清議的上策。

不過,新君登基,照例亦需加開恩科;如果皇帝三旬壽辰,其他慶典皆廢,獨開慶榜,亦容易爲人誤會,是一種明爲祝嘏,暗實賀新的移花接木手法。若有一道慶壽穿花衣的上諭,便可消除了這一層可能會發生的誤會。

所謂『花衣』是蟒袍補服,國有大慶,前三後四穿七天蟒袍,名爲『花衣期』。在此期內,照例不准奏報凶聞,如大員病故、請旨正法之類。慈禧太后心想,這一慶賀的舉動,惠而不實,而有此一詔,至少可以讓天下臣民知道,在明年六月廿六皇帝生日之前,絕不會被廢。這一來起碼有半年的耳根清靜,到下半年看情形再說,是可進可退很穩當的作法。因而欣然同意;決定在十二月廿八、廿九兩天,交代軍機照辦。

廿八那天,是欽奉懿旨:皇帝三旬萬壽,應行典禮,著各該衙門查例具奏。到了廿九那天,皇帝親口指示：明年三旬壽辰，一切典禮都不必舉行。當然也就不必查例了。剛毅心想，話是兩個人說，意思是慈禧太后一個人的；既有前一天的懿旨，何以又假皇帝之口，出爾反爾？正在琢磨之時，慈禧太后開口了。

『皇帝明年三十歲整生日，不願鋪張。不過恩科仍舊要開。庚子本來有正科鄉試，改到後年舉行。辛丑正科會試，改到壬寅年舉行。』

『是！』領樞的禮王世鐸答應著。

『還有！皇帝明年生日前後，仍舊穿花衣七天。』

『是！』

『還有，各省督撫、將軍，明年不准奏請進京祝壽。』慈禧太后又說：『這四道旨意，都算是皇帝的上諭。』

等退了下來，剛毅將倚為心腹的趙舒翹邀到僻處，悄悄說道：『事情好奇怪啊！太后一樁一樁交代，連正科改恩科、恩科往後推，都想得周周全全，這是胸有成竹啊！誰給出的主意呢？』

『是的，必是先有人替太后籌劃妥當了。我還聽說，上海電報局總辦有個電報給慶王，請為代奏，皇上千萬不可退位。此事千真萬確！』

『那，怎麼不拿電報出來大家看呢？你去問，』剛毅推一推趙舒翹，『你兼著總署的差使，這樣的大事，老慶怎麼可以不告訴同官？』

『好！我去請教慶王。』

一去摸個空；慶王到端王府商量緊要公事去了。

這天端王宴客。陪客都比主客煊赫，而且早都到了；在書房中閒聊，話題集中在主客——卸任山東巡撫毓賢與他在山東的作爲上面。

毓賢字佐臣，是個漢軍旗人，籍隸內務府正黃旗。監生出身，捐了個知府到山東候補，署理過曹州府。曹州民風強悍，一向多盜；而毓賢即以『會捉強盜』出名。府衙照牆下十二架『站籠』，幾乎沒有空的時候。可是曹州百姓知道，在站籠中奄奄一息的『強盜』，十之八九是安分良民。無奈上憲都以爲毓賢是清官，也是能員，像這樣的官兒，平時總不免狠些。所以儘管怨聲載道，而毓賢卻是由署理而實授、升臬台、署藩司，官符如火，十年之間，做到署理江寧將軍。

甲午戰爭以後，民教相仇，愈演愈烈，尤其是山東，『教案』鬧得最兇。事實上殺『教民』的亦可以說是教民，正邪不同而已。河北、山東一帶，白蓮教亙千餘年而不絕，大致治世則隱，亂世則顯。乾隆三十九年，山東壽張教民王倫，以治病練拳號召徒黨起事，由此演變爲三省教匪之役，自嘉慶元年大舉會勦，至九年九月班師，而餘黨仍在，到嘉慶十八年復有喋血宮門的『林清之變』，山東、河南都有教匪作亂響應，雖然只兩個月的工夫，就已平壓下去，可是邪教始終在貪官酷吏橫行之處，暗暗傳布，俟機而發。凡是信『西教』的，因爲門戶之見，權利之爭，更如水火不相容；所以白蓮教餘孽最多的地方，亦就是『教案』迭起，最難調停的地方。

白蓮教的支派極多，有一小股名爲『大刀會』，光緒廿三年十月裡，在山東殺了兩個德國傳教士。德國提出交涉，要求將山東巡撫李秉衡革職。繼任的就是毓賢。誰知毓賢的袒護教匪，更甚於李秉衡，於是而有山東平原朱紅燈之亂。

朱紅燈這一派稱爲『義和會』，起源於白蓮教所衍化的八卦教。八卦教分爲八派，其中勢力最大的兩派是『乾字拳』與『坎字拳』，林清即屬於坎字拳。乾字拳爲離卦教的餘孽，離爲火，所以衣飾尚紅。朱紅燈這個名字，一望而知屬於離卦教，爲了遮官府的耳目，改了個冠冕堂皇的名字：『義和會』拳』，又稱『義和拳』。

當朱紅燈在光緒二十五年秋天鬧事時，廷議分爲兩派：一派主撫，一派主剿。主撫的認爲仇教即是義民，理當慰撫；主剿則認爲此輩是乾嘉年間，屢見於上諭的『教匪』。聚眾作亂，擾害地方，應該切實剿治——榮祿與袁世凱都是如此看法，兵權在握，不理載漪、徐桐、剛毅之流的主張，由袁世凱派總兵姜桂題，帶領武衛右軍一萬一千人，進駐山東與河北交界的德州。不久，由袁世凱的堂兄候補知府袁世敦進兵平原，將朱紅燈打得落花流水，潰不成軍。

無奈義和拳中頗有高人，見此光景，趕緊打出一面旗子，四個大字：『扶清滅洋』。於是毓賢庇護拳匪更覺師出有名。爲義和拳改名『義和團』，准許使用『毓』字黃旗，儼然是他的嫡系部隊了。

這一來持平辦理教案的平原知縣蔣楷，與剿匪有功的袁世敦，必然要倒楣；朝廷聽信了毓賢的片面之詞，下了一道上諭：『蔣楷辦事謬妄，幾釀大禍，即行革職，永不敘用。營官袁世敦，行爲孟浪，縱勇擾民，一併革職。』了解眞相的，都爲蔣楷、袁世敦不平；但沒有人敢出頭替他們伸冤。

反是旁觀的洋人，覺得有說公道話的必要。當然，民教相仇，燒教堂、殺教民；在華傳教的洋人，惴惴自危，亦不能不請他們的公使保護。於是，由美國駐華公使康格爲頭，約集各國公使到總理衙門，面遞照會，要求中國政府制止山東義和拳作亂。

一個多月的工夫，康格提出了五件照會；最後一件照會提出之時，正在蔣楷革職，及朱紅燈打出

『毓』字旗以後，康格認爲事態嚴重，所以在提出照會的同時，要求與總理大臣面談。

奉慶王之命接見康格的這位總理大臣，名叫袁昶；他是浙江桐廬人，字爽秋，光緒二年的進士，不但博學多才，而且久任總理衙門的章京，熟諳洋務，是很得各國公使尊敬的一位對手。

透過譯員的傳達，康格詢問四次照會的結果；袁昶答道：『中國政府並無意與洋人爲難。一再告誡地方官，務需秉公辦理；這有上諭可資查考的。至於民教相仇，由來已久。地方莠民，固有假借名義，與教民衝突的情事；可是，所謂教民，亦難保沒有倚仗洋人的勢力，橫行不法的。朝廷只問是否良民，不問是否教民；如果是安分守己的良民，當然在保護之列，否則，雖是教民亦不能姑息。』

『中國政府如果持這樣的態度，我們當然很滿意；可是各省的地方官，並非如此。他們的行爲與中國政府完全相反；請問，中國政府如何處置？』

『當然依照法令，加以處罰。』

『然則，像山東巡撫毓賢，公然袒護義和拳，又怎麼說？』

『不會的！』袁昶明知他所言不虛，但絕不能承認，所以斷然答說：『絕無此事！』

康格不答，從皮包中取出兩張照片來給袁昶看。一張上面是個義和拳的頭目，頭戴風帽，手執大刀；兩旁兩個嘍囉，各持一面大旗，旗上有字，約略可辨，一面是『天龍』二字，一面只有一個『毓』字。

『這個人就是朱紅燈！』康格看著英文說明，告訴袁昶：『這面旗幟，上有山東巡撫的姓氏。請再看這一張照片。』

另一張照片更是確證；所拍攝的是『兵部右侍郎兼都察院右副都御史山東巡撫部堂毓』，獎許義和拳爲義民，並改拳爲團的告示。

看了這兩張照片，袁昶大感困窘；只能這樣答說：『這件事，得要調查了再說；或許是一種誤會。』

『證據在這裡，絕非誤會。不過，希望中國政府詳細調查。』康格問道：『如果調查屬實，中國政府準備做何處置？』

『這不在本人的權責範圍之內；也可以說，任何人都無法答覆，必須請命於敝國皇上。』

『我們希望貴大臣能夠建議，像山東毓巡撫的這種行爲，是嚴重的失職，應該撤換。』

『不！』袁昶一口拒絕，『貴公使不能提出這樣的要求；因爲，這是干涉內政，爲萬國公法所不許。』

康格面有窘色，『我希望貴大臣了解。』他說：『這是出於敦睦兩國邦交，安定貴國社會秩序的善意建議。』

『是的！多謝你的善意建議。』袁昶問道：『請問這兩幀照片，能否見贈？』

『當然、當然！』康格又說：『關於山東義和拳的作亂，我必須提出一項忠告，倘或中國政府沒有明快有力的處置，將會引起非常嚴重的後果。我希望中國政府知道，我國麥金萊總統及海約翰國務卿所提出的對華門戶開放政策，與英國爲了維持既得利益所做的同樣主張，有所不同。美國的本意是希望中國免於被瓜分之禍，得能維持主權的獨立及領土的完整。因此，中國政府不能自己製造禍亂，侵害到各國在華的利益；否則，就會給予對中國有領土野心國家的一個武力干涉的藉口。美國政府亦就無法幫助中國政府對抗外來的壓力。因爲是這樣深切的關係，所以我們所做的建議，不可避免地會超越國際交涉所許可的範圍。這一點，請貴大臣諒解。』

這一大篇話一口氣說下來，經過傳譯之後，原意打了一個折扣；不過大致可以聽得出來，康格的勸告，出於善意。袁昶很感動地說：『美國是中國的諍友；貴公使的話，我一定會轉達給當道。』

話雖如此，美國的門戶開放政策，連袁昶自己都不太了解；可與言者，就更少了。不過康格所交來的那兩張照片，卻發生了很大的作用；榮祿密奏慈禧太后，在十一月初下了一道上諭：『山東巡撫毓賢，著來京陛見；以工部右侍郎袁世凱，署理山東巡撫。』

毓賢到京一個多月了。由於徐桐等人的支持與揄揚，成了很出風頭的人物。提起不怕洋人的『英雄』，群相推許，毓賢第一。

因此，這天載漪宴客，等毓賢一到，寶石頂子的王公貝勒，無不起身相迎，奉為上賓。載漪更為親熱，『佐臣、佐臣』叫個不停。

到入席之時，載漪尊毓賢入首座，而毓賢說甚麼也不肯，口口聲聲：『朝廷體制攸關，絕不可越禮。』

所持的理由光明正大，載漪只好依他。於是依照爵位序次：莊親王載勛坐了首席；其次是小恭王溥偉的生父、郡王銜的貝勒載瀅；再次是載漪的胞弟，輔國公載瀾；然後方是毓賢；還有個陪客也是內務府的漢軍，戶部右侍郎英年。連主位的載漪，六個人團團坐定吃生片火鍋。

行過一巡酒，話題轉入義和拳；談到袁世敦平原剿匪，毓賢大喝口酒，搖搖頭將杯子放下，不勝感慨地說：『當今國勢日墮，由於民志未伸。曾文正在日，我樣樣佩服，就是辦天津教案，殺好些義民替法國領事豐大業一個人抵罪，地方官還遭嚴譴，辱國太甚，民氣不舒，這件事做得錯盡錯絕。如今還要再殺拳民，助長洋人的驕囂之氣，無異自剪羽翼，開門揖盜，萬萬不可！』

這番話在載漪聽來，覺得義正辭嚴，大為佩服，『佐臣！』他情不自禁地說：『公道自在人心！老佛爺知道你忠心耿耿。山東且讓袁慰庭去胡鬧；包在我身上，不出三個月還你一個巡撫。』

毓賢心中一喜。不過他為人向來喜歡擺出一面孔『富貴於我如浮雲』的神情，所以不便當筵道謝，只說：『國事蜩螗，只想多做點事，報效朝廷，名位在所不計。王爺看得起，哪怕在虎神營派我當個管帶，亦所樂從。』

『笑話，笑話！』載漪停了一下，胸有成竹地說：『我自有道理。』接著又問：『佐臣，你看大刀會、義和拳，到底管用不管用？』

『當然管用！』

『佐翁，』英年問道：『說義和拳有神技，洋槍洋炮打不死，這話究竟是眞是假？』

『千眞萬確。』

『可是，』英年遲疑了一會兒，終於說了出來：『我聽說，袁慰庭手下有人試驗過，似乎不如所傳那樣神奇。』

『喔，菊儕！』毓賢喊著英年的別號，很認眞地問：『你聽人怎麼說？』

不但毓賢，在座的人亦無不用一種懷疑的眼光盯著英年看；這使得他大感威脅，但亦不能不說。他所聞的傳說是如此：有人帶著徒眾，直闖武衛右軍翼長姜桂題的大營，自道不畏洋人的炮火。姜桂題問他可敢試驗？此人大言相許。於是傳來一班兵丁『打活靶』；一排槍響起，此人中了邪似地亂蹦亂跳了一陣，倒地不語。細細檢查，身上有十四個窟窿。姜桂題因爲有袁世敦的前例在，怕惹是非，勒逼死者的徒弟寫了一張字據，說是『試術不驗』，送命與官兵無干。

聽他說完，毓賢輕蔑地笑了；然後正色說道：『菊儕，我不說你是誤信謠言。就算有其事，亦是例外；其人練術不精，自取其死而已！』

『照這麼說，』載瀅插嘴問說：『是可以練成那樣的本事的囉！』

『誠然！』毓賢略停一下說：『瀅貝勒，你見了就相信了。天下之大，無奇不有；我只說一件事，你老也許不信，可是我可以當場試驗。』

『喔，請說，是怎麼一件事。』

『我能吃生的魚頭。瀅貝勒，你能不能？』

此言一出，闔座動容；載瀅使勁搖著頭：『不但不能，連聽都沒有聽說過。』

毓賢微笑不答，轉臉向聽差說道：『管家，請你到廚房裡要兩個生魚頭來！』

『是！』聽差答應著，身子不動，只望著主人。

年輕的載瀾，哪裡捨得不開這個眼界，大聲吩咐：『去，去！多拿幾個魚頭來。』

魚頭來了；王府的下人也來了，都在窗外偷偷窺望，要看『毓大人吃生魚頭』。毓賢不慌不忙地望著大冰盤中帶血的四個生魚頭說：『這是松花江的白魚，骨頭很硬，可是敵不過牙齒。』

說完，用手抓起一個魚頭，蘸一蘸作料，放到嘴裡去咬。嘰哩嘎啦，像狗咬骨頭似地，一會兒就面不改色將生魚頭吞下肚子去了。

『了不起！了不起！』載漪趕緊執壺替他斟了一杯熱酒；一面揮手，讓聽差把那盤生魚頭端走。

『眞是，耳聞不如目見。』載瀅大爲傾服，『若非親眼得見，說甚麼我也不能相信。』

『就是這話囉！』毓賢說道：『義和團的神技，如果我不是親眼得見，也不能相信。』

『那，』載瀾的好奇心更熾，『能不能把那些義和拳找來，咱們跟他學學本事？』

『也快來了！』英年答了一句。

『怎麼？』

英年深悔失言，躊躇了一會兒不肯說，也不敢說，陪著笑答道：『沒有甚麼！』越是這樣越使人懷疑；毓賢頗爲不悅，硬逼著他說：『菊儕，你有話該老實說出來，這樣呑呑吐吐，算是怎麼回事呢？』

看樣子如果不說，毓賢誤會更深；英年只好硬著頭皮打招呼：『也不知道靠得住、靠不住？或許是故意造出來糟蹋袁慰庭的！大家當笑話聽吧。』

據說，從姜桂題那次試驗以後，袁世凱益發看穿了義和拳的底蘊，毫不容情加以搜捕。義和拳恨極了他，編出兩句兒謠：『殺了袁蛋，大家好吃飯。』又在山東巡撫衙門的照牆上，畫一個洋人，後面是一隻頭戴紅頂花翎的大烏龜，背上寫『袁世凱』三字，正伸長了脖子，湊向洋人的臀部。

聽英年講完，闔座大笑。義和拳爲袁世凱所抑，在山東存身不住，漸向北侵，進入河北邊境這段話，英年就可以略去不提了。

由此開始，席間的氣氛便輕鬆了；毓賢的談鋒極健，講他在山東捕盜及懲辦教民的『政績』，就像聽說書一樣，很能吸引人。唯一的例外是載瀾，聽而不聞，只想自己的心事；最後實在忍不住了，趁主客都不注意之際，悄悄起身離席，出了王府，帶著兩名跟班，跨馬直奔西四樓以南的丁字街。

丁字街以西的磚塔胡同，通稱『口袋底』，是內城的一處豔窟。名氣不如八大胡同之響，但狎客的身分大都比在八大胡同尋芳的來得尊貴。『瀾公爺』固是豪客，但卻不如『立大人』。

『立大人』就是慈禧太后面前的紅人，工部侍郎立山。他亦是內務府的漢軍，本姓楊，字豫甫，行四，所以熟人都管他叫『楊四爺』。他當過內務府堂郎中；在修頤和園那幾年，發了大財。起居豪奢，京中無人不知。據說他所蓄的朝珠有三百餘掛之多，每天換一掛，可以終年不重複。走馬章台，揮手千金，視爲常事；『瀾公爺』的身分雖高，談到浪擲纏頭，可就相形見絀了。

偏偏在口袋底他們所眷的是同一個人；這個來自天津楊柳青的名妓，叫作『綠雲』；載瀾結識她在先，而立山後來居上。及至知道是『瀾公爺』的相好，立山倒是有意退讓，無奈綠雲本人覺得此勝於彼。她所隸的那個『天喜班』，則從掌班到夥計，更無不以立山爲財神爺，如何肯容他跳槽？這天也是天喜班的掌班，派出幾撥人去，在立山常到的幾處『清吟小班』及飯館中搜索；最後是在煤市的泰豐樓截住了立山，硬攔到口袋底。大煙抽到一半，聽得外面在喊：『瀾公爺到！』不由得有些著慌。

『我躲一躲吧！』立山扔下煙槍想起身，『面對面多不好意思？』

『怕甚麼？』綠雲將他一把推倒，『等我去打發他走。』說完，扭著腰便往外走，順手帶上了房門。

紅姑娘都有幾間屋子；綠雲獨佔一個院子，南北屋共有六間之多。立山在北屋；載瀾自然被讓到南屋。兩面的陳設差不多，但味道大不一樣，北屋燈火輝煌，南屋則連取暖的火爐都是剛生起來的。

載瀾從心裡冷到臉上，氣色非常難看。

綠雲見此光景，便回頭罵人：『怎麼回事？弄個冷爐子在這裡！也沒有人招呼。茶呢？都當瀾公爺脾氣好，就敢這麼無禮，不是大年底下，看我不罵好聽的。』

聽她這一番做作，載瀾的脾氣發不出，憋住心裡更覺難受，冷冷地問道：『誰在那面屋子裡？』

『還有誰？是掌班的從泰豐樓把他去截了來的。』綠雲嘆口氣，『唉！掌班的也叫事不由己。』

『甚麼爲難的事？』

綠雲欲語不語地，然後很快地說：『沒有甚麼！三爺你就別打聽了。哪裡喝了酒來？』

『我是從端王府逃席出來的。早知道……唶，別說了！』

『又是甚麼不痛快？』

『冰清鬼冷地把我一個人丟在這兒，痛快得了嗎？』

『我不是在這兒陪你？』綠雲一面說，一面將頭扭了過去；坐在炕上，低著頭，抽出拴在玉鐲子上的小手絹在擦眼淚。

『這就怪了！我又沒有說你甚麼，你哭個甚麼勁？』

『我也不是說三爺說了我甚麼，我覺得委屈，是自己心裡難過。』

說到這裡，只見門簾掀處，前面一個夥計另捧著一具火燄熊熊的白泥爐子來替換，後面一個老媽端個托盤，上面是茶與果碟子。綠雲便即起身，親自擺好果碟，將茶捧給載瀾，又端一張凳子擺在火爐旁邊，拖著他換地方坐。

這一來，載瀾的氣消了一大半，代之而起的是關切。拉著她的手問道：『你甚麼事不痛快？』

『三爺，你別問行不行？』

『爲甚麼？』

『何苦讓你也不痛快。』

這一說，載瀾更要問了：『不要緊，你說罷！』

綠雲遲疑了好一會兒，自己又搬張凳子，挨著載瀾坐下，一面拿火筷子撥火，一面用抑鬱的聲音說道：『快年三十了，鋪子裡的帳，還不知道怎麼搪？』

聽得這話，載瀾懊悔多此一問。不過，他也是有準備，從靴頁子掏出一疊銀票來，綠雲眼尖，看過去都是小數目，便不作聲。

『這裡三百兩銀子，你先拿著花。』

『不！三爺，你給得不少了！我不能拿。』

『嫌少？』

綠雲不答，卻又去掏手絹要擦眼淚。載瀾頗爲惶惑，怔怔地看著她，不知道說甚麼好。

『三爺，』綠雲委屈地說：『你總是不知道我的心。』

『是啊！我實在有點猜不透。』載瀾問道：『不是嫌少，你爲甚麼不拿？』

『好吧！我拿了就是。』

等她伸手過去，載瀾卻又不給了，縮一縮手說：『一定有緣故，你說給我聽聽。』

『我不能說，說了你更會誤會。我又何苦一片好心，到頭來自找沒趣。』

『這話更奇，簡直猜不透。』

『好吧，我就實說。三爺，我是在想，年底下你的花銷大，不說別的，只進宮給老佛爺拜一趟年，多少太監伸著手等你？既然咱們好，我就不能不替你著想，你口口聲聲說我「嫌少」，倒像我巴結你三爺，只是爲了幾個錢似地，那不屈了我的心？』

話是好話，聽入耳內，印入心中，卻很不是滋味。堂堂天潢貴胄，近支宗親，只爲手頭不寬，竟勞窰姐兒來替他打算！這話要傳出去，還有甚麼臉見人？

見他怔怔不語，綠雲少不得還要想些話來說：『這幾天我總是在想，年底下你忙，我也忙；我也不是忙，得替掌班的想法子。班子裡上下三十口人，舖子裡有兩三千銀子的帳，不找個冤桶來墊底，年三十就過不去，只要一過去了，就該我樂兩天了。過了「破五」，你帶我上西山，或是甚麼清靜的地方住幾天，就咱們兩個，愛幹甚麼幹甚麼，那樣子才有點意思。』說到這裡，她的臉色又轉爲抑鬱，幽幽地嘆口氣，『這是我心裡的話，只怕說了也是白說。』

『怎麼叫白說？』載瀾很認眞地，『莫非你想逛一趟西山，我還會不帶你去？』

『那是過了年的話，眼前你就不肯體諒我，想想眞灰心，白好了一場。』

『我也不知道怎麼才叫體諒你？人家佔正屋，我在這裡將就著，還怎麼樣。』

『喏！你說這話，就是不體諒我。客人也有個先來後到，人家已經一腳踏了進來，難道我好攆他。而且，我也說過了，只爲找個冤桶來墊底。你要是不願意，我就不過去了，一直在這裡陪你！』

說到這樣的話，載瀾更發不出脾氣。轉念又想：原是來取樂的，何必生閒氣？『君子報仇，三年不晚』，立山總有犯在自己手裡的時候，眼前且讓他一步！

於是他說：『我也不要你一直陪我，可也不能馬上就放你走。只要他耗得住，就讓他等著。我晚上還得上端王府有事，喝幾杯酒就走。』

『好！我去交代他們。』

出得南屋，綠雲匆匆關照了一番隨即溜回北屋。立山等得不耐要走了，綠雲一見，便從老媽子手裡奪過他的馬褂，半眞半假地說：『四爺，你是大忙人，難得逮住了，可不能放你走！瀾公就要走了。他不知道你在這裡；你一出去叫他撞見了，反倒不合適。』

『不！』立山去奪自己的馬褂，『我正是有事。』

『好！』綠雲將手一鬆，一轉身坐在椅子上生氣，『你要走了，從此就別來！』

聽這一說，立山也不知道她是眞的生氣，還是有意做作？僵在那裡，進退兩難。綠雲卻又『噗哧』一聲笑了出來。然後走到他身邊，溫柔地卸下他剛套上身的馬褂，推他到紅木匟床上坐下。

『你可別偷偷兒溜走！等我一起來吃飯。』說完，扭頭就走；掀門簾時又回眸一笑，方始鑽了出去。

回到南屋，杯盤初具，綠雲親自侍候，斟酒布菜，神態非常從容。這讓載瀾也感到輕鬆了，一連喝了兩杯酒，興致顯得很好。

『三爺，聽說端王爺的大少爺要當皇上了。是不是？』

『你聽誰說的？』

『都這麼在說，要換皇上了。』綠雲問道：『倒是甚麼時候換啊？』

『本來早就換了！』載瀾覺得跟綠雲說不清楚，就說清楚了，她也未必懂，所以嘆口氣說：『唉！別提了！總而言之，洋鬼子可恨，非殺不可！』

『這又跟洋鬼子甚麼相干?』

『你不明白!』載瀾搖搖頭,直著脖子灌了一杯酒。

『其實,當皇上也不見得舒服。』綠雲說道:『我聽說皇上住的地方,連窗子紙都是破的,這個天氣可怎麼受得了?』

『這話,』載瀾很注意地問:『你又是聽誰說的?立山?』

綠雲心想,如果不承認,必惹他誤會。剛剛拿他的毛躁脾氣壓下去,再一翻起來,就不知道甚麼時候才能敷衍得他出門?倒不如大大方方跟他實說。

『是啊!聽他說,皇上的窗子紙破了,直往屋子裡灌西北風,也沒有人管。還是他帶了人去糊好了的!』

聽到最後一句,載瀾喜不可言,不自覺地又灌了一杯酒,放下杯子說了句:『痛快!』

『痛快?』綠雲愕然。

載瀾知道自己失態了,笑笑答說:『我是說這幾杯酒喝得痛快!行了,你陪寃桶去吧!我可要走了。』

『還早得很嘛!』

『不,不!不早了。』載瀾說道:『等破五過了,我帶你上西山。』

『破五以前呢?就不來了?』

『誰說的?大年初一就來開盤子。』

『好!咱們可是一言爲定。』綠雲將他丟在桌上的一疊銀票塞到他手裡,用極低的聲音說:『開盤子的時候給！給我做個面子。』

『那麼，』載瀾問道：『我在這裡的帳呢？』

『過了年再算。忙甚麼！』

『也好！』載瀾抓了幾張票子塞回給綠雲，『這算是給你的壓歲錢。』

『是囉！謝謝三爺的賞！』綠雲笑著，嫋嫋婷婷地蹲下身去請了個安。

載瀾笑著在她臉上擰了一把，揚著臉大步出門，上路仍回端王府。

客人大都散了，只有莊王還在。商議如何把義和團弄進京來，讓『老佛爺』也知道那這麼一班『扶清滅洋』的義民？正談得起勁，載瀾衝了進來，一進門便嚷：『好個楊四，簡直要造反了！』

『誰啊？』載漪問道：『你是說立山。』

『不是這個兔崽子，還是誰？二哥，』載瀾起勁地說：『你知道怎麼回事？立山居然帶著人到瀛台，把載湉的窗子紙都糊好了！你看，這個小子渾不渾？』

『慢著！是誰放他進瀛台的？』

『誰知道？我看沒有人敢放，是他自己亂闖了進去的。』

『立山住的地方，跟「北堂」緊挨著，』一向亦頗妒立山豪闊的莊王載勛，乘機落井下石，『聽說他跟洋鬼子常有往來。』

立山住在西安門大街，靠近西苑的『三座門』外。那一帶在明朝為大內的一部分；北面是武宗自封『總兵』，操練禁軍的內教場；南面由西安門往東，鱗次櫛比地十座大庫房，稱為『西什庫』。然後是『酒醋局』，就是立山的住宅，地名一仍其舊。西什庫有座天主教堂，教會中稱為『北堂』，是主教的駐地；亦是京城各天主教堂中最大的一座。立山與北堂並無往來，但奴婢如雲，免不了有信教的，也免不了有教士上門，所以載勛有此誤會。

載漪這一陣子越來越恨洋人，因而一聽載勛的話，便即頓足說道：『好嘛，簡直就是私通外國！可給他一個好看的。』

第二天是除夕。立山一早進宮，心情閒豫。因爲到了大年三十，宮內過年該辦的事，早已辦妥；王公百官，該送禮的，該送『節敬』的，亦都早就送出。這天不過照例到一到，在內務府朝房喝著茶，心裡只在盤算，找哪些『相公』到家玩個半天？

盤算已定，正待起身離去；只見一個蘇拉掀簾而入，神色匆遽地說：『立大人，請快上去吧！李總管在找。』

『喔，』立山一面掏個小銀錁子遞給蘇拉，一面問道：『你把話說清楚，是老佛爺召見，還是李總管找我？』

『李總管找，就是因爲老佛爺召見。』

『那就是了。你知道老佛爺這會兒在哪兒？』

『聽說在寧壽宮。』

這就更不必忙了；寧壽宮近在咫尺，立山從從容容地走了去，一進宮門，便有個李蓮英左右的小太監迎了上來，匆匆說一句：『快點兒吧！老佛爺都等得不耐煩了。立大人，你老可當心一點兒；看樣子老佛爺今兒要鬧脾氣。』

進去一看，果然，慈禧太后的臉色陰沉沉地，一點都不像要過年的樣子。立山亦不敢多看，跪倒碰頭，口中說道：『奴才給老佛爺請安辭歲。』

『你把頭抬起來，我看看你。』

立山一聽這話，便知不妙；脾氣是衝著自己來的，只好答聲：『是！』硬著頭皮將臉抬了起來。

『我看你氣色不壞，該走運了！』

這又是令人大惑不解的話；立山唯有這樣答說：『全是老佛爺的恩典。』

『我有甚麼恩典到你頭上？』慈禧太后冷笑道：『哼！你巴結的好差使！』

哪樁差使巴結錯了？立山一時無法細想；唯有連連碰頭，說一句：『求老佛爺別動氣！哪件事辦錯了，奴才馬上改。』

『誰說你辦錯了？你辦得好；我還得賞你一個差使，專管打掃瀛台。』

聽得這一說，立山恍然大悟；是爲了帶人替皇帝糊窗紙那件事。他很機警，自知說甚麼話都是多餘的，只舉起雙手，狠狠地打自己的臉，打一下，罵一句：『立山該死！』

一連打了十幾下，慈禧太后只不開口；立山這時才有些著急，這樣子下去要打到甚麼時候？自己把一張臉打腫了，大年下又怎麼見人？這樣想著，隨即給李蓮英拋過去一個求援的眼色。

就沒有這個眼色，李蓮英也要爲他解圍；但需先窺伺慈禧太后的神色，看她怒氣稍解，方始喝道：『立山，滾出去！』

聽得一個『滾』字，觸發了立山的靈機，果然就地一滾；就像戲中小猴子在孫悟空面前獻技那樣，滾完了還隨勢磕一個頭，方始急急退出。

慈禧太后忍不住破顏一笑，算是消了氣了。而立山卻垂頭喪氣，撫摸著火辣辣生疼的臉和手，只想找個地方躲一躲。

就這時候，李蓮英追了上來，輕聲喚道：『四爺，上我屋裡坐去。』

立山求之不得，跟著李蓮英進了屋，將一頂貂帽取下來往桌上一攤，苦笑著說：『你看，哪裡來的晦氣。』

『算了，算了！這還值得氣成這個樣子？』

『我不氣別的。自覺人緣不錯，打你這兒起，上上下下都還有個照應；就算我哪兒不周到，跟我挑明了說，我一定賠不是。大年三十的，何苦暗箭傷人？』

李蓮英知道他是疑心哪個太監告的密，隨即答道：『四爺，那你可是錯怪了人了！我敢包，走得到老佛爺面前的人，沒有一個人說過這話。』

『那麼，是老佛爺自己瞧見了？』

李蓮英笑了，『這當然不是！』他停了一下說：『四爺，我洩個底給你吧，今兒一早，端王來見過老佛爺了。』

立山不知端王又何以知道糊窗紙這回事，出宮在車中細細思索，想起自己跟綠雲談過此事；於是一下子看透了底蘊，必是綠雲嘴快，告訴了載瀾，以致有此一場無妄之災。

『慢慢！』他掀開車帷吩咐：『到口袋底。』

到口袋底自然是到天喜班；綠雲喜孜孜地將他迎了進去，笑著說道：『紅頂花翎地就來了！看樣子天喜班要走運了！』

聽得『走運』二字，立山忍不住無名火發，『走你娘的楣運！』罵完，將帽子取下來，重重地摔在桌上。

『怎麼啦？』綠雲的臉色都變了，怯怯地問：『四爺，你幹嘛生這麼大的氣啊？』

『我不氣，我不氣。』立山的神態忽又變得緩和了，『我是給你送錢來。』

說送錢來，不是拿她開胃的假話；綠雲向立山需索兩千銀子過年，他許了今天給她。此時從靴頁取出一疊銀票，抽了兩張捏在手裡，不即交出，還有話說。

『綠雲，我問你，瀾公爺給了你多少？』

『他要給我三百銀子，我沒有要他的。』綠雲老實答說。

『爲甚麼？』

『我就是不願要他的錢。』

立山又問一句：『爲甚麼？』

『不願意跟他落交情。』綠雲又說：『至於他應該給的局帳，自有掌班跟他去要；反正我不使他一個錢。』

『你要使誰的呢？』

『那還用說嗎？』綠雲嬌笑著，一隻手搭在立山肩上，一隻手便去接他的銀票。

立山拿她的手捏住，『慢點，我會給你。』他抽了一張『恆』字號的兩千銀票，塞入她袖中，綠雲便揿住了他的手，讓他在她袖子裡暖手。

這是如願以償了，但她一雙眼睛，還在瞟著他的另一張銀票；看數目是一萬銀子，不由得納悶，他又取出來這麼一筆鉅款幹甚麼？

『你取把剪子來！』

『這，』綠雲詫異，『幹甚麼？』

『你取了剪子來，就知道了。』

於是綠雲便到梳妝台上去找剪刀；立山已將那張銀票，一摺再摺，摺成一長條夾在手指縫中，等從綠雲手中接過剪刀，『咔嚓』一聲，將銀票剪成兩截，展開來一看，恰好在『即付庫平紋銀壹萬兩整』那一行字中剪斷，成爲左右兩個半張。

『這給你！』立山遞了半張給她，『如今這一個子兒不值，得兩個半張湊在一起才管用。哪一天，給你三百銀子的那個人不再上你門了，我再給你另外半張。』

白花花一萬兩庫平紋銀，可望而不可即，惹得綠雲心裡七上八下，癢癢地不安寧。想了一會兒，脫口說道：『四爺，你把我接回府裡，不就一了百了啦嗎？』

立山有個宗旨，儘管路柳牆花，到處留情，絕不採回去供養。當即笑道：『不行！我住的地方叫酒醋局，我太太是個頭號的醋罈子。』

綠雲也約略知道立山的脾氣，料知絕不可強求，便又說道：『我倒也不是貪圖你那一萬銀子，咱們相識到現在，你四爺說甚麼，我沒有不依的。既然你討厭他，我不理他就是。』

『那在你自己。不過，你可別給我得罪人。』

『我知道。』

『你未見得知道。』立山想了一下說：『反正你少多嘴就是了。如今謠言滿天飛，多句嘴就會惹是非。而且不惹則已，一惹必是極大的麻煩。到時候我救不了你，你可別怨我。』

立山說話，一向帶著笑容，至少也是平平靜靜的，即使剛才罵她『走你娘的楣運』，也只是話難聽，臉色並不難看。惟獨說這番話，是一種嚴重警告的神態，因而將綠雲嚇得臉都黃了。

『四爺，你倒是說的甚麼呀！怪嚇人的。』

『大年三十的，我嚇你幹甚麼？』立山站起身來，『你叫人把我的衣包拿來。』

稍微有點身分的京官，出門必有跟班隨帶衣包，主人如果穿的是官服，衣包中必是便衣；或者雖爲便衣，但天時靡常，寒溫不定，亦需視時令另帶增添替換的衣服。但綠雲卻認爲立山不需用隨帶的衣包，原有便衣留在她那裡。

『來罷！』她幫他將朝珠褪了下來，接著脫去補褂，一面服侍，一面說道：『你還有件狐嵌袍子在這裡。』

『是嗎？我倒記不得了！』

確有件棗紅緞子面的狐嵌皮袍，還有件貂皮馬褂，只是少一頂帽子，『好在屋子不冷，』綠雲說道：『暫時可以不戴！』

『不，我馬上要走了。』

綠雲頗爲意外，『怎麼要走了呢？』她問。

『今兒甚麼日子？我還不回家。』

這一說，綠雲不能再留他了。喚進他的跟班來，還從衣包中取了頂『兩塊瓦』的水獺皮帽子，親手替他戴上。握著他的手問道：『明天要不要我到府裡去拜年？』

『你這話問得怪。』立山答說：『那是你的事！你願意來就來，你不願來我也不怪你。』

『我怎麼不願意？只爲……』綠雲輕聲說道：『你說四奶奶是個頭號醋罈子，我怕去了碰一鼻子灰。大年初一，那多沒趣？』

聽這話，立山有些不悅，原來綠雲只爲她自己怕討沒趣！如果說，她怕她去了，『四奶奶』會跟他打饑荒，那是爲他設想；同樣的一句話，說法不同；情意也就大有濃淡之分了。

因此，他連答她一句話都懶得說，鼻子裡哼了一下，似笑非笑地出了房門。綠雲趕來相送，怎奈他的步子快，等她走到門口，他已經上車了。

『四爺，四爺！』

這時候再喊就嫌晚了！立山喝一聲：『走！』霎時間就出了口袋底。

可是，他不願回家。回家也沒事；過年的瑣碎雜務，用不著他料理，只有些告幫的人上門，愁眉苦臉的，看著也不舒服。只是不回家又到哪裡去呢？

這樣想著，發覺車子已折而向北，是朝回家的路走。便即喊到：『停！停！』

車子慢了下來，跨轅的跟班側身向裡，掀開車帷，等他發話。立山只吩咐向南走。

向南便是出宣武門到外城，跟班的告訴車伕，只往『八大胡同』就是。這樣一直出了城門，立山才打定主意，隔著車帷，大聲說道：『宏興店！』

宏興店在楊梅竹斜街，跟班的知道主人要去訪的是個『狀元夫人』。

『狀元夫人』是個出過洋的名妓，本名曹夢蘭，改名傅鈺蓮，重墮風塵，花名『賽金花』。『狀元夫人』雖是自高身價的標榜，但也不是全無來歷；她的狀元夫婿，就是煙台負情的洪鈞。

洪鈞對於聲色之道，另有一種看法。他認爲晚年納妾，有名無實，是件愚不可及的事，因此『欲以晚年之事，而在中年行之』，光緒初年當湖北學政時，便託至好物色妾侍，最後選中了一個蘇州山塘的雛妓曹夢蘭。

到了光緒七年，洪鈞因爲老母多病，奏乞『終養』，不久丁憂，服滿起復，仍舊當他的內閣學士。其時他的西北輿地之學，已很有成就，頗得李鴻章的賞識，保他充任出使俄、德、奧、比四國。洪夫人憚於遠行，兼以聽說要跟『紅眉毛、綠眼睛』的『洋鬼子』周旋，一想起來就會心悸；因而叫曹夢蘭『服侍了老爺去』。只是西洋一夫一妻，並無妾侍之說，所以權假誥命，曹夢蘭亦居然『公使夫人』了。

洪鈞從光緒十三年起到十六年，前後在國外四年。這四年之中的曹夢蘭，有罕有的榮遇，亦有頗招物議的醜聞，洪鈞都忍氣吞聲，飲恨在心。不想，回國以後，在宦途上又幾乎栽了個大跟斗，事起於一張『中俄交界圖』。

在新疆伊犁之西，科布多之南的帕米爾一帶，中俄的疆界，久不分明。洪鈞講西北輿地之學，最感困擾的就是這一塊地方，不能言其究竟。出使俄國時，有人拿來一張中俄接壤之區的地圖，山川道路，條列分明，洪鈞大喜，出了重價買下來，譯成中文，呈送總理衙門。朝中辦洋務的大員亦很高興，以爲從此中俄交涉得有憑藉，不至於像過去那樣漫無指歸了。

及至洪鈞回國，派任總理大臣，與張蔭桓同事。有一天英國公使忽然到總理衙門來質問，中國何以割地數百里與俄國？當事者愕然不知所答。而英國公使所以有此質問，則以俄國想經由帕米爾南窺印度，與英國發生了利害衝突。如果帕米爾仍屬中國，形成緩衝，俄國就不可能有此南侵的便利了。

等到查明原因，當然要向俄國提出抗議。不料俄國公使取出一張地圖來，說這是中國自己所製的『中俄交界圖』，帕米爾本爲俄國疆界。這時洪鈞才知道上了大當，而俄國公使所持有的那張地圖，據說就是張蔭桓所供給。作用就在借刀殺人。虧得那時翁同龢以帝師之尊，隱握政柄，念在同鄉分上，極力爲之彌縫。洪鈞雖未得到任何處分，但這口氣始終互在胸中，兼以房幃之醜，無可奈何，終於鬱鬱以終了。

洪鈞一死，曹夢蘭下堂復出，在上海高張豔幟，打出『狀元夫人』的招牌，立刻轟動了十里洋場。

但是，曹夢蘭雖在勾欄，卻非賣笑，如果是她看不上眼的，那怕如『王公子』一般，『三百兩銀子吃杯香茶就動身』，亦難邀她一盼；若是春心所許，那就不但朝朝暮暮爲入幕之賓，『倒貼』亦所不吝。就這樣，不過三年工夫，她從洪家分得的兩萬現銀子，揮霍得一乾二淨，不過手裡還有些首飾，就是妝點場面必不可少的，再不能倒貼給『吃拖鞋飯』的小白臉了！於是聽從最好的一個手帕交，上海『長三』中號稱『四大金剛』之一的金小寶的勸告，決定『開碼頭』。

南葩北植，首先駐足天津，改了個北方味道的花名『賽金花』，秋娘老去，治豔入骨，在天津很大紅大紫了一陣。可是，賽金花意有不足，總覺得既然北上，總得在九陌紅塵的天子腳下闖個『萬兒』出來，才夠味道。因而帶著假母與一個老媽子由天津進京，暫借楊梅竹斜街的宏興店作爲香巢。

這是在胡同裡的『清吟小班』與口袋底舊式娼寮之外，別樹一幟，彷彿北道上流娼的作法。京中的豪客不慣於這一套，因而門庭冷落，開銷貼得不少。賽金花心中盤算，得借個因由，才能拿『賽金花』三個字傳出去。有個上海流行的辦法，不妨一試。

原來上海的風氣，名妓之成名，以勾搭名伶爲終南捷徑，每天包一個包廂，最好是靠下場門的『末包』；其次是『九龍口』上面的『頭包』，到得所歡將上場時，盛妝往包廂中一坐，一身耀眼的珠光寶氣，惹得全場側目。『捧角』的規矩，早到不妨，但所捧的角色的戲一完，即刻就得離座，所以誰是誰的相好，一望而知，不消半個月的工夫，名妓之名就借名伶之名很快地傳出去了。

不過，京城裡戲園與戲班子，都跟上海不同，難以如法炮製，只能略師其意，變通辦理。計算已定，喚宏興店的夥計劉禿子取張局票來，歪歪扭扭地寫了一行字：

『英秀堂譚鑫培』；下面自稱『曹老爺』。

『甚麼？賽姑娘，你還叫條子嗎？』

『怎麼著？』賽金花反問：『我曹老爺愛這個調調兒，不行嗎？』

『行，行！』劉禿子知道賽金花脾氣大，嘴上厲害，不敢惹她，敷衍著扭頭就走。

『慢點，劉禿子！』賽金花喊住他說：『以後別管我叫賽姑娘。難道我不是女的，賽似一個姑娘？』

『那麼，管姑娘叫甚麼呢？』

『叫賽二爺好了。』

『是！賽二爺！』

『小叫天』譚鑫培託故不至；又叫『老鄉親』孫菊仙，回報是：『不出這種條子。』這下，賽金花不能不找劉禿子商量了。

『賽二爺，你叫條子幹甚麼？』

賽金花不便明言，是要借『條子』的光，只說：『悶得慌，找個人來聊聊。』

『原來賽二爺是想找個人消遣。那好辦！我給你老保薦一位好不好？』

賽金花無可無不可地問道：『誰啊？』

『福壽班的掌班，余老闆。』

此人也是『內廷供奉』的名伶之一，名叫余潤卿，號玉琴，小名莊兒。本工武旦，兼唱花旦。賽金花當然亦知其名，點點頭說：『叫來看看！』

『包你老中意。』劉禿子說：『這余老闆一身好工夫，一桿梨花槍耍得風雨不透，可眞夠瞧的！』

一面說，一面笑著走了。到櫃房上寫好局票，派人送到韓家潭福壽班的『大下處』。余莊兒一看具名『曹老爺』，茫然不復省憶，問宏興店的夥計：『這曹老爺幹甚麼的？』

宏興店的夥計，爲了賽金花叫條子，已經跑了三趟了，如果這一次再落空，還得跑第四趟，所以有意騙他一騙：『是山東來的糧道，闊極了！脾氣也好。余老闆，你這就請吧！』

大年三十，班子裡還有許多雜務要他料理，實在不想出這個局。無奈來人一再催促，路又不遠，心想去打個轉也不費甚麼工夫。果然是個『闊老斗』，便邀了來過年，弄他個一兩千銀子，豈不甚妙？

這樣一想，便興致勃勃地換了衣服，出門上車，由櫻桃街穿過去，很快地到了宏興店。

『有位曹老爺住在哪兒？』

『來，來！余老闆，』這回是劉禿子招呼，『跟我來。』

進了賽金花所住的那座院子，他指一指北屋，轉身而去。余莊兒穿過天井，上了台階，照例咳嗽一聲；然後逕自推門而入。北屋是裡外兩間，外間客座，裡間臥室，從棉門簾中透出陣陣鴉片煙味，不用說『曹老爺』是在裡面等。

等一掀門簾，余莊兒楞住了。哪裡有甚麼曹老爺，是個三十左右的豔婦躺在煙盤旁邊。莫非是走錯地方了？這樣想著，趕緊將跨進去的一條腿又縮了回來。

『玉琴，幹嘛走呀？過來！』

這讓余莊兒更爲困惑，站住身子問道：『這是曹老爺的屋子？』

『是啊！』

『請問，曹老爺呢？』

賽金花格格地笑了，笑停了說：『我就是曹老爺。怎麼著，你沒有想到吧？』

余莊兒不答，躊躇了一會兒，決定留下來。爲的是好奇，先要弄清楚這位『曹老爺』是何身分，再要看這位『曹老爺』拿自己怎麼樣？

於是，他笑一笑，在椅子上坐了下來，『眞的管你叫曹老爺？』他問。

『店裡叫我賽二爺。我本名叫夢蘭；你就叫我名字好了。』

一說曹夢蘭，余莊兒想起來了，失聲說道：

『原來是狀元夫人！』

賽金花笑笑不答，指一指煙盤對面說：『來，躺著！替我燒一口。』

『相公』侍候『老斗』，燒煙泡是分內之事。余莊兒心裡很不情願，故意拿北方『優不狎娼』的規矩作藉口，歉然笑道：『賽二爺，我們的行規，可不興這個！』

賽金花一聽就明白了，他是故意倒過來說；心中冷笑：你別昏頭！你當你自己是嫖客？這樣想著，便隨手拉開梳妝檯，兩指拈起一張二十兩的銀票，遞了過去。

『你這是……』余莊兒愕然。

賽金花斜睨微笑，『叫條子不就得開銷嗎？』她說。

這是很不客氣的話。但余莊兒不敢駁她——京裡優不如妓。道光以前，相公見了妓女，得請安叫『姑姑』；如今的規矩雖不似前，但果然認起眞來，余莊兒在理上要輸。而況，賽金花此刻又是以『曹老爺』的身分叫條子，情況更自不同。余莊兒無奈，只好道謝接下。

一接了銀票，便得照侍候老斗的例規行事。余莊兒撩袍上炕，拈起標籤子，燒好一個『黃、鬆、高』的煙泡，裝上煙斗，然後從袖子裡抽出一塊雪白的紡綢手絹，抖開了擦一擦煙嘴，才將煙槍隔著燈遞到賽金花唇邊。

賽金花並沒有癮，備著煙盤只爲待客方便；就是要余莊兒打煙，亦不過藉故安排一個同臥並首的機會。因此，幾筒煙一口都沒有吸下肚，噴得滿屋子煙霧騰騰，卻將余莊兒的癮頭勾了起來。

『你眞是糟蹋糧食！』他笑著說。

『原是抽著好玩！』賽金花問：『你呢？』

『我是煙嗓。』

『那，你抽！』

余莊兒巴不得這一句。用極乾淨俐落的手法，一連抽了八筒，不好意思再抽了。

『你說你是煙嗓，這會兒過足了癮，唱一段我聽，行不行？』

『怎麼不行？不過，沒有弦子，乾唱也不好聽。』

『那就小嗓子哼一段。』

余莊兒想了一下說：『我來一段「醉酒」。這齣戲與眾不同，調門要低才夠味。』哼了兩句，發了戲癮；余莊兒起身一面唱，一面做身段。一雙眼似張似閉，飄來飄去；刻盡醉酒楊妃的蕩漾春心，將賽金花勾得有些失魂落魄了。

看看是時候了，余莊兒一個反身啣杯的身段，從背後彎過腰去，『噗』地一口吹滅了煙燈。

從這天起，賽金花跟余莊兒兩三天就得會一次面，每會必得關上好半天的房門。日子一久，梨園中誰都知道，余莊兒做了『狀元夫人』的面首了。

賽金花一半是喜愛余莊兒矯捷的武旦身段，一半也是有意籠絡，賠身子、賠工夫之外，還賠上了好些銀子。於是余莊兒死心塌地，爲她逢人揄揚；其中有兩個他的老斗，被說動了心，都願一親芳澤。一個與他同姓，名叫余誠格，安徽望江縣人，光緒十五年己丑的翰林；開坊補山東道監察御史才兩年，已經參了好些人。御史除了『彈舉官邪、敷陳治道』的本職以外，各道有不同的職掌，山東道『稽察刑部、太醫院、總督河道、催比五城命盜案牘緝捕之事』，正管著地方治安，所以不但刑部、神機營、步軍統領衙門、大興、宛平兩縣，以及五城兵馬司要買他的帳，連地面上權威赫赫的巡城御史，亦不能不禮讓他三分。因此，八大胡同與所有的戲館、酒樓、旅店，提起『余都老爺』無不畏憚。

再有一個就是立山。他跟余誠格是所謂『水陸並行』的嫖友，不過平時各挑相好，互不侵犯；這回卻走到一條道兒上來了。當然，在宏興店的余誠格之與立山，猶如在口袋底的載瀾之與立山；不過，賽金花的手腕雖不遜於綠雲，無奈築在宏興店的香巢不如綠雲那裡寬敞，因此，常有不期而遇的時候。好在，彼此都不願得罪對方，望影相避，還不致出現過於尷尬的場面。

這天是余誠格先到。大年三十並無訪豔的興致，是特為躲債來的；不過既然來了，少不得溫存一番。哪知就在這時候，立山撞了來；賽金花的假母曹大娘趕緊將他在外間攔住。

見此光景，立山心裡就很不舒服；氣沖沖地問道：『誰在裡面？』

『還不是你老的朋友，余都老爺！』曹大娘低聲說道：『立大人，因為是你老的好朋友，所以我們姑娘……』

一語未畢，立山發了旗人的『驃勁』，一拍桌子罵道：『甚麼混帳王八蛋的狗朋友！大青白日就堂而皇之地來割朋友的靴腰子！有這個情理沒有？』

曹大娘想不到他發這麼大的脾氣，急忙又陪著笑臉說：『只因你老是熟客，不比余都老爺不常來，所以請你老迴避他一會兒，時候還早，回頭再請過來。若說余老要割靴腰子，你老想，我們姑娘肯嗎？』

激動的立山，心浮氣粗，聽得上半段話，已忍不住盛怒，根本就不會再聽下半段；當時跳了起來，戟指頓足地大罵：『死沒良心的婊子！看我拿片子叫坊官把你們這夥轟出去，不准在京裡住！眞是好沒良心的王八蛋！』

這一下不但曹大娘，連劉禿子都嚇壞了；卻又不敢上前去勸，只聽立山一個人敲檯拍凳地大發脾氣。最後，裡間門簾一掀，賽金花衣衫整齊地出現了。

『過年了，幹嘛生這麼大的氣？』她將立山兩隻衣袖接住，『氣出病來，不是叫人乾著急！』

『哼！』立山冷笑一聲，將臉扭了過去。

『如果我知道你這麼愛生氣，早就不理他了！你倒想，他哪一點及得上你，哪一點叫人看得上眼？我為甚麼要理他？無非，第一、是你的朋友；第二、今天情形又不同。』

賽金花一面說，一面觀察立山的臉色；看說到這裡，他的眼睛一動，臉微微往回一擺，是『倒要聽聽怎麼個不同』的神氣，便知自己的話說對了，正不妨裝個好人。

『也可憐！』她用同情的語氣說：『看樣子，他是躲債來了。躲債躲到我這裡，大概也是無路可走了。我只好陪他聊聊，談點兒西洋的風景，替他解解悶。人都有個僵在那裡動彈不得的時候，你讓一步，我自然會想法子叫他走路，這個扣兒不就解開了？』

立山想想，自己魯莽了些。口中雖不便認錯，臉色卻已大為緩和；正在想『找轍兒』說幾句自己落篷的話，只聽裡間『嗆啷啷』一聲暴響，不由得楞住了！

賽金花見一波未平，一波又起，急急忙忙又去安撫裡面。掀簾一看，炕前砸碎了一個茶碗，炕上余都老爺直挺挺地躺著，本來抽大煙抽得發青的臉色，越發可怕。此時曹大娘與劉禿子亦趕了進來，見此光景，面面相覷，不約而同地彎下腰，去撿地上的碎瓷片。

余誠格就似放了一枚單響的沖天炮，聲勢驚人卻無以為繼。既發不出脾氣，亦不能評甚麼理，這樣子裝死相給人看，無非落個笑柄，未免窩囊。想到這裡，覺得片刻不可留；一骨碌爬了起來，搶起帽子往頭上一套，一溜歪斜地衝了出去。

誰知掀開簾子，便跟人撞了個滿懷。原來立山疑心余誠格摔茶碗是跟他發脾氣，正走到門邊，拿耳朵貼在板壁上聽；防不到余誠格會衝了出來，眞是冤家路狹了。

當時還是立山機警，『我知道你老哥在這裡！』他說：『特地過來奉候。』

余誠格看了他一眼，一語不發，直往外走；到了櫃房前面，才想起該發發威，才能找回面子，於是一路走，一路罵：『好大膽子的東西！竟敢窩娼，大概不想過年了！』

掌櫃的大吃一驚。余都老爺的苦頭，雖未吃過，卻曾聽過；路過南城兵馬司，跟所謂『坊官』的兵馬司正副指揮打句官腔：『宏興店窩娼，你們怎麼不管？』立刻便有極大的麻煩。

好得余都老爺發脾氣走了，立大人還在。掌櫃趕到後面，一進賽金花的屋子，便向立山跪下，口中說道：『求立大人保全，賞碗飯吃！』

『怎麼回事？』

『余都老爺臨上車發話，要叫坊官來封店，另外還要辦罪。』

『辦罪！』立山問道：『甚麼罪？』

掌櫃的看了賽金花一眼，呑呑吐吐地答說：『反正總不是甚麼好聽的罪名。』

這一說立山明白了，心裡相當著急。宏興店跟賽金花有麻煩，自己就脫不得身，除夕祭祖只怕都要耽誤了！

心裡著急，口頭卻毫不在乎，『有我，你放心！』立山念頭一轉，想起一個人，頓時愁懷大放，『套我的車，把余莊兒接來。』

掌櫃的奉命唯謹，親自跨轅，坐著立山的車去接余莊兒。歸途中將立、余二人爭風吃醋，殃及池魚的情事，約略說了一遍。余莊兒見是自己惹出來的禍，更怕連帶受累，不敢不用心，一路上默默盤算，打好了一個主意，所以到得宏興店見立山時，神態相當從容。

『這件事我已經知道了！』他說：『不要緊！大不了晦氣幾百銀子。』

『是啊！』賽金花插嘴，『老余這個年過不去，有人送他幾百銀子，只怕磕頭都肯。』

『你也別看得那麼容易。這班都老爺眞叫是茅房裡的石頭，又臭又硬！』立山吩咐：『取個紅封套來！』

等取來筆硯紅封套，立山親筆寫了『節敬』二字，然後又取一張四百兩的銀票，塞入封袋，遞了給余莊兒。

『老余住後孫公園安徽會館，近得很，我去去就來。』

由楊梅竹斜街轉櫻桃斜街，快到盡頭，折往正西，就是後孫公園。余誠格所住的安徽會館，余莊兒是來慣的，一下車便由夾弄走到底，只見院子裡站了好些人，都是買賣人打扮，左臂挾個布包，右手打個未點蠟燭的燈籠，是年三十預備徹夜討帳的樣子。

再往裡看，廊沿上聽差跟車伕相對發楞，一見余莊兒不約而同地迎了上來。聽差努一努嘴，又使個眼色，意思是余誠格在屋子裡，可別聲張！

余莊兒點點頭，輕聲問道：『一共該多少帳？』

『總有七八百。至少也得有一半，才能打發得了這批討債鬼。』

『不要緊！你告訴他們回頭準有。先去了別家再來，不肯走要坐等的，到門外去等，這麼擠在院子裡不像樣！』

聽差知道來了救星，欣然應諾，自去鋪排。余莊兒便上階推門，由堂屋轉往西間臥室，向裡望去，但見余誠格正伏案振筆，專心一致地不知在寫些甚麼？

余莊兒悄悄掩到他背後，探頭一看，白摺子上寫的是：『山東道監察御史臣余誠格跪奏，爲大臣品格卑污，行止不端，請立賜罷斥，恭摺仰祈聖鑑事，竊查戶部左侍郎，總管內務大臣立山……』

看到這裡，他一伸手就把白摺子搶到手裡。余誠格大吃一驚，急急回頭看時，只見余莊兒似笑非笑地瞅著他說：『這是幹嘛呀！都是好朋友，你眞的好意思參人家？』

余誠格定定神，意會到了是怎麼回事。冷笑一聲說道：『哼！你用不著來替人家做說客。別樣事能依你，這件事斷斷不依！好立山，王八蛋，我參定了他了！』說著跺一跺腳，『一過了破五，我就遞摺子！』

余莊兒又笑了，『你老的火氣眞大！』他說：『大概心境不大好。』

『對！我的心境不好。債主臨門，一來一大群，我的心境怎麼好得了？』

『原來是爲這個呀！』余莊兒走過去揭開白洋布窗簾，『你老倒看看。』

余誠格從紙糊窗子中間嵌著的一方玻璃望出去，院子裡空宕宕地，隻影俱無，不由得楞住了。

『那，那些要帳的呢？』

『要帳的怕你余都老爺發脾氣，全嚇跑了！』余莊兒毫無表情地說。

這是所謂『陰損』，但余誠格不怒而喜，在余莊兒臉上擰了一把，隨即往外就走。

『上哪兒去？』余莊兒一把拉住他。

『我去問問，到底怎麼回事？』

『別問了！我來告訴你。你先替我坐下。』他把余誠格撳坐在原位，自己拖張凳子在對面坐下；卻不言語，只怔怔地瞅著他。

『你看甚麼？』余誠格摸著自己的臉問。

『余都老爺啊余都老爺，怪不得大家都怕了你們；凡事只講嘔氣，不講情理。人家倒是一番好意，怕你過年過不去，知道你在宏興店，特爲親自來送節敬。誰知道你狗咬呂洞賓，不識好人心！』

『節敬』二字入耳，余誠格的眼睛一亮；不過，那是未摔茶杯以前的話，如今又不知如何？且等一等再說。

等的當然是節敬，余莊兒急於回去覆了命，好回家過年，無心嘔他；便將紅封套取了出來，一面遞，一面說：『立四爺總算是夠朋友的，特爲叫我送了來。不過，余都老爺，如今我倒有點兒顧慮；你老可別害我！』

『害你？』余誠格茫然不解，『怎麼叫害你？』

『節敬四百兩是我送來，是你親收，沒有第二個看見。你收是收了，過了破五，遞摺子參人家；立四爺不會疑心你余都老爺不顧朋友的交情，只當我乾沒了送你的節敬。那一來，不是害了我？』

『笑話！』余誠格雙手籠在袖中，意態悠閒地說：『我跟他的交情，就算他對不起我，我好意思動他的手？』說到這裡，突然想起；很快地伸手出來，一把奪過一直提在余莊兒手中的參立山的摺稿，笑笑說道：『我也是坐困愁城，無聊，隨便寫著解悶的；你可別告訴他！』

『我告訴他幹甚麼？』余莊兒這時才將紅封套交到他手裡；站起身來說：『你打發要帳的去吧！他

們回頭還會來；我可要回家了。』

『慢點！』余誠格躊躇了一下說：『立四總算夠朋友，我亦該有點表示吧！你倒替我想想看。』

『那好辦，一過了破五，你在我那兒請他喝頓酒就是。』

『對，對！準定這麼辦。你先替我約一約他，初七晚上，在你那兒敘一敘。』

第二天便是光緒二十六年庚子元旦。余誠格特意到立山府上去拜年。主人宮裡有差使，不曾回家。余誠格留下一封柬帖，約立山正月初七在余莊兒的下處小酌。

到了那天，做主人的午飯以前就到了韓家潭余莊兒的下處，不道立山比他到得還早，正在堂屋中做莊推牌九。一見余誠格，放下捲了起來的雪白紡綢的袖頭，拱拱手說：『恭喜！恭喜！』

『恭喜！恭喜！』余誠格說：『那天我到府上拜年去了。』

『我知道，失迎。』

『有話回頭再說！』站在左上角替莊家『開配』的余莊兒推一推下門的一個孩子，『起來！讓余老爺坐。』

余誠格亦好此道，欣然落座，看一看檯面說：『怎麼？還用籌碼？』

『籌碼是立四爺發的，白送，每人十兩銀子，贏了照兌，輸了怨自己運氣不好。哄孩子的玩意兒！』

『那我呢？』

『你要是小……』立山本來想開玩笑，說『你要是小兔子，也給十兩』。話到口邊，想起過年第一次見面，出此惡謔，大非所宜，因而改口說道：『你要是小孩子，我當然也給十兩。不過，老余，你不好意思吧?』

『只要贏錢,也沒有甚麼不好意思。罷、罷,我不要你的十兩銀子,可也不賭籌碼?「春天不問路」,我就賭這麼一下!』說著從身上掏出一把票子,往面前一擺。

『老余!我勸你押上門,上門活!』

『不見得!怎麼叫「活抽」呢?』

『你不信,我跟你另外賭。』

『好吧!你移上門,我再移下門。』

『好了!好了!』余莊兒急忙阻止,『就來回倒這麼一下好了。不然帳算不清楚。』

余莊兒是爲立山設想,因爲明知余誠格罄其所有,都在桌子上;如果額外再賭,輸了還不是哈哈一笑,說一句『回頭再算。』可是他如果贏了,立山卻得照付,豈不太冤?

立山是有名的賭客,當然知道他的用意。只是他另有打算,不便說破。當即撒出骰子去,一個四一個五,是『九自手』;怕余莊兒手快會翻他的牌,趕緊拿第一副搶在手裡。

翻開牌來,上門九點,天門八點。下門是余誠格抓牌,扣著一摸,兩點一個地,心中便是一喜;再一摸,洩了氣,翻開一看是張紅九,只有一點。

『你看,』余誠格心冷而嘴硬,『擺著是「下活」的架子,偏說「上活」!莊家要統賠了。』

立山微笑不答,也像余誠格那樣扣著摸點子,一張和牌,一張『板凳』,是個八點;賠上門,吃下門。這一把,余誠格輸了面前的注碼,另外還要賠個雙份。

這把牌出入很大,所以都好奇地盼望著莊家揭牌。尤其是余誠格,深悔魯莽,面前的百把銀子,十之八九保不住了，只怕莊家翻出來的點子不大不小，吃了下門賠上門，如何得了？想到這裡，滿心煩躁，將頭上的一頂皮帽子往後一推，腦門上冒熱氣了。

立山卻偏不翻牌，只說：『開配的，把余老爺的注碼數一數！』

於是余莊兒將亂糟糟的一堆銀票理齊，點一點數，共計九十八兩銀子。立山笑笑，把自己的那兩張推出去，稀哩嘩啦一攪和，打開面前的護書，隨便抽了一疊銀票，扔向余莊兒。

這不用說是統賠。余莊兒將一張一百兩的銀票擺在下門，找回二兩；同時交代：『統吃統賠，移注碼不賭輸贏。』

『不錯，不錯！』余誠格喜出望外地說：『想不到莊家拿了副彆十。』

余莊兒已經料透了，立山是有意如此；深怕余誠格不知情，特意點他一句：『我想是一張人牌一個釘，人釘一正輸你老的地九一。四爺，我猜得對不對？』

『差不多！』

這一問一答，余誠格當然明白了；釘子就在上門，配上長三成爲釘長九，哪裡還有第二張釘子？不過心裡見情，不便明言，而再賭下去也就沒意思了！

『大家分紅！』他取一張十兩的銀票，交給余莊兒，接著向立山說道：『先吃午飯吧！』

『我倒不餓。不過可以陪你喝酒，還有些話跟你說。』

聽得他們這麼說，余莊兒便叫收拾賭桌，在堂屋裡擺飯；同時先請主客二人到他的『書房』裡去坐。

『豫甫，』余誠格問道：『你說有話跟我說？』

『不忙！』

余誠格已聽出來，立山是有求於他；爲了表示自己亦很懂交情，便以急人之急的神態說道：『不！有甚麼事要我辦，先告訴了我。辦完正事，才能開懷暢飲。』

感於余誠格的誠意，立山便拖張骨牌凳坐近他身邊說道：『提起也是笑話！爲了口袋底的綠雲，瀾公跟我較上勁了！他是大阿哥的胞叔，自覺身分已非昔比。我呢，實在不願意找麻煩；不過，亦不能不防。壽平，到那節骨眼兒上，你得助我一臂之力。』

『那還用說！』余誠格答道：『你說吧！該怎麼替你賣力氣？』

『言重、言重，感激不盡！』立山握著他的手臂說：『你聽我招呼。到時候作興要請你動手參他一傢伙；殺殺他的風景。』

『那容易！請吧，』余誠格說：『喝著酒再說。』

余誠格將抨擊親貴這件事，看得輕而易舉；立山當然不便再往下談。而且此時也不宜深談此事；喝著酒只談犬馬聲色。

談到宮裡天天傳戲；余誠格突然低聲問道：『豫甫，開年以來，你見了皇上沒有？』

『怎麼沒有見著？今兒還見來的。壽平，』立山反問一句：『你怎麼想出這麼句話來問。必有緣故吧？』

『我是聽了一件新聞，幾百年不遇的奇聞。』

一聽這話，余莊兒自然注意，連在一旁侍候的丫頭小廝，也都走近來聽。可是，余誠格只翻著眼，不開口了。

『怎麼回事?』立山問。

『這件奇聞，不好亂說。』

於是余莊兒立即起身，一面大聲吆喝著：『去、去！都出去。躲遠一點兒。』

『你不要緊！』余誠格一把拉住他。

等余莊兒坐下，閒人走遠，余誠格才談那件來自湖北的奇聞。

是去年十月間，正當『換皇上』的流言方盛之時，湖北蘄州的眞慧寺，來了一位過路的達官，行李不多，而有五名隨從，皆是口操京音，舉止沉穩，看上去與眾不同。出面與知客僧打交道的，自道姓梁，行二；他的夥伴叫他『梁二爺』，或『梁總管』，自然是其中的首腦。

梁總管要求單住一個院落，最好自有門戶出入。逗留的日子不定，但最多不會超過一個月，先送香金五十兩銀子，臨走時還會多給。至於他的主人姓甚名誰，居何官職？以及從何處來，往何處去？一概不知。知客僧婉轉叩問時，梁總管只答一句：『請你別多問！』

眞慧寺是有名的禪林，在隣縣黃梅得道的五祖，曾經卓錫於此。院宇宏敞，閒屋甚多；知客僧看在五十兩香金的分上，讓梁總管自己挑地方，挑中的是最後的一個院落，有道門通菜園，不經山門，便可出入。同時梁總管又聲明，自己開伙，不忌葷腥。知客也許可了。

安頓下來以後，主人足不出戶，甚至在院子裡散步的時候都很少。知客僧有時藉故去窺探，只見堂屋正中方桌上供一個帽筒，上面覆一方錦袱，袱下隆然，不知是頂甚麼帽子。

隨從的行止亦很謹密，每天上街的，只有一個買菜的廚子。偶爾梁總管也出門，騎一匹鞍轡鮮明的棗騮馬，神氣得很。

這樣過了五六天，知客僧越想越可疑，祕密到知州衙門去找熟識的刑房書辦，立刻派了很能幹的差役來『下椿』偵察。廚子每天出門，亦有人跟蹤；一天跟到菜場，廚子買肉要用自己的秤，分量不符，跟肉案上吵了起來。就這時候，梁總管經過，下了馬，從看熱鬧的人群中擠身而入，一見廚子，舉起馬鞭就抽；一面抽，一面罵：『怎麼告訴你來的？不准在外生事！偏偏不聽，眞是可恨！』

廚子被打，不敢回嘴。打完了，還給梁總管請個安，方始提著菜籃，含羞帶愧地匆匆而去。

這些情形落入跟蹤差役的眼中，自然立即轉報。知州凌兆熊大爲困惑，邀集幕友談論其事，誰都猜不透梁總管是何路數？其僕如此，其主當然更顯得神祕莫測。不過有個看法是共同一致的，此事絕不可輕忽，而且要儘快了解眞相。

於是，凌兆熊又請州判郭縉生來密議。決定先禮後兵，由郭縉生去看所謂『梁總管』，當面問個明白。倘或言語支吾，隨即動手抓人。

當下傳喚捕頭，點了十來個人，一律換著便衣，先在眞慧寺的出入道路上守住，接著，郭縉生到了眞慧寺，傳見知客僧，吩咐閒人迴避。

『這梁總管，照你看是甚麼路道？』

『回二老爺的話，』知州跟知縣一樣，稱大老爺，州判便是二老爺；知客僧答說：『看樣子來頭不小。一口京腔，派頭很大，有點像王府的家人。』

郭縉生心想，王府的家人就是護衛，官階自從三品到從五品，至不濟也戴藍翎，相當於六品武官。自己的官階只從七品，雖說武不如文，但既然先禮後兵，不妨暫時委屈，便即吩咐跟班持著名帖，請知客僧先容，去拜梁總管。

推進門去，梁總管正在院子裡練拳；一見知客僧後面跟著人，便即收住勢子，微帶不悅地說道：『嗨，你怎麼把不相干的人帶到這兒來？』

『梁總管，』知客僧陪笑說道：『本州州判郭二老爺來訪。』

郭縉生的家人聽他這一說，立刻搶上幾步，先請個安；站起來，雙手遞上名帖。

『不敢當。』梁總管接過名帖看了一下，『我跟郭二老爺不認識啊！』

『敝上是本州的地方官，』跟班很機警地回答，『貴人過境，應該要來拜候。』

『太客氣了！』梁總管一面穿著衣服，一面沉吟著；等穿好衣服，方始點點頭說：『好吧！既然來了，不能擋駕。請進來吧！』

候在門外的郭縉生，從從容容地踱了進來，不亢不卑地做了個揖。梁總管還了禮，也不請他進屋，就站在院子裡說道：『郭二老爺大駕光臨，一定有事，就請說吧！』

『喔，』郭縉生覺得有點尷尬，轉念一想，這正是可以試探的時候，不必跟他客氣，『這裡不是談話所在，』他反客為主的伸一伸手，做個請客的姿勢：『請！』

『請』字出口，自己的腳步已踏上台階。梁總管急忙搶上前去，攔在門口說道：『郭二老爺，你請在這兒坐！』接著，輕輕拍了兩下手，隨即有人端了兩張椅子過來。

這下，郭縉生不能再擅自行動；不過，試探總算有得，這樣不讓他進屋，自然是有不能讓他入目的東西在內，莫非就是錦袱下面的那頂帽子？

跡象越來越詭祕，郭縉生也越發加了幾分小心，『梁總管，』他很謙和地問：『台甫是？』

『我叫梁殿臣。』

『貴上呢？尊姓？』

梁殿臣沉吟了一下，彷彿迫不得已似地回答：『姓楊。』

『不知道居何官職？從哪裡來？往哪裡去？』

『郭老爺，請包涵！』梁殿臣很吃力地，『我實在不能說。』

『喔！』郭縉生故意裝作解人，『這樣說，必是京裡派出來查案的欽差！』

『對了！你不妨這麼猜。』

『既是欽差，地方官有保護之責……』

『不，不！多謝，多謝！』梁殿臣急忙搖手，『敝上只是路過，稍住幾天，還得往別處去。保護一節不敢當！跟郭老爺實說吧，敝上行蹤有不能不隱祕的苦衷，請代爲轉告凌大老爺，一切不必費心，只裝作不知道有這回事，就承情不盡了！如果郭老爺能放鬆一步，將來必有重重的補報。』說著，拱手起身，垂著手站在一邊，是等著送客的樣子。

郭縉生既不能賴著不走，又不能冒冒失失地翻臉；心想，此來所見所聞，值得推敲之處很多，亦總算不虛此行。姑且讓一步，回衙門再說。

一回衙門，直趨簽押房去見凌兆熊；他很注意地聽郭縉生講完，先道了勞，卻不表示意見，只命書僮取近幾個月的『宮門抄』來，很仔細地翻檢著，不知在查些甚麼？

郭縉生都快等得不耐煩了，凌兆熊方始開口，『這件事很怪，無可解釋。欽差必是一二品大員；從內閣學士到部院堂官，就沒有一個三十歲的；而況欽差出京查辦事件，必有上諭，我仔細查了，就沒有這樣的上諭。』他停了一下又說：『三十歲的親貴倒多得很；可是，親貴非奉特旨，不能出京；就出京也不過到關外或是到東西陵去恭代行禮，從來不到南邊來的。』

這番分析很精到；郭縉生不由得脫口說道：『照此看來，恐怕要出大案了！』

凌兆熊矍然動容：『老兄何所見而云然？』他問。

『說不定是太監私自出京。』郭縉生說：『又一個安德海出現了。』

郭縉生是山東濟寧州人，熟聞同治初年山東巡撫丁寶楨殺安德海的故事。很起勁地細說當年。凌兆熊仔細聽完，提出疑問：『當年是因爲慈禧太后顧忌慈安太后跟恭王，所以只能默許安德海出京，而且鬧出事來不便庇護他。如今大權在握，愛怎麼就怎麼，何用顧忌？』

『不然！祖制究不可違。而且，我還疑心，這不一定是太后另派；派這個太監出京的，另有其人。』

『另有其人？』凌兆熊大惑不解，『誰？』

『說不定是端王。』

『啊！啊！』凌兆熊深深點頭：『有道理，有道理！』

接著，面色一變，凝重而惴惴然地：『只怕眞的會如老兄所說，要出大案了。』

於是，凌兆熊又請了幕友來商議。刑名師爺孫一振是紹興人，好酒使氣，極難相處；但見多識廣，裝了一肚子稀奇古怪、莫可究詰的疑獄。聽完郭縉生所談的一切，骨碌碌地轉著眼睛；凌兆熊知道，遇到這種情形，便是他有見解要發的先兆。

『孫老夫子，必有高見？』

『見解沒有，要講兩個故事。本朝有所謂「四大疑案」，如今看來要變五大疑案了！』

凌兆熊兩榜進士出身，朝章典故，亦頗熟悉。知道所謂『四大疑案』，本爲清初的三大疑案，一是太后下嫁；二是順治出家；三是雍正奪嫡。後來所加的一件疑案，說法不一，有的說高宗實爲浙江海寧陳家的血胤；一說『天子出天花』的同治之死，病因曖昧，而宮闈事祕，難索眞相，足當疑案之稱。但不論如何，所有的疑案，皆出於深宮，然則孫一振的意思，莫非指正在談的這件案子，亦牽涉到帝皇。

想到這裡，不由得失聲驚呼：『果然如此，可眞是駭人聽聞了！』

『不錯！惟其駭人聽聞，不宜延擱；以從速處置爲妙。』

『老夫子！』郭縉生不耐煩了，『你不是說要講兩個故事？』

『縉生，你別忙，我會講給你聽。第一個，出在乾隆五十五年，高宗南巡回鑾，駐蹕涿州，忽然有個和尚帶著個少年接駕；說那少年是履親王的骨血……』

履親王即是皇四子永珹，他有個側福晉，姓王，是漢人，一向得寵。王府傳言，履親王另有個側福晉，生子說是出痘而殤，其實乃爲王氏所害。而這個和尚則指所攜的少年，即是傳言王氏所害，實則流落民間的履親王的親生之子。

其事離奇，令人難信。但眞相不明，和尚的功罪難定，高宗便交軍機大臣會審。有個軍機章京上前將那少年摑了兩掌，厲聲問說：『你是哪個村子裡的野孩子，受人欺騙，敢做這種滅門的荒唐事？』於是那孩子自供姓劉，是受了和尚的騙。結果和尚斬決，姓劉少年充軍伊犁。

『這就是所謂「僞皇孫案」，僞皇孫充軍到伊犁，後來又冒稱皇孫，結果爲伊犁將軍松筠所斬。』

孫一振談到這裡，略停一下又說：『僞皇孫自己充軍，又眼見和尚殺頭，嚴刑峻法不足以儆其重蹈覆轍，這事也就奇了！』

『老夫子的意思是，』郭縉生問道：『這個皇孫根本不僞？』

『誰知道？這就是所謂疑案。』孫一振說：『再有一個故事，出在康熙年間，就是朱三太子一案。這一案，千眞萬確，一點不假；聖祖殺的是如假包換的朱三太子！』

『呃，』郭縉生問道：『何以見得？』

『這是國初的一件大案。』凌兆熊也說：『我讀過「東華錄」，上有此案的記載。事情發生在康熙四十幾年，明朝已亡了六十年。案內的正犯是個七十老翁，彷彿還是個文弱的讀書人，要說他就是「朱三太子」，似乎過於離奇，不是被誣，就是假冒。』

『東翁的成見太深。』孫一振率直答說：『既非被誣，更非假冒，不過稍微錯了一點點。崇禎十七年甲申三月，李自成破京的時候，思宗先親眼看皇后妃子自盡；又手斬昭仁公主，怕落入流寇手中受辱；然後拿太子及皇三子定王慈燦、永王慈煥交付親信太監，各人去投奔各人的外家。父子訣別之際，思宗叮囑三個兒子，國亡以後，混跡民間，要忘記自己是皇子的身分，見了年紀長的，要叫爺爺；輕一點的稱伯伯、叔叔。幸而不死，長大成人，要爲父母報仇。這樣處分完了，方始在煤山一株松樹上，自縊殉國。太子跟兩王出宮以後，遭遇不同；東翁所說東華錄上所記的這件大案，別的都不錯，所錯的一點點是，誤弟爲兄，那個「七十老翁」是行四的永王慈煥，而非「朱三太子」。這個故事要從山東東平州的一個名叫李方遠的談起……』

大概在康熙二十二年春天，李方遠到一個姓路的朋友家去赴宴；同座有位客人，生得一貌堂堂，吐屬文雅，很令人注目。主人介紹此人說：『姓張，號潛齋，是浙江的名士。學問淵博，寫作兼優；而且精於音律，下得一手好棋，如今是本地張家的西席。』

張潛齋人很謙虛，一桌的人都應酬到；但對李方遠格外親熱，殷殷接談，頗有一見傾心的模樣。李方遠亦覺得此人不俗，是個可交的朋友。

過了兩天，張潛齋登門拜訪，送了一把他手寫的詩扇；果然寫作兼優。就此正式訂交，常有筆墨文字的應酬。這樣過了半年有餘，一天張潛齋跟他說：『我要回南邊去一趟，大概兩個月就可以回來，特來辭行；還有一件事奉託。家有數口，柴米由東家供給；不過每個月要一千銅錢買菜，不能不乞援於知己。』

『那是小事，』李方遠答說：『請放心，我按月致送到府就是。』

原說兩月即回，結果去了半年猶未歸來。李方遠因爲會試進京，動身之前關照家人，仍舊按月接濟張家，等他春闈及第歸來，張潛齋已經攜眷回南。如是不通音問有十年之久。

康熙三十五年，御駕親征噶爾丹；李方遠在大軍所經的饒陽當知縣，奉委兼署平山。軍需調發，夜以繼日，忙得不可開交；而張潛齋翩然來訪。李方遠連跟他敘一敘契闊的工夫都沒有，送了一筆程儀，匆匆作別。

這一別又是十年。在康熙四十五年冬天，李方遠已經辭官回里，張潛齋又來相訪。這次帶來兩個兒子，一個老大，一個老四。直道來意，說是江南連年水災，米貴如金，不得已到山東來投奔知交，希望李方遠替他謀一個『館地』。

所謂『館地』，不是做幕友，便是教書；這都是隔年下『關書』聘定的，年近歲逼，來謀館地，豈非太晚？李方遠想了一下，留他教幾個童蒙的孫子；從此，張潛齋成了李家的西席。

李家的孫子讀三字經、千字文，所以張潛齋的兒子，亦可代父爲師。而張潛齋本人，則經常去看他以前的那個姓張的學生；每去總在十天左右。一次，李方遠問他，何不在張家多住些日子；張潛齋答說：『師弟之間，拘束很多，不便談笑；不如在府上自由自在。』李方遠聽他這話，越覺親密；只是總覺得張潛齋的行跡不免神祕，而眉宇之間，別有隱憂，幾次想問，苦無機會，也就不去理他了。

第三年的初夏，午後無事，李方遠與張潛齋正在書房裡對局，棋下到一半，家人慌慌張張地來報：縣官帶了無數的兵，將宅子團團圍住，不知何事？

一聽這話，張潛齋神色大變；李方遠還來不及詢問究竟，官兵差役已一擁而進，拿鐵鍊子一抖，套上脖子，拉了就走。被捕的是李方遠及張潛齋父子，一共四個人。

李方遠茫然不明究竟，亦問不出絲毫眞相，只知事態嚴重。因爲縣官亦只是奉命拿人，抓到以後，問都不問，連夜起解，送到省城；這就表示，這件案子唯有臬司或者巡撫能問。

問的果然是山東巡撫叫趙世顯，兩旁陪審的是藩、臬兩司。除此以外，再無別人。先將李方遠帶到後堂，等差役退去，趙世顯才問：『你是做過饒陽知縣，號叫方遠的李朋來？』

『是。』

『你既然讀書做官，應該知道法理；爲甚麼窩藏朱某，圖謀不軌？』

李方遠大駭，『我家只知道讀書，』他說：『連門外之事都不與聞，哪裡窩藏著甚麼姓朱的？』

『你家的教書先生是甚麼人？』

『他叫張用觀，號潛齋，南方人。二十年前在張家教書認識的。前年十二月裡來投我家，教我幾個孫子讀書。如此而已！不知道有甚麼姓朱的。』

『此人在南方姓王，山東姓張。你不知道？』

『不知道！』李方遠重重地說：『絲毫不知。』

於是帶上張潛齋來；趙世顯問道：『你是甚麼人？』

『我是先朝的皇四子，名叫慈煥，原封永王。事到如今，不能不說實話了。』

『你何以會在浙江住家落籍？』

『這，說來話長了！』

據朱慈煥自己說，李自成破京之日，思宗先將他交付一個王姓太監；王太監賣主，拿他獻給李自成，李自成交付一個『杜將軍』看管。及至吳三桂請清兵，山海關上一片石一仗，李自成潰不成軍，各自逃散，有個『毛將軍』將他帶到河南，棄馬買牛，下鄉種田，有一年多的工夫；其時朱慈煥是十三歲。

儘管凌兆熊與孫一振，稽考史事，互相印證，談得相當起勁；而郭綸生卻不感興趣，他關心的是眼前的案子，『老夫子，』他問：『談了半天與目前這樁疑案有甚麼關係呢？』

這一問，將凌兆熊的思緒，亦由一百九十年前拉了回來；『是啊！』他說：『老夫子講這兩個故事的意思，莫非是說眞慧寺中的那位神祕人物，可能亦大有來歷？』

孫一振點點頭，答了一句成語：『世界之大，無奇不有。』

『慢來，慢來！』郭綸生急著有話說：『我也疑心是有來頭的人物。不過，細想一想，不是！王公親貴，不准私自出京；果然私自出京，請問又爲的是甚麼？如今不是雍正年間。』

『也不見得是王公。』

『不是王公，難道還是皇帝？』

孫一振不答，亦無表情；凌兆熊卻大吃一驚！『不會吧？』他張口結舌地說：『有這樣的事，那就太不可思議了！』

『東翁，我亦並無成見。不過，此事是東翁禍福關頭，切不可掉以輕心。這年把以來，常有傳說，皇上幾次從瀛台逃了出來，又被截了回去；又說，有個英國人李提摩太，跟康有爲、梁啓超師弟有聯絡，打算借使館庇護，將皇上接到南方來另立朝廷；又說，北道上赫赫有名的大刀王五，受譚嗣同的重託，要救皇上。』孫一振略停一下又說：『道聽途說之事或者不足信，不過中西報章的記事，都說皇上明明沒有病，偏偏宮裡每天宣布藥方。這種怪事，又怎麼解釋？』

『是，是！老夫子分析得很透徹；看起來倒是寧可信其有，不可信其無。』

『這倒也不是這個意思。總而言之，不論眞假，都要設法弄得清清楚楚，如果證明是假冒，處置得當；東翁過班升知府，是指顧間事。』孫一振又說：『我剛才談過的乾隆僞皇孫案，此人充軍到了伊犁，居然又大事招搖；那時松文清當伊犁將軍，手腕明快，抓了來先斬後奏，因此受知於仁宗，沒有幾年就入閣拜相了。東翁亦該放些魄力出來，果然能證明此人心懷不軌，置之於獄，亦就像當年丁文誠殺安德海一樣，既享大名，又蒙大利。』

這一番話，說得凌兆熊雄心大起，躍躍欲試地說：『老夫子，魄力我有！即時動手都可以；只等老夫子指點，應該怎麼下手？』

孫一振沉吟了好一會兒兒，方始開口：『不宜操之過急！第一步不妨先抓個人來問一問看；第二步，應該密稟上頭，請示辦法。』

『好！就這麼辦！』

於是，第二天等梁殿臣手下的廚子上市買菜，有個人藉故生釁，與廚子發生毆鬥，接著將他扭到縣衙門裡。孫一振即時在花廳中審問，只帶被告上來，亦不問鬥毆之事，只問他的來歷。

『你叫甚麼名字？哪裡人？』

『小的叫王利成。』廚子答說：『山東濟寧州人。』

『你幹甚麼行當？』

『小的學的是廚子的手藝。』

『是在飯館裡做廚子，』凌兆熊明知故問：『還是在哪個宅門裡做廚子。』

『是，是跟一位老爺。』

『你家主人姓甚麼？』

『小的不知道。』

『混帳！』凌兆熊喝道：『哪有連主人的姓都不知道的廚子。』

『實在是不知道，小的不敢撒謊。小的只歸一個姓梁的管；小的也問過，主人家貴姓？梁總管叫我莫問，只聽他的指揮就是。』

『喔！』孫一振又問：『那麼，你又是怎麼遇見梁總管的呢？』

『是在徐州遇見的。小的本來……』

據王利成答供：他本在徐州一個武官家做廚子，武官歿於任上，家眷北歸，下人遣散。王利成便投薦頭行去覓生意；有天有個一口京片子的人來薦頭行，說要找個會做北方口味的廚子，結果選中了王利成。那個人就是梁總管。

『以後呢？梁總管帶你到甚麼地方？』

『帶到一座道觀，住了三天就走了。』

『雇你當廚子，莫非也不讓你見主人。』

『是！』王利成答說：『我說要見見老爺，梁總管說不用見。又問老爺的姓，梁總管就答我那幾句話。又一再告訴小的，在外面不可以胡言亂語，也別惹是生非，無事不准出門。』

『你居然都聽他的？』

『小的是看錢的分上。一個月的工錢五兩銀子，先給了半年三十兩。』王利成說：『梁總管很霸道，小的如果不是貪圖他工錢多，早就不幹了。』

凌兆熊想了一下又問：『你見過你主人沒有？』

『自然見過。』

『怎麼個樣子？』

『三十出頭，很瘦，臉上沒有甚麼血色，也不愛講話。一到了那裡，就關在自已屋子裡，不知幹些甚麼？』

『也沒有跟你說過話？』

『從沒有。』

『你做幾個人的飯？』

『做七個人的飯。』

『你家主人吃飯是單開，還是跟大家一起吃？』

『自然是單開。』王利成答說：『都開到他屋子裡吃。』

『吃些甚麼？』

『不一定。都是些普通菜，只不大愛吃魚。』

『嗯，嗯！』凌兆熊有些問不下去了，想了一會兒兒只好這樣問他，『你覺得你主人家的飲食起居，有甚麼地方跟別人不一樣？』

『這倒不大看得出來。』王利成沉吟半晌，忽然想起，『有一點跟別人不一樣，上午十點鐘就開午飯，下午四點鐘開晚飯。都比平常人家來得早。』

『另外呢？』凌兆熊和顏悅色地，『你倒再想想看，你家主人還有甚麼與眾不同的地方。』

『倒想不出。』

『慢慢想，慢慢想！總想得出一點來。』

王利成果然就偏著頭想，眼睛眨了半天，突然說道：『我家主人怕打雷。』

『怕打雷？』凌兆熊問：『怎麼個怕法？』

『小的沒有看見。有一天，記得是在安徽壽州；黃昏時分下大雨、打雷，梁總管幾個都奔進去了。事後，才聽他們說起，主人家怕雷聲，一打雷必得有人在旁邊守著。不然，就會嚇出病來。』

這番答語，使凌兆熊相當滿意，但亦僅如此而已，再問不出別的來了。

『好了！你回去吧！看你家主人的面子，你打了人，我也不辦你的罪。你回去不必多說。』

『是！謝謝大老爺。』王利成磕了個頭，退出花廳；輕輕鬆鬆地走了。

凌兆熊卻大為緊張，回到簽押房，立刻請了郭縉生與孫一振來敘話；他頭一句就說：『只怕是皇上從瀛台逃出來了！』

郭縉生驚得跳了起來，大聲嚷道：『有這樣的事？』

『輕點，輕點！縉生兄，稍安毋躁。』凌兆熊說：『這裡有兩點證據，第一，宮裡的規矩，上午十點準吃飯，名為「傳午膳」；晚上是下午四點鐘傳膳。膳後，宮門就下鑰了。第二，皇上怕打雷，是慈禧太后去年八月初訓政的時候，親口跟王公大臣說過的。這件事知道的人很不少，絕不假！』

郭縉生楞住了；孫一振卻很深沉，也不作聲。簽押房裡一時肅靜無聲，似乎連根針掉在地上都聽得見。

『東翁，』終於是孫一振打破了沉默，『事情愈出愈奇，愈不可信愈可信，愈可信愈不可信。總歸一句話，這件案子非在蘄州辦不可！』

『此話怎講？』

『在蘄州辦，有福有禍；推出蘄州，有害無益。為啥呢？』孫一振自問自答地說：『這樣的案子，這裡不發作，總有地方要發作；如果在蘄州信宿即行，固然沒有啥關係，如今是在眞慧寺逗留多日，寺僧來報，亦曾派人查過，結果一推六二五，送出蘄州了事。請問東翁，如果你是上官，心裡會怎麼想？』

這說得很明白了，『不錯，不錯！』凌兆熊深深點頭，『上面不會體諒屬下不敢惹這大麻煩的苦衷，必是怪我遇到如此大事，竟不稟報，有虧職守。』

『著啊！就是這話。』孫一振說：『要辦了，只要處置得宜，不管是眞是假，總是東翁的勞績。說起來，實在是有益無害。』

『話是不錯！』郭縉生插嘴，『不知道「處置得宜」四個字，又談何容易？』

『也沒有甚麼，』凌兆熊說：『第一，要多派人，明爲保護，暗作監視；第二，我今天就到黃州去一趟，面見魁太尊，看他有甚麼主意，這裡就偏勞縉生兄跟孫老夫子了。』

於是草草整裝，凌兆熊當天就專程到黃州府治的黃岡，去見知府魁麟請示。郭縉生亦不敢怠慢，與孫一振商量決定，派出知州用來捕盜的親兵，換著便衣，分班在眞慧寺周圍『下椿』監視；同時佈置了步哨，由眞慧寺直達知州衙門——郭縉生本來另有公館，這天特爲搬到知州衙門西花廳去住，以便應變。

這樣如臨大敵地戒備了一晝夜，幸喜平靜無事。等到第二天下午，凌兆熊從黃岡趕了回來；告訴郭縉生說：『魁太尊也覺得很可疑。不過他的看法是，七分假，三分眞。眞假未分明之前，不宜涉於張皇；他的意思，無論如何要跟那個怕打雷的主兒照個面。見了是怎麼個情形，盡快通知他。我想這話也不錯。如今且商量，怎麼樣去打個照面？』

『打照面容易！』孫一振說：『東翁備帖子去拜訪，如果不見，硬闖進去也沒有甚麼。不過先要想好，見了面，持何態度？假的如何，眞的如何？不眞不假又如何？』

『對！假的抓，眞的還不能當他是眞的，且先穩住，再做商量。這都好辦；就怕不眞不假，依舊分辨不出，那就難了。』凌兆熊又說：『一路上我都在想，皇上誰也沒有見過，假冒或許可以分辨得出，譬如口音不對之類。眞的就很難看得出；憑甚麼當他是皇上？』

『其實，應該魁太尊來認。』郭縉生說：『他是旗人，總見過皇上。』

『不行！』凌兆熊說：『我問過了，他也沒有見過。』

『那麼，難道整個湖北省，就沒有人覲識過天顏？』

『那是第二步的話。』孫一振說：『這件疑案是個奇聞，沒有先例可援；蘿蔔吃一截剝一截，只有到時候再說。』

這是個沒有結論的結論；接著商量凌兆熊親訪眞慧寺的細節。郭縉生主張凌兆熊託故到那裡去拈香，只穿便衣；到了那裡再命知客僧進去通報。官服不妨帶著，以備萬一之需。

凌兆熊與孫一振都覺得這個主意很好；因爲鳴鑼喝道而去，過於宣揚，會引起許多很不妥當的流言，所關不細。

第二天一早，凌兆熊悄悄坐一頂小轎到了眞慧寺；知客僧事先已經接到通知，將他迎入方丈住室，請示何時進去通報？

『就是此刻！』凌兆熊站起身來，『我們一起去。』

『不！請稍坐。』先在那裡守候照料的郭縉生說：『我跟知客先進去，跟那姓梁的說明白了，再來奉請。』

凌兆熊覺得這樣作法也可以，點點頭又坐了下來。一杯茶沒有喝完，只見知客僧急步而來，很興奮地說：『請大人隨我來。梁總管跟他家主人回過了，請大人進去談談。喔！順便跟大人回：梁總管的主人姓楊。』

『姓楊？』凌兆熊失聲說道：『是漢人！』

知客僧自然不會了解他的別有會心的詫異，只傴著腰將他領到後面，在院門外面回報一聲：『凌大老爺到！』

於是候在院子裡的梁總管，很快地迎上來說：『不想驚動了凌大老爺！』

『尊駕是？』凌兆熊故意這樣問。

『敝姓梁。』

『這位就是梁總管。』知客僧補了一句。

『原來尊駕就是梁總管。』凌兆熊說：『想來是替你主人家，總持家務？』

『正是！』梁總管有些失笑的神氣，『大家都這麼叫，倒像是個甚麼煊赫的銜頭似地，倒教凌大老爺見笑了！』

『豈敢，豈敢！我是特意來拜訪貴上的。煩你通報。』

『是！敝上本來不見客；凌大老爺是地方官，說個粗俗比方，好比當方土地，不能不尊著一點兒。你老請裡面坐；我馬上跟敝上去回。』

這一次梁總管很大方，將堂屋的門開直了請凌兆熊入內。沒有見面以前，他先望到正中的方桌上，並無供著的帽筒，更無用錦袱覆著的帽子；大概是特意收起來了。凌兆熊自感失望，但亦有所得——這至少證明他還有相當的權威，足以令人忌憚。

有此了解，他覺得不必過於謙下；所以一進門便往客位上一坐。隨即有人來獻茶，端茶盤的一個人，捧茶的又是一個人。動作細微而敏捷，讓凌兆熊不由得心想：觀其僕而知其主，看來這姓楊的，倒不像沒有來歷的人。

一個念頭不曾轉完，有人自外高掀門簾；凌兆熊急忙定睛細看，出來的那個人，約莫三十出頭，濃眉深目，臉色蒼白，戴一頂青緞小帽，身穿寶藍貢緞的皮袍，上罩一件玄色琵琶襟的坎肩。舉止異常沉穩，穩得近乎遲滯了。

『爺！』跟在後面的梁總管，閃出來引導，『請這面坐。』等他旁若無人地坐定，梁總管又說：『那面是本州的地方官凌大老爺。』

姓楊的點點頭，抬眼注視，凌兆熊忽然有些發慌，急切間要找句話說，才能掩飾窘態，便不暇思索地問：『貴姓是楊？』

『姓楊。』聲音很低。

『台甫是？』

『我叫，』他很慢地回答：『楊國麟。』

經此兩句短語的折衝，凌兆熊的心定了些，便即從容說道：『說起來很冒昧，只爲人言藉藉，都說眞慧寺有位客人，與眾不同，所以特意來拜訪，請多指教。』

『喔！』楊國麟點點頭，『凌大老爺想問點兒甚麼？』

『足下從哪裡來？』

『從北邊南來。』

『京裡？』

『對了！從京裡來。』

『足下在哪個衙門恭喜?』

楊國麟似乎不懂凌兆熊的話。轉臉問道:『甚麼?』

『是問,爺在哪個衙門,』梁殿臣輕輕地又加一句:『內務府。』

『在內務府。』楊國麟照本宣科地說。

這作僞的痕跡就很明顯了!豈有個連自己在哪個衙門當差都不知道,而需要下人來提示的道理?不過,凌兆熊心想,此人年紀輕,又是漢姓,亮出來的幌子不過內務府,看起來沒有甚麼大不了的。意會到此,更覺得不必太客氣;索性話風緊一緊,是逼出他的眞相來,再做道理。

於是他說:『在內務府,不會是堂官吧?』

『不是堂官。』

『是甚麼呢?』

楊國麟聽得這話,似有窘迫不悅之色,答語也就變得帶些負氣的意味了,『就算司官吧!』

『那麼,這趟出京,是不是有差使?』

『對了!有差使。』

『甚麼差使?』

『那!』楊國麟揚起了臉,『那可不能告訴你。』

由於他的態度突然變得強硬,凌兆熊倒有些顧忌了,換句話問:『足下在內務府管甚麼?』

『甚麼都不管,也甚麼都管。』

這口氣好大!凌兆熊又困惑了;『那麼,』他只好再換句話問:『足下出京,預備到哪裡?』

『反正往南走吧！』

『往南一直可以到廣東。』

『廣東不也是大清朝的疆土嗎？』

凌兆熊語塞。賓主之間，有片刻的僵持；而是梁殿臣打破了沉默，『凌大老爺，』他說：『你請回衙門去吧！』

凌兆熊心想，這是下逐客令了！堂堂地方官，在自己管轄的地方，讓一個不明來路的人攆了出來，這要傳出去，面子不都丟完了？

這一念之間，逼得他不能不強硬了，『不勞你費心！』他冷笑著說：『你名爲總管，到底是甚麼總管？看家的下人可稱總管，總管內務府大臣也是總管！這種影射招搖的勾當，在我的地方，我不能不管。你們出京公幹，當然帶得有公事，拿出來瞧瞧。』

這番話咄咄逼人，著實鋒利；但楊梁主僕二人卻相視而笑，彷彿遇見一件很滑稽的事似地。這樣的表情，大出凌兆熊意外，不由得就楞住了。

『凌大老爺，也不怪你！』梁殿臣說：『公事可是不能給你看。河水不犯井水，我們經過這裡，沒有要地方辦差，也沒有人敢在外面招搖。有天廚子在肉案子上鬧事，我還抽了他一頓馬鞭子。凌大老爺，你眼不見爲淨，等我們爺一走，事情不就過去了嗎？何必苦苦相逼，非搞得大家動眞的不可？』

『動眞的』是甚麼？甚麼是『眞的』？凌兆熊不能不考慮，同時也覺得梁殿臣那幾句話相當厲害，除非板起臉來打官腔，否則，評理未必評得過他。

事到如今，貴乎見機。凌兆熊拿他的話想了一遍，找到一個題目可以接口，『好吧！』他說：『那麼，你們哪一天走呢？』

『這可不一定。』楊國麟又開口了，『只要是大清朝的地方，我哪裡都可以去，哪裡都可以住。』

『爺！』梁殿臣低聲下氣地湊到他面前說：『也別讓人家爲難；看這樣子，再住五六天也就差不多了！』

『好！』楊國麟看著凌兆熊說：『再住五、六天。』

『以六天爲度。』凌兆熊站起身來，揚著臉說：『我是一番好意。無奈世上好人難做，敬酒不吃，那可沒有法子了！』

說罷，頭也不回地出了屋子；郭緕生候在外面，兩人對看了一眼，都不肯出聲，一直離了眞慧寺，回到衙門，方始交談。

『你都聽見了？』凌兆熊問。

『是的。』

『那，你看怎麼樣？』

『很難說。』郭緕生問道：『如說冒充王公貴人，可又爲了甚麼呢？而且地方正印官出場了，要冒充不正該這個時候裝腔作勢假冒嗎？』

『裝腔作勢』四字提醒了凌兆熊。他一直覺得楊、梁二人有點不大對勁，卻說不出甚麼地方不對勁，現在可明白了！

『對了！緕生兄，你這「裝腔作勢」四個字，用得太好了！』凌兆熊突然下了決心，『沒有錯！我看是冒充。非斷然處置不可。』

這一回答，使得郭縉生大吃一驚，他發覺凌兆熊的看法跟他竟是兩極端。若說斷然處置，事情可能會搞得不可收拾。想了想，不便直接攔阻，只好間接表示異議。

『堂翁！』他問：『若說冒充，是冒充甚麼？冒充內務府司官？這似乎犯不上吧？』

『誰知道他犯得上，犯不上？我們看一個內務府司官，沒有甚麼了不起；在商人眼裡，尤其是跟內務府有大買賣往來的商人，那還得了。』

『我看不像，不像是冒充內務府司官。』

『莫非眞的如孫老夫子所說的，冒充皇上？那是絕不會有的事。』凌兆熊又說：『退一萬步而言，就算是眞的皇上，我已經登門拜訪，客客氣氣地請教過了，誰讓他們眞人不露相？不知者不罪，我也沒有甚麼罪名好擔的！這，當然是說笑話，絕不會有的事。縉生兄，事不宜遲，明天就抓。有甚麼責任，我一個人挑。』

『堂翁此言差矣！禍福相共。既然堂翁主意拿定了，我遵辦就是。』

於是第二天派出差役和親兵，由郭縉生親自率領，到得眞慧寺，驅散了閒人，將楊國麟所住的那個院子，團團包圍。然後，郭縉生派人去通知梁殿臣，說是請到州官衙門敘話。楊家上上下下，都很鎮靜，一言不發地都聚集在院子裡。只梁殿臣問了一句：『是上綁呢？還是上手銬？』

護送到知州衙門，格外優待，不下監獄而軟禁在後花園的空屋中。凌兆熊少不得還要問一問；爲了縝密起見，特意將楊國麟帶到簽押房，自不必下跪，但也沒有座位，是讓他站著說話。

『楊國麟，你到底是甚麼人？』

『天下一人！』

此言一出，滿屋皆驚。靠裡面的門簾一掀，孫一振大踏步走了出來，自作主張地吩咐值簽押房的聽差：『叫人來！把他好好帶回去。』

『老夫子……』

『啊！啊！』孫一振急忙使個眼色，攔住了凌兆熊。等帶走楊國麟，屋子裡只剩下凌兆熊與郭縉生兩個人時，他方始低聲說道：『東翁，不能問了！「天下一人」甚麼人？不是孤家寡人的皇上嗎？不論是眞是假，倘或市面上有這麼一句流言：凌大老爺審皇帝！東翁倒想想看，這句話吃得消不？』

『是！是！』凌兆熊驚出一身冷汗，『倘有這樣一句流言，可以惹來殺身之禍。老夫子，擒虎容易縱虎難；我這件事做得魯莽了。』

『這也不去說它了。』郭縉生也有些不安，『如今只請教老夫子，計將安出？』

『沒有別的法子，只有連夜往上報。』

呈報的公事，頗難措詞，因爲黃州知府魁麟原來的指示是，先查報眞相，再做處理。如今眞相未明，先行逮捕，不符指示，得有一個說法。彼此研究下來，只有一個說法最妥當，說楊國麟、梁殿臣主僕，行蹤詭祕，頗爲招搖，以致蘄州流言極盛，深恐不逞之徒，藉故生事，治安堪虞，所以將楊國麟等人暫行收管。最後又說：此人語言狂悖，自謂『天下一人』。知州官卑職小，不敢深問，唯有謹愼監護，靜候發落。

『公事是可以過得去了。』孫一振說：『不過這不是動筆頭的事，最好請東翁再辛苦一趟。』

『好！是福不是禍，是禍躲不過。』凌兆熊無可奈何地說：『我就再走一趟黃岡。』

『老哥，』魁麟面無表情地，『你攪了個馬蜂窩；怕連我都要焦頭爛額。』

『府尊這話，讓兆態無地自容。』凌兆熊答說：『不過，州裡絕沒有貽禍上台的意思。』

『我知道，我不是怪你；只是就事論事。如今沒有別的法子，只有咱們倆一起進省，看上頭怎麼說法？』

於是魁麟與凌兆熊連夜動身，趕到武昌，先見藩司善聯。聽完報告，大爲驚詫，『有這樣的事？』他說：『光天化日之下，冒充皇上，不發瘋了嗎？』

『是！』魁麟躬身問道：『大人說是冒充，我們是不是就稟承大人的意思，拿楊國麟當冒充的辦？』

『不！不！不！』善聯急忙搖手，『我可沒有這麼說。冒充不冒充，要認明了才能下斷語。』

魁麟是故意『將』他一『軍』。因爲彼此旗人，所知較深；善聯爲人圓滑，不大肯替屬下擔責任，魁麟深恐他覺得事情棘手，拖延不決，未免受累。這樣一逼，善聯就不能不有句實實在在的話交代。

『說實話，這件案子出在別省還好辦，出在湖北不好辦。其中的道理，我也不必細說。如今先請兩位老哥回公館；我立刻上院，先跟于中丞去商量，看是如何說法？回頭再請兩位老哥過來面談。』

『是！』魁麟試探著問：『這件事恐怕還要請示香帥吧？』

『我看，不能不告訴他。』善聯又說：『香帥的「起居無節，號令不時」是天下聞名的；如果非請示他不可，那就要看兩位的運氣了！也許今天晚上就有結果，也許三天五天見不著面。』

『大人，』魁麟立即要求，『這件案子，反正不是州裡能夠了結的！人犯遲早要解省，晚解不如早解；我看請兆熊兄馬上趕回去帶人來。如何？』

善聯沉吟了一下答說：『這樣也好！香帥的性子，大家知道的，一聲要提人，馬上就要；不如早早侍候爲妙。不過，案涉刑名，得問問老瞿的意思。明天一早聽信吧！』

等魁麟跟凌兆熊一走，善聯隨即更衣傳轎『上院』——督撫衙門簡稱爲『院』；湖北督撫同城，但在統轄上，藩司爲巡撫的直屬部下，所以善聯的『上院』，自然是上巡撫衙門。

湖北巡撫本來是譚嗣同的父親譚繼洵。戊戌政變那年，改革官制，湖北巡撫一缺裁撤；譚繼洵不必等他兒子身罹大辟，便已丟官。及至太后訓政，一切復舊；湖北復設巡撫，譚繼洵當然不會復任，朝命由安徽藩司于蔭霖升任。

于蔭霖是極少數生長在關外，而不隸旗籍，又做大官的漢人之一。他是吉林伯都廳人，翰林出身。那時的翰林院掌院是守舊派的領袖大學士倭仁，于蔭霖相從問學，頗得賞識。不過，于蔭霖倒不是啓秀那樣的腐儒，更不是徐桐那種神既全離，貌亦不合的假道學。從光緒八年外放湖北荊宜施道以後，久任外官，凡所施爲，孜孜以爲民興利除弊，振興文教爲急務，略有康熙朝理學名臣湯斌、陸隴其的意味。

于蔭霖的擢任方面，原出於張之洞的保薦。張之洞跟他在廣東便共過事，相知有素；但在湖北卻不大投機，因爲張之洞贊成行新政。當戊戌政變之際，虧得見機得早，做了一篇文章，題名『勸學篇』，暗斥康有爲的學說爲『邪說暴行，橫流天下』；新舊之間，雖持調停的態度，但特拈『知本』一義，以爲『在海外不忘國，見異俗不忘親，多智巧不忘聖』，這話很配慈禧太后的胃口，亦不得罪頑固守舊王公大臣，因而得在皇帝被幽、帝師被逐、朝士被斬的這場政海大波瀾中，得免捲入漩渦。禍雖得免，張之洞對新政仍未忘情。而于蔭霖頗不以爲然，因而又落入歷來『督撫同城』勢不可免的故轍，明爭暗鬥，格格不入。只是于蔭霖對整頓稅收，勤理民事，頗有績效；再則顧念舊時的情誼，所以張之洞還能容忍得下，保持一個雖有裂痕，勉可彌補的局面。

當然，于蔭霖亦能守住分際；遇到需要讓總督知道或者請示的事故，絕不會擅專，所以一聽善聯告知其事，隨即表示：『這非得先告訴香帥不可！咱們一起上南城。』

武昌城內以一道蛇山，分隔南北；所謂『南城』，是指在山南的總督衙門。時將入暮，坐轎翻山，天黑才到，卻撲了個空；張之洞在蛇山的『抱冰堂』張燈夜宴，與幕府中的名士在分韻賦詩。

『也快回來了。』總督衙門的戈什哈勸于蔭霖說：『大人不妨烤烤火，等一會兒。』

『烤火倒不必；得弄點東西塡塡肚子。』

『是，是！』戈什哈說：『請兩位大人西花廳坐；我關照小廚房備飯。』

張之洞用錢如泥沙，兼以起居無節，往往半夜裡吃晚飯，所以小廚房不但從無封爐的時候，晝夜亦總有人值班；而況正是開飯的時刻，肴饌現成，端出來就是。

吃到一半，外面有了響動；侍候花廳的聽差來報：『大帥回衙門了！』

一句話不曾完，張之洞到了；光頭不戴帽，穿一件棗兒紅摹本緞的狐皮袍，大襟上一大塊油漬，袖口捲著，小褂子髒得看不出是白布還是灰布，花白鬍子毛毿毿地一直連結著耳後的髮根，亂糟糟一大片。這位總督不修邊幅，脫略形跡是出了名的。于蔭霖與善聯見慣，只站起身來，各自蹲一蹲身子，算是請安。

『別客氣，別客氣！』張之洞也不還禮，一直衝到飯桌邊站住，匆匆一看，隨即回身問道：『江蘇聶大人送的醉蟹呢？怎麼不拿來待客。』

『不用費事，不用費事！已經吃飽了。大帥，』于蔭霖對公事很認眞，深怕張之洞一聊開閒天，滔滔不絕，無法打斷，因而連飯都顧不得吃，要搶在前面跟他談正事，『蘄州有件奇案，說起來令人難信。』

聽說是奇案，張之洞大感興趣，『怎麼奇法？』他就在飯桌邊坐了下來。

『這件奇案，還得密陳。』

『喔！』張之洞的笑容收斂了。

『到我書房裡談去。』

移座書房，重設杯盤。張之洞啣杯靜聽善聯說完，看著于蔭霖，要聽他的意見。

『京裡謠言很多，令人不忍卒聽。此事無論爲眞爲假，總是國家的不幸；處置不善，足以動搖國本。』于蔭霖說：『如今最難的，是無法判斷眞假。』

張之洞深深點頭，『君父有難；難爲臣子。』他說：『稽諸往史，尙無先例；我倒不知道怎麼處置了！』

于蔭霖與善聯都覺得詫異。明明眞假無法判斷，而張之洞竟一口認定了楊國麟就是當今皇帝！不知他何所據而云然？

『大帥，』于蔭霖忍不住開口，『如今第一急要之事是辨眞假。』

『當然，當然！不過，我想不出來誰能分辨？我從光緒十年出京到廣東以後，沒有進過京，面過聖。事隔一十五年，龍顏已變，咫尺茫然。』張之洞問：『你呢？』

『我是光緒二十年召見過。可是，殿庭深遠，天顏模糊。而況，一直跪在那裡不敢瞻視。只隱隱約約覺得御容清瘦而已。』

『對了！湖北大小官員，恐怕找不出一個能確辨御容的人。除了軍機，以及南書房，上書房，內務府等等內廷行走人員以外，京中大僚，說不出皇上面貌的人也很多。是故，欲辨眞假而後做處置，恐怕要誤事。』

『然則，應該如何處置，請大帥明示。』于蔭霖說：『黃州府、蘄州知州如今都在逆旅待命，焦灼之至。』

『我知道。』張之洞指新端上來的一盤醉蟹說：『來，不壞。』

他一面說，一面抓起一隻醉蟹，一掰兩半，放入口中大嚼，黃白蟹膏，沾得花白鬍子上淋淋漓漓，狼藉不堪。等聽差絞上熱手巾來，他已經用手背抹過嘴了。

『武昌出魚；論到蟹，不能不推江南獨步。不過，我還是喜歡武昌。』

于蔭霖與善聯，都不明白他何以有此一段了不相干的閒話。不過自我解嘲之意卻是很明顯的——甲午戰起，朝命派兩江總督劉坤一領兵防守山海關，由張之洞移鎭長江下游。不久，劉坤一回任，張之洞仍歸本任。兩江膏腴，淺嘗而止。中懷或不免怏怏，說『還是喜歡武昌』，未見得言出於衷。

張之洞的功名心熱，在這一段閒話，又得一證明。于蔭霖心想，對於眼前這件案子，總督想法可能與旁人不同。在旁人是認爲一樁棘手之事，惟求免禍；而在他，可能看成是個機會，運用入妙，可以造成他舉足輕重的關鍵地位，由此入閣拜相，晚年還有一步大運。

于蔭霖的猜度雖不中亦不遠。張之洞確是認此爲一個機會，無論眞假，楊國麟皆爲可居的奇貨；不過，眼前還談不到做任何明確的處置，惟有靜以觀變，才是可進可退的上策。

想停當了，便即說道：『這是件怪事！見怪不怪，其怪自敗。至於到頭來是何結果，誰也不敢斷言。為今之計，第一，絕不可張揚，搞出許多謠言，徒滋紛擾；第二，是眞是假，不必在他本人身上去追究，要到京裡去求證。如果貴上好好在京，那時再嚴刑究辦，也還不遲。』

『是！』于蔭霖問道：『那些人請大帥先做發落。蘄州知州已有表示，擔不起這個重擔。強人所難，出了事很難彌縫。』

『這好辦。』張之洞說：『交武昌府首縣祕密看管。』

一件疑難奇案，暫時有了結果。凌兆熊接到指示，趕回蘄州，將楊國麟、梁殿臣主僕七人，是由水路解到武昌，泊舟江邊；自己先上岸去拜訪首縣。

一府數縣，知縣與知府同城，稱為『附郭』，亦就是『首縣』，儼然為一府諸縣中的首腦；首縣而在省城，更等於全省州縣的首腦，上司太多，個個都要應付，是極難當的一個缺分。因此，官場中有幾句歌謠：『前生不善，今生知縣；前生作惡，知縣附郭；惡貫滿盈，附郭省城。』但是，會做官的，又巴不得當首縣，因為大展長才，廣結善緣，仕途上路路皆通，自然容易得意。同時，上官選派附郭省城，或者衝要之途，經常為達官車馬所經的首縣，亦必挑那手腕靈活、脾氣圓融的人去當；否則就會在無形中得罪人，遷怒到一省的長官，絕不是一件可視作等閒之事。

武昌府的首縣是江夏縣，縣官叫陳夔麟，是陳夔龍的胞弟。才具雖不及乃兄，而脾氣隨和，謹愼而又圓通，弟兄倆卻是一樣的。他是光緒六年庚辰的兩榜出身，科名比凌兆熊晚，所以接見之際，口口聲聲稱『前輩』，毫無留難地接收了這批身分特異的『人犯』。

名為『看管』，當然也是在獄中安置。縣裡管監獄的是未入流的『典史』，俗稱『四老爺』；因爲知縣稱『大老爺』，排下來縣丞、巡檢；典史的職位列爲第四。江夏縣的這位『四老爺』名叫高鶴鳴，河南禹州人，早就奉到『堂諭』，這個楊國麟是龍是蛇不分明，好好替他找一處潛居之地，所以『高四老爺』親自督同獄卒將獄神廟收拾出來，作爲『看管』的地方。

等人犯解到，『高四老爺』大吃一驚；當時不便說破，只是親自引導，將楊國麟領到獄神廟，很敷衍了一陣。又關照獄卒尊稱楊國麟爲『楊爺』，管梁殿臣叫『梁二爺』，都不准直呼其名。

安頓既罷，一直到上房要見『大老爺』。陳夔麟只當他來覆命，不過『報聞』而已，所以派聽差出來說道：『上頭知道了。高四老爺請回去吧！』

『不，不！管家，我有機密大事，一定要面稟大老爺。』

陳夔麟心中一動；立刻邀到簽押房，還將房門關上，方始跟高鶴鳴敘話。

『這楊國麟，』高鶴鳴放低了聲音說：『卑職認得他，實實在在是個貴人。』

陳夔麟聽人說過，這位『四老爺』爲人迷迷糊糊，所以聽得這話，不由得失笑了，語涉譏諷地答說：『原來老兄也認得貴人！』

『眞的！一點不假。那年卑職到京裡驗看的時候，見過他！』接著，高鶴鳴便講他跟楊國麟見面的經過。

原來典史雖是個不上品的佐雜微官，但補缺以前，亦需進京，先去吏部註冊，名爲『投供』，然後依照次序揀選。選官的花樣甚多，分單雙月，單月接單月，雙月接雙月，正月選不上，便得三月裡再選；又有各種班次，有除、有補、有轉、有改、有升、有調，名雖各不相混，而有門路的亦可通融。總而言之，法令愈繁愈苛，胥吏的生財之道愈多愈寬。高鶴鳴爲人粗率，亦不打聽打聽清楚，更不曾託人走門路，貿貿然上京『投供』，爲吏部書辦多方挑剔；而所有不合規定之處，卻又不是一次告訴他，今天這個不對，明天那個又錯；在京裡待了三個月，尙無眉目，氣得他眞想拿刀子跟部裡的書辦拚命。

受氣還在其次，帶來的川資告罄，已經到了非向同鄉『告幫』不能得一飽的地步。好不容易又熬了個把月，才輪到雙月『大選』。選官照例，大官或者要缺需『引見』，由皇帝親自看一看；微秩小官，由九卿科道過目，稱爲『驗看』。漢官驗看的日期是每月二十五日，地點在端門之內、午門之外、東向的『闕左門』下。那天六月二十五，高鶴鳴半夜裡起身，趁早風涼，趕到紫禁城裡，在闕左門外，匆匆地向書辦報到。

『尊駕貴姓？』書辦很客氣地問。

『敝姓高，高鶴鳴。河南禹州人。』

『不錯，你是河南口音。可是，你不姓高吧？』

『那，』高鶴鳴錯愕莫名，『我自己的姓，我不知道？』

『我們不知道你是不是姓高？你就拿家譜來，也不能當證明。我們是看冊子，你看，冊子上寫的事：面白有鬚。你的鬍子呢？』

這一問，將原已汗流浹背的高鶴鳴，問得冷汗一身，悔之莫及——前兩天窮極無聊去逛廟會，遇見一位看相的是河南同鄉，勸他剃掉鬍子，可走好運，高鶴鳴心想，去了鬍子顯得年輕些，『驗看』的九卿科道，或者看在『年輕力壯』四個字上，會得高抬貴手。因而欣聽受勸，回到客棧，自己動手將兩撇八字鬍剃得光光。這一下便與名冊所註不相符了。

轉念一想，小小容貌改變，有何關係。有鬍子就能做官，沒鬍子連典史都不能當，世界上沒有這個道理。因而答說：『不要緊！我跟驗看的大人，當面回明就是。』

『高老爺，你倒說得容易。你就不替我們想想，年貌不符，送上去挨罵的不是你，是我！驗都不驗，看都不看，你跟哪位大人去回明？』

聽這一說，高鶴鳴才眞的著急了，『怎麼辦呢？怎麼辦呢？』他頓足搓手，差點要哭了出來。

『你請回去吧！今天六月二十五，下個月閏六月，閏月照例不選；七月裡沒有你的事。過了八月中秋，大概你的鬍子也可以長齊了。』

『可是，可是……』

『請吧，請吧！』書辦不耐煩地說：『別嚕囌了！』說著拿手一推。高鶴鳴一個立不住腳，踉踉蹌蹌地倒退幾步，撞在一個人身上。

據高鶴鳴說，這個人就是如今被安置在獄神廟的楊國麟；當時他亦不問情由，只瞪著眼呵斥：『你們怎麼欺侮外鄉人？膽敢在宮內行兇！可是不要腦袋了？』

吏部書辦嚇得連連請安賠不是。而高鶴鳴亦就得以免了無鬚之厄，順利過關。

講到這段往事，高鶴鳴眉飛色舞，得意欣慰與感激之情，溢於言表。陳夔麟心想，此人雖有迷糊之名，還絕不至於無中生有，捏造這麼一段故事。然則，這個楊國麟確有來頭，未可忽視；只是高鶴鳴的話說得不夠清楚，有幾處地方不能不問。

『那時，姓楊的穿的是甚麼服飾？』

『是亮紗的袍褂。』

『甚麼補子？是豹還是老虎？』武官的補子：三品為豹，四品為虎。陳夔麟疑心高鶴鳴遇見的是正三品的一等侍衛，或者正四品的二等侍衛，所以這樣問說。

『記不得了。』

『那麼，頭上的頂戴呢？』

『好像是寶石。不過，記不清楚了。』

陳夔麟頗為失望。定神細想，如果是寶石頂，至少也是位公爵；而闕左門在午門以外，照規矩說，還不算進宮，當然有護衛侍從。從這一點上一定可以研判出楊國麟的身分。

『我再請問，姓楊的是一個人，還是有隨從？如果有隨從，大概是幾個人？老兄，務必仔細想一想看！』

『是！』高鶴鳴攢眉苦思，雙眼亂眨著，好久，方始如釋重負地說：『是一個人。沒有錯！』

這就不需再說了。陳夔麟可以斷定，楊國麟是個侍衛，說不定還是個等級較低的藍翎侍衛。同時又可以斷定，楊國麟是漢軍旗人，像立山一樣，本姓為楊。

『老兄的遭遇很奇，也很巧，跟此人偏偏在此時此地重逢。楊國麟這一案，至今是個疑團，聽老兄所說，越發覺得詭譎。既然你跟他有舊，再好沒有，就請你好好照料。得便不妨跟他多談談。』

『是！』高鶴鳴答說：『他說些甚麼，卑職一定據實轉陳。』

『很好，很好！不過，』陳夔麟正式說道：『你跟楊國麟的那一段淵源，以及他現在被看管的情形，老兄絕不可跟任何人提起。這一層關係重大，倘或洩漏了，上頭追究起來，恐怕我亦無法擔待。』

『是，是！卑職明白。』

回到監獄，高鶴鳴對待楊國麟更加恭謹。他始終相信楊國麟是個大貴人，每次去看他，都要把房門關得緊緊地。有個獄卒，懷疑莫釋；有天舐破窗紙，往裡偷窺，入眼大駭，只見『高四老爺』直挺地跪在『楊爺』面前回話。不過語聲低微，聽不清說些甚麼？

這個祕密一洩漏，流言就像投石於湖那樣，漣漪一圈接著一圈地散了開去。及至電報傳到武昌，說慈禧太后立了『大阿哥』，而且元旦朝賀，由『大阿哥』領頭行禮，皇帝並不露面，就越發使人疑心，皇帝已經逃出京城，而『大阿哥』不久便要正位。甚至湖北的官場中亦頗有人相信，被看管在江夏縣監獄獄神廟中的神祕人物，即是當今皇上，楊國麟不過化名而已。

余誠格講這個故事，足足有三刻鐘之久。酒冷了又換，換了又冷，主客都無心飲食，爲這個故事中的重重疑問所困擾了。

『我也隱約聽說有這麼一回事。只爲這兩年離奇古怪的謠言太多，所以沒有理會。誰知道眞有這樣的事，豈不駭人聽聞！』

『還有駭人聽聞的事。』余誠格說：『那楊國麟居然還有手諭，派那個高四老爺當武昌知府。』

『這可是愈出愈奇了！』立山很感興趣地問：『也愈來愈有趣味了。以後呢，高四老爺可曾做過一天「大老爺」？』

『那倒不知道了。不過，我想這姓高的再迷糊，亦不至於拿著這張「手諭」想去接陳夔麟的印把子吧？』

『他就想也不能夠。』余莊兒抽嘴說道：『陳大老爺肯嗎？』略停一下他又說：『我就不明白，這樣荒唐的事，湖北張大人居然也忍下去了！爲甚麼不辦呢？』

『著！』立山使勁拍了一下手掌，『一語破的！最不可解者在此。張香濤到底是甚麼意思呢？莫非想居爲奇貨？』

『這也難說！』余誠格向余莊兒說：『我跟立四爺所談的話，你可別說出去！』

『你老也是！我迴避好不好？』

『不，不！坐著。』余誠格臉轉向立山，『張香濤實在是個新黨，不過他很會做官，一向善觀風色。照我的看法，他是有心想保全皇上，卻又不敢得罪皇太后。果然有廢立之舉，他說不定就會在這楊國麟身上做一篇文章。』

立山很注意地聽著；沉吟了一會兒，點點頭說：『你這話很有意味，不過這篇文章不好做。你倒說說：譬如你是張香濤，怎麼作法？』

『容易得很！只跟報紙的訪員透個風聲，把這件疑案轟出來；再上個奏摺，說民間流言甚盛，故而有狂悖之徒，膽敢如此假冒。爲鞏固國本，安定人心起見，應請皇上仍至廟祀。這一下，不就把端王他們的野心打下去了嗎？』

『言之有理！』立山說道：『來，來，該敬老兄一杯。』

自此而始，立山對余誠格倒是刮目相看了。原以爲這位『余都老爺』除了會唬人以外，別無所長，如今看來，肚子裡還著實有些丘壑。

『李少荃一直笑張香濤是書生之見。』余誠格乾了酒，談興更好了，『其實書生也有書生可愛、可佩服的地方。』

於是余誠格談了一個掌故。當吳三桂請清兵，李自成被逐，順治入關，弘光帝即位南京時，南北同時發現了兩位太子。在南京的太子是假冒的，本名叫王之明，此人年紀甚輕，而口齒甚利。群臣會審時，有人叫他『王之明』，他應聲質問：『爲甚麼不叫我明之王？』搞得堂上張口結舌，幾乎問不下去。

當時擁立弘光的一派，對這個王之明大傷腦筋，因爲明知其假，卻舉不出他冒充的證據；而若無法證明其假，弘光帝就得退居藩封，以大位歸還太子。於是，請一個人來驗視眞假；這個人叫方拱乾，崇禎年間當過東宮講官，與太子及皇子是朝夕相見的，由他來鑑定，當然最權威不過。

『結果你猜怎麼樣？』余誠格自問自答：『方拱乾既不說眞，亦不說假。面是見過了，始終不發一言。』

『這不就等於默認是眞，』立山問說：『故意搗亂嗎？』

『對了！原來方拱乾的用意，就是要讓大家有此誤解。因爲弘光帝雖以近支親藩，被選立爲帝，而昏庸闇弱，毫無心肝。所以方拱乾有意搗亂，作爲抗議。』余誠格緊接著說：『這段掌故，張香濤不能不知。他留著楊國麟不做處置，是從方拱乾那裡學來的竅門。這兩年天天說皇上有病，藥方脈案，不時宣示。若有人意存叵測，行篡弒是實，張香濤就不妨以假作眞，說皇上早已脫險，詔告天下，另立朝廷，行使大權。如今南中各省，心向皇上的多；各國公使亦願意幫皇上的忙。果然到了那步田地，可眞有熱鬧好戲可看了！』

聽得這番放言無忌的議論，連余莊兒都伸一伸舌頭，覺得太過分了。立山急忙亂以他語：『酒話，酒話！替佘都老爺來吧！』

『你們說我酒話，就算酒話。』佘誠格興猶未央，還要再談時局，『大年初一，我照例去排一排流年看個相。聽算命的說得倒也有些道理，民間相傳：「閏八月，動刀兵。」今年庚子年就是閏八月，這一年恐怕安靜不了。』

『閏八月也沒有不好。同治元年就是閏八月，那年宮裡有兩個中秋，我記得很清楚。』立山想了一下說：『那年李中堂打上海，曾九帥圍江寧，左侯在浙江反攻。洪楊之滅，就在那年打的基礎。』

『不錯！不過那年處處刀兵，打得很兇，也是眞的。至於再往上推，咸豐元年也是閏八月，那就很慘了。洪秀全就是在那年閏八月建號稱王的，自此水陸並進，由長江順流而下，擾攘十來年，禍及十餘省。但願今年的閏八月，能夠平平安安地過去。只怕……』佘誠格搖搖頭沒有再說下去。

『怎麼？』佘莊兒有些害怕了，『你老好像未卜先知，看出甚麼來了？』

佘誠格略帶歉意地說：『不是我嚇你，實在是可怕。義和拳你聽說過沒有？』

『原來是說義和拳啊？』佘莊兒笑道：『怎麼不知道？那是唬人的玩意兒。』

『不錯，唬人的玩意。可是，』佘誠格正色說道：『你可不要小看了那批人，成事不足，壞事有餘；而且不壞事則已，一壞事會搞出大亂子來。』他又轉臉對立山說：『袁慰庭此人，小人之尤，我一向看不起他；惟獨有一件事，不能不佩服他。』

『你是說他在山東辦義和拳那件事。』

『對了！可惜他不是直隸總督！』佘誠格說：『義和拳在山東存身不住，往北流竄，如今棗強、景州、阜城、東光一帶，練拳的像瘟疫一樣，蔓延得很快，此事大爲可憂。豫甫，你常有見皇太后的機會，何不相機密奏？』

『我可不敢管這個閒事。』說著，看一看余莊兒，沒有再說下去。

余莊兒知趣，起身說道：『湯冷了。我教他們重做。』拿著一碗醋椒魚湯，離桌而去。

『我跟你實說了吧！義和拳裡面有高人。打出一面「扶清滅洋」幌子，一下打動了端王的心。剛子良亦很有迴護的意思，動輒就說：「義和拳，義和拳；拳字當頭，就是義民。」榮仲華不置可否；意思是主剿，不過話沒有說出來。如今端王兄弟拚命在皇太后面前下工夫。你想，我哪能這麼不知趣去多那個嘴。』

『你亦是國家大臣，眼看嘉慶年間有上諭要痛剿的拳匪，死灰復燃，竟忍心不發一言。』

『啊喲喲，我的余都老爺，我非賢者，你責備得有點無的放矢。我算甚麼國家大臣？不過替老佛爺跑跑腿而已。倒是你，既爲言官，就有言責，爲甚麼不講話？』

『當然要講！』有了酒意的余誠格大聲說道：『明後天我就要上摺子。』

『算了，算了！老余，別爲我一句玩笑的話認眞。來、來，談點兒風月。』

余誠格不作聲，有點話不投機，兩人的酒都喝不下去了。就這時，余莊兒帶來一個精壯小伙子；立山認得，是他班子裡的武生趙玉山。

『小趙兒，就是義和拳，兩位要是對這唬人的玩意兒有興味，問他就是。』

『喔，』余誠格問道：『你怎麼會是義和拳呢？』

『好玩兒嘛！』

『這有甚麼好玩兒的？』

『大家都在練，他也跟著他們練。』余莊兒替趙玉山回答，『他是武生，從小的幼工、腰腳都比人家來得俐落，所以還算「二師兄」呢！』

『倒失敬了！』余誠格問：『你在哪兒練的拳？』

『吳橋。』

『吳橋？吳橋不是不准練拳嗎？』

原來趙玉山是畿南與山東德州接壤的吳橋縣人。上年秋天，因爲老母多病，辭班回吳橋去探望。不久，就有鄰居來勸他入壇練拳。趙玉山閒居無聊，又因爲義和拳與洋人及教民勢不兩立，而他家早年吃過教民的虧，勾起舊恨，便無可無不可地答說：『我去看看。』

拳壇是蘆蓆搭蓋的一個大敞篷，北面用五張方桌連接成一張大供桌，繫著紅布桌圍，高燒香燭；供的神像一共五幅，正中是原始天尊；兩旁四幅，不知是何神道？趙玉山只覺得裝束極其熟悉，定睛細看，突然想起，托印的是關平，捧令旗的是楊宗保，還有兩個，一個是殺嫂的武松，一個是拜山的黃天霸，都是自己演過或者同台常見的人物。

正在好笑，想問出口來，趙玉山突然警覺，含著敵意的視線，從四面八方射了過來。低頭看一看，才知道自己的服飾，與眾不同。包括他的鄰居在內，大都頭紮紅巾，腰繫紅帶，頭巾上寫得有四個字：『協天大帝』。有的只穿一件紅巾肚兜，上面畫一個圓圈，圈中有字：『護心寶鏡』。還有的用濃墨染眉，鼻子兩旁畫兩道直槓，彷彿戲台上小妖之類的打扮。而自己如平常裝束，長袍馬褂，反成了奇裝異服了。

『老趙，』他的鄰居也發覺情狀有異，趕緊提醒他說：『把你的錶鍊子收起來，犯忌諱。』

趙玉山這才想起，錶鍊上繫著的墜子是一個金鎊，義和拳最忌洋字，洋火叫『取燈兒』、洋布叫『寬細布』、洋燈叫『亮燈』。金鎊是洋錢，何能公然在此出現？急忙摘下錶鍊，收入口袋。

『老趙，你見見大師兄，受了法，就改換裝束吧？』

既然來了，身不由主，趙玉山很見機地表示同意。大師兄倒很客氣，殷殷勤勤地問吃了飯沒有？客套過一陣，方始傳法，指授如何提氣，如何吐納，最後是傳授咒語。

『「鐵眉鐵眼鐵肩胸，一毫口角不通風！」』大師兄說：『練氣以前，先唸三遍。練到三年之後，神靈附體，刀槍不入。那時走遍天下，兄弟，沒有人傷得了你了。』

『老趙，』鄰居在一旁幫腔，『一點不假！我們這裡弟兄，練成功的已經好幾個了。』

『你看孫老五在不在？』

不一會兒將孫老五找了來，是個極其精壯的小伙子。顯然的，大師兄找了他來，是要練刀槍不入的工夫給人看。趙玉山又好奇，又懷疑，很想毛遂自薦，問一句：『讓我砍他一刀，行不行？』話到口邊，想想不妥，又嚥了回去。

『老五，』大師兄說：『考考你的工夫看。』

『喳！』孫老五站個丁字步，左手搭在右手背上，行個禮說：『大師兄慈悲！』

『你練得很好，只不過氣稍微浮一點。記住！唸咒要用丹田之氣。』

於是孫老五面向東南站定，微仰著頭練氣，滿臉脹得通紅。雙臂肌肉鼓動，像有隻小耗子在皮肉中鑽來鑽去似地。

驀地裡，孫老五喝道：『鐵眉鐵眼鐵肩胸，一毫口角不通風！』正是大師兄傳授趙玉山的那兩句咒語。語聲噴薄而出，勁道十足。唸完咒，身子向前一撲，五體投地；隨即一躍而起，再唸咒、再俯伏；三誦三拜既罷，腦袋一搖，雙目緊閉，昏了過去。

趙玉山大驚，看旁人毫不在意，才省悟到別有道理。靜靜地等了一會兒，只見孫老五伸一伸手足，口中長長地噓氣，然後一挺腰站了起來，直著眼，拉個架子練起拳來。趙玉山於此道是個行家，卻看不出他的拳是何路數？不過出拳倒是很快，也很有勁。看樣子平常人挨他一下，還眞不易消受。

一套拳練完，便有人大聲問道：『是何方神聖駕到？』

『某乃孫大聖是也！』說著，孫老五弓起一足，縮一縮肩頭，舉起右手搭在眉毛上，左右一望，宛然楊月樓唱『安天會』的身段。

趙玉山幾乎笑出聲來，硬閉住嘴，憋得滿臉通紅。就這一分神之際，但見孫老五已在練工夫了，拿青磚往胸膛一拍，應手而碎。於是采聲四起，而『孫大聖』手舞足蹈，顯得不勝得意欣喜似地。這樣亂蹦亂跳了一會兒，忽然雙眼一瞪，人又倒在地上。這一回，趙玉山不但不驚，而且可以猜想得到，附體的『孫大聖』回花果山水濂洞去了。

不一會兒，孫老五欠身而起，神態如常地回到大師兄面前抱拳爲禮，表示覆命。大師兄滿面笑容地說：『難得難得！孫大聖是不大下凡的。你的氣候差不多了！好好用功。』

『你看見了吧！』鄰居拉一拉趙玉山的衣服，『只要心誠，也能練成孫老五那樣的工夫。工夫再深一點，就能刀槍不入了。』

『這大概是鐵布衫、金鐘罩的工夫。』

『你會不會？』

『我不會。』

『練了就會了。來，來！』

鄰居很熱心地拉著趙玉山到敞篷後面，那裡另有一個小蘆席篷，裡面堆著紅布頭巾、腰帶以及鋼叉、白蠟桿子之類的武器。管事的一看不必問，便笑嘻嘻地捧了一套義和團的服飾出來。趙玉山卻之不恭，只好接下了來。

從這天起，他便常爲鄰居拉著到壇裡去盤桓，唸咒練氣以外，也常舞槍弄棒。趙玉山拳腳如風，而且舉手投足，招式漂亮；很快地成了雞群之鶴，被尊爲二師兄。趙玉山雖不信壇中裝神弄鬼那一套，但一到就受歡迎，被恭維，亦就覺得興味盎然了。

這樣過了一個多月，吳橋知縣勞乃宣貼出告示，說義和拳是白蓮教餘孽，嘉慶十三年上諭嚴禁有案；近來『明目張膽，無所忌憚，與教民爲仇，竟至聚眾抗官，逆跡昭彰』，自出告示之日起，不准設壇練拳。又輯錄了一篇『義和拳教門源流考』，廣爲分發，揭破了義和拳的眞面目。當然，查禁不止於一紙告示；清查保甲，徹底搜索，出以毫不姑息的手段，終於逼得吳橋的義和拳，不是銷聲匿跡，就得遷地爲良了！

趙玉山的大師兄決定帶眾往北走，而趙玉山因爲是二師兄的身分，留在吳橋恐怕有教民報復，也只好隨波逐流。反正往北到京，可以歸班唱戲，仍安本業。所以他的家人亦贊成他早離吳橋。

直隸南部的義和團，往北蔓延，大致分爲兩路：一路偏東，由東光、滄州到天津；一路偏西，經河間府到保定。趙玉山他們走的是西路，但保定是直隸總督衙門所在地，禁令森嚴，不容胡作非爲，因而很難立足。正當弟兄們的食宿亦頗艱難之際，忽然有個來自淶水的中年壯漢，持著一份大紅全帖來拜訪大師兄。此人名叫吳有才，而大紅全帖上所具的名字是閻老福。

『敝村閻首事，久仰大師兄英名蓋世。聽說率領弟兄過來行道，高興得很。特地派兄弟前來奉請。請大師兄大駕光臨，到敝村設壇，別的不敢說，有福同享，有難同當，絕不敢委屈大師兄跟眾家弟兄。』

一聽這話，大師兄喜出望外，滿口答應。當天就拔隊動身。經雄縣、新城到了淶水高洛村。

高洛村又名高婁村，村中的首事就是閻老福。一聽大師兄到了，出村迎接，殺豬宰羊，大排筵席。席間盛道仰慕之意，使得大師兄受寵若驚之餘，頓有了悟，如此周旋，不盡是出於敬愛義和拳，其中一定另有緣故，因而酒闌人散之後，率直叩問緣故。

『既然大師問道，我如果不說實話，是不誠懇。奉請大師兄移駕高婁，是要仰仗法力，為本村除害。』閻老福答說：『本村的大害就是天主教二毛子，一共三十多家，其中最壞的有六家，本來不是天主教，叫甚麼摩門教……』

這六家摩門教民，跟閻老福已經結怨多年。最初是閻老福認為摩門教『淫邪』。一紙稟呈，遞到淶水縣衙門，把那六家的男丁都抓了來，一頓屁股，枷號十天。這六家受辱挾仇，改入了勢力最大的天主教。好幾年以後，方始央求法國教士，說要報閻老福的仇。這位教士比較持重，遲遲不做答覆。後來換了個法國教士來，年輕急躁，等六家重申前請時，竟一口應承了。

這是光緒二十四年冬天的話。到了這年正月裡，為了閻老福搭燈篷，六家有意尋釁；打翻燈篷，延燒到一所小教堂，於是掀起了絕大波瀾。

教民仗勢欺人，向來是『往上走』。教案若能鬧到總理衙門，便無有不佔便宜之理。這一次是搬出省城的竇教士，逼迫清河道壓制淶水縣令高拙園派差役先押了閻老福向六家賠罪。然後設酒筵請教民中的一個張姓首腦，調停其事。教民提出的條件是：出一萬兩銀子重建教堂，閻老福擺酒跪門賠罪。

『大師兄，』閻老福將牙齒咬得格格地響，『你看鬼子跟二毛子欺人到這個地步！換了你忍得下、忍不下？』

『那麼，老閻，我先請問你，當時你答應了沒有呢？』

『我哪裡肯鬆口。可是咱們的官兒怕事，清河道天天拿公事催，地方上的士紳出面排解，讓我賠了二百五十兩銀子，擺二十幾桌酒，逼著我到安家莊總教堂磕頭賠罪。』閻老福說到這裡，聲音都變了，一雙眼中噴得出火來，『此仇不報，死不瞑目。大師兄，我求你了！』說罷撲翻在地，磕下頭去。

大師兄急忙將他扶住，『不敢當、不敢當！有話好說！』他問：『如今你打算怎麼樣報仇呢？』

『我跟信教的二毛子勢不兩立。從那次以後，信教的又多了二十幾家，仗勢欺人，可惡極了！大師兄，義和拳扶清滅洋，專能制那班人的死命。務必仰仗法力，替我們爭一口氣。』

『好、好！義不容辭，義不容辭。明天我就動手，總讓你們能夠出氣就是。』

話是說出去了，而大師兄計無所出。因爲當地教民亦知結怨太深，密謀自保，家家都有數桿洋槍，添修柵欄，加高土牆，牆上砌出垛口，架槍防守。大師兄要想動手，先得估計一下自己的力量。同時官府又有告示，嚴禁拳民滋事，縱能得手，又能不能擋得住官兵的圍剿搜捕？亦需好好考慮。

因此，大師兄便只得飾詞拖延。看看拖不過去了，跟趙玉山商量，打算燒一座教堂。趙玉山便問：『怎麼燒法？』

『這兩天月底，沒有月亮，天又冷，半夜裡路上沒有人。咱們弄幾桶煤油，澆在教堂周圍，用土炮打過去，煤油著火，自然就燒了起來。這幾天的西北風很大，不怕不燒個精光。事先我跟閻老福露句口風：三日之內請天火燒教堂。到時候一燒，咱們的話不是應驗了？可是官府抓不著咱們放火的證據。你看這麼辦好不好？』

趙玉山這下算是整個兒醒悟了。義和拳完全是騙人的花樣！同時他對這種暗箭傷人的手法，也很厭惡，立刻下了決心，再也不跟那班人混了！

『這是十一月底的事，』趙玉山向立山與余誠格說：『第二天一早，我就開溜了。教民實在很可惡，不過，絕不能用義和拳去治他們，不然愈弄愈糟。』

『爲甚麼呢？』立山問。

『義和拳的品行太壞，跟土匪沒有甚麼兩樣。口是心非，沒有一樣是真的。有時候裝腔作勢，假得叫人噁心。沒有知識，眞的相信有甚麼神道附體的固然也有，不過心裡明白的人更多，你哄我，我哄你，瞪著眼說瞎話，臉都不紅一下，而旁邊的人居然眞像有那麼一回事似地，胡捧瞎讚，津津有味，眞能叫人汗毛站班！兩位請想，誰受得了？』

『義和拳原來是這麼一回事！』立山吸著氣說：『這可眞不能讓他們胡鬧！有機會，我得說話。』

機會很巧，立山第二天就能在西苑儀鸞殿見到慈禧太后；是特地召見，垂詢元宵放煙火，可曾預備停當。

『兩處都預備了。』立山答說：『要看老佛爺的興致，如果上頤和園，就在排雲殿前面放；懶得挪動，西苑亦有現成的。不過，最好是在排雲殿，煙火要映著昆明湖的湖水才好看。』

『看天氣吧，倘或沒有雨雪，又不太冷，就上頤和園。』慈禧太后問道：『今年的煙火，可有點兒新花樣？』

『有！有西洋煙火。』

慈禧太后不作聲了，稍停一會兒問道：『大阿哥二十七上學，你想來總知道了。』

『是！早就預備了。』

『怎麼預備的？』

『弘德殿重新裱糊過了。書、筆墨紙張，全照老例備辦。師傅休息的屋子，格外備了暖椅、火爐。』

直弘德殿的師傅是承恩公崇綺，又有旨意特派大學士徐桐常川照料弘德殿。慈禧太后提醒立山說：『徐桐也得單另給他預備屋子。』

『原是跟師傅一間。』立山答說：『奴才的愚見，第一，兩老在一起有說有笑的，不寂寞；第二，照應也方便。』

『也好。』慈禧太后問道：『大阿哥跟你們有甚麼嚕囌的事沒有？』

這意思是問，溥儁可曾以大阿哥的身分，直接向內務府要錢要東西，或有其他非分的要求。立山心想，大阿哥本人畢竟還是個孩子，進宮的第二天，就要他所餵養的兩條狗；過年也不過要些花炮之類的玩物，這些差使好辦。不好辦的是端王假借大阿哥的名義，向內務府打交道，譬如要八匹好馬之類，拒之不可，而一開了端，又深恐成了例規，得寸進尺，難塡貪壑。如今既然慈禧太后提起，正好就勢堵住這個漏洞。

於是，他想了一會兒答說：『回老佛爺的話，大阿哥要東西，內務府該當辦差。不過，內務府找不出老例，不知大阿哥位下，該當供應些甚麼？奴才請懿旨，以後大阿哥要甚麼，先跟老佛爺回准了，再交代內務府遵辦。這麼著，奴才那裡辦事就能中規中矩了。』

『中規中矩』四字，易於動聽；慈禧太后點點頭便喊：『蓮英！』

『奴才在這兒。』李蓮英急忙從御座後方閃了出來。

『立山的話，你聽見了！他的話不錯，不中規矩，不成方圓；你說給大阿哥的首領太監，要東西不准直接跟內務府要，先開單子來讓我看。我說給，才能給。』

『是！奴才回頭就說給他們。』

『這幾天，』慈禧太后看著立山與李蓮英問：『你們聽見了甚麼沒有？』

立山不答；李蓮英只好開口了，『奴才打送灶到今天，還沒有出過宮。』他說：『有新聞也不知道。』

『立山，你呢？總聽見甚麼新聞吧？』

指名相詢，不能不答。立山想起趙玉山所說的情形，隨即答道：『聽說義和拳鬧得很兇。說甚麼神靈附體，有很大的法力，其實全是唬人的。義和拳就是教匪，嘉慶年間有上諭禁過的。』

『有上諭禁過，就不准人改過向善嗎？』

立山不想碰了個釘子！再說下去更要討沒趣了；急忙改口：『奴才也是聽人說的；內情不怎麼清

楚。』

『你聽人怎麼說？怎麼知道他們是在唬人？』

這帶著質問的意味；立山心想，皇太后已有成見，說甚麼也不能讓她聽得進去；除非找到確鑿有據的實例。這樣想著，不免著急；而一急倒急出話來了。

『奴才聽人說，袁世凱在山東，拿住義和拳當面試驗。不是說刀槍不入嗎？叫人一放洋槍，鮮血直冒，前後兩個窟窿。所以義和拳在山東站不住腳，都往北擠了來。吳橋的知縣查辦很認眞，他那地段就沒有義和拳。』

『噢！』慈禧太后微微點頭，有些見聽了。

『義和拳仇教爲名，其實是打家劫舍；燒了教堂，洋人勢必提出交涉，替朝廷添好些麻煩。想想眞犯不著。』

『這倒也是實話。』慈禧太后又說：『以後你在外面聽見甚麼，常來告訴我。』

『是！』立山稍等一下，見慈禧太后並無別話，便即跪安退出——心裡頗爲舒暢，自覺做了一件很對得起自己身分的事。

過了幾天，立山在內務府料理完了公事，正要回家，只見有個李蓮英身邊的小太監奔了來，遞上一封短簡，是李蓮英的親筆，約他晚上到家小酌。書信以外，還有口信。

『老佛爺賞了兩天假。』小太監說：『李總管馬上就回府了，說請立大人早點賞光。』

『好！』立山一面從『護書』中抽張銀票，看都不看便遞了過去，一面問道：『就請我一個，還是另有別的客？』

『大概只請立大人一位。』小太監笑嘻嘻地接了賞，問說：『可要我打聽確實了來回報？』

『不必了！你跟李總管說，我四點鐘到。』

於是出宮回家，吃完飯先套車到東交民巷西口烏利文洋行，物色了好一會兒，挑中一枚嵌寶戒指，揭開戒面，內藏一隻小錶；一只薄薄的銀製懷爐，內塞棉花，加上『藥水』點燃，藏入懷中，可以取暖多時——李蓮英最好西洋新奇玩飾，所以立山常有此類珍物餽贈。

『何必呢？』李蓮英說：『我不敢常找你，就是怕你破費。』

『算了，算了！這還值得一提嗎？』立山定睛打量了一會兒，奇怪地說：『你今天怎麼是這樣一副打扮？』

李蓮英頭挽朝天髻，上身穿一件灰布大棉襖，下身灰布套袴；腳上高腰襪子，穿一雙土黃雲頭履；手上還執一柄拂塵，完全道士的裝束。

『白雲觀的高道士，要我一張相片，指明要這麼打扮。』李蓮英答說：『我也不知道他爲了甚麼，反正幾十年的交情，他說甚麼，我橫豎依他就是了。』

『你倒眞是肯念舊的人。』立山忽發感歎，『只見新人笑，不見舊人哭！唉！』

李蓮英不作聲，臉上一點笑容都沒有，只招一招手，隨即在前領路。穿過一重院落，向東進了一道垂花門，裡面南北兩排平房，北屋是客廳，南屋是臥房及起坐之處。他跟立山的情分不同，將客人引入南屋去坐。

南屋一共三間，靠西一間設著煙榻，一個小廝跟進來點上煙燈；李蓮英擺一擺手，各躺一面。立山一面拈起煙籤子燒煙泡，一面問道：『蓮英，你好像有話跟我說？』

『是有幾句話。』李蓮英說：『四爺，你何以那麼大的牢騷？甚麼「新人」、「舊人」的！』

『這也不算發牢騷。跟我不相干的事。』

『跟你不相干，就更犯不著這麼說。四爺，』李蓮英說：『你自己知道不？你把端王兄弟給得罪了。』

『噢！』立山很關切地問：『怎麼呢？』

『第一，你說大阿哥跟內務府要東西，端王知道了，說你這話是明指著他說的；已經有話了，要你心裡放明白些兒！第二，你說義和拳怎麼唬人，老佛爺倒是聽進去了。前天端王進宮，儘誇義和拳有多大的神通。老佛爺聽得不耐煩了，冷笑一聲說：「算了吧！但凡是有點兒腦筋的，就不會相信那些唬人的玩意兒。」端王一聽話風不妙，沒有敢再開口。出去跟人打聽：「老佛爺平時也挺相信義和拳的，怎麼一下子變了呢？」有人就告訴他，說你在老佛爺面前奏了一本，把義和拳貶得一個子兒不值。端王大不高興，說總有一天讓你知道義和拳的厲害！你可小心一點兒。』

『是，是！多承關照。』立山很感激地說：『不過，有你在，我可不怕他。』

『也別這麼說。』李蓮英停了一下，微微冷笑：『有人還在打我的主意呢！』

『這倒是新聞了！』立山對這個消息，比自己的事還關切，轉臉看著李蓮英問：『誰啊！誰起了那種糊塗心思？』

『左右不過那幾個人，你還猜不著？』

立山想了一下，拿煙籤子在手心上畫了一個『崔』字，問說：『是他？』

這是指崔玉貴；李蓮英點點頭：『他的糊塗心思，倒還不是打我的主意，是順著高枝兒爬；也不想想，那條高枝兒，還沒有長結實，爬得高，跌得重。咱們等著看好了。』

『照這麼說，在端王面前，給我「下藥」的，當然也是他囉？』

『對了！算你聰明。』

立山懂他的意思，是說崔玉貴正在巴結端王，作攀龍附鳳之想。果然如端王所指望的，大阿哥得以接承大統，自然仍是慈禧太后以太皇太后的身分訓政；可是，端王呢？是太上皇，還是攝政王，或者像當今皇帝在同治十三年十二月間迎入宮中，深恐醇王干政，竟致被迫閒廢那樣，端王亦不過做一個富貴閒人而已。

這個念頭，常在立山胸中盤旋，只是不便與人談論；此刻人地相宜，是個很好的剖疑的機會。不過，談這些話極易惹禍，所以話到口邊，仍在考慮。

李蓮英是何等角色？鑑貌辨色，猜出立山有極緊要的話說而猶有顧忌。是甚麼話呢？他在想，不逼一逼，也許他就把話嚥回去了。這一陣子慈禧太后很關心時局與輿論；立山想說的話，也許正是慈禧太后想知道的，不能不聽一聽。

於是他說：『四爺，你在想甚麼？莫非覺得我說得過分了？』

『不，不！』立山不再猶豫了，不過仍需先作聲明：『蓮英，咱們是說著玩兒。自己弟兄，我說得不對，或者根本不該說，你儘管說我；說過就算了。』

『四爺，你這話關照得多餘。』

『是，是，多餘！』立山略停一下問道：『蓮英，你看這個局面，還會拖多久？』

『這個局面』是個甚麼局面？先得想一想。太后訓政，皇帝擺樣子，而大阿哥等著接位；說得難聽些，是個不死不活的僵局。立山用個『拖』字，確是很適當的形容。

可是會拖多久，誰也不敢說。『四爺，你把我問住了。這話，』李蓮英搖搖頭：『老佛爺亦未必能回答你。除非，除非問洋人。』

『問洋人？』

『對了，第一問洋人；第二，要問一班掌實權的督撫。』

立山一面聽，一面深深點頭，『蓮英，』他說：『除非是你，別人不能看得這麼深。』

『算了，你也別恭維我。』李蓮英說：『你何以忽然提到這話，莫非聽見了甚麼？』

『聽說就爲了洋人作梗，拿「不承認」作要挾；端王覺得擋了他的富貴，所以拿洋人恨得要死。可有這話？』

『怎麼沒有？每趟進宮，總誇他的虎神營，說虎能滅洋，也不嫌忌諱！』

『忌諱？』立山愣了一下，猛然醒悟，『老佛爺不是肖羊嗎？』

『是嘛，沒有人點醒老佛爺。』李蓮英說：『我也不願多事；不然，你看，老佛爺發一頓脾氣，準能叫他發抖。』

『還是老佛爺！連六爺那樣的身分都不敢逞能。老佛爺眞是英雄一輩子，可惜做錯了兩件事。』

『哪兩件？』

『我不說，你也知道。』

『你是說同治十三年十二月初五夜裡，跟去年十二月二十四那兩件事？』

這是指迎立當今皇帝及立大阿哥而言。李蓮英想說：老佛爺那種脾氣，再好的孩子也會折騰得不成樣子。可是話到口邊，自然而然地被封住了；只笑笑而已。

『洋人的事，我不太清楚，不敢說；至於那些督撫，也不過兩江、湖廣……啊，』立山驀地裡想起，『湖北出了大新聞，你聽說沒有？』

『不是說鬧假皇上嗎？』

『是啊！』立山問說：『宮裡也聽說了？』

『沒有人敢說。這一說，不鬧得天翻地覆。』李蓮英扳著手指，唸唸有詞地數了一會兒說：『剛好二十。』

『二十？甚麼呀？』

『皇上名下的，死了二十個人了。』

這一說，立山才明白，是皇帝名下的太監，這兩年來被處死了二十人之多。立山想起因為在瀛台糊新窗紙而被責的那回事，頓有不寒而慄之感，話也就無法接得下去。

『湖北也稍微太過分了一點兒！』李蓮英意味深長地說：『年初二就給他一個釘子碰，也夠他受的。』

『喔，』立山問：『怎麼回事，我倒還不知道。』

李蓮英不答，從書架上抽出一本宮門抄遞給立山，揭開來看，第一頁開頭寫的是，光緒二十六年正月甲辰朔，下載上諭兩道，都是皇帝三旬壽誕，推恩內廷行走王大臣及近支親貴的恩旨。正月初二只有一道上諭，原來先有電旨：命各省將關稅、鹽課、釐金，裁去陋規，以充公用，並將實在數目奏報。張之洞電覆，湖北的這三項稅，以及州縣丁漕平餘，經逐漸整頓，已無可裁提；又說近年來戶部提撥太多，湖北督撫籌款甚苦。最後定個辦法，以後每年總督捐銀二千兩，巡撫以下遞減，全省官員共捐七千七百兩。朝旨申斥：『張之洞久任封疆，創辦各捐，開支國家經費，奚止鉅萬；即以湖北一省而論，豈竟弊絕風清，毫無陋規中飽？乃以區區之數，託名捐助，實屬不知大體！著傳旨嚴行申飭；所捐之項，著不准收。』

這還不算，最後又有一段：『嗣後如實在事關緊要，准其簡明電奏；若尋常應行奏諮事件，均不得擅發長電，以節糜費。』

看到這裡，立山伸一伸舌頭，『好傢伙，這個釘子碰得不小。』他說：『照這麼看，那件假皇上的案子，大概快要結了。』

『不結也不行，莫非眞的在武昌立一個朝廷？』李蓮英說：『我看，姓張的還沒有那麼大的膽子。』

『是！老佛爺還是有老佛爺的手段。』

『就是這話囉！』李蓮英執著立山的手說：『咱們自己兄弟，我有一句話，凡事只要對得起老佛爺！別的不妨看開一點兒，無需認眞。』

立山細味弦外之音，是勸他對端王兄弟容忍。這當然是好話，雖然心裡不甚甘服；但李蓮英的意思是可感的。因此，沉默了一會兒，用很誠懇的語意答說：『衝你這句話，我就委屈我自己好了。』

這樣談到天黑，聽差來請示，飯開在何處？李蓮英先不答他的話，問一句：『今兒有甚麼看得上眼的東西請立四爺？』

『蒸了一條鹿尾。』

鹿尾是『八珍』之一，貴重在猩唇、駝峯、熊掌之上；但李蓮英卻大搖其頭，『胡鬧！』他說：『這種有名無實的東西，只能唬老趕，端出來不是叫立四爺笑咱們寒蠢？』

聽差毫無表情地說：『還有個火鍋。』

『有些甚麼東西？』

『關外捎來的野味。』聽差答說：『樣數不少。』

『那還罷了。我也懶得動了！』李蓮英看著立山問：『就在這兒吃，好不好？』

『哪兒都好。』

於是聽差悄然退出。不一會兒復又回身入內，打起簾子；另有兩個人抬著桌面，跟踵而來──是仿上方玉食的辦法，一張桌面往大理石方桌上一套，現成的兩副杯筷，六碟小菜。所用的五彩瓷器，立山入眼便知，是富貴人家都難得一見的整桌的康熙窯。

六個碟子在精於飲饌的立山看，亦知別有講究，宣威火腿，西安臘羊肉，錦州醬菜，都是市面所無的珍物；本地出產的只有一碟小黃瓜，非時之物，昂貴非凡，一條就值一兩銀子。

『喝甚麼酒？』

『還是南酒吧！』

南酒就是紹興酒。李蓮英『在理』，自己煙酒不沾，但家有酒窖，爲立山開了一罈十來年陳的花雕；是十斤的小罈，說明白，立山喝不完得帶走。

『菜不多。』聽差爲主人聲明，『火鍋不壞，讓四爺留著量吃火鍋。』

等火鍋端上來，聽差報明內容，是滿腹皆黃的『子蟹』熬的湯，內有關外來的『冰雞』，就是野雞，但非極肥的不做冰雞，是內府貢品，連王府都難得吃到的。此外有遼河的白魚，寶坻的銀魚，以及來自東南的海味，總共報了有十五、六樣之多。

『唉！』立山嘆口氣，做出豔羨的神態，『飲食上頭，我也算講究了！誰知道竟不能比！』

『那也是四爺。』聽差答說：『差不多的客人，可用不著這麼講究；貨賣識家。』

聽得這一句恭維，立山越發高興；快飲豪啖，李家主僕都很高興。吃完已經快九點鐘了；立山知道李蓮英睡得早，便很知趣地摸摸肚子說：『不行！我得走了。』

『怎麼著？肚子不舒服？』李蓮英很關切地問。

『不是！』立山笑道：『我哪能那麼洩氣，吃一頓好的就鬧肚子。我是想趕快回家，灌普洱茶去。』

普洱茶消食，這是表示他吃得太飽了。李蓮英便吩咐聽差：『去看看，冰雞、白魚，還有不？給立四爺帶點兒回去！』

立山也很高興，因爲物輕意重；多日來因爲與載瀾結怨，耿耿於懷之際，亦不免惴惴不安，如今有李蓮英的解譬慰勸，情意稠疊，便覺有恃無恐，大感輕鬆。因而出手更加豪闊，對李家下人，一賞便是二百兩銀子之多。

假皇帝的疑案，終於告一段落。從湖北傳來的消息，張之洞曾經親自提訊楊國麟，供了實話，說是本名叫李成能，山西平遙人；原來在京師做生意，只爲性好遊蕩，結交了好些損友，以致破家。其後受了一名『會匪』洪春圃的教唆，異想天開，串成這麼一個騙局；原意是由兩湖到兩廣，只要有哪個封疆大吏入彀，便打算大大地騙一筆錢，遠走高飛，逃往外洋。這話是否實在，洪春圃又是何許人？張之洞都未細問，反正悖逆狡詐，罪在不赦；祕密處決以後，密電軍機處報聞，就此了卻這重公案。

有人說：李成能口中的所謂『洪春圃』，實無其人；而教唆他串演這個荒唐騙局的，乃是一個陝西人李來中。此人從小就習聞他的『同鄉先輩』李闖、張獻忠的種種傳說；洪秀全金田起事，『天京』開國的始末，亦聽得很不少，因而頗有大志，亦工於心計，暗地裡思量，從古帝王創業，不外乎三條路子，一是一方勢豪義名在外，時逢亂世，眾望所歸，起事奪天下；二是佔山爲寨，招兵買馬，由抗官府而抗朝廷；三是借神道設教，蠱惑鄉愚，見機行事。忖量自己的身分、力量，只有第三條路子可走。因此，早就有了一個伏筆，編造了一段詭譎的故事，說他母親生他時，曾夢見神龍；八字中又有『三辰』之異——不說『四辰』就是他的高明之處；留下一點缺陷，更容易使人相信。當然，這些話他自己是很少提到的，甚至有時還裝出諱莫如深，惟恐惹禍的模樣，只用種種暗示來散布他的身世之異。加以善用小恩小惠，而急人之急，又眞能做到有錢出錢，有力出力的地步，所以在他的家鄉，很結了一些死黨。

又有一說，同治初年，西北回亂；董福祥起於安化，潰勇飢民相附，聚有十餘萬之眾，犯綏德、窺榆林，聲勢浩大；其後爲劉松山所敗。當董福祥被困危急時，李來中救過他的性命，因而結義爲異姓手足。董福祥後來投降做官，一帆風順，曾經想提拔李來中，而他不受，並且亦不承認跟董福祥有此一段淵源。其中眞相，無人能說；不過李來中的身分，卻反因此而提高了——這又是他的高明之處；如果承認了，不過董福祥的義弟而已，身分亦高不到哪裡去。

李來中下的是水磨工夫；工夫雖深，磨來磨去磨成一根繡花針，不成其爲大器。但陝甘自左宗棠西征後，著力經營，亂源已遏，並無可以號召起事的機會；直到毓賢在山東與洋人爲仇，才發現有了可乘之機。

到了山東，李來中很快地跟義和拳搭上了線，隨即策動朱紅燈在平原起事。朱紅燈自稱是明朝的後裔，志在復明，當然反清。卻又打出『扶清滅洋』的旗號，兩相矛盾，而另有作用。原來『扶清滅洋』這句口號是應付官府的擋箭牌，不想大合毓賢的胃口，暗中庇護，釀成大亂，平原、高唐、茌平、長清一帶，無端而起刀兵。朱紅燈最後兵敗被擒，毓賢還想設法替他開脫；不道袁世凱接任山東巡撫，接印的第二天，就從獄中提出朱紅燈，明正典刑，梟首示眾。接著，大捕義和拳，用『請君入甕』的手法，拿他們做試練『刀槍不入』的活靶，逼得義和拳偃旗息鼓，悄然北遁。

李來中異常機警，未成氣候以前，只居幕後；所以朱紅燈雖遭顯戮，而他卻能全身而退。當然，他是不會死心的；同時也看得很清楚，從督撫到州縣，像袁世凱那樣的人少，像毓賢那樣的人多；而朝廷心憚洋人，民間痛恨教民，所以用『扶清滅洋』這個題目，著實還有文章可做。

到了直隸，李來中看中了天津。天津民氣浮囂，最容易鼓動；尤其有同治九年的那樁教案在，新仇勾起舊恨，更易下手。所以李來中在天津楊柳青住了下來，默默觀變。

京津密邇，慈禧太后立大阿哥的內幕，以及端王急於想當太上皇的傳聞，李來中時有所聞。但是載漪究有幾分力量，固然不易測度；而朝廷對義和拳的態度，時寬時嚴，莫衷一是，亦不免令人迷惑。這樣到了二月裡，李來中終於看出路道來了。

指路的明燈是二月十三的一道上諭：山西巡撫鄧華熙調任貴州巡撫，遺缺以毓賢補授。毓賢最爲洋人所不滿；在賦閒三月以後，調補北五省中最富庶的山西，是朝廷對他的重用；而重用毓賢，亦正不妨視作朝廷姑息義和拳的跡象之一。李來中又打聽到，毓賢放山西巡撫，出於端王的保薦與軍機大臣剛毅的贊成。這就更明白了，端王、剛毅跟毓賢臭味相投，都可以成爲義和拳的『護法』。

於是，李來中去訪一個存在心目中已久的酒肉朋友，開手要大幹一番了。

他的這個朋友名叫張德成，是個船家，一向行走於御河、西河之間，自從京城到天津通了火車以後，這兩條河上的航運，一落千丈。本來可以溫飽的張德成，搞得衣食不周，拋卻水上生涯，在楊柳青閒蕩，做了『混混』——天津稱流氓爲『混混』。

混混亦有幫口。張德成獨來獨往，到處受到排斥。李來中在寶局子裡見過他兩次，每次見他挨揍，但絕不吭一聲，挨揍完了還是跟寶局子裡要開銷，不給不走，那份韌勁，著實可觀。李來中心識其人，有意結交，不久就做了酒肉朋友。

名爲『酒肉朋友』，其實只是李來中以酒肉結納。張德成亦看出他意有所待，打算著等他開口有所乞求時，看情形替他賣一番氣力；是存著這樣一個心，所以每逢李來中相邀，總是欣然允諾，毫不愧怍地大吃大喝一頓。

這天酒到半酣，李來中試探著問道：『老張，我有句話，很早就想說了；你單槍匹馬想到寶局子裡吃份現成俸祿，只怕很難。何不跟他們套套近乎呢？』

『哼！那班傢伙，給我撿鞋，我都不要。老李，你別看我時常吃他們的虧，要叫我低頭可辦不到。

再說，君子報仇，三年不晚。我都記著數，到時候看我叫他們加利奉還。』

『我知道你是條漢子。不過，我就想不明白，你怎麼混下去，能混得出一個甚麼名堂來？』

『那可難說！』

『怎麼叫難說？凡事總有個打算；指望天上掉餡兒餅下來，那倒眞是難說。』

語涉譏諷，原是李來中有意激將。誰知張德成眞有容人之量，居然不以為忤；大塊吃肉，大口喝酒，吃得舒暢了，方始騰出口來說話。

『老李，你聽說過爭紅果行那回事沒有？』

李來中聽說過。紅果即是山楂，是京城裡有名的閒食『糖葫蘆』的主要原料。但定例京城裡的紅果行，只准設一家，因爲部照只發一張。到了乾隆年間，出現了第二家紅果行，雖無部照，卻有戶部的書辦做後盾。官司打不出結果，不惜血本，爭相跌價。日子一長，漸成兩敗俱傷之勢。於是原來那家的店東，託人向對方調停，提出一個解決爭端的辦法，置一個火爐，上設烙餅的鐵盤，其名爲『鐺子』，誰能坐在餅鐺而不喊痛，便取得獨開紅果行的專利。對方同意了。到期，提出此議的店東，解衣上鐺，火炙人肉，兩股焦爛，倒地而死。於是呈部立案，依舊獨享專賣紅果的權利。

類似的情形，爭牙行、爭燒鍋，利愈大、爭愈烈，手段亦更殘忍，李來中聽說在天津亦曾有過兩三次，卻不知張德成提到這些故事，是何用意？

『窮人只有性命，我打算賣命！不過絕不能賤賣。譬如餅鐺上烤死的那傢伙，賣了一條老命，子子孫孫，坐享其成。我就要找機會，能那樣賣一次命，老李，你看怎麼樣？』

『有這樣的打算，還怕不能出頭。不過，這件事說來容易，做起來很難、很難。第一，要有機會；

第二，要拿得出來！餅鐺上大烤活人，也得眞能咬得住牙。』李來中說：『我跟你實說，我有個朋友，想法跟你差不多；機會也很好，如今有個天字第一位的人物，生死不明；若能冒充這位人物而能讓人相信，可以說要甚麼就有甚麼。可惜，我這個朋友本事不到家，在湖北露了怯；命是賣了，可沒有落到甚麼！』

張德成聽罷不語，沉吟了好久好久；又深深看了李來中一眼，方始說道：『老李，我看你好像還有話沒有說出來似的。』

李來中到了說實話的時候了，點點頭答道：『老張，現在有個千載不遇的良機。義和拳讓姓袁的從山東一逼，逼近京城，勢力反比去年更大了；可是，群龍無首，你何不出來先撿現成，後闖局面？』

張德成一愣，心裡倒是很快活；但一時不知何從下手？躊躇著問說：『怎麼個撿？怎麼個闖？』

『撿要撿得快，闖要闖得大！』李來中說：『從山東曹州往北，一直到京城以南，從古以來，不知道出過多少設壇聚眾、練武傳教的好漢。可惜，大事難成！只爲快成氣候的時候，要奪江山的形跡就掩藏不住了！現在大不相同，有個「扶清滅洋」的大帽子在那裡，不但不遭忌，反倒有靠山；一到成了氣候，再露本來面目，那時就奈何你不得了！』

『談到「滅洋」，我倒眞願意賣賣氣力，不是鬼子搞甚麼火車，我亦不至於落到這步田地。至於義和拳，我一竅不通；就有便宜也不知道怎麼撿法？』

『那不礙！照你的腦筋，一說就明白了。』李來中說：『撿現成容易，闖局面難。我看你是材料！走，走，到我下處去。』

張德成隨著李來中回到楊柳青，兩人足不出戶地談了好幾天。義和拳的源流、相沿的規矩、裝神弄鬼的訣竅，張德成不但心領神會，而且跟李來中琢磨出許多新花樣，相機施展。

議定即行；在張德成將要離去時，問出一句話來：『老李，我有一點不明白；你亦志不在小，爲甚麼不自己出來闖一闖？』

李來中笑了，『問得好！』他說：『我現在就是在闖。不過，我不能露面，露了面就只能在一處闖；不露面可以多闖幾處。』

『原來這樣！那麼，老李，你甚麼時候才露面呢？』

『等我露面，一定已成氣候了。老張，那時候，我們倆作興會火併一場；不過，這還早！也許我受你的封；你在明處闖，到底比我便宜。』

張德成也笑了，『好！』他說：『我封你一字並肩王！』

天津的鬧區在北門以外，運河以南，最有名的一條街叫估衣街。顧名思義便知是估衣舖的集中之街。張德成用李來中給的錢，在一家叫作文盛號的估衣舖，從裡到外都換了『新』。然後上澡堂子洗澡、剃頭，打扮得容光煥發地，往北而去。

估衣街以北，瀕臨南運河這一帶，地名叫作侯家後，彷彿京中八大胡同，頗多豔窟，不過等級不高。張德成在這裡有個熟人，是個三十來歲的寡婦，平時替人看香頭，說媒拉縴；比水滸上王婆的花樣還多。本人有時要『下水』；不過，黃熟梅子賣青，等閒不肯承認而已。

這天一見張德成上門，眼睛一亮，隨即詫異地問：『唷！張二爺發財了！今兒打扮得新郎官似地都認不得了！』

張德成不理她的話，只問：『你這裡今天有人沒有？』

『你要甚麼樣的人？』

『甚麼人也不要，只要你。』

聽得這話，那姓王的寡婦斜睨著張德成，說了兩個字：『憑你？』

『對了！早就在打你的主意了。癩蛤蟆還想吃天鵝肉呢，莫非我就沒有那個膽子？』

這碗米湯極濃，灌得王寡婦有些飄飄然。她平時倒不討厭張德成，此時聽他言語順耳，不由得平添了幾分好感。心裡在想，他大概有意已非一日；只以人窮志短，不敢開口。如今不知哪裡發了筆小財，『人是英雄錢是膽』，特意來了這筆相思債。看起來倒是個有良心的人。

就此一念之轉，不由得心動；看張德成便覺衣服光鮮，氣概堂堂，實在是條好精壯體面的漢子。於是愛慕之意，油然而起；一雙眼睛頓時水汪汪地發亮了。

『算你有膽子。』王寡婦問：『有人怎麼樣，沒有人怎麼樣？』

『有人，我帶你上別處；沒有人，我就留下喝酒，有話跟你說。』

『要喝酒現成。』

王寡婦家這天只有一個耳聾的燒火老婆子；爲了一意周旋張德成，特爲關上大門，又大聲關照燒火老婆子，甚麼人來叫門，都說她不在家。

然後攜手入門，欺那老婆子耳聾，關上房門，肆無忌憚地爲所欲爲。到得薄暮起床，王寡婦下廚做了一鍋餑餑熬魚；打了半斤五加皮款待張德成。

『相好的，』張德成把杯問道：『你給人看香頭，裝神弄鬼地，混得出甚麼名堂來？』

『罪過，罪過！甚麼裝神弄鬼，別胡說。』

『你跟我這麼說，我可沒話跟你聊了！』

『我又不是故意駁你的。吃一行，護一行；賣瓜的說瓜甜，話總是這麼說。跟你，』王寡婦膩聲笑道：『難不成還玩兒假的。』

『假要玩兒得好，比眞的還有勁，我倒想到一套玩法，不知道你願意不願意試一試？』

『這有甚麼不願意，玩兒假的原就是我的本行。你先說給我聽聽，玩甚麼，怎麼玩法？』

『四五年前，大概是甲午以後吧，北鄉挖河；挖出來一塊石碑，這件事，你記得不記得？』

『怎麼不記得？殘石半塊，剩下二十個字。』王寡婦朗聲唸道：『「這苦不算苦，二四加一五；紅燈滿街照，那時才算苦！」』

『現在快應驗了！這首詩是劉伯溫留下來的，你信不信？』

『你別問我，你說你的。』

『我跟你說實話，義和拳要大大闖個市面；等我到淶水去一趟，回來開壇，你看我那時候的聲勢！相好的，我好你也好；咱們倆，有難同當，有福同享，你看怎麼樣？』

這話值得細想了！王寡婦思前慮後，倒很願意死心塌地跟張德成去闖一闖；可是『擀麵杖吹火，一頭兒熱』就沒意思了。他的眞意如何？必得探聽明白。

於是她問：『怎見得「你好我也好」？若是你好了，把我撇在一邊兒，我還能死乞白賴拉住你不成？』

聽這一問，張德成微微笑了，『你也是女光棍，怎麼問得出這種沒氣力的話。』他說：『我好了把你撇在一邊兒，你不會洩我底？』

『好！衝你這句話，我不能再讓你笑我。你可要記得，今天二月廿一春分，自己說的是甚麼話！咱們倆誰要口不應心，誰就別想有好日子過。』

說完，王寡婦從天津稱爲『大梁子』的髮髻上，拔下一根銀簪子，咬牙在左手拇指上使勁一刺，擠出幾滴血落在酒中，然後將酒杯往對面一推。

張德成毫不猶豫撿起銀簪，如法炮製，還拿簪子將血酒調一調勻，一口喝了一大半，留一小半給王寡婦喝。

『交杯盞都喝了，我可還不知道「新娘子」姓甚麼名誰哪！』

『我娘家姓洪，小名阿連。』

『巧極了！』張德成很高興地說：『阿連，你有紅衣服沒有？』

天津婦女最喜紅色，阿連答說：『怎麼沒有？』

『有紅鞋沒有？』

『也有。還有紅綢子的手絹兒。』

『那更好！你打扮起來，要一身紅；再多抹點兒胭脂。』

『那，』阿連遲疑著問：『那是幹甚麼？』

『你打扮好了，我再告訴你。』張德成起身說道：『我出去一趟，馬上就回來。』

阿連一半好奇，一半好玩，興致勃勃地找出一身紅服飾換上；然後打水來洗了臉，對著鏡子厚敷香粉，濃染胭脂。修飾既罷，攬鏡自顧，覺得年輕了好幾歲，心中十分得意。

不一會兒，張德成回來了；一手持著一盞紅紗宮燈，一手捏著長長的一個小紙包，打開來是柄油紙扇；也是紅色，不過紅而不豔，因爲是用豬血做的染料。

『現在可以跟你說了。光有義和拳也不行；還得有班娘子軍，好比唱戲那樣，武生配花旦，戲才熱鬧。這班「扶清滅洋」的娘子軍，起個名兒就叫「紅燈照」。來，來，你走幾步路我看看。』

空手走路，走不出『身段』來，李來中跟張德成琢磨出來一個花樣，左手紅紗宮燈，右手紅手絹跟紅摺扇。行走時屁股一扭，左右手自然前後擺動，搖曳生姿，頗爲矚目。

『走得不錯！很有點味兒！不過，阿連，你可得記住，頭要往上抬，胸要往前挺，走要走得直，走得穩，切忌快慢不勻，那麼著才顯得出威風。』

『我知道。』阿連問道：『紅燈照總有個頭兒吧？誰？』

『除了你還有誰？你是玉皇大帝封過的「黃蓮聖母」。』

黃蓮其實應該是黃連，才能應那個『紅燈滿街照，那時纔算苦』的『苦』字。連字特意加個草頭，一則看起來像仙家的稱號，再則故作隱晦，愈添神祕。這也是李來中的設計。當然，還有許多炫惑煽動的花樣，都由張德成轉授了阿連。張德成又將他的一個居孀的妹妹接了出來，作爲『黃蓮聖母』的助手，稱爲『三仙姑』。這以後，就要看阿連的本事了！因爲張德成與李來中有約，月底在京師相會，非準時趕到不可。

張德成到京師的第二天，通衢鬧市，貼出一張告示，宣達上諭，說『各省鄉民設團自衛，保護身家，本古人守望相助之誼，果能安分守法，原可聽其自便；但恐其間良莠不齊，或藉端與教民爲難。

不知朝廷一視同仁，無分畛域，該民人等所當體仰此意，無得懷私逞忿，致起釁端。』

這張告示旁邊，另有一張紙墨稍舊的告示，也是宣達上諭，指責義和拳以『仇教爲名，到處滋擾』，稱之爲『匪徒』；告誡此輩『務需革除積習，勉爲良民，倘仍執迷不悟，復蹈故轍，即行從嚴懲辦，勿稍寬縱。』

『前後不過十天的工夫，語氣大不相同了！』李來中問道：『老張，你知道是何道理？』

『當然是老太后聽了端王的話。』

『不錯！不過，不止端王一個人看得起義和團；可以說，凡是在老太后面前說得動話，或者老太后信任的人，都向著咱們。走，我帶你去會一個人。』

這個人是端王府的護衛，在虎神營也兼著差使，名叫德同，行四；在地安門一帶，提起『德四爺』，都知道是端王面前的紅人。

不知李來中具何神通，不但交上了德四，而且頗受尊敬，他叫李來中爲『大哥』。愛屋及烏，張德成亦被尊稱爲『張二爺』；口口聲聲『久仰，幸會』，十分親熱。在他家寒暄剛畢，便堅邀到沙鍋居去吃白肉。

挑了一副僻靜的座頭，等菜上齊了，德四關照店夥，未曾招呼，不必過來。然後挪一挪凳子，靠近了李來中說：『王爺有話，這時候見面還不便，請你不要介意。』

『不會，不會！』李來中矜持地答說：『我想見王爺，只不過想討點口氣，比較容易辦事。說實話，義和拳「扶清滅洋」，扶的無非大阿哥；洋人如果不是跟王爺作對，做法把他們攆出去，也就是了，不必盡數滅了他們。』

『是，是！拳上眾位師兄的赤膽忠心，我稟報了王爺，不知道會怎麼高興。不過，洋人非滅不可！是洋人，莫不跟王爺作對；所以朝中輔保大阿哥的人，也莫不痛恨洋人。譬如徐中堂、崇公爺、剛中堂、啓大人，這班在老佛爺面前最紅的大人先生，個個提到洋人就恨之切骨。還有，軍機上有位連老爺連文沖，是剛中堂手下最得力的人，他也很熱心，暗中迴護，著實有點用處，今天貼出去的那張布告，就是他的稿子。』

張德成只知道『徐中堂』是指徐桐，因爲他恨洋人的名氣甚大，幾乎全國皆知。此外，對崇綺、剛毅、啓秀，一無所知；更不知道軍機連文沖是何許人，憑甚麼能迴護義和拳？可是，李來中就不同了！

『原來剛中堂也很看得起義和拳？』他驚喜地問。

『是的。不過，剛中堂在老佛爺面前，雖然很說得動話，可惜，軍機大臣不止他一位。』

『那麼，別的幾位呢？』

據德四所知，軍機大臣對義和拳的態度各各不同。除去禮王世鐸毫無主張，可以不論以外，榮祿不以爲然，王文韶一無信心，趙舒翹口是心非，算起來只有一個啓秀是跟剛毅一致的。

『王中堂是「玻璃蛋」，見風轉舵，不必怕他；趙大人進軍機是剛中堂保的，也不怕他不聽話。只有榮中堂很麻煩，他只聽老佛爺的話，剛中堂沒有在他眼裡。王爺的意思，總得在「扶清滅洋」四個字上面，熱熱鬧鬧做它一篇文章；讓老佛爺中意了，大事才能辦得起來。』

李來中深深點頭，『文章要做得熱鬧容易，說實話，我也打算這麼做。不過，』他用低沉的聲音說：『德四爺，太熱鬧了會不會接不住？』

德四想了一下，毅然決然地答說：『不會！不過要一步一步來。』

『你是說從遠處一步一步往京裡挪動？』

『對了！到有一天，拳上弟兄們能夠進宮演練給老佛爺看，那就成了。』

『一定有那一天！』李來中極有信心地答說。

回到西河沿長義發客棧，已有訪客等候李來中；自此絡繹不絕，到深夜客才散盡。李來中佔了三間房，卻又分成兩處，北面兩間，南面一間；有客來都單獨邀到南屋去密談，連張德成都無法與聞。不過，他看得出來，來客的身分都跟他不相上下，猜想都是各地設壇的大師兄。但沒有一個是爲李來中留下來的，足見自己與眾不同！想到這一點，張德成頗感安慰。

『老張，我不肯隨便讓你跟他們見面，是爲的將來好抬高你的身分；不鳴則已，一鳴驚人，你不露面則已，一露面就得是「大師兄」之中的「大師兄」。這是我的苦心！』

原來如此！張德成對李來中更死心塌地了。『我明白，』他說：『我不會讓你白費苦心！』

『我早知道不會。不然就不找你了。』李來中又說：『德四今天說的話，很切實，很管用；他的話，當然是端王的意思，有這麼一座靠山，事情會很順利。我得先找幾處地方，點個火頭看；試試地方官有多大膽子，多大能耐。』李來中停了一下問道：『老張，你以前來過京裡沒有？』

『來過幾次。』

『到過哪些地方？』

『無非前門外大柵欄一帶，往南到天橋逛逛。還能到哪兒？』

『那，你雖到了京裡，跟沒有到過一樣。』李來中說：『現在有三天閒；老張，你得想法子去開開眼界，看看那些王公貴人的派頭，你就知道怎麼樣地唬人了！』

張德成這幾年混光棍頗有程度了，所謂『一點就透』，自能領悟話中的深意。當下跟店中夥計打聽幾處王公貝勒府第的地址；沿路詢問，問到了地方，在附近閒逛耗工夫，及至儀衛夾護，朱輪轆轆，便裝作迴避，溜到照牆下悄悄窺看。寶石頂、雙眼花翎的親貴也見識了好幾位，感覺中了無足異。比較與常人不同的，只是有些旁若無人；出門上車、下車進門，總是昂著頭，直著眼往前走，絕少左顧右盼的。

看了兩天，不過如此，張德成認爲夠了。第三天起了個大早，舊地重遊，去逛天橋；心裡打算著，總有幾個唱戲的同鄉朋友可以會面。

因此，一到天橋便由南大街直奔先農壇西面空曠之地，這裡通稱『先農壇根』；梨園行都在這裡喊嗓子，一片『咦——』『啊——』的怪聲。張德成兜了一圈，見有一個在踢腿的人，似曾相識，不由得便站住了腳。

那人也不練功了，一面拿手巾擦汗，一面走來問道：『咱們在哪兒見過。尊駕貴姓？』

『我姓張。』

『啊，聽你的天津口音，我想起來了！你是楊柳青的老張，叫張德成不是？我叫趙玉山。』

『喔，是，是！』

張德成亦記起往事。是前年夏天，趙玉山隨班到楊柳青唱酬神的戲，一天戲完，與幾個武行下館子喝酒，跟當地混混言語不和，動起手來；對方也有明白事理的人，極力勸和，張德成就是挺身排解的一個。

『我記得你同夥管你叫小趙，原來你就是趙玉山。紅角兒啊！』

『你沒聽過我的戲？』

『聽過。可是台上台下不一樣。』張德成說：『看你文文靜靜，不像個大武生。』

『你誇獎！』趙玉山笑得很高興，『走，走！今天我沒戲，陪你去喝一盅，補補在楊柳青欠你的情。』

『提那個幹甚麼？好哥兒們長遠不見，該當敘敘，走，上王八茶館去！』

『你倒也知道王八茶館，像是老天橋。』

原來王八茶館的字號叫『福海居』，是天橋最大的一家茶館，不知怎麼有此『王八茶館』這個不雅的諢名，但非常到天橋的不知道。張德成只是偶爾聽說而已。笑笑答說：『這裡，我一共不過來過七八回，算甚麼老天橋？』

『是啊，我也納悶，天天到天橋，怎麼從沒有見過你？』趙玉山問：『你怎麼到京裡來了呢？』

張德成何事來京，自然不便說實話，卻又不願另外捏造個原因；笑笑答說：『想來闖個萬兒。』江湖的黑話：『揚名立萬』，萬兒就是名聲。要到九陌紅塵，臥龍藏虎，行行都出狀元的京城裡來闖名聲，這口氣眞還不小。趙玉山不由得側著臉，深看了他一眼，帶著些忠言逆耳的味道說：『那可不大容易噢！』

『要說容易，天底下哪件事是容易的？』

本是忠告，卻碰了個軟釘子；趙玉山不免掃了興頭，話就懶了。到了王八茶館，趙玉山有固定的座頭；茶博士不必關照，先用朱漆木盆打來臉水，中間坐一個漱口缸，上面蓋一條手巾；等他漱洗停當，一壺香片也燜透了，與張德成先過了茶癮，一面買點心來吃，一面才重拾中斷的話題。

『老張，你想在哪一行闖萬兒？怎麼闖法？』

『這可把我問住了！』張德成答道：『說實話，我是來碰機會，不久，要跟朋友到淶水去一趟，也許能有甚麼機會。』

一提淶水，趙玉山的興致又來了，脫口答道：『巧得很，我去年也到淶水去過一趟。老張，你到淶水去幹甚麼？不是去找閻老福吧？』

張德成大爲驚異，趙玉山居然也知道閻老福！且聽他說此甚麼。因而點點頭說：『不是我去找閻老福，閻老福約我的朋友去玩玩，我的朋友順便就邀了我。』

『到底是去玩，還是應閻老福的約，替他去辦事？』趙玉山說：『老張，如果是去玩，我勸你就免了！那裡是是非之地，你犯不著去蹚渾水。』

『怎麼叫蹚渾水？』

『閻老福跟當地教民有仇，仇還深得很。一心想找義和拳替他賣命報仇。你想想，這是甚麼好事？』

張德成心想，他是好言相勸，如果自己不聽，話不投機，當然就無法再聽他談淶水的情形。因而口是心非地先答一句：『是了！我聽你的勸，不去惹那個是非。』

『這才是！老張，如今時局亂得很，你也不要打算闖甚麼萬兒；找個小事先混一混，看看風色再說。』

『是的，我亦想看一看再說。』張德成急轉直下地問：『閻老福這個人怎麼樣？』

『人倒還夠義氣。不過，跟他在一起，沒有福，只有禍。』趙玉山很有自信地說：『你看好了，他自己將來要闖一場家破人亡的大禍。』

『怎麼呢？』

『你想，他要燒教堂，殺教民；雖有義和拳撐腰，其實是唬人的玩意。等鬧大發了，官兵圍剿，義和拳一哄而散；閻老福逃得了和尚逃不了廟，一切罪過，不都由他一個人來承當？他能當得起嗎？』

『當然當不起。不過，我想義和拳也未見得會一哄而散！』

『那就更壞！不但他自己傾家蕩產，一定還害了地方。』

張德成默然，沉吟了一會兒問道：『小趙，你看義和拳能不能成甚麼大事？』

『瞎搗亂，能成甚麼大事？』

『你把義和拳也太看得一文不值了！』張德成笑道：『大概你吃過義和拳的虧？』

『你當我是教民，是不是？老張，你正說反了；我家吃過教民的虧，我也練過拳。』接著，趙玉山將如何入壇，如何應邀到淶水，如何發覺大師兄那一套騙人的把戲而覺悟，仍回京城，重理舊業的經過，源源本本地爲張德成說了一遍。

『怪不得你這麼看不起義和拳！』張德成不動聲色地問：『可惜，這些把戲不大有人知道；你該多多揭穿，別叫人再上當！』

『唉！』趙玉山嘆口氣說：『我何嘗不是這麼想？只恨這個年頭兒，稀奇古怪的事太多了，明明絕不會有的事，偏偏就擺在那兒！譬如皇上……』他伸一伸舌頭，趕緊將話嚥住。

張德成從容不迫地向周圍看了一下，輕聲說道：『沒有人管咱們的事，你往下說吧！』

『譬如皇上，』趙玉山將聲音壓得極低，『說他在瀛台住的地方，滴水成冰的十二月裡灌西北風。這話說出來，老張，你相信嗎？』

張德成當然要這樣回答：『我不信。』

『我也不信。可是事情就不由你不信！有個闊極了的內務府立大人立山，爲此還挨了慈禧老佛爺好一頓臭罵。這是立大人親口所說，我親耳聽見的，能不信嗎？』趙玉山略停一下，回到正題上，『就因爲這些想不到、想不通的事太多，眞假是非全分不清了，所以規規矩矩的話沒人聽，反而邪魔外道，越弄玄虛越有人相信。我要說義和拳燒教堂，用的是外洋運來的洋油，十個有九個不信；剩下那個信了的，還會悄悄兒告訴我：老弟，你這話可別隨便說。禍從口出！如今提到「洋」字就犯忌。你看，皇上只爲信洋人，落得今天這個下場！你還能強得過皇上嗎？老張，你想，是這麼一個世界，我還能說甚麼？今天是遇到你，願意聽我的勸，我才發牢騷。不然，我也不說。』

對這番話，張德成一字不遺地都印入心中；心領神會，自覺三天以來，唯有此一刻獲益不淺。這個年頭兒既然眞假不明，是非不分，自不妨顚倒黑白；不過說瞎話非瞪著眼不可，眼瞪得越大越能教人相信。當然，迎合潮流最要緊，誰『滅洋』滅得最狠，誰就是在潮流前面。至於燒教堂未嘗不可用洋油，只是趙玉山的那『大師兄』，手段欠高明而已！

念頭轉到這裡，心中一亮，多少天來一直在籌畫而總未有善策的一件事，剎那之間都想通了！

因此，這天午後跟李來中見了面，張德成躍躍欲試地表示，計畫不妨變更——李來中本有一整套計畫，先助閻老福報仇，藉此發端，看看官方的動靜；如果官方仍舊抱著息事寧人的態度，下一步便由縣而府，由府而省，要在保定大幹一番。因爲有著這種考驗地方官的作用在內，便得見機行事，不能一味蠻幹，搞得無法收場。尤其要緊的是能控制閻老福，方可收發由心。這不是一件容易的事；在李來中看，只有張德成堪以託付重任。當然，這也是對張德成的一種考驗；如果淶水之行，措置得宜，李來中預備著一個『天下第一壇』等他去主持。

張德成想變更計畫，即是想提前設壇；淶水那方面，請李來中另外派人。這多少是種一廂情願的想法；李來中很誠懇地說：『老張，我是爲你設想。儘管你本事通天，在拳裡的資格不夠；所以我現在要養你的資格。淶水成功了，你的名氣就響了，回來做個現成的大師兄，哪個敢不聽你？如果你現在自己去設壇，辛辛苦苦幹些打雜的事，不貶了你的身分？再說淶水那面，大有用武之地，十八般武藝，只要你會，儘管拿出來，這麼好的歷練的機會，哪裡去找？』

張德成原是一時興奮，急待見功；聽此一說，自然省悟，連連答說：『好，好！我就到淶水走一趟再說。』

由於李來中的關係，張德成一到淶水高婁村，即爲閻老福奉爲上賓，要大張筵席，廣宴親朋，以爲尊禮，卻爲張德成一口拒絕，說是絕不可招搖；否則，徒然僨事。

到得夜深人靜，置酒相對，方始密商步驟；『聽你說，高婁的教民，一共三十多家，總計有多少壯男？』張德成問：『有多少槍？』

『壯男大概一百出頭。槍至少也有一百多，教堂屋頂上還有一座洋炮。』

『那麼，你打算怎麼辦呢？』

『跟我有深仇大恨的，一共六家；我給他們欺侮得太厲害了，非要他們的命不可。此外，就看情形了。』

『看甚麼情形？看情形就變私仇了！要殺都殺，男女老小，一個不留！』

閻老福嚇了一跳；再想一想，臉亦變色。『那樣，』他囁嚅著說：『好像太狠了吧？』

『不狠就有禍！乾脆一個不殺。』張德成毫無表情地說；說完吃肉喝酒，低著頭剝指甲，神態悠閒得出奇。

閻老福卻大感緊張，搓著手繞室徬徨，張德成始終不理，連正眼都不看他一眼；好久，只聽閻老福跺一跺腳說：『量小非君子，無毒不丈夫，幹！』接著他重又回座，向張德成低聲說道：『張先生，他們也有一百多人槍噢！』

『只要你主意拿定了，我自有殺他們雞犬不留的法子。』

『拿定了，拿定了！』閻老福很快地說：『不是「扶清滅洋」嗎？滅洋人、殺漢奸，就是保大清！怕甚麼？』

『你算是想通了。』

張德成借箸代籌，整整談了一夜。閻老福睡得一起身，第一件事是召集親信，祕密囑咐，各人關照在一條線上的至親好友，約束家人，不准擺出與教民爲難的樣子來！遇事容忍，能裝出畏懼的神情更好。

這就是張德成所教的緩兵之計。三十幾家教民只道洋人在京裡辦好了交涉，一層一層往下壓，閻老福自知不敵，知難而退。卻不知他家來了個『謀主』張德成，而且親自出馬到淶水鄰近的定興、新城、涿州、易州各地去『拜爐』聯絡。

義和拳相互拜訪，稱爲『拜爐』；張德成雖未更改服飾，但只把長的名刺上，已經印上『天下第一壇張德成』的銜名。而所拜訪的各地大師兄，都屬於李來中一系的『離』字拳，有的不久在京中見過，有的聽李來中關照過，淶水起事歸張德成指揮，看在『離宮教』祖師、乾隆年間的『頭殿眞人郜老爺名下』一脈相傳，務必聽他的節制，拳頭朝一個方向伸。因此，儘管張德成派頭不像義和拳，甚至口叼『粉包兒』香煙，吞雲吐霧，一無顧忌，而各地大師兄仍然以禮相待，唯命是從。

當然，這多少也由於張德成說的話確有道理，『各位大師兄務必請記住，咱們這一趟下淶水，殺二毛子還在其次；最要緊的是：第一、拿官兵唬住，讓他們知道咱們不好惹；第二、教老百姓佩服，覺得咱們確是有點兒與眾不同。』他又說：『這一趟，咱們是替祖師爺傳道、義和拳打天下；能不能成氣候，就看咱們能不能搞出名堂來！總而言之，言而總之，出去一定要像個樣，裝甚麼，像甚麼！』

接著，又做了許多很細致的規定；一再聲言，必得挑年輕力壯而又聽話的弟兄『出隊』；吊而郎當，毛手毛腳，好吃懶做，多言多語的，一概不要。

這一個圈子兜下來，已經到了三月底。消息傳來，保定發現義和拳的揭帖，定期起事；到期雖無動靜，但也不聞官府捉拿義和拳。京裡則在三月廿二那天，所有教堂都發現招貼，表示勢不兩立。於是五城的巡城御史，都貼出告示，說『義和拳造謠言、毀教堂、殺教士，大干法律，著一體嚴拿。如有知機或拿獲到案者，予以厚獎。』而七、八天之中，從未有人獲得獎金；並且每天下午總有一、二十個少年及孩子，在煤山對面、神武門的宮牆下演練神拳，巡城御史經過，亦只望望而去。

『差不多了！』張德成說：『挑日子動手吧！』

挑定的日子是四月十四。有半個月的工夫可以預備，一面由張德成分頭通知，按路程遠近，計算出發的時刻，總在四月十四上午到達高婁，不可遲，也不可早；一面由閻老福指派得力親信，擇地設立『糧站』，供應飲食。

到了四月十三那天，鄰近淶水的各縣，都有義和拳穿城而過，每一隊三、五十人不等，大都是二十以上、四十以下的壯漢，也有小到十二三歲的孩子。頭紮紅巾，腰繫紅帶，有的還在衣服外面套一件形似紅兜肚的小馬甲，中畫上下兩長畫、中間兩短畫的離卦。所攜的武器，花樣甚多，短刀、長槍、鋼叉；還有些特為打造的、只有在戲台上才看得到的兵器，如豬八戒所持的九齒釘耙之類。有許多人打了臉，最普通的是，畫兩道斜飛入鬢的濃眉；但也有畫成金臉，或者用油彩亂塗一氣，彷彿唱三岔口的劉利華的那種扮相。

這支奇形怪狀的隊伍，所到之處，無不引人駐足，而隊伍中無不是一副旁若無人的姿態，甩著膀子直著眼，不徐不疾地往前走。有些膽大的，上前問訊：『你們到哪裡去？』

『高婁！』極簡潔的兩個字。

『從哪裡來？』

這回答各各不同，但也是報明地名以外，不多說一個字。再問就不答了。沿途也有人敬茶，也有人兜賣食物；一概不理，也可以說是秋毫無犯。因此，這支奇形怪狀的隊伍，便令人刮目相看了。

從四月十四日黎明開始，各路義和拳絡繹到達高婁村，但出面接待的，卻不是閻老福，而是高婁的一個總壇——高婁一共二十個團，每團二十五人，共有五百拳眾，都統轄於總壇。頭目叫作『老師父』；在義和拳中，這是第二等身分，更高一級稱爲『大帥』。張德成在不久以後，就會成爲『天下第一壇』的『大帥』。

高婁總壇的這個老師父名叫鮑自山，爲閻老福奉爲上客，已有兩個月了。但從張德成一到，鮑自山的身分在暗中降了一等；不過，張德成很夠意思，只在幕後發號施令，表面仍舊很尊重鮑自山，所以接待各地拳眾，請他出面。這樣作法，亦是爲了遮教民的耳目；如果閻老福一露面，引起猜疑，事情就棘手了。

到了中午，各路人馬，盡皆到齊，總計有近千之多。鮑自山在總壇擺設『下馬飯』，飯罷請各位大師兄、二師兄議事，這時方始由張德成接替鮑自山主持全局。

『二毛子一共三十四家，斬草除根，一個不留！今天很巧，二毛子下午要望甚麼彌撒，都在他們教堂裡，省事多多！』張德成抱拳說道：『要請各位辛苦。』

『好說！』有人答道：『請分派下來，好關照弟兄動手。』

『申時動手，酉時殺光埋掉……』

『慢來！』另有人打斷他的話說：『還要埋掉？』

『是的。現成有地方埋；二毛子家家有井，就埋在井裡。』張德成說：『有一點要請各位師兄特別關照弟兄們，要乾淨俐落，當胸一刀了帳；不要砍腦袋，卸肩膀，收拾起來麻煩。』

接下來還有兩個步驟，搜索財物，放火燒屋——包括教堂和教民的住宅在內。談到這裡，閻老福插嘴，表示一切供應都由他報效，所得財物，請張德成、鮑自山主持俵分，作爲酬謝。他本人志在一洩廿年的積憤，意外之財，分文不要。

張德成和他的話，自足以激勵士氣；但也有腦筋比較清淺的，心裡在想：殺人、毀屍、劫財、放火，除了姦淫以外，所有土匪能做的壞事都全了。地方官飛信告警，省裡派下大軍來圍剿，如之奈何？

這個疑問一提出來，無不關切張德成的答覆。誰知他只輕描淡寫地說：『官兵不必怕！亦不見得敢來。各位師兄最好不要問這些話，不然，怎麼叫「義和神拳」？怎麼叫「刀槍不入」？』

最後兩句話堵住了大家的嘴，同時也被提醒了。相互以眼色警戒；自己弟兄面前，千萬不能說這些露怯的話。不過，閻老福如夢方醒，驚出一身冷汗：這場禍闖得太大了！但到此地步，勢成騎虎，唯有自己在暗中作個打算。

一散了會，各人都回自己的團中去部署，閻老福卻祕密關照妻妾，悄悄收拾細軟，準備棄家避禍。

一到申時——下午四點鐘，張德成親手放了一枚爆竹作爲號炮，各路人馬隨即由預先派定的嚮導帶領，從各處湧了出來，中了邪似地往前直衝；教堂中正在望彌撒，神父禱告未終，義和拳已經團團包圍。有那膽大的，想去辦個交涉，誰知一出門就挨了頭刀。由此開始，只要不是頭裹紅巾，腰繫紅帶的，無不被殺。三十餘家教民，大部分都在教堂；收拾看家的少數老弱婦孺，更不費事。不過義和拳也死了兩個，是爲他們自己人所殺——犯了不准姦淫的戒條，恰恰爲大師兄撞見；一刀下去，兩顆人頭滾落床下，犯戒的義和拳與被辱的教民眷屬，同時被殺。

這天有大風，沙塵漠漠之中，不時傳出淒厲的狂喊與哭聲，但很快地都消失了。屍首被扔在井裡，剷些泥土遮沒。然後開始搜索財物，第一目標是稱之爲『鬼鈔』的大洋，此外名爲『鬼桿』的洋槍，謂之『散煙粉』的火藥，以及叫作『救睡藥』與『降神湯』的煙與酒，都很受歡迎。反倒是值錢的字畫古董，不大注意，因爲沒有識貨的人。

到了晚上九點鐘，放火燒房子。看準風向從南燒到北，教民自成一區，燒起來很方便。但火勢太大，連城裡都望見了。

淶水的縣令叫祝芾，河南固始人，倒是一位好官。聽說高婁大火，便猜測著是民教相仇，發生了大衝突；趕緊傳齊捕快，帶著僅有的三十名親兵，出城往高婁急馳。張德成早已料到有此一著，通知閻老福派人在村外通往縣城的大路上守候；等祝芾一到，攔住馬頭勸道：『請大老爺回駕。義和團惹不得。』

『你是甚麼人？』祝芾喝問。

『小的不是義和拳，也不是教民，是良善百姓。只爲大老爺是清官，特爲來報個信，請大老爺避凶趨吉，早早回衙門安置。這裡亂過一陣也就沒事，不妨明天等地方上稟報了再說。』

話說得很婉轉，祝芾頗爲心感；只是前面火光燭天，後面跟著一群槍兵，如果就此撥轉馬頭，實在不好意思。而且這樣作法，避凶未見得就是趨吉。轉念到此，硬一硬頭皮，決定有進無退。

『地方父老愛護，本縣領情。不過職司所在，不能不管。請你帶路。』

『大老爺……』

『請你不必多說，本縣自有道理。』祝芾打斷他的話，『你只帶路就是。』

『請大老爺明鑒，小人是一片赤心，偷著來報信的；如義和拳跟教民看見小人帶路，一條老命不保。大老爺既然一定要進村子，請暫留貴步，等小的先逃開。』說完，那人躬一躬腰，倒退兩步，然後一轉身飛奔而去。

那人奔到總壇。張德成正與閻老福、鮑自山，以及各路大師兄在看火燒，聽他略說經過，諸人面面相覷，最後將視線落在張德成身上，問他討主意。

『敬酒不吃吃罰酒，把這個贓官嚇回去！』張德成看著鮑自山說：『他們來了三十個人，咱們五個服侍一個！』

匆匆計議，派出一百多人，由鮑自山領著在村中廣場，列陣以待；祝芾一馬當先，馳近了一看，不由得便有些怯意，將馬一勒，暫觀動靜。

『大老爺！』閻老福閃出來說：『本村失火，已經快救滅了！請大老爺回城吧！』

『你是閻老福不是？』祝芾問說：『到底因何失火，燒了些甚麼地方？本縣得問個清楚。』

『大老爺一定要問，這裡不是說話的地方。請到前面廟裡坐。』

祝芾點點頭，下了馬。張德成搶上去接住馬韁，順勢招一招手，列陣以待的一百多義和拳，立刻一擁而上，隔開差役槍兵，祝芾就此落了單了。

這一下，祝芾大爲失悔，應該在村外聽勸，回馬始爲上策。事到如今，已難抽身；哪怕是龍潭虎穴，說不得也只好闖一闖了！

主意一定，便昂起了頭直往廟中走去，閻老福、張德成帶著十來個人跟在後面。祝芾進廟在天井中站定，看著閻老福說：『你是本地人，而且是有身家的，犯不著跟拳匪混在一起。』

一語未畢，有人暴聲大吼：『甚麼拳匪？我們是奉旨「扶清滅洋」的團練！』

『鄉民設團自衛，保護身家，也是守望相助之義，但要安分守法。』

『哪裡不安分、不守法？你這個狗官，說話好沒道理！』

『狗官、贓官、王八旦！』十來個義和拳信口亂罵，有個人拿手中的鋼叉，使勁往地上一拄，鐵環相擊，嗆啷啷作響，形勢甚惡。

『使不得、使不得！』閻老福極聲大叫，攔在祝芾面前，張開雙臂阻擋，而兩隻腳卻向後移，祝芾也就不得不退了。

『殺狗官！』張德成大喊一聲。

這是個約定的暗號。如果眞要殺祝芾，要關照『各位後退』，有一兩個人就收拾了落單的縣令；現在喊『殺狗官』，意思是拿他嚇走。

於是拳眾作勢欲撲，口中亂罵；嚇得心膽俱裂的祝芾，自有閻老福及他手下的幾個莊稼漢，團團圍住，保護得很周密。

就這樣等於落荒而逃，祝芾腳步踉蹌地繞出廟後，已有差役牽了他的馬來。閻老福用急促的聲音說道：『大老爺，快請上馬吧！前面小路通城裡。』

祝芾還想說兩句勸導的話，只見義和拳呼嘯攆來，急忙認蹬上馬，等將馬頭擺正，閻老福在馬股上使勁一鞭，不由分說地將縣官逼回城了。

回到縣衙門，祝芾連衣服都顧不得換，將屬官、幕友都請了來商議。應該連夜稟報上頭這一節，眾議僉同；但如何說法，大費思量。說輕了不受重視，說重了又怕上面責怪，涉於張皇。反覆推敲，終於定稿，說是據報高婁村祝融爲災；因爲該村向有民教相仇之事，而近日有大批義和團到達該村

『拜爐』，深恐有變，除親率差役親兵前往彈壓外，特行飛稟。

稟帖送出，天色已明，高婁村的消息接二連三傳來，道是三十餘家教民，大小一百四十餘口，盡皆不見；教堂及教民聚居之處，燒得光光。這是何等駭人聽聞之事？祝芾驚愫之餘，亦不免困惑，一百四十多口人，到底到哪裡去了呢？若說盡皆被殺，應有屍體；即或葬身火窟，亦總有遺骸可尋。而細問來報消息的人，都說只見廢墟，不見屍體，豈不可怪？

祝芾心裡很想親自去踏勘一番，但記起前一天在高婁的遭遇，便再也鼓不起勁。唯有多多派人去打聽。

打聽來的消息是，鄰近各縣都大起恐慌；高婁的義和團，曾經看中鄰近的定興縣倉巨鎮，打算去燒那裡的兩處教堂。教民得到信息，逃避一空；所以由高婁去的義和團，只燒屋，未殺人。

再有一個消息，亦令人困惑。高婁的義和團，都是應閻老福的邀約而來，大功已成，閻老福應可以揚眉吐氣了，誰知就在四月十五半夜至第二天近午這段辰光中，閻老福竟棄家遠遁了。

『看來是一場巨禍。』刑名師爺向祝芾說：『閻老福是禍首，事無可疑，否則又何致於躲避惟恐不速？』

到了四月十七，淶水開到一支官軍，領兵官是一員副將，名叫王占魁，副將從二品，已夠資格戴紅頂子，但職司不過總督親軍的一員營官，所帶出來的兵亦只馬隊八十名。此來並非由於祝芾飛稟有變，奉派來剿辦的；而是因爲朝廷電諭直隸總督裕祿查禁不法的義和團，早就奉委彈壓保定府及易州所屬十八州縣的鬧事拳眾，聽說高婁出了事故，親自來看一看。

一到當然是縣官的上賓，盛筵之間，向奉召作陪的地方紳士說道：『我奉制軍面諭，義和團只可撫，不可剿。而且還有公事。』

取出公文來傳觀，指定的任務是八個字：『迅往彈壓，妥爲解散。』祝芾已經改了主意，決定大事化小，小事化無；立即說道：『高婁只燒了房子，並沒有殺人，連彈壓都不必勞動了。』

『話雖如此，我還是要去看一看。』王占魁說：『從十四那天高婁出事以後，各地義和拳，群起效尤；前天保定以南的張登店開仗，教堂洋樓上擺了七尊炮，每尊炮上一個赤身露體的孕婦騎著，名爲「鎮炮」，說是可破義和團的妖法。結果，義和拳用搭鉤鉤了三個孕婦下來，白刃交加，破腹而死；可是亦沒有討得便宜，七炮齊開，打死了幾十個人，義和團吃了敗仗。這是我帶隊經過，親眼所見的。』

聽得這段敘述，席間無不毛骨悚然；有人忍不住問：『王將軍，你倒沒有彈壓？』

王占魁苦笑了，『有甚麼法子？第一，制軍交代的，只准勸導解散，不能用武；第二，』他不好意思地說：『八十名馬隊亦擋不住七尊炮。』

『唉！』祝芾重重地嘆氣，『義和團固然胡鬧，教民亦太不成話了！教堂居然有炮，且有七尊之多。民教相仇，不知伊於胡底？』

『有司不得辭其咎。』王占魁讀過幾句書，爲人也很明白事理，慨然說道：『直隸如果不是廷臬台，不至於鬧成這個樣子。』

廷臬台是指直隸按察使廷雍，此人籍隸滿洲正紅旗，以貢生起家。他跟毓賢是一丘之貉，都迷信義和神拳；直隸總督裕祿心無定見，聽信了廷雍的話，依違兩可，只是在觀望風色。照王占魁的看法，如果裕祿能像袁世凱那樣，一發現義和團由山東蔓延過來，立即下令嚴禁，不聽者剿！就不至於有今天養癰貽患之憂。

『可是，』祝芾問道：『廷藩台不是很明白的人嗎？』

廷藩台名叫廷傑，滿洲正白旗人。名字與廷雍一字之差，而對義和團的看法完全不同。可是其言不爲裕祿所聽，『這有個緣故，』王占魁說：『京裡當權的兩位大軍機，一位也像裕制軍那樣在觀望風色；一位早就說過：義和拳是赤膽忠心的義民。這一來，當然臬台的話，分量比藩台來得重了。』

祝芾知道他所指的兩位軍機大臣，觀望風色的是榮祿；說義和拳赤膽忠心，也就是一力主張將義和拳視作團練，才得奉旨改義和團的剛毅。

朝中勢力最大，能夠在慈禧太后面前爭辯的，就只有這兩個人。而今如此，義和團又何能不猖獗？除非有兵權在手，而且爲朝廷所看重像袁世凱那樣的人，才能有一番作爲；否則，就只好盡量委屈，以冀求全。但看樣子對義和團就肯委屈，亦難求全。

轉念到此，祝芾憂心忡忡；想起刑幕的警告：看來是一場巨禍！越發寢食難安。

巨禍果然發生了！裕祿接得高土妻有變的稟帖，派出一名統領楊福同，帶隊到淶水『相機辦理』。其時祝芾已經心力交瘁地在高土妻以好言誘獲拳民六個人，由王占魁帶回定興；講明白，這只是敷衍公事，一定會從輕發落。同時留下四十名馬隊，駐守高土妻，作爲警戒。

第二天，楊福同的隊伍開到，祝芾少不得又要陪他下鄉；行到一個叫作百部村的地方，突然來了幾百義和團，包圍官軍。楊福同飛調高土妻的馬隊支援，內外夾擊，打死了幾十個義和團，方得解圍。

見此光景，祝芾不敢再往前走，單獨回城。楊福同會同援軍到高土妻；還未進村，又遭遇數十義和團猛撲。馬隊放了一排槍，拳眾退守一座大空院，做法不靈，爲楊福同揮兵攻入，生擒九人，斬殺二十多，很顯了一點威風。

誰知保定府屬的義和團，就在這十天工夫中，蜂擁而起，已成燎原之勢。來自淶水以北涿州的大股義和團，在山道設伏；楊福同眾寡不敵，被困在山溝中，身邊僅有兩名馬弁，當然遇害。身受五十餘傷，面目兩肢全毀，死得很慘。

裕祿得報，大驚失色，找來藩臬兩司會商。廷傑主剿，廷雍主撫，相持不下。裕祿是主撫的，但又怕言官說話，朝廷責備。就在這徬徨不決之際，來了一道上諭：直隸藩司廷傑內調，以臬司廷雍兼署藩司。

這一下還說甚麼？裕祿唯有跟著廷雍的路子走！他下定決心了，朝廷既然有重用義和團之意，自己就得走在前面。何況民氣昂揚，都相信義和團能夠『扶清滅洋』；相信入春久旱，瘟疫流行，而『只要掃平洋人，自然下雨消災。』自己又何可與潮流相悖？

因此，總督衙門有兩個官兒，立即受到重用。一個是專負與各軍營聯絡之責的武巡捕徐其登，一個是候補道譚文煥。徐其登本來就是白蓮教餘孽，亦就等於義和團埋伏在裕祿身邊的內應；而譚文煥之極力為義和團說好話，到處宣揚義和團如何神勇，卻另有緣故。

原來候補道品類不齊，才具不一，眞所謂『神仙、老虎、狗』；是搖尾乞憐的狗，威風凜凜的老虎，或者逍遙自在的神仙，全看各人會不會做官。不會做的，轅門聽鼓，日日侍候貴人的顏色，所得的只是白眼；會做的，哪怕資格是捐班，敵不過『正途』，補不上實缺，但可鑽營『差使』，而有些差使如製造局總辦之類，油水之足並不下於海關道、鹽運使等等肥缺。而且實缺道員只能佔一個缺，差使卻可兼幾個，所以有些紅候補道，聲勢煊赫，起居豪奢，著實令人豔羡。

譚文煥就是深曉箇中三昧的，只是時運不濟，謀幹差使，幾次功敗垂成，到緊要關頭上，總是爲大有力者所奪去。這時默察時局，朝中講洋務的大爲失勢，而義和團人多勢眾，打出去的旗號又很漂亮，很可以有一番作爲。他生得晚，每每自歎，未能趕上洪楊之亂；否則，從軍功上討個出身，早就是方面大員了。如今有義和團『扶清滅洋』這個大好良機，豈可輕輕放過？

他心裡是這樣盤算，從來對付大股土匪，不外剿撫兩途；准義和拳改稱爲義和團，即無再剿之理，接下來便是招撫。如果及早促成其事，則就撫的義和團便得設局管理，別的不說，只說經手糧餉軍裝，就有發不完的財。因此，由徐其登的關係，跟李來中搭上線以後，就不斷在裕祿面前游說，勸裕祿收義和團爲己用，上報朝廷恩遇，下求子孫富貴。日子一久，裕祿亦頗爲動心；如今既然決心照譚文煥的話做，當然少不得譚文煥的參贊。

『義和拳是神仙傳授，所辦的事，萬萬非神力所及，譬如淶水燒教堂，誅教民，是一位老師唸一遍咒，頓一頓腳，立刻有六丁六甲平地湧現，聽命而行。高婁村的教民三十餘家，大小一百餘口，一轉眼間無影無蹤；王副將親自檢視火場，連屍首都不曾發見。大帥，』譚文煥說：『請想，這哪裡是凡夫俗子辦得到的。』

『是啊！』裕祿很嚮往地，『那位義和團老師，不知在哪裡，能不能請來見一見？』

『這位老師叫張德成，在靜海縣屬的獨流鎮，主持「天下第一壇」。請來見一見，恐怕……』

譚文煥故意不說，要等裕祿來問。果然，『怎麼？』裕祿問道：『不肯來見我？』

『不是不肯。因爲關聖帝君降凡，總是託體在張老師身上；身分不同，他不敢褻慢神靈。』

『要怎樣才不算褻慢呢？』

『這，』譚文煥遲疑地，『卑職不敢說。』

『說說不要緊。』

『得用王者之禮。』

『這可爲難了！』裕祿答說：『用我的儀從，還無所謂。用王者之禮，非請旨不可。看一看再說吧！』

裕祿的態度，當天就傳到了張德成耳中；再等了三天，朝廷對涿州戕官一案處置的情形，也有消息傳來了。

是個很確實的消息，當楊福同被害的奏報到京，剛毅看完之後，竟表示：『不該先傷義士！』這義士當然是指義和團。

歷來暴民戕官，被視作目無法紀，形同叛逆的大罪。因爲朝廷設官治民，而民竟戕官，等於不服朝廷的統治。爲了維繫威信，如果發生這樣的案子，一定派大軍鎭壓，首犯固在必獲，無辜株連亦是常事，甚至上諭中會公然有『洗剿』的字樣出現。如今一員副將這樣慘死，而平章國事的軍機大臣竟還責以『不該先傷義士！』然則『義士』又豈可無聲無臭，毫無作爲？

『水到渠成了！』李來中對張德成說：『你放手幹！我回西安去一趟；陝西能夠搞一個局面出來，出潼關，過風陵渡跟山西連在一起，再出娘子關到正定，席捲河北，何愁大事不成？』

『天下第一壇』的發展很快，張德成手下已經有上萬之眾。分出一半，親自率領，由獨流鎭進駐天津，在西門找了一處大宅作爲『行館』，設壇辦事，門口懸一面極大的黃旗，上寫五字：『天下第一團』。

張德成聲勢卻又不及『黃蓮聖母』。她的『紅燈照』是天津的一景;大街上常可以看見一隊紅衣女子,大到十七八,小到十二三,濃妝豔抹,螺髻雙聳,右手紅扇,左手紅帕,妖妖嬈嬈地招搖過市。據說,那紅扇子,妙用無窮,一搧就可以把自己搧得雙足離地,再一搧便冉冉上升,越搧越高,直至雲端。晚上有無數的百姓登高望遠,言之鑿鑿地說,空中有紅燈多盞,忽上忽下,浮游自如,那就是紅燈照。還有些人家的大姑娘,半夜中起身,盛妝出門,說是奉『黃蓮聖母』之命,去練紅燈照,其實是去會情郎,而父兄都不敢過問,因爲紅燈照的法術、身分都比義和團還高;義和團路過紅燈照,必得口稱『仙姑』,跪伏道旁,等紅燈照搖搖擺擺走完,方能起身。

張德成一到,當然要去拜『黃蓮聖母』;她住在侯家後鹽河的一條大船上,船艙四周用黃綢子裝飾,艙中設兩張桌子,前面一張是供桌,高香紅燭,香花鮮果,一應俱全;後面一張鋪設猩紅的褥子,『黃蓮聖母』盤膝端坐,安然受人膜拜;連張德成亦不例外,照樣一跪三叩行了大禮,侍立答話。

『張老師,你辛苦了!此來何事?』

『向聖母請示,哪一天燒教堂?』

『你有法術在身,手指一指,天火就起,何必問我?』

『不敢,不敢!德成法術有限,要請聖母助以一臂之力。』

『我怎不助你?你儘帶去行法,到時候我自有道理。』

兩人就這麼一問一答,煞有介事地周旋了一番,張德成方又磕頭告辭。

等張德成回壇不久，忽傳『黃蓮聖母』駕到，少不得煞有介事地率隊出迎。奉至壇中，『黃蓮聖母』向上行過了禮，居中坐下，受張德成的參拜；侍立在旁的『三仙姑』雖是張德成的胞妹，卻不叫他哥哥，用他們義和團中的『官稱』，替『黃蓮聖母』宣諭。

『張老師！』她朗朗然說：『聖母有仙法傳授。天機不可洩漏，作速預備潔淨嚴密之地。』

『遵諭。』張德成響亮地答應。

站起身來有一陣忙。叫人拿後園的一座佛閣，打掃潔淨；現在有張匠床，移向中間，厚鋪茵褥，作爲『聖母』的『法座』；前面擺一個蒲團，算是『張老師』跪受『仙法』之處。

部署已畢，奉請『法駕』。十來名紅燈照簇擁著，將『黃蓮聖母』送上佛閣，『三仙姑』隨侍在側，但等張德成一上去，『三仙姑』隨即退出，關上房門，下樓守住入口，以防閒人擅闖入閣，攪擾『傳法』。

『阿連！』張德成摟住『黃蓮聖母』先親了個嘴，然後伸出手去亂摸索。

『看你猴急得這個樣子！』阿連『拍』一下打他的手；『別弄縐了我的衣服。』

張德成也醒悟了，用手掌使勁抹一抹嘴，抹去從阿連那裡染來的胭脂，笑笑說道：『你眞行！搞成很有氣派。』

『有個人很捧我，說實話，很得他的力。』

『誰啊？』

『曹福田。』

『喔，是他！』與阿連並坐著的張德成，將身子往一邊縮一縮，斜睨著她說：『你們很不錯啊！』

『你看你！』阿連不悅，『無緣無故吃甚麼醋？像你這種小心眼兒，還能辦大事？』

這句話說得張德成有些慚愧，『不是我愛吃醋，諒你也看不上那個大煙鬼的髒相。不過，阿連，』他正色說道：『一山容不下兩隻老虎！如今我來了，他怎麼說？』

『他有他的道理，可以收他做個幫手……』

『不行，他那一套簡直是跟咱們在搗亂。』

原來曹福田之能自張一幟，是件極偶然的事。此人是聶士成部下開小差的逃兵；鴉片癮大，而專以哄騙偷竊度日；平日行跡怪異，而機警特甚。不久以前，到了天津，看人在練義和拳，覺得好笑；這天偷了人家一件古董，賣了十來兩銀子，過足了癮，精神極好，心想開個玩笑，學義和拳的樣，忽然一閉氣，將臉脹得通紅，身子往後便倒，等有人圍過來看時，他手足徐動，然後一躍而起，木立片刻，突然一轉身，望著東南方向，磕頭如搗蒜。

練拳的爲他這突如其來的動作所眩惑，一個個都睜大了眼在看；誰知就在這時候，有人大喊：『起火，起火！快上「水會」去！』

曹福田一愣，抬頭看時，只見河東黑煙瀰漫，靈機一動，隨即手指著問道：『你們看見了沒有？』

『看見甚麼？不就是起火了嗎？』

『火德星君！努，努，』曹福田畫動手指，『正在做法。』

四周的人相顧愕然，不知火德星君在哪裡？這時鑼聲噹噹，是『水會』正在找人救火；無業遊民，紛紛攘臂向前，跟著『水會』中的『洋龍』，疾趨往東。而曹福田渾似不覺，只仰著頭遙望；過了一會兒，突然望空作揖，同時不斷抬頭遠矚，看樣子是恭送火德星君上天。

『怎麼回事？』

『不要緊了！火德星君回南天門了。』

就這番神乎其神的怪事，使得曹福田大受敬仰，不由分說地擁入壇中，被推戴爲老師。曹福田很聰明，心想義和團遍地皆是，若無獨特的風格，不能聳動人心，出人頭地；所以決定自行其是，不避『洋』字，口中自朝至暮總啣著一枝捲煙，戴一副大墨鏡；亦不大做法，只是手執一根秫稭，自道是玉皇大帝所賜的寶劍，可以召請天兵天將。同時他爲人謙虛，不擺老師的架子，人緣很好。遇到紅燈照尤其客氣，拜跪稱仙姑，就是他開的例，『黃蓮聖母』的招牌能夠一下子打響，平心而論，曹福田功不可沒，所以阿連不能不替他說好話。

『辦大事不能不招兵買馬，老曹是個人才！』阿連勸道：『譬如你是洪秀全，總也要有楊秀清啊！你說是不是？』

『他是楊秀清，你就是洪宣嬌。』

『我是你媽！』阿連大爲光火，『又來了，你倒是有完沒有完。』

『好了，好了！我也不過說說笑話，既然你說他可以做我的幫手，就叫他來見我。』

『你別忙！他總要來的；不過，你得先讓他一步。』

『爲甚麼呢？』

『讓他先把前面半齣戲唱完，你正角兒登台，才有威風。』阿連說：『明天你先回獨流；老曹，我讓他另外掛一塊牌子。』

『掛甚麼牌子？』

阿連從口袋中掏出一張紙來，張德成接來一看，上面有一行字：『署理靜津一帶義和神團』，是曹福田的新頭銜。

『原來你們早就商量好了。』

『是總督衙門譚老頭的主意。他說，老曹署理，意思就是另有頭腦；這個頭腦就是你。等他牌子多掛兩天，少不得有人打聽，誰派他署理的？說起來是獨流天下第一壇的張老師。這一下，你的萬兒不就立起來了嗎？』

張德成覺得這話很中聽，想了一下說：『既然是譚老頭的主意，就這麼辦。不過，天津我要來就來，誰也攔不住我。』

『那當然，你不來我還想得你要死呢！』說著，阿連抛過去一個媚眼。

『來吧！』張德成一把往她胸前抓了去，『留下點讓你想的東西。』

楊福同因公陣亡，竟同枉死，朝廷不但沒有恤典，還革了他的職。裕祿由於直隸提督聶士成的堅持，不能不派兵到涿州，但並非圍剿戕官的不法之徒，而是虛聲恫嚇一番。於是，涿州的義和團在兩三天之內增加了好幾倍；而總理各國事務衙門在擔心的事，終於發生了。

擔心的是義和團會燬鐵路、拆電線。四月二十九，京西琉璃河至涿州的鐵路，爲義和團掘起鐵軌，燒燬枕木，沿路的電線桿亦被鋸斷。這是下午的事；傍晚，總理衙門就已知道，因爲由保定到京的火車與電報都不通了。

第二天就是五月初一，由琉璃河到長辛店幾十里的鐵路、車站、橋樑，都被破壞；甚至蘆溝橋以東密邇京城的豐台車站，亦被燒光，有兩名西洋工程師的下落不明。

這一下，驚動整個京城。但有人驚恐，而有人驚喜。爲了義和團煩心、舊疾復發，請假一個月在家休養的榮祿，不能不立即銷假，坐車趕到頤和園，遞牌子請見慈禧太后。

『老佛爺，可眞得拿主意了！』榮祿氣急敗壞地說：『不然，只怕要闖大禍。英國跟俄國，已經通知總理衙門，決定派兵到京，保護使館；另外各國聽說也在商量，照英、俄兩國的辦法。拳匪內亂，招來外侮，那麻煩可大了。』

『你說拳匪，有人說是義民。教我聽誰的好？』慈禧太后說道：『聽說你手下的說法就不一樣，聶士成主剿，董福祥主撫，你又怎麼說呢？』

榮祿一時語塞。他不能說董福祥跋扈，又有端王支持，在武衛軍中已成尾大不掉之勢。只好這樣答說：『義和團果然不是亂搞，當然應該安撫；不過這樣子燒鐵路、拆電線，實在太不成話了。』

『我也是這麼想。不過良莠不齊，亦不能一概而論。鐵路可不能亂拆，你得派兵保護。』

『是！』榮祿答說：『奴才已經電調聶士成專派隊伍，保護蘆保、津蘆兩路。另外調董福祥的甘軍來保護頤和園。不過，老佛爺如果不拿個大主意出來，這件事了不了！』

『你要我怎麼拿主意？』

『拿義和團一律解散。如果抗命，派大軍圍剿。』

『這恐怕影響民心。』慈禧太后搖搖頭說：『不管怎麼樣，義和團「扶清滅洋」總是不錯的。民教相仇，兩方面都不對；只辦義和團，放過放刁的教民，也欠公道。』

聽口氣仍有袒護義和團之意；榮祿知道從正面規諫，不易見聽，因而改了主意，碰個頭說：『奴才有件事，寢食不安，今天必得跟老佛爺回奏明白。義和團在涿州、易州一帶，人數很多；敢於跟官軍對仗，可見無法無天。易州過去，祖宗陵寢所在，倘有騷擾情事，奴才就是死罪。爲了保護陵寢，奴才不能不用激烈手段；先跟老佛爺請罪。』

聽得這話，慈禧太后悚然動容，『這個責任，我可也擔不起！』她說：『咱們說正經的，你倒看，怎麼才妥當？依我想，鬧事的也不過爲頭的幾個人；「一粒老鼠屎，帶壞了一鍋粥」，那些不安分的，也實在可惡！』

這算是讓了一點步。榮祿心想，大舉圍剿，亦恐力有未逮；話也不必說得太硬，且先爭到一道『嚴拿匪首』的上諭，再作道理。

『老佛爺既這麼吩咐，奴才盡力去辦。不過，總得有旨意才好著力。』

『當然要有旨意。』慈禧太后說：『你先下去，把我的話傳給剛毅他們；回頭你跟他們一起「見面」，就把寫好的旨意帶來我看。』

於是榮祿跪安退出，回到宮門口軍機值廬，只見剛毅正在大發議論；聽得蘇拉傳報：『榮中堂到！』裡面隨即沒有聲音了。

榮祿有意將腳步放慢，裝得相當委頓的神氣，扶著門框進了屋。一屋的人，除了禮王世鐸以外，都站了起來；因爲榮祿的本職是文淵閣大學士，在軍機大臣中的職位，僅次於禮王。

『仲華銷假了！』禮王很殷切地說：『這可好了！多少大事，要等你商量。』

『怎麼？』剛毅接著問道：『貴恙大好了吧？』

『大好？』榮祿搖搖頭，『快要遞遺摺了！』

這個釘子碰得不小，剛毅的臉色很難看；趙舒翹怕局面鬧僵，急忙大聲說道：『三位中堂請坐！』順手又拉一把椅子給啓秀，這樣都招呼到了，才又加一句：『咱們從長計議。』

於是剛毅繃著臉說：『展如，請你把洋人的無禮要求說一說。』

軍機大臣兼總理大臣的，一共兩位：王文韶、趙舒翹。王文韶的資格遠過於趙舒翹，倘有陳述，應該王文韶開口；但剛毅卻不管這一套，只命他所汲引的趙舒翹發言。圓滑得已無絲毫火氣的王文韶並不以爲忤，而榮祿卻頗爲不平；一半也是有意跟剛毅過不去，所以很快地接口：『不必說了！麻煩都是自己找的，還說甚麼？』

『慢慢商量！慢慢商量！』禮王怕他們又起爭執，趕緊攔在中間說：『洋人要派兵進京，保護使館，這件事能不能准，恐怕非請旨不可了。』

『事事請旨，亦不是辦法；事情還是我們這裡辦。』榮祿說道：『各國要派兵保護使館，依我看亦無不可。』

此言一出，剛毅勃然變色；『那還成話嗎？』他憤憤地說：『輦轂之下，洋兵耀武揚威；國格掃地了。』

『國格！哼，』榮祿冷笑，『義和團這麼鬧下去才眞是國格掃地。』

『我看這樣，』禮王急忙又作和事佬，『還是請旨吧！最好再找老慶來，一塊兒請起！』

『這話倒也是。本來，這件事應該歸總理衙門主辦。』榮祿隨即轉臉吩咐蘇拉，『去看看，慶王大概已經來了。』

『來了，』王文韶這時才開口，『跟端王在一起。回頭到這裡來。』

『那就等一等再說。』榮祿接著說道：『我剛從上面下來；皇太后有面諭，讓我轉達。』

述完了旨意，隨即召『達拉密』來擬旨。這下榮祿與剛毅又大起爭議，一個主張嚴禁義和團肇事；一個認爲肇事的不是眞正義和團，絕不可一概而論。啓秀幫著剛毅說話，趙舒翹從中調解；而王文韶發言不多，不過語氣中贊成榮祿的主張，雙方勢力差不多，便只好折衷，說『鄉民練習拳勇、良莠不齊』，有『游勇會匪、溷跡其間』，如『戕殺武員、燒燬電桿鐵路，似此愍不畏法，與亂民無異』，責成『派出之統兵大員及地方文武，迅速嚴拿匪首，解散脅從』。如果敢於『列仗抗拒，應即相機剿辦』。上諭中沒有提到義和團，是榮祿的讓步；交換條件是爭得一句『所有教堂、教民、地方官均應切實保護。』

等將旨稿字斟句酌擬好，太監已來催促，慈禧太后立等召見。每日照例的軍機見面，有皇帝在座；不過只有慈禧太后推一推他手時，他才敢說話，亦無非複述懿旨，加一兩句門面話而已。

看完『嚴拿匪首』的旨稿，慈禧太后認可照發；隨又說道：『涿州的義和團，人數很多，良莠不齊，到底是亂民多，還是義民多，應該解散，還是編練？大家的說法不一多，因爲道聽途說，所以沒有個準。我想，是不是派人下去，切切實實看個明白；那時候該怎麼辦，就好拿準主意了。』

『是！』禮王答道：『派甚麼人去看，請旨！』

『這算是地方上的事，讓順天府去！』

順天府尹名叫何乃瑩，山西靈石人，亦是徐桐、啓秀一路人物，榮祿心想，派此人去，當然是替義和團說好話。至少應該加派一個人，才不會偏聽；因而建議：『何乃瑩一個人怕看不周全；奴才請旨，可否加派大員勘查？』

『也好！』慈禧太后很欣賞趙舒翹的精明強幹，而且他兼管順天府尹，責無旁貸，便即說道：『趙舒翹，你辛苦一趟。』

『是！』趙舒翹欣然領旨。

『快去快回，務必仔細看明白。』

『是！』趙舒翹答說：『臣回頭一下去就跟何乃瑩接頭，趕得及的話，今天就出京。』

『使館、教堂應該保護。』慈禧太后問道：『聽說各國使館自己要派兵來！這件事，榮祿你看該怎麼辦？』

『如果人數不多，許他亦不妨。』榮祿答說：『這件事該問一問慶親王。』

『慶王已經有摺片了，跟你的話一樣，說是只有三百洋兵，就讓他們進京也不妨。』慈禧太后又說：『這樣也好。既然他們自己派了兵保護，萬一出甚麼亂子，也不能全怪咱們。』

慈禧太后竟是這樣的意思，無形中便等於鼓勵義和團向使館挑釁，榮祿覺得不妥，不過不必爭；太后既有『使館、教堂應該保護』的話，只遵旨而行，多派兵保護好了。

於是，等一退了下來，榮祿立刻調兵遣將，先派兵兩營駐海淀保護頤和園；又電飭聶士成調派得力隊伍，保護蘆保及津蘆兩條鐵路，特別指令：若有亂民鬧事，立即圍剿，格殺不論。然後通知步軍統領崇禮，多派兵丁在東交民巷使館區，晝夜巡邏，嚴密防守。這樣部署粗定，派人拿了名片，請趙舒翹來吃晚飯。

趙舒翹爲剛毅所識拔，與榮祿不甚接近，忽蒙寵召，驚喜交集。喜的是榮祿此舉，大有看重之意；驚的是剛毅氣量狹隘，得知此事，必然心生猜忌，以後怕有麻煩。考慮了一會兒，決定先去看了剛毅再說。

『你去！』剛毅答說：『聽他說點兒甚麼。』

『是！』趙舒翹馴順地說。『由他那裡出來，我再來見中堂。』

『不必了！』剛毅很體恤地，『你明天一早要動身，早點回家休息。你只記住，義和團的民心可用，千萬不能洩他們的氣。榮仲華首鼠兩端，你別信他的話。』

『是了！我記著中堂的話。』

『展如！』榮祿從容問道：『你可知道，上頭爲甚麼特意派你去？』

『聖意難測，請中堂指點。』

『皇太后最好強，總以英法聯軍內犯，燒圓明園是奇恥大辱。然而報仇雪恥，談何容易？像如今的搞法，只有自召其禍。皇太后也知道義和團不大靠得住，而且，很討厭義和團……』

『噢！』趙舒翹不覺失聲打斷了主人的話。

『你不信是不是？展如，我說件事你聽，眞假你去打聽，我絕不騙你。』

據榮祿說，義和團的那套花樣，已經由端王帶到宮裡去了。好些太監在偷偷演練。有一次大阿哥扮成『二師兄』的裝束，頭紮紅巾，腰繫紅帶，穿一件上繡離卦的坎肩，手持鋼叉與小太監學戲台上的『開打』。正玩得熱鬧的當兒，爲慈禧太后所見，勃然大怒，當時便罵了一頓。

『不但臭罵了一頓，還罰大阿哥跪了一支香。這還不算，連徐蔭老都大倒其楣；特意叫到園子裡，很說了一頓，蔭老這個釘子碰得可夠瞧的了。』

『怪不得！』趙舒翹說：『前幾天蔭老的臉色很難看。』

原來大阿哥入學，特開弘德殿爲書房，懿旨派崇綺爲師傅，而以徐桐負典學的總責，這個差使的名稱，就叫『照料弘德殿』；在同治及光緒初年，此職皆是特簡親貴執掌，無形中賦以約束皇帝的重任。所以徐桐照料弘德殿，對大阿哥的一切言行，便得時時刻刻當心；如今不倫不類地做義和團二師兄的裝束，在慈禧太后看，便是『自甘下流』，當然要責備徐桐。榮祿講這個故事，意思是要說明，慈禧太后本人並不重視，更不喜歡義和團。

在趙舒翹，沒有不信之理，只是覺得有點意外。不過，細想一想亦無足爲奇，用一個人並不表示欣賞一個人；現在他才眞正明瞭自己此去的任務，並非去安撫或者解散義和團，亦不需負任何處理善後之責，純粹是做慈禧太后的耳目，去看一看而已。

『中堂的指點，我完全明白。義和團是否可用？我冷眼旁觀，摸清眞相，據實回奏。』

『正是！』榮祿拍拍他的手臂說：『你說這話，我就放心了。展如，你的眼光我一向佩服；上頭派你這個差使，眞是找對人了。』

趙舒翹到達涿州的前一天，義和團在京西黃村地方吃了一個大虧；當然是自取之咎——聶士成奉命保護蘆保、津蘆兩路，帶隊經過蘆溝橋，發現義和團要毀鐵路，先禮後兵，約束士兵，不准動手，只用好言相勸。誰知義和團破口大罵，而且先開槍打死了兩個官兵。這樣一而再，再而三，用武力驅散不成，官兵卻不能有所傷亡；因而激起眾怒，拚命追擊，由蘆溝橋追到黃村，大舉進剿，打死的義和團有四百八十八人之多。

這一下，趙舒翹的處境便很艱難了。雖然他自己了解，此行純然是『看一看』；但涿州城府內外所聚集的義和團，據說有三萬之眾，首領叫作蔡培，聲稱洋人將攻涿州，權代官軍守城。城牆上一片紅巾，萬頭攢動，刀矛如林，州官計無所出，唯有絕食以求自斃。在這樣的情勢之下，順天府尹何乃瑩陪著管理順天府的軍機大臣趙舒翹到達，豈容袖手不問？

經過當地士紳的一番折衝，義和團派四名大師兄與趙、何在涿州衙門大堂相見。東西列坐，平禮相見，無復朝廷的尊嚴與體統，也就顧不得了。

『你們都是朝廷的好子民，忠勇奮發，皇太后亦很嘉許。不過，』趙舒翹說：『不管甚麼人總要守法才好。你們這樣子做，雖說出於「扶清滅洋」的忠義之氣，究竟是壞了朝廷的法度！聽我的勸，大家各回本鄉，好好去辦團練；朝廷如果決定跟洋人開仗，少不得有你們成功立業的機會。』

四名大師兄翻著眼相互看了一會兒，由蔡培開口答覆：『姓聶的得了洋人的好處，幫洋人殺自己人，是漢奸！姓聶的不革職，一切都免談。我們要跟他見個高下，倒要看看他，究竟有多大的道行？』

趙舒翹既驚且怒，但不敢發作，口口聲聲稱『義士』，百般譬解。聶士成罪不至斥革；何乃瑩亦幫著相勸，說官軍並非有意與義和團為難；而蔡培絲毫不肯讓步。談到天黑，一無結果；不過彼此都不願決裂，約定第二天再談。

當夜官紳設宴接風，盛饌當前，而食量一向甚宏的趙舒翹，竟至食不下嚥。草草宴罷，獨回行館，繞室徬徨，心口相問；到天色將曙才頓一頓足，自言自語地說了一句：『只好借重聶功亭了！』做了這個決定，方始解衣上床。一覺驚醒，只見聽差揭開帳子說道：『老爺請起身吧！剛中堂有請。』

『剛中堂在哪兒？』

『知州衙門。』聽差一面回答，一面將剛到的一份邸鈔遞到趙舒翹手裡。

接來一看，頭一道上諭一開頭便有聶士成的名字；看不到兩行，身子涼了半截，上諭中竟是責備聶士成不應擅自攻打義和團，詞氣甚厲，有『倘或因此激出變故，唯該提督是問』的字樣。最後的處分是，著傳旨『嚴加申飭』，並著隨帶所部退回蘆台駐紮。

『完了！』他說；籌思終夜，借重聶士成鎮壓涿州義和團的計畫完全落空了。

現在該怎麼辦呢？他在想，楊福同、聶士成是前車之鑒；如果自己不肯遷就，那就連剛毅都不必去見，最好即刻束裝回京，上摺辭官。

一品官兒，又是宰相之位的軍機大臣。幾人能到此地位？趙舒翹楞了半天，嘆口氣說：『唉！老母在堂……』

『展如，你大概還不知道，洋兵已經進京了！外侮日亟，收拾民心猶恐不及，怎麼可以自相殘殺？聶功亭糊塗之極，皇太后大爲震怒。至於董回子，跋扈得很，他的甘軍亦未必可恃。可恃者，倒是義和團，你看一呼群集，不是忠義之氣使然，何能有此景象？如今沒有別的路好走，只有招撫義民，用兵法部勒，借助他們的神拳，一鼓作氣，剿滅洋人。』剛毅唾沫橫飛地說：『我是自己討了這個差使來的；幸虧早到一步，還來得及挽回。展如，你千萬不可固執成見了。』

『中堂說得是！』何乃瑩接口：『如今聶功亭奉旨申斥，足以平義士之氣。我想，就請中堂來主持談判。』他又轉臉問道：『展公以爲如何？』

趙舒翹心想，到此地步，說甚麼都是多餘的了，便微笑答說：『兩公所見如此，舒翹何能再贊一詞。如今既由中堂主持撫局，似乎我倒可以回京覆命了。』

剛毅點點頭說：『也好！你先回京。皇太后召見，你就說：一切有我。』

『是！』

於是趙舒翹當天動身回京。第二天一早進了城，照例先到宮門請安，慈禧太后隨即召見，第一句話問的是：『到底怎麼樣？你看義和團鬧起來，會不會搞得不可收拾？』

『不要緊。』趙舒翹一時無話可答，只好順口敷衍：『臣看不要緊。』

這『不要緊』三字，在他出口是含糊其詞；而在慈禧太后入耳卻是要言不煩。因爲多少天以來，她聽人談起義和拳，不是沒口稱讚，便是極口詆斥；正反兩極端，令人無所適從。有些人腦筋比較清楚，論事比較平和的，如慶王等人，卻又首鼠兩端，不作肯定之詞，論義和團的本心，說是忠義之氣可取，就怕他們作亂；談義和團的法術，說是天下之大，無奇不有，或者眞有神通，亦未可知。反正是慈禧太后，說跟不說沒有甚麼分別。

此刻可聽到一句要緊話了，就是這個『不要緊』！四十年臨朝聽政，慈禧太后自信甚麼人都能駕馭，甚麼事都能操縱；惟獨怕義和團蠢如鹿豕，本事再大，總不能讓野獸乖乖聽命。到亂子鬧大了，狼奔豕突，不受羈勒，如何得了？既然『不要緊』，就讓他們鬧一鬧；教洋人知道民氣方張，不可輕侮，要想在中國傳教做買賣，非請朝廷保護不可。那一來不管廢立也好，建儲也好，各國公使就不敢來多管閒事了！

於是，慈禧太后即刻啓駕，由頤和園回西苑。照向來的例規，總是由昆明湖上船，經御河入德勝門西水關，過積水潭到三海，而稱爲『還海』；但從五月初以來，義和團三五成群，橫眉怒目，御河兩岸亦不甚安靜，所以這天不能不由陸路坐轎進城。

一到西苑，第一個被『叫起』的是端王載漪；慈禧太后其實並不喜歡這個姪子兼外甥女婿，見面問話，從無笑容，這天亦不例外，綳著臉問：『你知道不知道，昨天各國公使一定要見皇帝，說要面奏機宜？』

『那都是有了總理衙門，他們才能找上門來胡鬧；奴才的意思，乾脆把這個衙門裁掉，洋人就沒有輒了！』載漪得意洋洋地說。

『你聽聽！』慈禧太后對側面並坐的皇帝說：『他這叫甚麼話？』

這是大有不屑之意。載漪受慣了的，並不覺得難受；難受的是這話向皇帝去說，相形之下，情何以堪？不由得臉紅脖子粗地，彷彿要抗聲爭辯，但結果只是乾嚥了兩口唾沫。

『我問你，這兩天洋兵來了多少？』

『來多少都不怕！』載漪大聲答道：『義和團是天生奇才，法術無窮，可以包打洋人；所以洋兵要進京，奴才亦不願意攔他們，反正都是來送死的！』

『你可別胡鬧！』慈禧太后沉著臉說：『沒有我的話，你敢在京裡殺一個洋人，看我饒你！』

『沒有老佛爺的旨意，奴才自然不敢。』

『我剛才問你，這兩天洋兵來了多少，你還沒有告訴我呢！』

『奴才不知道。奴才又不管總理衙門。』

慈禧太后沉吟了一會兒說：『好吧！就派你管總理衙門。』

『這，』載漪趕緊碰個頭說：『奴才求老佛爺收回成命。』

『你要不管就都別管！』

一見慈禧太后詞色兩厲，載漪不敢再辭：『奴才遵旨就是。不過，』他說：『總理衙門得要換人。』

『那自然可以。』慈禧太后問道：『你要換誰？』

『奴才另外開單子請旨。』

『好吧！』慈禧太后又問：『保護京城的事，你跟榮祿、崇禮是怎麼商量的？』

『董福祥的隊伍，今天由南苑調進城。另外每個城門各派虎神營、神機營士兵兩百名把守。戶部街、御河橋加派兩百人，足足夠了！』

『現在京裡只有幾百洋兵，這麼佈置，自然夠了。可別忘了，天津海口洋人的兵艦不少，如果拔隊上岸，往京裡撲了來，你可得好好當心！』

『老佛爺萬安，官兵人數雖不多，有義和團在，足可退敵。』

慈禧太后不語；過了一會兒才淡淡地說了句：『走著瞧吧！』她又轉臉問道：『皇帝有甚麼話？』

『沒有。』

沒有話便結束了召對。等端王跪安退出，接著召見榮祿。他不等慈禧太后有所詢問，先報告了兩個消息：一是京津火車中斷，由京城南下的火車，只能通至六十里外的楊村；二是俄國已從海參崴調兵四千，將到天津，而在京各國公使集會決定，電請駐天津的各國提督，派兵增援。

『局勢很危險了！奴才晝夜寢食不安。』榮祿容顏慘淡地說：『皇太后可眞得拿個準主意了！』

『莫非，』慈禧太后問道：『洋人眞敢往京裡來？』

『奴才不敢說。』

『洋兵一共有多少？』

『在天津的，大概有三千多。』

『三千多洋兵，就嚇得你寢食不安了嗎？』

聽得這話，榮祿急忙碰個頭說：『奴才不是怕天津的三千多洋兵，怕的是兩件事：第一，一開了仗，各國派兵增援；第二，義和團良莠不齊，而且匪類居多，趁火打劫，市面大亂，不用跟洋人開仗，咱們自己就輸了！』

『這倒不可不防。我告訴端王，讓他嚴加管束；還有，董福祥的甘軍，調他來保護京城，他就有維持地面的責任。你傳旨給他，教他好好看住義和團！』

聽得這話，榮祿有苦難言，甘軍中就有許多士兵跟義和團勾結在一起；聽說李來中就在董福祥左右。而且載漪與董福祥已在暗中通了款曲；名爲武衛軍，實際上已非榮祿所能節制。這話如果照實奏陳，慈禧太后問一句：『原來你管不住你的部下？』可又何詞以對？

這樣想著，只有唯唯稱是；但有一句話，非說不可：『奴才跟老佛爺請旨，務必發一道嚴旨，洋人絕不可殺，使館一定得保護。』

『我也是這個意思。反正釁絕不自我而開！明天我告訴端王。不過，』慈禧太后問道：『倘或眞的開了仗，咱們有多少把握？』

這一問的分量，何止千鈞之重？榮祿心想，和戰大計決於慈禧太后；而慈禧太后的態度，決於自己的一句話。不要說爲了虛面子大包大攬答一句『有把握』，萬萬不可；就是語涉含糊，使得慈禧太后錯會了意，以爲實力本自不差，勝敗之數，尙未可知，因而起了僥倖一逞之心，亦是自誤誤國，辜恩溺職，萬死不足以贖的罪過。

話雖如此，卻又不宜出以急切諫勸的神態；所以先定一定心，略打個腹稿，方始謹愼緩慢地答道：『奴才所領的北洋，不是李鴻章所領的北洋；海軍有名無實不說，武衛軍亦非淮軍可比。武衛五軍，實在只有四軍，後軍董福祥，從今天起跟虎神、神機兩營，專責保護京城，當然歸端王節制；左軍宋慶現駐錦州，防守山海關，絕不能調動；右軍袁世凱在山東，要防膠州海口，能往北抽調的隊伍不多；前軍聶士成現在駐楊村一帶保護兩條鐵路，洋兵如果由天津內犯，聶士成拚死也會攔住。不過，義和團跟聶士成過不去，又要對付洋兵，又要對付義和團，腹背受敵，處境很難。奴才受恩深重，粉身碎骨，不能報答；今日不敢有半句話的欺罔。聖明莫過於老佛爺，有幾分把握，奴才眞不忍說了！』說罷，連連碰頭——那塊磚下面是營造之時就挖空了的；碰頭之時，『鼕、鼕』地響得很。

慈禧太后楞住了，煩躁地使勁搧著扇子。李蓮英就在遮擋寶座的屏風之後，一眼瞥見；急忙掩了出來，用極大的一把鵝毛扇，爲慈禧太后打扇。

『有甚麼涼東西？』

『有冰鎭的玫瑰露、酸梅湯、金銀花露。』

『端來！』慈禧太后又說：『給榮大人也端一碗。』

於是李蓮英親自動手，指揮太監抬來一張食桌；除了冰鎭的飲料以外，還有點心。慈禧太后又吩咐讓榮祿起身，站著喝完一碗金銀花露；君臣們的躁急不安，都好得多了。

『你去看一看！』慈禧太后向李蓮英說：『都下去！殿裡不准有人。』

『喳！』李蓮英疾趨出殿，只聽清脆的兩下掌聲，接著人影幢幢，在殿裡的太監都退了出去，集中在李蓮英身邊。

慈禧太后到這時候才開口，聲音低沉且有些嘶啞，『我也知道不能跟洋人開仗！一開仗，光靠北洋也不行。』她緊接著說：『兩江、兩廣、湖廣這三處緊要地方，未見得肯盡力；事情是很難。』

『是！』榮祿答說：『劉坤一、李鴻章、張之洞都有電奏，力主慎重；釁不可自我而開。』

『可是，洋人步步進逼，得寸進尺；答應了一樣要兩樣，這樣下去，弄到最後是怎麼個結果？』

果然得寸進尺，到最後必是要求皇太后歸政。這不但爲慈禧太后所不能容忍，就是榮祿也不願有這樣的結果出現。不過，這話當著皇帝在座，只好心照，不宣明言。

於是他想了一會兒，很含蓄地說：『辦交涉看人。只要找對了人，就絕不會讓洋人開口，提甚麼無理的要求。』

『這一趟交涉，不是跟一國辦。這個人很不好找。榮祿，你看誰合適？』

一問這話，榮祿又欣慰，又感慨。欣慰的是，慈禧太后畢竟不是執迷不悟的人；感慨的是當初下的一著棋，希望不用；而終於不能不用了！

『回老佛爺的話，這個交涉，非調李鴻章回京來辦不可。』

『我也是這麼想。』慈禧太后轉臉問道：『皇帝看呢？』

『李鴻章很妥當。不過……』皇帝欲言又止。

『儘管說。』慈禧太后和顏悅色地，顯得十分慈愛，『這裡沒有外人。』

『是！』皇帝用很低的聲音說：『只怕李鴻章不肯來。』

『爲甚麼呢？倒說個緣故我聽聽。』

『義和團這麼鬧法，本事再大的人，這個交涉怕也辦不起來。』

『既然打算跟洋人交涉，當然不能再任著他們的性子鬧。』慈禧太后很鄭重地問榮祿，『對付義和團，你有把握沒有？』

『有！』榮祿絲毫不含糊地回答，『奴才調袁世凱進京，專門來剿義和團。』

『得要先撫後剿；不受撫再剿。』

『是！那是一定的。』

慈禧太后點點頭，慢慢地端起面前的玫瑰露喝了一口，擦一擦嘴，慢條斯理地，就像處分瑣碎家務似地不動聲色。『就這麼說，不過，不宜先露痕跡。這件事就咱們三個人知道；你先打電報給袁世凱，讓他預備。』她停了一下又說：『都弄妥當了！他來告訴我；我自有辦法。』

『是！』榮祿又說：『奴才想定一個日子下來。』

這是進一步要求做個明確的決定。慈禧太后想了一下，毅然決然地答說：『三天吧！』

『奴才盡這三天去預備。』榮祿又說：『如今地面很亂，何乃瑩出差涿州，而且已升了副都御史；新任順天府尹王培佑，現在署理太僕寺卿。府尹不可無人；奴才請旨，可否派由府丞陳夔龍署理。』

『可以。』慈禧太后說：『明天就發明旨。』

端王做夢也想不到，慈禧太后已經變了主意，依然一片希望寄託義和團身上；認爲跟洋人開仗，不僅絕不可免，而且事機迫在眉睫，所以特地找上啓秀來，囑咐他準備宣戰的上諭。啓秀肚子裡貨色有限，將這個極重要的差使，託給軍機章京連文沖；此人是杭州人，進士出身，本職是戶部郎中，考入軍機處，分在漢二班，地位僅次於『達拉密』；接到這個差使，認爲升官的機會到了，因而特意請了一天假，專心在寓所撰寫這篇可張國威的大文章。

因此，連文沖下筆時，並無大局決裂，併力圖存的哀痛憤激之情；胸中反倒充滿了一片升官發財，欣欣得意的感覺。像這種要遍達窮鄉僻壤的詔書，字數不宜多，文理不宜深，應該一兩個時辰就可畢事的一篇稿子，竟費了一整天的工夫，方始停當，只爲自我欣賞，唸了一遍又一遍，越唸越有味的緣故。

殺青謄正，入夜親自送到啓秀公館；延入客廳，只見徐桐高高上坐，連文沖自然先給『中堂』請了安，才向啓秀覆命，『寫得不好。』他說：『請大人斧正。』

『這是將來要載諸國史的一篇大文章！』啓秀接稿在手，轉臉向徐桐說道：『是宣戰詔書；請老師先過目。』

『呃，呃！好，好！』徐桐向連文沖深深看了一眼；移目問道：『這位是？』

『是章京中的佼佼者。』啓秀答說：『明敏通達；見解跟筆下都是不可多得的。』

『噢！』徐桐摸著白鬚，拿連文沖從頭到底打量了一番，才將稿子接到手裡。

連文沖很機警地疾趨上前，將匟桌上的燭台移一移近；無奈燭燄搖晃不定，老眼愈覺昏花。啓秀在他身邊，只是不辨一字；這時不由得想到眼鏡確是好東由，但來自西洋，便應摒絕。師弟二人唯有拿稿子去遷就目力，只是一個老花，一個近視，太近了徐桐看不見，太遠了不但啓秀看不見，徐桐也還是看不見，因爲燭火到底不比由『美孚油』的洋燈那麼明亮而穩定。

於是只見一張紙忽近忽遠，兩張臉忽仰忽俯；鼓搗了半天，啓秀只好這樣說：『老師，我來唸給你聽吧！』

『也好！』徐桐如釋重負地將稿子交了出去；正襟危坐，閉目拈髭，凝神靜聽。

『我朝二百數十年，深仁厚澤，凡遠人來中國者，列祖列宗，罔不待以懷柔……』

啓秀一個字、一個字地唸得很清楚，因爲文字熟爛庸俗，跟『太上感應篇』相差無幾，所以徐桐聽亦聽得清清楚楚，字字了然，興味便好了；白多黑少的小辮子，一晃一晃地，越晃越起勁。

歷數『彼等』的無禮之後；啓秀的聲調突然一揚，益見慷慨，『朕臨御將三十年，待百姓如子孫，百姓亦戴朕如天帝。況慈聖中興宇宙，恩德所被，浹髓淪肌，祖宗憑依，人祇感格，人人忠憤，曠代所無！朕今涕泣以告先廟，慷慨以誓師徒，與其苟且圖存，貽羞萬古；孰若大張撻伐，一決雌雄！』

唸到這裡，啓秀停了下來；徐桐亦睜開了眼睛，顛頭簸腦地唸道：『「與其苟且圖存，貽羞萬古；孰若大張撻伐，一決雌雄！」好，好！說得眞透徹。』

連文沖臉上像飛了金一樣，屈膝謙謝：『中堂謬賞！感何可言？』

『確是好！』徐桐頗假以詞色，『立德、立言、立功三不朽，足下已有一於此了，前程無量，老夫拭目以俟。』

『中堂過獎！』連文沖又請了個安。

『你請回吧！』啓秀說道：『稿子很好，不過，不知道哪一天用。你回去先不必跟同事提起。』

『是，是！』連文沖答應著告辭而去。

於是啓秀跟『老師』商量；兩人的主意相同，這個稿子應該立即送請端王過目。到得端王府，只見莊王、載瀾都在；一見啓秀，端王很起勁地說：『來得好，來得好，正要派人去請你。』

原來，端王正在草擬改組總理衙門的名單。除了廖壽恆以外，其餘都無所更易；不過要加幾個人，第一個便看中啓秀；道理很簡單，以軍機大臣兼總理大臣，可得許多方便。而軍機大臣未兼總理大臣的，只有榮祿與啓秀；榮祿跟端王不是一路，端王亦知還無法駕馭榮祿，那就只有啓秀一個人入選了。

『我可是做夢也沒有想到會辦洋務……』

『不是讓你辦洋務。』載瀾搶著打斷啓秀的話，『是請你想法子去制夷。』

『喔，喔，』啓秀答說：『反正如今是端王爺管總理衙門，我稟命而行就是了！』

『對了！』載瀾又加上一句：『別理老慶。』這是指慶王奕劻。

『你看，』端王問道：『再加兩個甚麼人？』

啓秀舉了好幾個名字，彼此斟酌，決定保薦工部右侍郎溥興，內閣學士那桐——此人的父親，就是咸豐戊午科場案中處斬的編修浦安；肅順被誅，科場案中被刑諸人，都被認爲寃屈，所以那桐頗得旗下大老的照應。而那桐本人是立山一流人物，極其能幹；在工部當司員時就很紅，提起『小那』，無不知名。他的手面亦很闊，載瀾很得了他一些好處；所以特意薦他充任總理大臣。

擬定名單，再看宣戰詔書的稿子，端王亦頗爲滿意；交代仍舊交連文沖保存備用。同時關照啓秀，通知溥興及那桐，第二天一早到朝房相見；等改組總理衙門的上諭一下來，立即就到任接事。

由於端王有命，總理衙門對外的交涉，事無大小，必須通知啓秀，因此，他這天從上午十點到任視事以後，就無片刻空閒；各國的電文、照會，十九爲了義和團焚燒教堂，擅殺洋人及教民的抗議，接二連三地都送到啓秀那裡。緊要事務，由章京當面請示；而啓秀卻要先請教屬員，過去如何辦法，有何成例？這一來便很費工夫了；直到下午五點鐘，公事還只處理了一半。

『不行了！』他無可奈何地說：『只好明天再說了！』

總辦章京叫作童德璋，四川人；勸啓秀大可節勞，不需事事躬親。正在談著，有人來報，日本公使小村壽太郎來訪，說有極緊要、極重大的事件，非見掌權而能夠負責答覆的總理大臣不可。

這使得啓秀不能不見；因爲如果推給別位總理大臣，無異表示自己並不掌權。可是，他雖不像他老師那樣，提起『洋』字就痛心疾首；但跟洋人會面談話卻還是破題兒第一遭，不免心存怯意。

他還在遲疑，童德璋卻已經替他作了主，『請日本公使小客廳坐！』童德璋又說：『看俄國股的王老爺走了沒有。』

『王老爺』是指『俄國股』的王章京；此人不但會說日本話，而且深諳日本的政情民風，非找他來充任譯員不可。

啓秀無奈，只得出見；只見小村面色凝重之中隱含怒意。爲了『伸張天威』，啓秀亦凜然相對，聽小村『咕嚕，咕嚕』地大聲說話。

『大人！』王章京憂形於色地，『出亂子了！這，怕很麻煩。』

『怎麼回事?』

『小村公使說:他們得到消息,英國海軍提督薛穆爾,率領英、德、俄、法、美、日、義、奧聯軍兩千人,由天津進京……』

『甚麼?』啓秀大聲打斷,『你說甚麼聯軍?』

『是英、德、俄、法、美、日、義、奧八國聯軍,由天津進京。』

『八國聯軍!』啓秀大驚失色,『人數有多少?』

『兩千。』

『噢!兩千。』啓秀的神色跟語聲都緩和了,『怎麼樣?』

『由天津進京,聽說到了楊村,因爲鐵路中斷,不能再往北來……』

『好!』啓秀又打斷他的話了,『鐵路該燒,不燒就一直內犯了!』

正談緊要交涉,他老扯不相干的閒話,這哪裡能做大官,辦大事?王章京頗爲不悅,故意斂手不語。

『請你往下說啊!』

『我在等大人發議論呢!』王章京冷冷地說。

啓秀知道自己錯了,但不便表示歉意,只說:『請你先講完了再說。聯軍不能再往北來,以後如何?』

『日本使館得知其事,派了一個書記生,名叫杉山彬去打聽消息,坐車出了永定門,爲董提督的部下,拿他從車子裡拖了出來,不由分說,當胸一刀。』

『死了沒有呢？』

『自然死了！而且亂刃交加，死得很慘。』王章京說：『小村公使來提抗議。』

『他要怎麼樣？』

『首先要查辦兇手，其次要賠償。』

『查辦兇手，哪裡去查？』啓秀答說：『也許是亂民，不是甘軍。』

『他們調查過了，確是董提督的甘軍。』

『既然調查過了，很好！請他把兇手的姓名說出來，我們可以行文甘軍去要兇手。』

這是非常缺乏誠意的答覆，足以激怒交涉的對手。王章京知道這些頑固不化的道學先生無可理喻，只好據實轉譯；雖然語氣緩和了些，仍舊使得小村壽太郎大感不滿。不過啓秀講是講的一條歪理，卻很有力量；小村被堵得無話可說，鐵青著臉，起身就走。

啓秀想不到竟是這樣容易打發！錯愕之餘，不免得意，『辦洋務別無訣竅，』他居然是老前輩的口吻，『以正氣折之而已矣！』說罷，搖頭晃腦地踱了進去。

『啥子玩意兒！』童德璋打著四川腔，大搖其頭，『自己找自己的麻煩嘛！』

『童公，』王章京悄然說道：『這樣子做法很不妥。我看還是跟慶王去說一說。』

童德璋想了一下答說：『告訴慶王不如告訴榮中堂。我不便去，請你辛苦一趟。你跟榮中堂說，事情到了這個地步，該和該戰，早定主意；要和也要趁早，越遲越吃虧。』

榮祿正在接見聶士成派來的專差——前一天在楊村遭遇了英國軍官薛穆爾所率領的八國聯軍，聶士成打算派兵攔截。與洋人對陣，所關不細，當然需要請示。電報打到保定，裕祿的回電只得八個字：『電悉，不得擅自行動。』很顯然的，這是不准聶士成阻敵。

身爲直隸提督，直隸境內有匪不能剿，有敵不能阻。要此軍隊何用？聶士成憤激不甘，決定退出楊村；料知跟裕祿請求無用，所以特意派專差到京，向榮祿陳述苦衷，要求調防。

『我知道你們大帥的委屈，』榮祿跟專差說：『你帶我的話回去，就說我說的，無論如何要忍耐！我受的氣，不比你們大帥少，日子也並不比他好過。大局總在這幾天就會好轉，楊村是個緊要口子，一定要守住。』

那專差很能幹，一看要求被拒，不能光傳達一句話，空手而回，決定代表聶士成明明白白請個示。

想停當了，便即說道：『回中堂的話，洋人現在因爲鐵路中斷，怕輜重接濟不上，暫時按兵不動；中堂交代守楊村，自然遵辦。不過硬守就難免開仗，眞要打起來，還得求中堂作主。』

這是要求榮祿支持。和戰大計未定，他不敢貿然答應，只這樣回答：『不要硬打！多設疑兵，虛張聲勢，先把洋人牽制住再說。』

『是！』專差又問：『團匪來騷擾呢？』

『把他們攆走就是。』

『如果團匪跟洋人打了起來，本軍應該怎麼辦？』

這一問問得榮祿無以爲答，既不能助義和團打洋人，更不能助洋人打義和團。想了好一會兒，含含糊糊地答說：『請你們大帥瞧著辦。』

這是暗示可做壁上觀；專差懂他的意思，卻偏偏固執地說：『務必請中堂明示。』一面說，一面還屈單腿打了個扦。

榮祿無奈，只好這樣答說：『以不捲入漩渦爲上策。』

這就不能再問：『倘或捲入漩渦又如何』了！專差滿意地告辭；接著，榮祿接見王章京。

聽他說完了小村公使爲啓秀所氣走，以及啓秀自鳴得意的經過，榮祿的臉色很凝重了。『這些事跟慶王回了沒有？』他問。

『總辦章京的意思，不如直截了當來回中堂。』王章京又轉述了童德璋託帶的話。

『多謝他關心。大局這幾天就會好轉。不過，像日本公使館書記生被殺這種事，千萬不能再有。』

榮祿想了一下，決定抬舉來客，將可以不必跟司官說的話說了出來：『明天一早，我要見皇太后切切實實勸一勸。總理衙門派了不該管的人去管，我亦知道你們各位的處境很艱難。國勢如此，只有盡力而爲；請你轉告同事，忍辱負重，務必設法維持。我雖不在其位，不謀其政，不過軍務洋務是分不開的；各位的勞績我知道，等事情過去了，我一定會奏明上頭，不教各位白吃辛苦。』

這番撫慰的話很有用，王章京一改初到時陰鬱的臉色，興興頭頭地告辭而去。榮祿目送他的背影消失，頗有茫然不知所措之感；定定神將王章京及聶士成專差所談的一切，細細回憶了一遍，覺得童德璋的話很有道理，要和趁早，越遲越吃虧。

和有個和法。大計雖已跟慈禧太后商量停當，做起來卻不容易，因爲阻力太大，非得謀定後動不可。因此，這天晚上特召親信密談——不談還好，一談令人氣沮；聽到的盡是壞消息。

『天津已經沒有王法了！』樊增祥說：『我有個親戚剛從天津逃回來，談起來教人不敢相信，義和團肆無忌憚，令人髮指。』

據樊增祥說：天津的義和團的架子，比親王、郡王還大，路上遇到文官坐轎，喝令下轎；武官騎馬，喝令下馬，而且必得脫帽，在道旁肅立。如果不從，白刃相向；遇見穿制服的學生，指爲奸細，亂刀砍死的，不知多少！

但是，天津義和團最仇視的還不是『大毛子』、『二毛子』，而是武衛軍；因爲吃了聶士成的虧的緣故。當然，這是張德成、曹福田的指使；他們造了一個說法，讓嘍囉們四處散布，說要滅洋人，非死三個人不可。一個是聶士成，一個是楊福田，一個是聶士成的得力部下，駐紮天津城府，號稱『四門千總』的任裕昇。因爲這三個人的姓合起來是『聶楊任』，諧音爲『攆洋人』；殺了這三個人，洋人就可以被攆下海了。

『據說聶功亭還受過辱。』樊增祥又說：『前幾天聶功亭回天津，騎馬經過河東興隆街，遇見一百多義和團，操刀大喊：「聶鬼子，你滾下來，今天可讓我們遇見了！你還想留下腦袋？」聶功亭只帶了四名馬弁，一看勢頭不好，急急走避，差點遭了毒手。這一下，信義和團的，便有話說了。』

上將受辱，軍威大損，榮祿頗有痛心疾首之感。然而朝廷的威信又何嘗不受影響？他覺得義和團這種目無長上的情形，非得在慈禧太后面前痛切陳奏不可。

『天津的怪現象，猶不止此。有件事。說起來駭人聽聞；不過言之鑿鑿，似乎又不能令人不信。』樊增祥說：『中堂不妨密查一查。』

『噢！請說來聽。』

『據說靜海縣獨流鎮拳壇，號稱「天下第一壇」，又稱「天下第一團」，首領叫作張德成，前幾天到了天津；修補道譚文煥爲之先容，說此人法力無邊，又有「紅燈照」相助，大沽口的炮台，如能得他允諾保護，固若金湯。裕制軍頗爲所惑，拿自己的綠呢大轎，把張德成接到北洋衙門，設宴接風，司道作陪。張德成要糧餉、軍械，他說多少，裕制軍隨即轉告司道，照數撥給，由譚道爲張德成辦糧台。所聞如此，不知確否？』

『眞有這樣的事？』榮祿心想，裕祿如眞是這樣自貶身分，亦太不成體統了！得趕快想法子把他攆走。

就在這樣談論之際，門上來報，慶王駕到——這是不常有的事；親王體制尊貴，有事總是請人到府敘話，如今降尊紆貴，親自登門，可知必有緊急事故。

因此，榮祿一面吩咐開中門，一面索取袍褂，匆匆穿戴整齊，趕出去迎接，慶王已經在大廳的滴水檐前下轎了。

『王爺怎麼親自勞步？』榮祿一面請安，一面說。

『你何必還特爲換衣服？』便服的慶王說道：『我是氣悶不過，想找你來談談。到你書房裡坐吧！』

『是，是！請。』

引入書房，慶王先打量了一番，看看字畫古董，說了幾句閒話，方始談到來意：『董回子鬧得不像話了！仲華，你可得管一管才行。』

『是！』榮祿有些侷促不安，『王爺責備得是。』

『不，不！我絕不是責備你，你別多心。』慶王急忙搖手分辯，『我也知道，董回子如今有端老二撐腰，對你這位長官，大不如前了！不過，外頭不知道有此內幕，說起來總是你武衛軍的號令不嚴。』

『王爺明白我的苦衷。』榮祿答說：『武衛軍號令不嚴，這話我也承認。不過，我要整飭號令的時候，也還需求王爺幫我說話。』

『當然！慈聖如果問到我，我要說：既然是武衛軍，總要聽你的號令。』慶王略停一下又說：『這話先不談，眼前有件事，得要問問你的意思。董回子的部下，在先農壇附近闖一個禍，你可知道？』

『不是殺了日本公使館的一個書記生嗎？』

『是的。這個人死得很慘，先斷四肢，再剖腹。日本公使到總督交涉，碰了一鼻子灰。仲華，設身處地爲人想一想，你亦不能不憤慨吧？』

『唉！』榮祿嘆口氣，『慈聖居然會讓端王去管總署，這件事可眞是做錯了！』

『就爲的這一點，所以我很爲難；不知道這件事應該不應該奏聞？』

『不回奏明白，還能私下了結嗎？』

『難！』慶王答說：『日本公使館派人來跟我說，抗議不抗議且擱在後面；總不能說人死了連屍首都不給？他們要屍首。』

『那當然應該給他們。』

『還要抬進城來，在他們公使館盛殮。』

這一下，榮祿楞住了。原來屍首及棺木不准進城。載明會典，懸爲禁例；哪怕一品大員，在任病歿，盤靈回籍安葬，亦需奉有特旨，才准進城。何況是京城，禁例更嚴；未經奏准，誰也不敢擅自作主，准將杉山彬的遺屍舁入內城。

『這件事倒爲難了！我看，』榮祿答說：『非奏明不可了。』

『一奏，就得細說原委，是不是據實上聞。』慶王問道：『牽涉到武衛軍，得問問你的意思。』

『不要緊！』榮祿回答得很切實，『請王爺據實回奏；慈聖如果怪我約束不嚴，我恰好有話好說。』

『那就是了。』慶王點點頭；沉默了一會兒，微喟著說：『這局面再鬧下去，怎麼得了？仲華，你我的處境，越來越難，得要找個把得力的人來分著挑挑擔子。』

『是啊！』榮祿試探著問：『王爺心目中可有人？』

『你看，李少荃如何？』

榮祿心中一動，暗地裡思量，莫非自己造膝密陳，一面派袁世凱剿義和團，一面召李鴻章來辦各國的交涉這件事，慶王已有所聞？果然如此，他心裡一定很不舒服；洋務如今是他在管，建議召李鴻章入京，卻又置他於何地？這樣想著，便有了一個決定，不管他知不知道這件事，自己絕不可透露；倘或他已有所聞而問起，自己亦不能承認。

他這樣沉默著，慶王當他是同意的表示；便又說道：『只怕少荃不肯來。』

『何以見得？』

『剛剛實授兩廣總督，他總不能帶著總督的大印到京裡來辦事吧？』

『那，』榮祿心中又一動，故意問道：『可又如何位置呢？』

『除非調直督。不過直督不兼北洋，他恐又不肯；要兼則萬無此理。』

榮祿不知這話是出自他的本心，還是有意試探？只覺得自己該有個明確的表示，『如今的北洋，已不是少荃手裡的北洋。』他說：『今非昔比，有名無實；只爲慈聖一定要交給我，我不能不頂著石臼做戲，倘有少荃來接手，求之不得！』

這意思是很明白的，除非慈禧太后有旨意，他絕不會交出兵權。慶王聽得這話，不免失悔，無端引起誤會，始料不及，而要解釋，卻又不知如何措詞。

見此光景，榮祿亦有悔意，話其實不必說得這麼明顯，倒像負氣似地，未免失態。

『仲華，』慶王突然問道：『如果跟洋人開了仗，怎麼辦？』

『怎麼能開仗！』榮祿脫口相答，神色嚴重，『拿甚麼跟人家拚？』

『我也是這麼想。無奈執迷不悟的人太多，而且都在風頭上。靠你我從中調停，實在吃力得很。仲華，我有個想法，不知行不行；託立豫甫或者甚麼人跟蓮英去說，能勸得慈聖回心轉意，好好管一管端老二，化干戈爲玉帛，咱們湊個幾百吊銀子送他。你看，這個主意成不成？』

一吊一千，幾百吊就是幾十萬；榮祿咋舌答說：『王爺你可眞大方！』

『實在是甚麼法子都想到了；只好考慮下策。』

『王爺別急，別亂了步驟！等我來想法子；也許兩三天以內，就有轉機。只是各國公使，務必請王爺設法安撫；他們多讓一步，咱們說話也容易些。』

『我原是這麼在做。如今只盼端老二心地能稍微明白些就好了。』

『那只怕是妄想！』榮祿萬感交集，歸結於一句話：『咱們盡人事，聽天命。』

等慶王一走，榮祿再次召集幕僚密議。這次不是漫無邊際地談論，著重兩件事：一件是各國的態度，派兵入京到底是爲了保護使館，還是另有企圖；一件是對付董福祥的態度，是榮祿仍以武衛軍統帥的身分，直接下令，加以約束，還是奏請慈禧太后，用上諭來指揮。

第一件事比較好辦。爲了對抗李鴻章派在上海的盛宣懷；榮祿亦有一名『坐探』在江蘇，此人是福建上杭人，名叫羅嘉傑，他的頭銜是『蘇松常鎭太糧儲道，分巡蘇州，兼管水利』，簡稱『江蘇糧道』，或者『蘇州道』。羅嘉傑平時對洋務亦頗留意，兼以蘇州居江寧、上海之間，消息靈通，常有密信寄到榮祿那裡，無論報告洋務，或者兩江官場的動態，多半不差，所以頗得榮祿的信任。此時決定立刻拍發一個密電，要羅嘉傑即時從上海方面探聽各國對華的意向，從速回覆。

第二件事，大家的看法不一，有的認爲榮祿兵權在握，不妨出以堂堂正正的命令，加以約束；有的認爲董福祥跋扈難制，倘仗著有端王撐腰，不受羈勒，豈非傷了面子？各有各的道理，榮祿一時委絕不下；只能定下一個相機行事的宗旨。

第二天一早到軍機處，大家首先要談的，當然是日本公使館書記生杉山彬被害一事。照道理說，這是一件大事，非奏明請旨不可，但洋務本由慶王掌管，現在總理衙門又加派了端王管理，政出多門，無所適從，那就多一事不如少一事，暫且不奏，看慶王或端王奏聞了再說。

『兩王都來了，不知道「請起」沒有？』王文韶說：『最好派個人去打聽一下。』

蘇拉去打聽了來報，慶王來了，端王也來了；端王還帶來了董福祥，預備請慈禧太后召見。此刻是慶王『請起』，上去已好一會兒了。

慶王跪安退出勤政殿，緊接著是端王進殿請安。天氣太熱，走得又急，磕完頭不住用衣袖抹著額上黃豆大的汗珠。這是件失儀的事，但慈禧太后並未呵責，一則，沒有心思去顧這些細節；再則，端王近來類此失儀的言語舉動很多，呵不勝呵了。

『董福祥的兵，怎麼殺了日本公使館的書記生？』慈禧太后是責備的語氣，『別的你不懂，聽戲總聽過；不有一句話：兩國交兵，不斬來使！』

『回老佛爺的話，奸細不殺殺誰？那個矮鬼，沒事出永定門幹甚麼？是到馬家堡去接應天津的洋兵。如果讓他接上了頭，京裡的虛實都告訴了洋兵，咱們就先輸一著了。』

聽著倒也有些道理；慈禧太后轉臉對皇帝說：『論起來倒也是情有可原。』

『是！』從前年八月以來，一向不開口的皇帝，忽然有了意見，『話雖如此，不該殺他；一殺，就變成咱們沒有理了。』

一聽這話，端王接口就說：『跟洋人講甚麼理？』

這下讓慈禧太后抓住機會了——就這兩三天，從趙舒翹回京；涿州有消息傳來，說欽派大員亦一無作爲以後，端王便有驕慢跋扈之色，慈禧太后很想教訓他一下，此時正好借題發揮，『不准跟皇上頂撞！』她沉下臉來說：『你越來越沒有規矩了。』

端王一楞，不能不應一聲：『奴才不敢！』

慈禧太后很快地恢復了常態，『不論怎麼樣，對使館的人，總得保護。』她說：『你告訴董福祥，要他好好管束部下。』

『董福祥來了！』端王手向後一指，『請老佛爺召見，當面說給他。』

『也好！』慈禧太后點點頭，『我先告訴你，這件事總是咱們欠著點理。你跟慶王去核計，該當寫個照會，跟他們說幾句好話；要撫恤，也可以商量。』

『是！』端王的神情又昂揚了，『別的都行，把屍首抬進城可不行！』

『你跟慶王去商量著辦！』慈禧太后揮一揮手，『叫董福祥！』

董福祥是『獨對』。因為慈禧太后要考查他跟端王所說的話，有甚麼不同；而且也想抑制董福祥，不准他多惹糾紛。這樣，有端王在一起，說話就不方便了。

『董福祥！日本使館的書記生，是你的部下殺的嗎？這件事做得很壞，我不能不派人查辦。不然，對日本公使不好交代。』

『奴才回奏，日本的書記生，不是甘軍殺的，皇太后要查辦，就殺奴才好了！甘軍一個不能殺，如果殺一個，一定會兵變。』

慈禧太后勃然變色，但未發作。想了又想，戒心大起；自己告訴自己，照此光景，必得先安撫他一番，免得他生異心。以後拿他如何處置，得跟榮祿商量了再說。

『事已如此，查辦也查辦不出甚麼來。你跟你部下果然忠心報國，就該盡心盡力，拿洋兵擋住。』

『是！』董福祥得意洋洋地說：『奴才沒有別的能耐，就會殺洋兵。』

『好！只要打勝洋兵，朝廷絕不會虧負你們。』慈禧太后說：『你跪安吧！』

等退了下來，端王已經回府；不過派人等著董福祥，留下一句話：『請董大帥馬上到府裡去。』

一到端王府，端王降階相迎。董福祥『獨對』的經過，他已經接到報告；笑容滿面地，左手拉著董福祥的左手，右手在他背上大拍，『好！』端王伸一伸大拇指，『你眞是一條好漢！帶兵的大帥都能像你一樣，洋人再多也不管用了！』

董福祥少不得先謙虛、後慷慨，摩拳擦掌地恨不得即時就能跟洋人一見高下。而正談得興高采烈時，有個衛士悄然來報，說榮祿在軍機處坐等，有緊要事件相商。

到了軍機處，只見自禮王世鐸以下，除剛毅以外，所有的軍機大臣都在；榮祿面色凝重，找不出半絲笑容。

『星五！』他叫著董福祥的別號說：『你的隊伍不必再守永定門了，都調回南苑去駐紮。』

董福祥大為詫異，不知何以有此命令？視線掃過，只看到啓秀一個人的眼神中有同情之意，心中更覺不快。於是毫不考慮地答道：『從前我受中堂的節制；今天面奉諭旨，要打洋人，只能進，不能退！』

這是公然抗命，但以諭旨為藉口，將榮祿的嘴堵住了，他隻言不發，起身往外就走；大聲說道：『遞牌子！我馬上要見太后。』

一遞牌子，當然『叫起』；激動地面奏經過，指責董福祥今日能抗命，明日便能抗旨，認為不能置而不問。

『你先別氣急。』慈禧太后很冷靜地問：『你要我怎麼做？』

『奴才請皇太后、皇上頒一道硃諭，著奴才責成董福祥即日移駐南苑。如果皇太后、皇上不頒這道硃諭，請傳旨，撤掉奴才統率武衛軍全軍的差使。』

這等於以去就作要挾；慈禧太后自然將順他的意思，命皇帝照他所說，寫了一道硃諭。

回到軍機處，董福祥還在；榮祿冷冷地說道：『你說面奉諭旨，我也面奉了諭旨，而且是皇帝承皇太后之命，親筆所寫的硃諭。喏，你看去。』

董福祥本來隻字不識，如今也唸了幾句書，這張很簡單的硃諭還能看得懂。看完將硃諭繳回，未做表示。

『你遵不遵旨？』

『自然遵。』

受了屈辱的董福祥，自然心有不甘；回到營裡，先找『軍師』，正是相交有年，不久才翩然來訪的李來中。董福祥的不甘屈居人下的本心，偏執剛愎的性情，以及嫉恨袁世凱、聶士成而造成恨洋人的因由，李來中無不深悉；對症下藥，一夕之間說動了董福祥。加以他的部下，早就有義和拳混在其中，浸潤蔓延，已成甘軍與義和拳不分之勢；因而董福祥與李來中亦就不可須臾離了。

『星公，此事無足介懷。』李來中說：『事機迫在眉睫，榮中堂馬上就要失勢了，不必理他！』

『何以見得？』

『團中弟兄，今天燒了外城姚家井二毛子的房子，又燒了彰儀門外的跑馬廳。步軍統領知道這件事，可是不敢上奏。明天，還要派兩個弟兄到東交民巷去顯顯威風；如果洋人敢有舉動，正好藉此起事。那時，慈禧太后一定會召見端王；有他出來主持全面，自然能壓住榮中堂。』

『那麼，那時候我該怎麼辦呢？』

『星公該上奏，圍攻使館；只要慈禧太后點一點頭，回駐南苑的硃諭，自然而然就作廢了。』

『嗯，嗯！』董福祥說：『端王倒問過我幾次，圍攻使館有沒有把握？我答得很含糊……』

『不！』李來中搶著說道：『星公要答得乾脆，就說十天之內，必可攻下。』

『行嗎？』董福祥困惑了，遲疑著說：『洋人有炮。』

『咱們也有炮，是大炮。』

『不錯，』董福祥說：『可是大炮歸榮中堂管著。』

『嗐！』李來中皺著眉說：『星公眞是聰明一世懵懂一時；到了那時候，星公奏請調用大炮，榮中堂敢不給嗎？』

董福祥恍然大悟，『對，對！』他連聲說道：『如果他敢刁難，我就面奏，本來可以打下使館的；只是榮某不給大炮，戰事沒有把握。倘或失利，可別怪我。』

於是，董福祥即時又趕到端王府，說奉旨回駐南苑；實由榮祿袒護洋人，暗中有妥協之意。如今遵旨與否，聽端王一言而決。又說，聯軍入京，已是兵臨城下，和戰大計，若再遷延不決，必受其殃；亦希望端王能夠切諫慈禧太后，早發明旨。

『戰是一定要戰的。可恨的是，怕洋人的窩囊廢太多，上頭還不肯明詔宣戰。這該怎麼辦呢？』

『有法子！』輔國公載瀾說：『咱們把事情鬧大來，教上頭不能不宣戰。』

『這倒是個法子。』端王載漪點點頭。

『此法甚妙！』董福祥心想，事情一鬧大，甘軍就可不撤，自己的面子立即便能保住，所以極力慫恿著說：『諒使館洋兵，不過幾百人，何足爲懼？』

『星五！』載漪鄭重問道：『如果要攻使館，你到底有沒有把握？』

『怎麼沒有？至多十天。不過，這是就目前而言；等洋兵一增援，可就難說了！』

『兵貴神速，原要掌握先機。』載漪似通非通地談論兵法，『如今大家都恨洋人，所謂哀師必勝，正宜及鋒而試。』

就這時候，慶王來請載漪到總理衙門議事；交代載瀾跟董福祥商量攻使館的一切細節，自己坐轎去赴慶王之約。

見了面，所議的是兩件事，一是如何慰撫杉山彬之被戕，一是發照會慰問各國使館，不必因杉山彬的事件而恐慌，朝廷必能保護各國使館。

『不能這麼說！』載漪大搖其頭。

『那麼，』慶王低聲下氣地問道：『該怎麼說呢？』

端王想了一下，昂著頭說：『第一，不必用甚麼照會，「飭知」就可以了！第二，各國使臣在華，要安分守己，不准傳教；更不准袒護教民。所有拆毀教民的房屋及洋人所用的教堂，姑准自行備款興修。』

聽此一說，在座的慶王跟步軍統領崇禮，面面相覷，半天作聲不得。比較還是崇禮敢言，『王爺，』他說：『傳教載在條約，跟洋人辦交涉，恐怕不能這麼魯莽。』

『甚麼叫魯莽？你倒想個不魯莽的法子我看看；如今有二千洋兵馬上要來攻京城了，你能讓他退兵嗎？』

『老二，』慶王接口，『咱們這麼好言商量，正是要他退兵。』

『如果不退呢？』

慶王想了一下答說：『先禮後兵，亦未爲晚。』

載漪不響了，意思是勉強讓了步；於是總辦章京便提一句：『還有杉山彬的案子。』

『那還管它！』載漪大聲說道：『咱們不問他們做奸細的罪名，就很客氣的了！』

杉山彬是日本公使館的書記生，並非中國官員；出永定門去接應聯軍，是他分當該爲之事，何得謂之『做奸細』？大家覺得他腦筋不清楚，無可理喻，只有保持沉默。

『先辦一件事吧！』慶王做了個結論，『杉山彬那件案子，只有明天再說。』

到了第二天，各行其是，朝廷連頒六道上諭，一道是『奸匪造作謠言，以仇教爲名，擾及良善』，亟應嚴加剿辦。並著駐紮關外的宋慶，督飭馬玉崑一軍，刻日帶隊，馳赴近京一帶，實力剿捕。調馬玉崑進京，是想用他來代替董福祥，防守京城。

一道是『日本書記生被害之案，地方文武，疏於防範，兇犯亦未登時拿獲，實屬不成事體，著各該衙門上緊勒限嚴拿兇犯』。意思是不承認杉山彬爲甘軍所害。

一道是『京師地面遼闊，易爲匪徒藏匿，著步軍統領衙門、順天府、五城巡城御史，一體嚴查，保護地面』。其中雖有『拳匪滋事』的字樣，但未明責義和團。

又一道：據直隸總督裕祿奏報，有洋兵千餘將由鐵路進京。現在各國使館先後派來的兵，已有一千以上，足資保護，倘再紛至沓來，後患何堪設想？即將聶士成一軍全數調回天津，扼要駐紮，倘有各國軍隊，欲乘火車北行，責成裕祿設法攔阻。大沽口防務，責成原任天津鎮總兵，現任喀什噶爾提督羅榮光戒嚴，以防不測。最後特別警告：『如有外兵闖入畿輔，定惟裕祿、聶士成、羅榮光是問！』

此外還有設法修復鐵路、電線，平抑米價等等上諭，都可以看出，朝廷的本意，在力求安定。對義和拳區分爲拳民與拳匪兩種，安分的是拳民，滋事的便是拳匪，應該『嚴加剿辦』。而剿捕的任務，賦予在關外的馬玉崑；對現駐京師的董福祥及甘軍隻字不提，無異表示，甘軍與拳匪無別，不但不配負剿匪之責，甚至必要時甘軍亦當在被剿之列。

『這都是姓榮的搞的把戲！』董福祥憤憤地說：『不把這個人打下去，咱們永出不了頭了！』

『不然。』李來中很冷靜地，『關鍵是在太后身上，榮某人完全聽太后的；太后年紀大了，還不怎麼願意跟洋人翻臉。如果太后眞的要打洋人，榮某人還不是乖乖兒聽著。』

『照這樣說，最要緊的就是要想法子讓太后跟洋人翻臉？』

『一點不錯！星公，你別忙，如今有個極好的機會，運用得法，足以改變大局。不過，先得大大地花一筆錢。』

『要多少？』

『起碼得一萬銀子。』

『一萬銀子小事。』

董福祥立即找了管糧台的來，當面囑咐，備一萬銀子的銀票，立等著要。甘軍的餉銀甚足，萬把銀子，取來就是；李來中收好了，悄然出營，直往八大胡同而去。

到得賽金花所張豔幟的陝西巷，靠近百順胡同有家『清吟小班』，叫作『梨香院』；李來中一進門便問：『王四爺來了沒有？』

『剛來。』夥計答說：『請到翠姑娘屋子裡坐。』

『翠姑娘』花名翠兒，有個恩客叫王季訓，便是李來中要找的『王四爺』。一進了屋子，主客杳然；只聽得後面小屋中嬌笑低語，夾以喘息之聲，想來是王季訓正跟翠兒在溫存。

見此光景，李來中正中下懷，急忙退了出來，向緊跟著來招呼客人的老媽子說：『你跟王四爺說，我在「醉瓊林」等他吃飯。』

『坐一會兒，李爺！幹嘛這麼急匆匆地。』

『不方便！』李來中笑一笑說：『回頭跟王四爺再一塊兒來。』

說完，揚長而去；到了巷口的醉瓊林，挑了最偏裡，靠近茅房，沒有人要的一個單間坐下；點了兩樣菜，要了一壺酒，邊吃邊等，等一壺酒快完，方見王季訓施施然而來。

『怎麼找這麼一個地方？』

『噓！』李來中兩指撮唇，示意小聲些。

王季訓會意，不再多說。等夥計遞上菜牌子來，悉聽李來中安排；酒菜上齊，夥計退出，順手放下了門簾，王季訓方始開口。

『老李，你來得正好！我不方便去找你，急得要命。』

『喔，有事？』

『沒有別的事。翠兒一家老小從天津逃到京裡來了。這話也不知是眞是假，反正這是個跟我要錢的題目。』

『錢，你不用愁。』李來中取出銀票來，抹一抹平，擺在面前。

王季訓伸頭一看，舌撟不下，『好傢伙！』他說：『一萬兩！「四大恆」的票子。』

一語未畢，李來中連連搖手。王季訓知道自己失態了；不知不覺間又提高了聲音。縮一縮脖子，愧歉地笑著。

『這兩天有甚麼消息？』

所問的消息，是指榮祿所接到的電報——王季訓是個捐班的候補縣丞，天津電報局的『電報生』出身，爲榮祿掌管密碼，已有好幾年。凡是各地與榮祿用電報通信，都要經他的手，所以得知許多機密。只以年輕佻達，風流自喜；終年在八大胡同廝混，有限的薪水，何足敷用？因而爲李來中乘虛而入，早就買通了。

『消息很多。你要問哪一方面的？』

『江蘇方面。』李來中問：『羅嘉傑可有覆電來？』

『有。』

『怎麼說？』

『沒有說甚麼，只說已接到榮中堂的電報，親自到上海去打聽各國的態度。』

李來中放心了，『有沒有提到，甚麼時候再電覆？』他問。

『沒有。』王季訓又加了一句：『照規矩說，像這樣要緊的事，不會耽擱得太久。』

李來中沉吟了一會兒，將銀票往前推了推，壓低了聲音說：『四爺，有件事，只要你一舉手之勞。辦成了，這一萬銀子就是你的。』

『好！你說。』王季訓一隻手伸到銀票上。

李來中的動作比他更敏捷，輕輕一抽，將銀票收回；湊過臉去說：『請你造一個假電報。』

『怎麼造法？』

『假造一個羅嘉傑的電報。』

『這？』王季訓問道：『怎麼說？』

『怎麼說，你先不用管。』李來中又說：『你別怕，包你一點責任都沒有。』

『怎麼會沒有責任呢？』王季訓用手在項後砍了一下，『這要發覺了，是掉腦袋的罪名。』

『包你腦袋不掉，照樣能吃花酒，照樣能親翠兒的嘴。』

『老李！』王季訓笑道：『我是孫悟空，你就是如來佛，甚麼事翻不出你的手掌。說實話，你本事大，不怕，我可怕！有一萬兩銀子，我有好一陣舒服日子過；可是，日子要過得舒服，第一就是能夠安心。你說，怎麼讓我安心？你說得我信了，我就幹！』

李來中一面聽，一面深深點頭，『好！咱們倆一言爲定。我說得不對，你不幹我不怨你。四爺，我先問你，如今南邊的電報怎麼來？』

『南邊的電報，有兩條線，一條陸線，一條海線。陸線，現在到不了京裡，因爲電線桿讓義和團拉倒了，保定也不一定能通。海線呢，有兩處，一處通天津；現在天津亂得一場糊塗，也不必談了。再有一處是通山海關，歸駐紮在那裡的副都統管。這兩天南邊有急電，都是先通到山海關，再派快馬送到京裡。』

『那麼，我再問你，山海關拿電報送到，你照樣譯出來，送上去，可有責任可言？』

王季訓愕然，『這有甚麼責任可言。』他說：『送來了，我不譯不送，才有責任。』

『那就對了！山海關那面是我的事，反正總有一份電報給你；你譯了照送，這一萬銀子就是你的。』

『那，』王季訓不信似地問：『有這樣容易的事？』

『當然還要費你一點心。』李來中略想一想說：『有兩個辦法，你自己挑一個：一個是，你們那裡跟羅嘉傑通電報的密碼本，借出來用一下；一個是，我拿一個稿子給你，請你譯好交給我。』

『密碼本不便拿出來！』王季訓很快地答說：『就拿出來，你也不知道用法；因爲密碼是每天不同的。這樣，你拿稿子來，我替你譯；稿子呢？』

『得要明天一早給你；送到甚麼地方？』

『送到我下處。』王季訓說：『明天上午我不當班，正好辦這件事。』

『好，就這麼說！』李來中將銀票捏在手中，起身掀簾子，向外喊一聲：『拿紙片！』

在京師，老於花叢的都知道兩句詩：『得意一聲「拿紙片」，傷心三字「點燈籠」。』因爲『點燈籠』是姑娘不留客，不得不去，難免傷心；而『拿紙片』不是飛箋召客，便是『叫條子』，自是得意之事。但李來中此時吩咐『拿紙片』，卻大出王季訓的意料，不是叫局，只是要一張紙片可以寫字而已。

『四爺，你寫一張收條給我；收到一萬銀子。』

『好，好！我寫，我寫！』

等王季訓欣然提筆欲下時，李來中又開口了，『請慢一慢，我唸你寫：「茲收到日本公使館交來庫平銀一萬兩正。」』

『怎麼？』王季訓大爲驚疑，『這是甚麼意思？』

『明人不做暗事，四爺，我老實告訴你，託我辦這件事的人，是這麼交代的。一萬兩銀子不是小數目，人家也要防一防；你只要照我剛才的話做到，我們那裡自然會知道，這張收據我塗銷了還給你。你既然沒有教朋友上當的心，大可坦然。四爺，你要明白，我們是辦事，不是想害你；我跟你無怨無仇，張羅一萬銀子來換你這張收據爲的是要抓你一個把柄，我不成了瘋子了？』

話說得很透徹；細想一想，對方似乎亦不能不出此防範的手段。不過有一點卻還須澄清，『我照辦了沒有，你們怎麼會知道？』王季訓問：『倘或你們那裡沒法兒證實，就以爲我玩花樣；告我一狀，說我私通外國，那可是有冤沒處訴的事。』

『你放心，我們一定會知道。白花花的銀子，到底一萬兩！怎能做沒把握的事。』

王季訓沒話可說了。『好吧！就這樣。』他照李來中的意思，提筆寫好；一張紙換一張紙，各得其所而散。

也就差不多是李來中與王季訓分手的那辰光，使館區的東交民巷，發生了一件不大不小的糾紛。糾紛的一方是德國公使克林德。

克林德在十五年前就到過中國，那時不過公使館中的一名三等祕書；去年再度來華，不但是公使的身分，而且已爲德皇封爲男爵，在公使團中的地位很高。這位爵爺本有美男子之名，如今雖近中年，丰采如昔；兼以性格爽朗，勇於任事，所以在東交民巷的風頭極健，更無形中成了公使團的領袖，一切關於義和團的交涉，大致都聽從他的主張，採取強硬的態度。

偏偏冤家路狹；這天他攜著手杖牽著狗，正在東交民巷新闢的馬路上散步，只聽得車走蹄聲，駛行甚急，於是一面讓路，一面轉臉去看，來的是一輛騾車，除了車伕以外，車沿上還有一個人，裝束行動，都很奇特，頭紮紅巾、腰繫紅帶、手腕及雙腿亦都裹著紅布。手裡拿一把雪亮的鋼刀，而一隻手扳起一隻腳，正在鞋底上磨刀。

克林德一時愣住了。等車子快到面前，突然省悟，失聲自語：『這不就是義和團嗎？』念頭轉到，隨即便有行動；一躍上前，用個擊劍的姿勢，挺手杖便刺。車伕嚇一跳，不自覺地將轡繩一收；等車子一停，克林德將手杖一掄，橫掃過去。車沿上的那個義和團本就存著怯意，見此光景，越發畏懼，拿刀一格，順勢拋卻；『嗆啷啷』一聲，鋼刀落地，他的兩隻腳也落了地，撒腿就跑，往肅王府夾道中逃了去。

這時德國公使館的衛隊也趕到了，一看車中還有個縮成一團的義和團，依照克林德的意思，把他拖了下來，拘禁在使館，而騾車卻放走了。

車伕亦是個義和團，一行三人來自莊王府——莊王府中已經設壇供神，住著好幾個大師兄；這天依照既定計畫，特意派人到東交民巷去示威，不想落了這麼一個灰頭土臉的結果，將個莊王氣得暴跳如雷，破口大罵：『非殺盡洋人不可！』

比較還是載瀾有些見識，『你老別罵了，得想法子要人！我看，』他說：『這算是地面上的糾紛，不必由總理衙門出面，讓崇受之去走一趟吧！』

莊王毫無主意，聽他的話，將步軍統領崇禮請了來，請他到德國公使館去索回被扣的義和團。崇禮面有難色，且有些氣憤，免不得大發牢騷：『朝廷三令五申，著落步軍統領衙門，嚴辦滋事的拳匪。這會兒到人家使館區去惹是生非，可又沒有本事，教人家活捉了，反要當官兒的替他們去求情！瀾公，你說咱們這個差使怎麼當？』

如果換了別人，載瀾登時就會翻臉；但他兼任左翼總兵，受崇禮的節制，少不得客氣幾分，所以敷衍著說：『是，是！這個差使不好當；等過了這段兒，咱們再想法子辭差。』

就在這時候，總理衙門派了一個章京來報消息：德國公使館將所捕的義和團剝了衣服，連同所持的一把鋼刀，派人送到總署；同時有話：要求在下午兩點鐘以前，出面料理，否則那名義和團的性命就保不住了。

『慶王的意思，這件事只有請步軍統領衙門三位堂官出面料理；英大人已經在署裡了，請兩位趕緊去商量吧！』

這是無可商量之事，不論從哪方面來說，都得把人去要回來。兩人匆匆趕到總署，照載瀾的意思，有崇禮一個人去，已經很給面子了，不必一起都去。可是崇禮怕交涉辦不好，變成獨任其咎，堅持非兩翼總兵同行不可。載瀾無奈何，英年無主張，終於一車同載，直駛東交民巷。

到得德國公使館，只見庭院裡大樹下，綁著一個垂頭喪氣的赤膊漢子。三個人都裝作不曾看見；升階登堂，跟克林德當面去要人。

『釋放可以。』克林德透過譯員提出要求，『中國政府必須用書面保證，以後不准義和團侵入使館區。』

『這，』崇禮答說：『好商量。先讓我們拿人帶回去，總理衙門再來接頭。』

『不行！一定要收到了書面保證，才能釋放。這一點絕沒有讓步的餘地。』

三言兩語，就使得交涉瀕於決裂。崇禮跟載瀾說：『這件事，我可不敢答應。只有回去再商量。』

『乾脆告訴他，他的無理要求，萬萬辦不到。此人是大清朝的子民，不交給大清朝的官，我們跟他沒有完！他要是不信，讓他等著看，他闖的禍有多大？』

譯員傳達了他的話，只不過譯了五成意思，克林德的臉色已經很難看了。

『我是合理的要求，也是各國公使館一致的要求；我們不受恫嚇！』

交涉終於破裂。三人辭出德國公使館，回到總理衙門；載瀾跳腳大罵：『洋人都是不通人性的畜生！只有拿刀架在他們脖子上，他才知道咱們中國人不好欺負。』

一言未畢，有人氣急敗壞地奔了進來；來不及行禮，便向崇禮大聲說道：『義和團由崇文門進城，一路喊「殺」，一路奔到東交民巷一帶去了。』

來人是步軍統領衙門的一名筆帖式；崇禮叫不出他的名字，只抓住他的手問：『有多少人？』

『有說幾百，有說幾千，反正很多就是。』

『壞了！』慶王跌腳嗟歎，『這下亂子鬧大了！』

『慶叔，』載瀾面有喜色，『你別擔心！亂子不會鬧大，交涉反倒好辦。你老不信，等著瞧。』

慶王沒有理他，匆匆坐轎回府，正在詢問義和團燒教堂、殺教民的情形，門上來報：『西苑有太監來，說是老佛爺有話說給王爺。』

口宣懿旨，無需擺設香案；慶王換上公服，在作爲王府正廳的銀安殿，面北而立，聽太監傳諭。

原來由崇文門進城的義和團，本想攻入使館，爲洋槍一擋，折而往北，沿著王府井大街，見教堂就燒，見從教堂裡逃出來的人就殺。鋪戶閉門，官兵走避；義和團爲所欲爲，一直燒到八面槽的天主教堂——此堂名爲『東堂』，乾隆年間義大利教士，亦爲有名的畫家郎世寧，在這裡住過好些年，留下許多工筆畫幅，此時亦都付諸烈燄了。

其時慈禧太后正在西苑閒步，從假山上望見東城火起，詢問李蓮英，說是洋人先在崇文門開槍打死了好些百姓；義和團大抱不平，所以燒教堂作爲報復。又提到徐桐住在東交民巷，只怕已被困在內。慈禧太后大爲惦念，特命慶王與使館交涉，將徐桐移往安全地帶。

這個交涉不難辦。慶王派人到總理衙門找了一位章京來，又派了八名護衛，保護著到東交民巷，相機行事。這一撥人尚未覆命，卻另有消息：徐桐早就在義和團想撲入東交民巷，各使館駐軍開槍相拒時，便已離家相避；此刻作了端王府的上賓。

帶這個消息來的是步軍統領崇禮，他還帶來一張紙，上面抄錄一副對聯：『創千古未有奇聞，非左非邪，攻異端而正人心，忠孝節廉，祇此精誠未泯；爲斯世少留佳話，一驚一喜，仗神威以寒夷膽，農工商賈，於今怨憤能消。』上款是『書贈義和神團大師兄』；下款頭銜赫然：『太子太保體仁閣大學士徐桐』。據說，這副對聯就懸在端王府的拳壇上。

『怎麼？』慶王大驚，『端王府都設壇了？』

『是今天下午的事。不止端王府，莊王府、瀾公府也都設壇了。明天連刑部大堂都要設壇。』

『荒唐、荒唐！』慶王用責備的語氣說：『受之，你是刑部堂官，怎麼這樣子胡鬧。』

『沒法子！都是徐楠士的主意。』崇禮苦笑道：『我跟趙展如各爲刑部滿漢兩尚書，其實甚麼事都不能管。如今刑部「六堂」，只有徐楠士最神氣。』

徐楠士就是徐桐的長子徐承煜；『哼！』慶王冷笑，『此人的行徑就是個義和團！洋人不好，洋人該死；可就知道洋人的煙捲兒、大洋錢是好東西！』

『唉！』崇禮嘆口氣，『這局面再鬧下去，可不知道怎麼收拾了？王爺，聽說端王嫌我這個步軍統領太無用，打算奏明皇太后撤換；這可是件求之不得的事，倘或皇太后問到王爺，求王爺幫我說兩句壞話。』

『只有幫著說好話的；壞話可怎麼說啊？』

『就說我身體不好，難勝繁劇。』

『誰又是能勝繁劇的？』慶王冷笑一聲，『我還恨不得能把爵位都辭了呢！』

這一夜的京城裡，人心惶惶，都有大禍臨頭之感。各省京官，膽小的早就舉家走避；如今膽大的亦不能不深切考慮，覺得至少應將家眷遷移到比較安全的地方。可是京津交通已斷，畿南及京東、京西，到處都是義和團；比較平靜的，只有北面。因此，德勝門的熱鬧，比平日加了幾倍，車馬相接，由此經昌平，出居庸關逃往察哈爾境內延慶州、懷來縣，不計其數。

相反地，南面幾個城門，幾乎斷了行人，正陽門到上午八點多鐘方始開啓；宣武門根本不開，因爲有確實消息，義和團這天要燒『南堂』和『北堂』——南堂在宣武門內東城根，是京中最古老的一座天主教堂。原址在明朝末年是東林結黨講學之地的首善書院；閹堂得勢，大殺東林，首善書院奉旨拆毀，連至聖先師的木主，都被丟棄在路邊。到了崇禎年間，禮部尚書徐光啓在此主修曆法，稱爲『曆局』；湯若望初到中國，即住此處。清朝開國，湯若望做了孝莊太后的『教父』，接續前明未竟之功，繼續修曆；不過曆局正式改建爲天主堂，成爲京中第一座西式建築。內多罕見的奇巧之物，頗得當時年輕皇帝的欣賞；所以吳梅村有詩：『西洋館宇迫城陰，巧歷通玄妙匠心；異物每邀天一笑，自鳴鐘應自鳴琴。』

相形之下，『北堂』雖說是天主教在華的總堂，卻只有十年的歷史。原來的北堂，建於康熙年間，位於三座門以西的蠶池口。光緒十六年擴修西苑，慈禧太后嫌北堂太高，俯視禁苑，諸多不便。

命總理衙門跟法國轉飭遷移，交涉不得要領；其時李鴻章正在大紅大紫的時候，幕府中洋務人才極盛，有人獻議，直接跟羅馬教廷去打交道，果然如願以償，蠶池口的北堂，終於遷避了。

新北堂地名西什庫，在西安門內。雖說不如蠶池口那樣密邇西苑，但離三海亦不算遠。燒宣武門的南堂，不致擾及禁中；燒西什庫的北堂就不同了。因此，李蓮英頗以為憂；跟端王商量，可否不燒？端王表示，義和團群情憤慨，而北堂是天主教的總機關，恐怕非燒不可。

這樣就只好面奏慈禧太后了。於是這天特為頒發一道上諭：『頃聞義和團眾，約於本日午刻，進皇城地安門、西安門焚燒西什庫之議，業經弁兵攔阻，仍約於今晚舉事，不可不亟為彈壓。著英年、載瀾於拳民聚集之所，務需親自馳往，面為剴切曉諭。該拳民既不自居匪類，即當立時解散，不應於禁城地面，肆行無忌。倘不遵勸諭，即行嚴拿正法。』

上諭下來，英年跟載瀾商議，應該如何勸諭？載瀾一言不發，將上諭拿到手裡，揉成一團，往懷中一塞。

見此光景，英年覺得說甚麼都是多餘的！處此變局，唯有觀望是上策。這樣一想，越發甚麼話都不肯說。回到家，告誡僕役，緊閉大門，不准外出，有客來訪，或者衙門裡有人來回公事，都說他不在家。

奉旨彈壓的大員是這樣的態度，義和團自然為所欲為；不過南堂是燒掉了，北堂卻未燒成，教士教民憑藉堅固的洋灰圍牆，用熾密的火力壓制，使得由一僧一道率領的一千多義和團，根本無法接近。一陣陣的槍聲，一陣陣的喧嚷叫囂，殺聲不絕，整整鬧了一夜，害得在西苑的慈禧太后，一夕數驚，睡不安穩，肝火旺得不得了。

起身漱洗，吃過一碗燕窩粥，照例先看奏摺，第一件便是步軍統領崇禮奏報：『兩翼教堂、地面起火情形，並自請議處。』正在火頭上的慈禧太后，毫不遲疑地親自用硃筆批示：『崇禮、英年、載瀾均著交部嚴加議處。兩翼翼尉等，均著革職留任，並摘去頂戴。仍勒令嚴拿首要各匪，務獲懲辦！』

藉此一頓訓斥，稍稍發洩了怒氣；慈禧太后靜靜思索了一會兒，吩咐李蓮英傳旨：軍機到齊了，馬上叫起。

向來的規制，軍機總是最後召見。因爲先召見部院大臣，或入覲的疆吏，倘或有所陳奏請示，當天就可以跟軍機商定處置的辦法。這天一破常例，首先召見樞臣，大家知道，必有極要緊的宣諭；而可以猜想得到的，一定關係到義和團，只是慈禧太后對義和團的態度如何，卻難揣測。

進了殿，只見慈禧太后精神不似往日健旺，皇帝更見萎靡。禮王領頭行過了禮，只聽慈禧太后問道：『你們也都一宿沒有睡吧？』

『是！』禮王、榮祿同聲回答。

『這樣子鬧法，可眞不能不管了！昨兒晚上只聽見一聲遞一聲地：「殺呀，殺呀！」這哪還像個首善之區的京城？』慈禧太后略停一下說道：『都說義和團有紀律，無法無天的匪人假冒義和團。照這樣子看，假冒的也太多了！』

『是！』禮王答說：『仍舊只有責成步軍統領衙門好好兒彈壓。』

『甚麼彈壓？嚴拿正法！』慈禧太后喊一聲；『榮祿！』

『喳！』榮祿膝行兩步，跪向前面。

『你怎麼說？』

『奴才聽皇太后的意思。要辦就得快。』

『當然要快。』慈禧太后說：『我的意思是，讓你再多調兵進來，切切實實辦一辦。』

榮祿想了一下答道：『奴才可以把武衛中軍調進來；不過，非得神機營、虎神營也多派人不可。』

慈禧太后了解他的用意，是要端王跟他一起擔此重任；否則武衛中軍進城，便會遭遇義和團、甘軍，以及端王所統管的神機營、虎神營聯手相抗。因而點點頭說：『當然，這也要寫在上諭裡頭。』

談到這裡，慈禧太后又徵詢其他各人的意見。慶王是拿不出主張；王文韶兩耳重聽，只能辨色，不能察言，無可回奏；啓秀則對嚴懲義和團之舉，根本反對，不過孤掌難鳴，唯有隱忍不言。獨獨趙舒翹爲了由涿州回京，覆奏時含糊其詞有負付託，而且對義和團跡近姑息，一直內疚於心；此時看慈禧太后態度轉變，而剛毅又恰好不在，正是補過的機會，所以看大家默不作聲，便出列碰頭，有所陳述。

『皇太后、皇上聖明，臣的愚見，攘外必先安內，京城裡一定得安靜。不過地面遼闊，而人心很亂；武衛中軍、神機營、虎神營、步軍統領衙門，各不相屬，或者有推諉爭執之處，部署恐怕不能周密，最好欽派王公大臣數位監督，號令既可畫一，遇事亦有稟承，這樣才可以上分皇太后、皇上的廑慮。』

聽見他的話，慈禧太后與皇帝都不斷點頭，『趙舒翹說得很透徹！不是嗎？』慈禧太后看著皇帝說：『你倒看，派哪些人監督。』

『還是請老佛爺作主。』皇帝很快地回答。然後又試探地補一句，『或者，就讓趙舒翹保幾個人。』

『這話不錯。趙舒翹既有這麼個主意，心目中總有幾個人吧！』

『是！』趙舒翹當仁不讓地答說：『義和團跟洋人過不去，少不得要跟使館打交道，慶王是少不得的。』

『好！就派慶王。』

『端王威望素著，精明強幹，而且素爲義和團所敬服。』趙舒翹恭維一番後，又加一句：『亦是萬萬少不得的。』

『也好。』慈禧太后又問：『還有呢？』

『榮祿更是少不得的。』

『三個了！』慈禧太后躊躇著說：『是不是再添一個呢？』

『奴才保薦一位。』啓秀突然開口，『貝勒載濂。』

原來啓秀聽趙舒翹在報名字，心中已有一個想法，慶王與榮祿都是主張與洋人和好的；相形之下，端王便顯得孤單了。至少得再加一個，旗鼓才能相當。這個人，保載瀾，則他以步軍統領衙門堂官的身分，本可以干預其間，暗加迴護，無需多此一舉；若保莊王，可以爵位較高，無形中將端王貶低了一等；所以保薦載濂。他是端王載漪的長兄，不過爵位是下郡王一等的貝勒，所以排名反在胞弟之下。這樣就不會貶損了端王的身分。

慈禧太后接納了他的奏請；問趙舒翹說：『你倒說，還應該怎麼做？』

『既有四位王公大臣總其成，下面辦事的人越多越好，除了巡城御史，維持地面責有攸歸以外，臣請旨欽派八旗都統，分駐九城，稽查出入。』

『這樣做也很好。派哪些人，你們下去斟酌。』

凡所陳奏，無不嘉納；因此，回到軍機處的趙舒翹與啓秀，成了鮮明的對比，一個滿臉飛金，一個臉色陰沉。不過，趙舒翹也很見機，只出主意，不肯主稿，這道上諭仍由當班的『達拉密』撰擬，而最後由榮祿核定，隨即用黃匣子進呈，等慈禧太后看過，送交內閣明發。

黃匣子很快地發了下來；又帶來一個命令：單召榮祿進見。

非常意外地，這一次是由皇帝先開口：『京城裡亂成這個樣子，驚擾深宮，甚至連皇太后都不能好生歇著，你我眞難逃不忠不孝之罪了！』

聽皇帝這樣責備，榮祿大爲不安；同時也頗爲困惑，不知慈禧太后對皇帝的態度是不是改變了？動機何在？是覺得應該讓皇帝再問政呢？還是因爲時局棘手，利用皇帝在前面擋一擋？

這樣想著，不由得便偷偷去窺探慈禧太后的臉色，但看不出甚麼；榮祿無奈，唯有碰頭請罪。

『奴才承皇太后、皇上天恩，交付的責任比別人來得重。京城亂成這個樣子，總是奴才的才具不夠；奴才絕不敢推諉責任，請皇太后、皇上先重重處分奴才，藉此作一番振刷，好教大家警惕，再不敢不盡心。』

『如今也談不到處分的話。收拾大局要緊！』皇帝看一看慈禧太后說：『如今把跟洋人講解，剿辦義和團的責任都交給你，你有沒有把握？』

『奴才不敢說！奴才盡力去辦就是。』說到這裡，他發覺措詞不妥，大有一肩擔承的意味，因而緊接著說：『跟洋人交涉，是李鴻章好；剿辦義和團非袁世凱不可。』

『嗯，嗯！』皇帝向慈禧太后請示：『老佛爺看，榮祿的主意行不行？』

『也只好這樣。』慈禧太后又說：『既然打算這麼做了，剛毅就不必再待在涿州了，叫他趕快回京吧！』

『是！』榮祿答說：『奴才請旨，可否再叫軍機全班的起，請兩宮當面降旨。』

『可以！』慈禧太后點點頭。

於是復召全班軍機大臣，由皇帝宣示，一共下三道上諭：第一道，著兩廣總督李鴻章剋日進京；總督派廣州將軍德壽署理。第二道，著山東巡撫袁世凱帶兵進京；如膠州防務重要不能分身，著即指派得力將領，帶領精銳，到京待命。第三道，剛毅及何乃瑩迅即回京。

除了第一道上諭，照例應由內閣明發以外，其他兩道，應該用廷寄。但榮祿卻故意問一句：『請旨，三道上諭，是不是都明發？』

『不錯！明發。』慈禧太后清清楚楚地回答。

用明發便有公開警告義和團之意。榮祿是這樣想，慈禧太后也是這樣想；君臣默喻，展開了早定的大計，都有及今動手，猶未爲晚的信心。

到得日中，消息已散布得很廣了。明達之士，額手相慶；有些在打算逃難而盤纏苦無著落的窮京官，更是稱頌聖明，興奮不已。

至於義和團方面，小嘍囉昏天黑地，囂張如故，大頭目卻暗暗心驚。不過狂悖的畢竟多於謹慎的，所以一些暗中流傳的狂言，很快地變成公然叫囂，一說『要斬一龍二虎頭』，一龍當然是指皇帝，二虎的說法不同，但總不脫慶王、禮王、榮祿、李鴻章等人。又一說，要斬的是『一龍一虎三百羊』，這一虎倒指明了是辦洋務的慶王；三百羊則指京官。又說京官中只能留下十八人，其餘莫不可殺。

這種不嘶的大言，除了嚇人以外，還有一個作用，便是可使端王、崇綺之流快意。但等這天的三道上諭一公布，知道快意可能要變成失意了。

『老佛爺是聽了誰的話？』端王的神色非常嚴重，一臉的殺氣，就彷彿找到了這個『誰』，馬上便要宰了他似地。

『這不用說，當然是榮祿。』莊王載勛冷冷地說：『好吧，倒要看看，虎神營跟武衛中軍，誰狠得過誰？』

『不是這樣著！』載瀾接口，『是看看武衛後軍跟武衛中軍，誰狠得過誰？』

他的意思是不妨指使董福祥跟榮祿去對抗。這下提醒了載漪，『老三的主意高！等袁慰庭一來，董星五可就更要難看了！』他很起勁說：『事不宜遲，馬上把董星五找來，商量個先發制人之計。』

請來董福祥，只有載漪兄弟三個跟載勛在一起密談。上諭是大家都看到了的，慈禧太后的態度已經轉變，不消說得要商量的是如何把慈禧太后的態度重新再扭過來。

『如今爲難的是，事情變得太快，要慢慢來說服老太后，只怕緩不濟急。』載漪說道：『箭在弦上，不得不發，我看，索性大大幹他一下子。星五，你看怎麼樣？』

『是！既要大幹，也要讓皇太后願意大幹。不然，事情還是麻煩。』

『如果能讓皇太后回心轉意，當然求之不得。可是……』

『王爺，』董福祥搶著說道：『你老不必擔心，我已經有了佈置了。』

『噢！』載漪既驚且喜，『來，來，星五，你是怎麼佈置的？快說來聽聽。』

『是李來中的妙計。都說妥當了；隨時可以動手。』接著，他壓低了聲音，細說經過。

『此計大妙！這李來中，眞有通天徹地之能。』端王問道：『星五，他是甚麼功名？』

『如今還是白丁。』

『我保他！你看，給他一個甚麼官做？』

『我替李來中多謝王爺的栽培。不過，這不妨將來再說；眼前辦事要緊。』

『不錯，不錯，眼前辦事要緊。星五，就請你費心吧！』

於是依照預定的計畫，這天傍晚時分，有一封僞造的電報，由山海關駐防副都統所派的信差，送到武衛軍營務處；王季訓照密碼譯妥送到上房。正在獨酌默籌的榮祿，看完電文，推杯而起，吩咐召請幕友，即刻到簽押房相見。

幕友早都各回私寓了，這天的情形又比前一天更壞，朝士所聚的所謂『宣南』——宣武門以南的地域，由於南堂遭劫，有洋兵馬隊一百多人進佔宣武門，交通等於斷絕，前門東城根一帶，北至王府井大街，亦有洋兵看守，不准中國軍民往來。因此，急足四出，卻只找來一個樊增祥。

『雲門，你看，』榮祿有些沉不住氣了：『羅道來的電報，大禍迫在眉睫了！』

羅嘉傑的電報發自上海，用『據確息』三字開頭，說各國協力謀華，已有成議，決定向中國政府提出四個條件：第一，政權歸還皇帝，太后訓政立即結束；第二，下詔剿辦拳匪，各國願出兵相助；第三，中國政府練兵數目，需經各國同意，並聘洋人擔任教練；第四，中國政府所有賦稅收入，需由洋人監督，並控制用途。

『好厲害！』樊增祥失聲說道：『這不就是城下之盟了！』

『我擔心的就是洋人會提苛刻的條件，可是這話要早說了，沒有人肯信。如今事機緊迫，一定要設法消弭在先；眞的讓洋人提了出來，連還價都沒法兒還。』

『是！』樊增祥說：『彼此交涉，要看實力；知己知彼，百戰百勝，用兵如此，洋務又何嘗不然！』

『談甚麼實力！』榮祿語氣神色中，有點笑他書生之見似地，『到今天爲止，大沽口外有三十四條外國兵艦；憑一座炮台，羅榮光那兩千條爛槍，就能擋得住了？裕制軍在天津胡鬧，奉大師兄、紅燈照爲上賓，我很同情他；地方大吏，守土有責，一旦大沽口失守，各國聯軍一上了岸，長驅直入，那時除了希望義和團人多勢眾，又不怕死，能夠硬擋上一陣以外，你倒想，他還有甚麼退敵之計！』

聽得這番話，樊增祥頗感意外，原來他是這樣的一種看法！怪不得依違瞻顧，總有些舉棋不定的模樣。既然如此，自己先要好好想一想，未有把握之前不宜隨便發言。

『我想，這個消息，必得上達。』榮祿停了一下說：『現在是緊要時候，藉這個消息逼一逼，可以走得快一點兒。』

這是說，逼慈禧太后在議和的步驟上採取更明快的措施；可是，樊增祥提出疑問：『倘或激怒了皇太后，不惜一戰，又將如何？』

『皇太后如果要打，當然先要問我；我就說老實話，兵在哪裡，餉在何處？皇太后經了多少大事，豈能只憑意氣辦事。』

『茲事體大，所關不細。』樊增祥只有勸他愼重，『中堂不妨稍微等一等，謀定後動。』

榮祿想了一下點點頭說：『等個一半天，諒來還不妨事。』

使館不敢攻，西什庫攻不下，能燒的教堂又燒得差不多了；義和團決定在前門外，京師最繁華的所在去顯一顯威風。

前門外最熱鬧的地區，是在迤西的大柵欄一帶；商業精華，盡萃於斯。有名的戲園廣和樓、三慶園、慶樂園，亦都在這裡；所以大柵欄又是笙歌嗷嘈的聲色之地，來自窮鄉僻壤的義和團，一到了這裡，目迷五色，處處新鮮；但爲了保持威嚴，不能東張西望，唯有挺胸凸肚，目不斜視地招搖過市。

領頭的大師兄走了一陣，不免心慌，因爲不知該從何處去顯威風？偶然一瞥之間，忽有發現：有家店家，安著極大的玻璃窗，裡面瓶瓶罐罐都貼著洋文標籤；再看招牌，寫的是『老德記藥房』。心想，這家藥房一定是『二毛子』所開；就從這裡下手立威。

老德記的店東實在是洋人，早就避走了。店中夥計貪圖買賣所入，可以朋分；是椿沒本錢的生意，所以仍舊開門營業。一見義和團上門，情知不妙，而悔之已晚；只有硬著頭皮上前，陪笑招呼。

大師兄實在是所謂『怯條子』，偏要裝得大模大樣，毫不在乎似地；進得店中，隨手拿起一個精美的紙包問道：『這是甚麼？』

『糖。』那夥計趕緊又補了一句，『是疳積糖。』

大師兄不知道是兒科用藥，聽說是糖，便剝開封皮，放了一顆在嘴裡，果然是甜甜的糖。

『這個瓶子裡呢？』大師兄又問：『是甚麼？』

『酒精。』

『酒？』

子。

『是，是酒……』那夥計不知道怎麼解釋了，囁嚅著說：『是酒精。』

大師兄也不細問，聽說是酒，自然可喝，拔開塞子便往嘴裡灌。入喉方知厲害，跳起來便摔瓶

『燒！』

大師兄只喝得一聲，手下便即動手。放火是很內行的事，找到煤油，四處傾灑，夥計急得跪在地下求饒，爲義和團一腳踢了個觔斗。

左右店家，一看要遭殃，急忙點著香來請命；大師兄擺著手大聲說道：『別慌！別慌！這家店是二毛子開的，非燒不可；只燒他一家，燒光自然熄了，不會燒到左鄰右舍，大家放心好了，不必搬移貨色，自找麻煩。』

說得斬釘截鐵，十足的把握，令人不由得不信；於是，以看熱鬧的心情，靜等老德記火起。

此時大師兄已開始『做法』，横眉怒目，手舞足蹈，動作不成章法，而那股勁道卻別有魅力。義和團放火，常用障眼法以炫神奇；趁所有的視線都爲『做法』所吸引時，暗中已有佈置，看看到了時候，便有人遙遞暗號。於是大師兄驀地裡大吼一聲：『著！』同時腳下踩丁字步站定，戟指直伸，雙眼瞪視。

等大家順著他手指之處去細看時，埋伏僻處的人，已用一根『取燈兒』，燃著了灑透煤油的廢紙，頓時一蓬火起，迅速蔓延，轟轟烈烈地燒將起來。

『天火燒，天火燒！』義和團拍手歡躍，也有些看熱鬧的人附和。可是，轉眼之間，便都看出形勢不妙；老德記還只燒了一半，火苗卻已竄到東鄰了。

見此光景，老德記附近的店家，無不大驚失色！見機的趕緊奔回去搶救自己的貨物細軟；癡愚的還眞相信大師兄有驅遣祝融的法力，紛紛上前求援。

『大師兄，大師兄！你老行行好，趕緊施展法力，把火勢擋住。不然，可就不得了！』說罷，磕頭如搗蒜；有的已經哭出聲來了。

大師兄恍如未聞，只緊張地東張西望，一會兒兒學孫悟空，拿手遮在眉毛上，踮起一足，腦袋亂晃；一會兒兒又用鼻子猛嗅，『嗞嗞』出聲。這樣鼓搗了一會兒，突然頓一頓足，切齒發恨聲：『氣死人，氣死人！那邊一個臭娘們，潑了一盆髒水，破了我的法！我得趕緊回去請老師來！』他手一揮：『走！』領著嘍囉呼嘯而去。

這時火勢已很不小了，五月二十悶熱天氣；鬧市中烈燄燒空，西南打開一道缺口，恰好成爲風路，風助火勢，由西南往東北燒，首當其衝的是珠寶市以西的三條廊胡同；廊房二條與三條之間，有條南北向的直胡同，名叫門框胡同，是廣和樓的所在地；這天貼的是譚鑫培的連營寨，正在上座的時候，發現大火，觀眾四散奔逃，『蜀、吳』雙方『兵將』，亦就暫息爭端，卸甲丟盔，不理『火燒連營七百里』，先來救京城的這一片精華。

火勢過於熾烈，靠幾條『洋龍』，幾桶水，何濟於事？到得正中時分，大柵欄東面到珠寶市；西面到觀音寺街，楊梅竹斜街；北面到西河沿，成了一片火海。火老鴉乘風飛上正陽門，連城樓都著火了。

就在火勢正熾之時，六部九卿及翰詹科道，都接到通知，慈禧太后及皇帝在西苑召見。這就是所謂『廷議』，通稱『叫大起』，非國家有至危至急的大事，不行此典。而凡叫大起，往往負重任的多持緘默，反是小臣得以暢所欲言；因爲重臣常有進見的機會，如有所見，不難上達，而叫大起正就是要徵詢及於小臣。所以一班平時關心時局，好發議論的朝士，都大感興奮；暫忘前門外的這一場浩劫，匆匆趕到西苑待命。

召見之地在慈禧太后的寢宮儀鸞殿東室，室小人多，後到的只能跪在門檻外面。兩宮並坐，臉色都顯得蒼白，尤其是慈禧太后，平日不甚看得出來的老態，這時候是很分明了。

『前門外大火，你們都看見了吧？』是皇帝先開口，聲音雖低，語氣甚厲，『朝廷三令五申，亂民要解散，要彈壓，哪知道越鬧越不成話了！你們自己想想看，對不對得起朝廷跟百姓？』

跪在御案的王公及軍機大臣，默無一言；在僵硬如死，悶熱不堪，令人要窒息的氣氛中，後面有個高亢的陝甘口音，打破了沉寂。

『臣剛才從董福祥那裡來，他說，他想請旨，責成他驅逐亂民。』

此人是翰林院侍讀學士劉永亨，甘肅秦州人，跟董福祥同鄉。他的話眞假且不論；載漪一聽是董福祥要驅逐亂民，亦就是義和團，不由得心頭火起——惱的不是董福祥，是劉永亨，直覺地認爲他是在撒謊。

可是，他又無法證明劉永亨是在撒謊；不假思索將腰一挺，回身戟指，厲聲吼道：『好！這就是失人心的第一個好法子！』

殿廷中如此無禮，而慈禧太后默然；亦就沒有人敢指責他了。沉默中，門檻外面發聲：『臣袁昶有話上奏。』

『袁昶！』皇帝指示：『進來說。』

於是袁昶入殿，在御案前面找個空隙跪下，朗聲陳奏：『今日之事，最急要的，莫過於自己處治亂民！非如此不足以折服各國公使的心；洋使服了朝廷，才可以跟他們談判，阻止洋兵來京；一方面由各省調兵拱衛京畿。辦法要有層次，一步一步來，不宜魯莽割裂。』

『現在民心已變！』慈禧太后搖搖頭說：『總以順民心爲頂要緊。你所奏的，不切實際。』

『皇太后所說的民心已變，無非左道旁門的拳匪！萬不可恃。就令有邪術，自古至今，亦斷斷沒有仗邪術可以成大事的！』

『法術靠不住，莫非人心亦靠不住？』慈禧太后很快地反駁，『今日中國，積弱到了極處，所仗的就是人心。如果連人心都失掉了，試問何以立國？總而言之，今天召大家來，要商量的是，洋人不斷調兵，看來要侵犯京城，應該怎樣應付？大家有意見，趕快說。』

於是激烈的主張決一死戰；溫和的建議婉言相商，聚訟紛紜之中，漸漸形成一個結論，不脫一句古話：先禮後兵。先派人向來自天津的聯軍勸告，速速退兵，如果不聽，則由董福祥的甘軍往南硬擋。

『那麼，』慈禧太后問道：『派誰呢？』

『臣保薦許景澄。』軍機大臣趙舒翹說。

許景澄充任過六國的公使，在西洋十餘年之久；擔任此一任務，自然是最適當的人選，慈禧太后立即同意。

許景澄自覺義不容辭，慨然領旨，但要求加派一個人會同交涉。結果選中新任總理大臣那桐；許景澄頗爲滿意，因爲：第一，能幹而機警；第二，是端王載漪所保；第三，頗得太后信任。有他同行，此去即令不能達成使命，亦不致獨任其咎。

『大起』散後，軍機大臣及慶王、莊王、端王又被叫起。這一次是專門商量處置義和團的辦法；由於載漪的堅持，慈禧太后很勉強的同意，由載漪與董福祥設法招撫。至於受撫以後的義和團，將如何運用，另做計議。

國家圖書館出版品預行編目資料

胭脂井（上）（平裝新版）／高陽 著. -- 二版. --
臺北市：一皇冠, 2013. 06 面；公分. --
（皇冠叢書；第4319種）（高陽慈禧全傳作品集；7）

ISBN 978-957-33-2996-1(平裝)

857.7 102010028

皇冠叢書第4319種
高陽慈禧全傳作品集 7
胭脂井（上）（平裝新版）

作　　者—高陽
發 行 人—平雲
出版發行—皇冠文化有限公司
台北市敦化北路120巷50號
電話◎02-27168888
郵撥帳號◎15261516號
皇冠出版社(香港)有限公司
香港上環文咸東街50號寶恒商業中心
23樓2301-3室
電話◎2529-1778 傳真◎2527-0904
責任主編—盧春旭
責任編輯—徐凡
美術設計—王瓊瑤
著作完成日期—1976年12月
二版一刷日期—2013年6月
二版二刷日期—2019年9月
法律顧問—王惠光律師

讀者服務傳真專線◎02-27150507
電腦編號◎434107
ISBN◎978-957-33-2996-1
Printed in Taiwan
本書定價◎新台幣300元/港幣100元